Je crois que nous ne nous racontons jamais les choses comme elles furent, mais comme nous nous figurons qu'elles seraient si nous devions les revivre.

MAX FRISCH

Où fut la fraude, où fut l'offense ? Où fut la fraude et fut la tare, et l'erreur quelle est-elle ?

SAINT-JOHN PERSE

I

ARRÊT SUR IMAGE

1

« Alors elle a fondu en larmes sans pouvoir s'arrêter, raconta Dolly. Une vraie crise de nerfs.

– Je ne comprends pas pourquoi ! s'étonna Vincent. Recevoir un bouquet de fleurs n'est pas si déplaisant... »

À l'expression qu'avait prise Dolly, il comprit qu'elle venait de faire sa provision de ragots dans les rubriques spécialisées des journaux, et qu'elle tenait à le faire profiter sans plus attendre de sa moisson toute fraîche.

« Figure-toi que Lana et son ami, comment s'appelait-il déjà, Greg quelque chose, avaient conclu une sorte de pacte. Si l'un des deux venait à se lasser de l'autre, il – ou elle – devait lui adresser une douzaine de roses rouges, sans autre message. Cela signifiait : tout est fini entre nous. Eh bien, quand Greg est parti pour New York...

– J'ai compris la suite, ce qui prouve que ce n'est pas un bon scénario, l'interrompit Vincent.

– Raconte, puisque tu es si malin, dit-elle d'un ton agacé.

– Dolly, tu oublies que j'ai l'ambition d'être un jour réalisateur ! Sur une situation de départ de ce type, je peux te servir ce que tu désires, du drame ou du vaudeville, un rôle pour Cary Grant ou un pour Oliver Hardy. »

Elle ne put s'empêcher de rire.

«… Que je te raconte la fin, tout de même : Greg avait demandé au fleuriste d'adresser à Lana Turner des roses blanches et elle en avait reçu des rouges.

– Quelle terrible confusion ! Tu imagines les conséquences ? La malheureuse Lana en larmes, et qui plus est réduite à la chasteté, peut-être des nuits durant…

– Tu ne peux donc jamais être sérieux ? Tu devrais pourtant essayer de temps à autre… J'ai eu vent qu'entre Judy et toi ce n'est plus tellement l'époque des roses, qu'elles soient rouges ou blanches ! »

Vincent prit un air surpris.

« Quoi, c'est aussi dans *Variety* ? »

Dolly haussa les épaules.

« Bon, fit-il en changeant de ton, tu as raison. Pour reprendre ton histoire, j'aurais dû depuis longtemps envoyer des roses rouges à Judy. Mais elle ne connaissait sans doute pas le code de Miss Turner.

– À vrai dire, c'est elle que je ne comprends pas dans cette affaire, lança Dolly. Elle avait cette *chance* de t'avoir sous son toit, et voilà qu'elle te met dehors. »

Elle prononça le mot avec un tel accent que leurs voisins se retournèrent sur eux.

« Ce n'est peut-être pas nécessaire de mettre toute la cantine au courant de mes déboires conjugaux, murmura-t-il. Par qui l'as-tu appris ?

– Mes réseaux, chuchota-t-elle avec un air énigmatique.

– Que veux-tu ? Je n'ai peut-être pas non plus été à la hauteur de ce que Judy espérait de moi. Elle pensait que parce que j'étais assistant réalisateur dans un grand studio, elle deviendrait rapidement une star.

– Je regrette de te contredire, mais tu l'as réellement aidée, Vincent. David l'avait même engagée à ta demande pour les tests de *Broadway Hostess*. »

Vincent soupira.

« Voyons la réalité comme elle est, Dolly. Il lui aurait

fallu une once de talent. De fantaisie. De sens du mouvement. Je me suis trompé, voilà, et, ce qui est plus grave, elle aussi. »

Il laissa tomber sa cuiller dans le verre de crème glacée, puis resta un moment silencieux au milieu du brouhaha des conversations. La vaste salle était maintenant bondée, et devant l'entrée des techniciens en chemises à carreaux attendaient pour s'attabler à leur tour. Dolly se pencha soudain vers lui, au risque de tremper dans la crème fouettée les dentelles de son corsage.

« Si tu te sens trop seul, viens me rejoindre, dit-elle à mi-voix. La maison de Crescent Drive est trop grande pour moi. On y serait bien tous les deux... »

Il esquissa un sourire.

« Je ne suis pas de taille à prendre la succession de tout ce gotha du cinéma, Dolly. »

Elle fronça ses sourcils épilés.

« Qu'est-ce que tu racontes, encore ?

– Tu es une légende vivante, Dolly. Il paraît que toutes les gloires du studio ont défilé à Crescent Drive. On prétend que Tom Mix est venu. Que Fairbanks et Barrymore sont venus. Je me demande même si Edward G. Robinson n'a pas lui aussi investi les lieux, avec tous ses G-men. Je ne suis pas de taille.

– Alors ça ! J'espère que tu ne crois pas le dixième de tout ce qu'on raconte ! Ne me compare pas à toutes ces femmes comme Ann Sheridan ou Barbara Stanwyck, ajouta-t-elle d'une voix plus sourde. Regarde-moi comme je suis, ni plus ni moins, et laisse-moi simplement... oui, un peu d'espoir. »

Soudain attendri, Vincent sourit.

« Tu as tant fait pour me faciliter les choses au studio..., dit-il.

– Oui, mais en retour tu ne m'as jamais donné ce que je désirais ! »

Il eut un geste évasif.

« Il faut que tu me laisses un peu de temps pour réussir : je tiens à faire les choses avec faste ! T'emmener au *Vendôme* dîner aux chandelles, ou alors en limousine dans les collines… »

Elle eut un petit rire perlé.

« Oh, tu te rappelles, l'auberge de San Fernando ? J'étais presque parvenue à mes fins, ce soir-là. »

Il la regarda fixement, puis fit la moue.

« Je me demande vraiment ce que tu me trouves », soupira-t-il.

Elle le considéra avec attention comme si elle le découvrait.

« Tu es brun, élancé, un peu pâle, les traits émaciés… Tu es expressif… Je ne déteste pas, ça me change de tous ces Californiens hâlés et sûrs d'eux-mêmes… »

« Si tu arrêtais de racoler des petits jeunes, chérie », lança une voix un peu traînante.

Vincent releva vivement la tête. Déjà l'homme qui venait de parler s'éloignait entre les tables et il ne vit que le dos de son veston froissé.

« Je m'en vais lui botter les fesses, à ce butor ! » s'exclama-t-il.

Il fit mine de se lever. Dolly le retint.

« N'en fais rien, entre Garfield et toi, ils auraient vite tranché ! De toute façon, John, on sait qui c'est… Si je te racontais ce qu'il m'a sorti, un jour que je lui faisais un petit frais, sans arrière-pensée je t'assure…

– J'apprécie le "sans arrière-pensée" !

– "Jamais avec une dame née avant la guerre de Sécession", m'avait-il répondu.

– Galant homme ! Aveugle, de surcroît !

– C'était il y a quelques années, en plus, précisa-t-elle avec une moue. En tout cas, tu devines que je n'ai plus jamais rien fait pour favoriser sa carrière.

– C'est sans doute pour cela qu'elle marche si bien ! » lui rétorqua Vincent.

À une table voisine, une petite actrice qu'il reconnut pour l'avoir remarquée dans deux plans de *Going Places* prit un air gêné. Il la dévisagea sans aménité.

« Regarde-moi ces péronnelles, s'exclama-t-il en se tournant vers Dolly. Quand je les vois et que je te vois, je t'assure que mon choix est vite fait. »

Elle lui caressa furtivement le dos de la main.

« David prétend que tu as un goût excellent, je vais finir par le croire ! À ce propos, reprit-elle plus bas, ne sois pas en retard pour ton rendez-vous ; s'il est dans un jour à te trouver des qualités, c'est le moment d'en profiter ! »

Il parut songeur.

« Tu savais qu'il m'avait convoqué ?

– Je tiens son agenda, au cas où tu l'oublierais.

– Et... Tu ne sais pas quelle est la raison de sa convocation ? »

Elle le regarda d'un air ironique.

« Oh, cet air inquiet...

– Ça ne lui est jamais arrivé. Je veux dire, en pleine journée, en pleine chaleur, à une heure où il fait d'ordinaire la sieste...

– Écoute, Vincent. Vous vous connaissez suffisamment pour que tu n'aies rien à redouter de lui, que je sache ! On continue même à prétendre en ville que tu es... en quelque sorte... son protégé. Quand tu as été nommé assistant sur *Dark Victory* à la place de George Hanson, j'ai même tout fait pour empêcher la publication dans *Variety* d'un écho tendancieux te concernant.

– Disant quoi ?

– Cette histoire d'accident qui refait surface de temps à autre... »

Il haussa les épaules.

« C'est vrai que cela a changé ma vie, mais ce n'est pas parce qu'un soir de 1922 la limousine de ses parents est rentrée dans la nôtre à un carrefour de Pasadena que David est obligé de m'aider ma vie durant !

– Tu es tout de même resté six mois en clinique, ta mère a été commotionnée, et leur chauffeur rendu responsable ! »

Vincent se mit à rire.

« Leur responsabilité était double en fait, puisque nous nous rendions mes parents et moi à Burbank pour un congrès de propriétaires de salles Warner ! Mon père possédait en effet le Rex de Montréal et ne passait que les films du studio... Sans cet accident, j'aurais d'ailleurs suivi cette filière et je serais sans doute à l'heure qu'il est gérant d'une salle miteuse au Québec, à montrer Rin-tin-tin aux bouseux du coin ! Au lieu de cela Harry Lipchitz, le père de David, a voulu en quelque sorte réparer le tort qu'il m'avait causé sans le vouloir et, ayant appris que j'adorais gâcher de la pellicule sur la Pathé-Baby qu'il m'avait offerte...

–... T'a bombardé à vingt et un ans deuxième assistant d'Archie Mayo sur le tournage de *Bordertown*. C'est là que je t'ai rencontré pour la première fois, rappelle-toi ! Tu étais tout emprunté, tout timide, surtout devant Bette Davis...

– Et toi, si bienveillante à mon égard. Je me souviens, tu te préoccupais de mon logement, de mon acclimatation, de mes rapports avec les techniciens... Ma fée tutélaire...

– J'espère que je le suis toujours », murmura-t-elle d'un ton attendri.

Il lui prit la main.

« Dolly, que me veut David, à ton avis ?

– Je t'assure que je n'en sais rien, mon ange. Il se montre parfois si imprévisible...

– Dis en tout cas à ceux qui semblent me jalouser que je refuse le mot “protégé”. Si je l'étais, protégé, je serais réalisateur depuis belle lurette, alors qu'en cinq ans je n'ai fait que passer du poste de deuxième à celui de premier assistant !

– Tu n'empêcheras jamais certaines personnes de manifester de l'envie ou de l'amertume... Je pense en particulier à tous ceux qui pointent le mercredi au Payroll Department, dont beaucoup n'ont pas foulé un plateau depuis des lustres, et qui le voient bien que tu ne cesses, toi, de travailler ! Ce sont eux qui vont raconter partout que David est venu te prendre par le bras après la première de *Dark Victory*, comme si tu étais le réalisateur du film !

– Tu peux toujours leur répondre que David avait ce jour-là un caillou dans son soulier et qu'il devait s'appuyer sur quelqu'un pour le retirer. Et dis-leur aussi à cette occasion que *moi* je ne m'appuie pas sur lui, et que nos situations respectives au studio sont d'une importance trop différente pour qu'une amitié puisse subsister entre nous.

– En attendant, j'ai vu ton chèque. Il t'a mis à cinq cents dollars par semaine. C'est tout de même bon signe... »

Vincent hocha la tête.

« Oh, tu as vu ça... »

Elle eut un geste furtif pour se justifier.

« Rien de ce qui te concerne ne m'échappe.

– Eh bien moi cette augmentation me contrarie, figure-toi. C'est presque un salaire de réalisateur. Il doit y avoir anguille sous roche...

– Tu es terrible ! tu t'inquiètes de ce dont tout un chacun se réjouirait ! Et qui sait si ce n'est pas ta journée de chance...

– Je le connais, Dolly. Il doit avoir quelque chose à me demander. Enfin, on ne va pas tarder à le savoir », soupira-t-il tout en consultant sa montre.

Au moment où il se levait, elle chercha à le retenir en saisissant le pan de sa veste.

« Et... tu es installé où ?

– J'ai pris une chambre au Roosevelt pour quelques jours, juste pour l'adresse… Après il faudra que je trouve un endroit moins cher car je me suis engagé à continuer de payer le loyer de Judy.

– Crescent Drive serait gratuit », murmura-t-elle.

Il sourit et se pencha vers elle.

« Il faut que tu remettes du rouge sur tes lèvres, il est resté sur le verre, souffla-t-il en réponse. Je te dis cela pour le cas où Garfield te filerait un rancard quand il va repasser devant ta table…

– Toi ! » fit-elle avec un index menaçant.

Vincent longea la façade du bâtiment de production puis, au moment d'entrer, embrassa du regard l'imposante colonnade éclaboussée de soleil. Bien qu'il sût que son ordonnance majestueuse n'était en fait qu'un décor servant à masquer les parois aveugles du plateau n° 1, il avait à chaque fois qu'il en franchissait le seuil l'impression d'être accueilli dans l'une de ces imposantes et gracieuses demeures des Carolines qu'il voyait dans les films, toutes résonnantes du rires des belles Sudistes et des froufrous de leurs robes de bal. Un « Hey ! » sonore et joyeux le ramena à la réalité. Juché sur les tubulures de l'une des tours de radio qui encadraient l'entrée, un électricien lui adressait un signe amical. Il le lui rendit avec une sorte de gratitude.

« Peut-être Dolly a-t-elle raison, après tout, peut-être est-ce ma journée », se dit-il.

Il grimpa l'escalier quatre à quatre, traversa le palier orné du vaste portrait en pied de Jack Warner, puis suivit sur la gauche le long corridor sombre menant au département production. À cette heure de pause du déjeuner on ne percevait pas le cliquetis habituel des machines à écrire, et seul le ronronnement des ventilateurs troublait le silence. Il entra dans le bureau de Dolly. Des affiches rappelant les grands succès récents du studio, *The Life of Emile Zola, Jezebel, Robin Hood*, recouvraient les murs. Dolly s'occupait elle-même de cet accrochage de prestige et le renouvelait régulièrement, avec un orgueil peut-être stimulé par le chiffre qu'elle avait placé de façon que chaque visiteur pût en prendre connaissance au premier regard: *Gains nets du studio pour 1938: 1740 907 $*. Une odeur de produits de beauté flottait au-dessus du désordre de la table où trônaient la machine à écrire et un ventilateur de poche. Il se demanda soudain pourquoi elle ne l'avait pas accompagné, et son cœur se serra comme sous le coup d'une prémonition. Pour reprendre son calme il inspira fortement, puis frappa sur le montant de chêne de la porte capitonnée.

« Entre », entendit-il.

David était penché sur une machine à café rutilante de chromes qui occupait tout un coin de son bureau.

« Je vais finir par la renvoyer au fabricant, grommela-t-il sans le regarder. Elle siffle et gargouille comme une locomotive de la Canadian Pacific, tout ça pour crachoter une décoction imbuvable.

– Tu ne dois pas mettre la bonne dose, mais si c'est pour moi je m'en passe très bien, répondit Vincent.

– Dans ce cas, moi aussi, dit-il d'un ton soulagé en redressant sa mince silhouette. Heureux en tout cas de te voir, mon vieux, cela faisait longtemps... »

Il lui désignait un large fauteuil de cuir dans lequel Vincent n'osa pas s'enfoncer. Lambrissée de bois sombre et décorée de maquettes de voiliers et d'instruments de marine, la vaste pièce tenait du manoir Tudor et du bar de yacht-club. Vincent s'aperçut avec déplaisir que David ne s'asseyait pas derrière son bureau mais s'y adossait en restant debout. Portant une veste pied-de-poule cintrée et des leggins, il semblait se rendre à une partie de chasse. L'œil clair sous ses sourcils charbonneux, il le considéra quelques instants en silence.

« Je ne sais pas ce que tu as fait à Dolly. Elle ne jure que par toi. »

Vincent eut un geste d'agacement.

« Mais rien, justement. Elle me le reproche assez ! »

David le regarda pensivement.

« En tout cas elle ne cesse de répéter à tout le monde que tu es le meilleur assistant du studio. Du coup George Amy m'a demandé de te réserver pour son projet de *Kid Nightingale*. Une histoire de boxeur. »

Vincent hocha la tête.

« C'est agréable à entendre, mais je doute que cela soit la raison pour laquelle tu m'as convoqué... De toute façon tu sais bien que je ne peux pas faire *Kid Nightingale*, je suis déjà retenu en septembre par Terry Morse pour *No Place to go*. À ce propos, merci de m'avoir augmenté... »

Il parut surpris de la soudaineté de la remarque.

« Tu vaux cet argent, marmonna-t-il.

– David... c'est presque un salaire de réalisateur !

– Admettons que je te fais une faveur. »

Fébrile, Vincent croisa puis décroisa ses jambes.

« Pourquoi tiens-tu tellement à brûler les étapes ? reprit David.

– Brûler les étapes ? J'ai fait plus de quarante films comme assistant depuis le plateau de *Bordertown* où m'avait placé ton père.

– Quelle année, déjà ?

– 34. Alors, tu sais, brûler les étapes... Je crois qu'il serait plus que temps de me jeter à l'eau. »

David eut une moue incertaine.

« C'est une autre pointure...

– Je le sais bien, mais je t'assure que j'en suis capable !

Bill MacGann a été souffrant pendant une semaine au cours du tournage de *Sweepstake Winner*, j'ai pris le relais, eh bien tu verras que personne ne s'en apercevra, et que les chevaux du film ne courront pas moins vite parce que j'étais aux commandes ! »

David ne put s'empêcher de rire.

« Au fond mon père avait du nez lorsqu'il t'a donné une Pathé-Baby après l'accident !

– Elle venait de sortir..., dit-il rêveusement. Modèle 1922, film 9, 5 à perforation centrale. Tu t'en souviens ?

– Si je m'en souviens ! Tu étais sur ton lit de clinique, avec l'air de souffrir beaucoup... Et quand tu as défait le paquet, tu as paru... c'est simple : ressusciter !

– Je me rappelle aussi avoir filmé l'entrée de ma mère dans le jardin de la clinique, qui a été mon "Entrée du train en gare de La Ciotat" à moi. Une fois rétabli, mon opus 2 a été pour toi : le film de ta bar-mitsva à la synagogue de Wilshire Boulevard. »

David hocha la tête.

« Et qu'est-elle devenue, la petite caméra ? »

Vincent eut un geste navré.

« Je l'ai perdue bien des années plus tard, après avoir tourné des dizaines de bobines. Stupidement, au cours d'un pique-nique dans les Laurentides. Je revois encore mon désespoir. »

Le téléphone sonna. David regagna son bureau et décrocha.

« Oui, Pearl, si vous voulez. Je vois ça dans la fourchette 5-600... Non, pour être franc, je ne suis pas très enthousiaste... Et nous ne sommes même pas sûrs que la Metro vous la prêterait. Attendez, je vais voir ce que stipule le contrat. »

Il sonna puis son regard se tourna vers la porte tapissée de cuir.

« Dolly ! appela-t-il d'une voix impatiente.

– Je crois qu'elle n'est pas là, David. Je l'ai rencontrée

à la cantine, elle devait faire une course avant de revenir au bureau.

– Sous prétexte qu'elle a autant d'années de maison que moi de vie, elle commence à en prendre drôlement à son aise, répliqua-t-il sur un ton de mécontentement que Vincent ne lui connaissait pas.

– Veux-tu que j'aille la chercher ?

– Surtout pas ! Je suis pour la paix des ménages. »

Il soupira.

« Pardonne-moi. J'ai en effet appris que Judy et toi… »

Vincent lui adressa un regard surpris.

« Comment le sais-tu ? Oh, je devine…, dit-il en indiquant la direction du bureau de Dolly.

– Non pas, mais… moi aussi je récolte mes informations, répondit-il en clignant de l'œil. Je vais donc t'expliquer, Vincent, ce qui s'est passé entre Judy et toi. Elle n'existait plus pour toi, ça se voyait. Tu ne lui laissais plus placer un mot, même pas conduire son petit cabriolet. Elle a dû croire que tu allais couper son rôle au montage. »

Il parut enchanté de sa plaisanterie.

« Sérieusement, ta mère aura été triste d'apprendre cela… À ce propos que devient-elle ? J'ai le souvenir d'une femme charmante. »

David avait cette fois un ton presque nostalgique. « Quel jeu joue-t-il ? se demanda Vincent. Où veut-il en venir ? »

« Après la mort de mon père elle a vendu la maison de Montréal pour aller vivre en Normandie où son père était médecin, répondit-il. Elle m'écrit souvent et m'affirme qu'elle lit dans les magazines tout ce qui touche Hollywood. Il paraît qu'il y avait même un article sur toi dans *Ciné-Miroir*, avec une photo où l'on te voyait au volant de ta Duesenberg !

– Et… tu ne saurais pas par hasard si, grâce à sa nationalité, ta mère connaissait le consul de France à Montréal ?

– Je n'en sais fichtre rien, David. Si tu me donnais quelques précisions…

– J'ai découvert que le consul de France à Los Angeles avait été à Montréal auparavant.

– Oui, et alors ?

– Il recommence à nous emmerder comme il y a deux ans. »

Il ouvrit un classeur et lui tendit une lettre dactylographiée. CONSULAT DE FRANCE À LOS ANGELES. *Le Consul*, vit-il en en-tête.

« Lis d'abord, et je t'expliquerai », dit David.

Mr. David Lipchitz
Vice-Président exécutif chargé des productions
Warner Brothers Studio
5842 Sunset Blvd, Hollywood, Calif.

L. A. le 21 août 39,

Monsieur le Vice-Président,

Je me permets d'attirer votre attention sur le fait que l'opinion publique française prendrait à coup sûr fort mal le sujet du film Devil's Island *tel qu'il apparaît ce jour dans une annonce de* Variety.

Cette intrigue sordide et violente dans le cadre du bagne de l'île du Diable risquerait en effet de ternir durablement l'image de la France auprès du public américain, et je ferai à nouveau tout ce qui est en mon pouvoir pour que cela ne se produise pas.

Comme pour votre précédente production antifrançaise, la Vie d'Émile Zola, *nous n'hésiterions pas en effet à interdire la diffusion du film sur le territoire national.*

Je souhaite toutefois vivement que nous n'ayons pas à prendre cette mesure extrême, et que ma protestation concernant ces attaques réitérées contre mon pays produira quelque effet.

Dans cette attente, je vous prie de croire à l'expression de mes sentiments les meilleurs.

Le Consul de France
Léon Denicourt

Vincent lui rendit la lettre sans un mot. « C'était donc ça », songea-t-il.

« Penses-tu pouvoir faire quelque chose ? demanda David. Le boss est francophile, et cette affaire le préoccupe beaucoup. Quant à moi, je suis brûlé auprès du consul depuis que je me suis emporté lors de notre dernière rencontre.

– Au moment de la sortie du *Zola* ?

– Il prétendait que le film était insultant pour l'armée française. Je lui avais rétorqué que c'était au contraire l'un des rares films hollywoodiens à traiter sans fioritures de l'antisémitisme… Tu sais ce qu'il m'avait répondu ? "Je n'ai pas de leçons à recevoir du représentant d'une industrie qui prétend combattre l'antisémitisme, mais prohibe l'utilisation du mot *juif* dans les scénarios et les dialogues !" Il faisait allusion au code Hays, et le pire c'est qu'il avait raison. Dans le *Zola*, qui traite de l'affaire Dreyfus, le mot "juif" n'est même pas prononcé ! Eh bien, malgré cela, malgré les coupures que nous avons consenties, le film n'a pas reçu son visa d'exploitation en France et ça nous a fait perdre un sacré paquet ! »

Vincent inspira comme un poisson hors de l'eau.

« Tout cela est certes fâcheux, mais que veux-tu que je fasse, moi, à mon échelon, pour arranger les choses ? Quelle influence puis-je avoir sur sa décision ?

– D'abord tu lui parleras en français ! Il semble suffisamment nationaliste pour que cela puisse avoir son effet. Il écoutera les arguments d'un demi-compatriote avec plus de faveur que s'ils venaient de moi. Et comme il semble, si j'en juge par les photos de presse, accueillir volontiers sur le quai de la gare les vedettes fraîchement arrivées d'Europe, tu pourrais peut-être lui faire miroiter un dîner en compagnie du boss, oui, un dîner constellé de stars... Mais qu'est-ce que tu as ? Tu n'es pas bien ?

– David... C'est donc pour... pour cela que tu m'as augmenté ? balbutia Vincent. Pour me faire accepter de le rencontrer ? Moi qui croyais que c'était pour me donner la possibilité de...

– Je te l'ai promis, le coupa vivement David. Je te confierai la réalisation d'un film dès que j'aurai trouvé un sujet susceptible de te convenir. Mais que tout ne soit pas toujours à sens unique ! Là, dans l'immédiat, c'est moi qui ai besoin et de toi, ou plutôt de ton intervention. Prends donc rendez-vous auprès de Son Excellence, dit-il d'un ton sarcastique. Pour que tu puisses traiter d'égal à égal, je te donne provisoirement un titre ronflant – mettons : Attaché à la présidence pour les droits européens. Assure cet excellent homme que le prestige de la France ne risque rien dans cette affaire. Mets-le dans ta poche, bon Dieu ! Tu as assez de charme pour cela, si j'en crois Dolly !

– Il faudrait au moins que je prenne connaissance du scénario... », suggéra Vincent.

David haussa les épaules.

« Oh, je peux te raconter l'histoire en deux phrases. Cela se passe à l'île du Diable.

– Le bagne ?

– Oui, on a tous les extérieurs pour cela. Un chirurgien français doit se défendre contre une accusation de trahison parce qu'il a soigné les blessures d'un convict évadé. Tu vois le genre.

– Qui joue le rôle du Français ?

– Boris Karloff. Mais attends : il y a un autre Français, pas reluisant celui-là, je l'admets. Le commandant du bagne. »

Vincent eut un bref sourire.

« Sadique et tout, j'imagine.

– Pire. Tout le monde me refuse le rôle tellement il est poussé au noir. Même Bela Lugosi n'en veut pas.

– Tu m'envoies vraiment au casse-pipe ! »

Il arpenta nerveusement la pièce puis revint s'asseoir.

« Écoute, David, reprit-il d'une voix lasse. Après tout ce que tu as fait pour moi, je ne suis certes pas en mesure de te refuser quoi que ce soit... Je ferai vraiment ce que je pourrai. À mon avis, le mieux est que je lui adresse dès cet après-midi une lettre pour solliciter un entretien. »

Le téléphone sonna à nouveau. David décrocha, écouta puis changea d'expression.

« Oh, ça c'est ennuyeux, Pearl, s'exclama-t-il. Nous n'avions pas besoin de cela. Il ne peut vraiment pas prendre l'avion ? Bien sûr qu'elles ont déjà été convoquées ! Vous oubliez que c'est demain, Pearl. Quoi ?... Oh, quatre, si je compte celle que nous impose cette canaille de Bognar. »

L'air préoccupé il raccrocha, puis consulta un registre surchargé de notations. Vincent contemplait la cime du palmier qui se détachait sur le ciel blanc ; il lui sembla que David le regardait à la dérobée.

« Si je te donne un bout d'essai à tourner, tu vas trouver sans doute que ce n'est pas digne de ton génie ? » lança-t-il d'un ton railleur.

Vincent releva vivement la tête.

« Comment peux-tu prétendre cela ! Moi qui ne rêve que de diriger des acteurs ! »

David resta un instant silencieux à tapoter le cuir de son buvard.

« Tu as entendu parler, j'imagine, de ce *Prince de bois*

dans lequel nous nous lançons ? demanda-t-il après une hésitation.

– Bien sûr ! On dit partout que c'est la grosse production du studio pour la fin de l'année. »

David esquissa une moue.

« Il y a quelques raisons pour cela ! Quinze cent mille dollars, et c'est moi qui le produis. Si ça ne marche pas... » Il le regarda. « Je saute, mon petit vieux. »

Une sonnerie lointaine retentit, et il en attendit l'interruption pour répondre.

« C'est à coup sûr un événement, car on assiste là au grand retour de la Warner à la féerie. Nous n'avions rien fait de ce genre depuis *le Songe d'une nuit d'été*, l'année de ton arrivée si je me souviens bien. »

Vincent hocha vivement la tête.

« Mais est-ce que c'est bien la vocation de la Warner de se lancer ainsi dans... » Il hésita. « Enfin, dans le public des fêtes de fin d'année ?... »

David eut un petit rire.

« Si tu voyais les yeux exorbités des dirigeants du studio lorsqu'ils consultent les chiffres de recettes de *Blanche-Neige* ou voient la longueur des queues devant les salles qui projettent *le Magicien d'Oz*, tu ne poserais même pas la question ! Au Roxy à New York, pour *Oz*, cela commence dès six heures du matin ! Nous aussi il fallait qu'on ait un projet de ce genre. Bref on a décidé de se jeter à l'eau.

– Qui dirige ?

– Norman Webster. Mais il est retenu en extérieurs par la fin du tournage de *Angry Women* qui a été retardé par l'entorse d'une comédienne. Il ne peut pas diriger demain les tests. »

Il y eut un silence. Vincent était partagé entre l'envie de laisser David formuler sa proposition de manière plus détaillée – et cela sans le presser – et la crainte que Pearl n'intervienne à nouveau avec un nom de remplaçant.

« Je me sens tout à fait capable de tourner les tests, si c'est cela que tu veux savoir, finit-il par dire.

– C'est davantage un plan qu'une scène, mais cela te donnerait l'occasion de diriger des comédiennes réputées – et qui jouent gros dans l'affaire. Ça t'intéresse vraiment ?

– Si ça m'intéresse ! s'exclama-t-il.

– Je te confie cela pour te remercier de me tirer une épine du pied dans l'affaire du consulat.

– Oh, voilà que tu recommences...

– Bon, alors considère le tournage de ce bout d'essai comme un hommage à tes capacités professionnelles depuis longtemps remarquées, lança-t-il de son ton ironique. Là, tu es content ?

– David, je ne suis ni orgueilleux ni susceptible. Je pense simplement que faire des films est la seule chose que je prenne vraiment au sérieux, et je me demande parfois si notre vie ne défile pas sous nos yeux à vingt-quatre images par seconde... Oh, mais il y a un problème, le coupa-t-il soudain. Je devais commencer demain matin comme assistant le film de Lloyd Bacon sur le 6. *Invisible Stripes*, je crois que cela s'appelle. »

David haussa les épaules.

« Tu rejoindras le lendemain. Je préviendrai le réalisateur. Le test ne dure qu'une journée, il n'y a que quatre postulantes dont trois ont toute l'expérience requise.

– Je suis certain que je ferai l'affaire, David. La seule chose qui tempère ma joie, c'est justement de ne rester qu'un jour sur cette grosse production. »

David se pinça le nez dans une attitude qu'il lui connaissait bien.

« Écoute, je ne peux rien te promettre de certain avant d'en avoir parlé avec Norman. Mais je ferai en sorte que tu demeures assistant sur ce film. Dans ce cas je chargerai Billy Tomlin de te remplacer sur *Invisible Stripes*.

– Il m'en voudra !

– Je lui expliquerai que j'ai besoin de son expérience pour chapeauter le jeune Bacon. Et puis, merde, je représente quelque chose ici ou quoi ?

– J'ai intérêt à ce qu'en retour le consul Denicourt ne nous cherche plus noise, n'est-ce pas ? »

David le regarda sans répondre, comme s'il s'agissait d'une remarque oiseuse.

« C'est Dolly qui te racontera l'histoire, reprit-il. Ce que je te demande lorsque tu l'écouteras, c'est de perdre ton esprit critique. Je veux que tu te retrouves enfant... Tiens : à l'âge que tu avais lors de l'accident. Admettons que tu as dix ans, Noël est dans une semaine, c'est samedi soir et tu es assis là au Cameo de Boise, Idaho, en train de mastiquer du pop-corn entre Dad et Mom et...

– Je vois, fit Vincent.

– Non, tu ne vois pas ! Je crois sincèrement que c'est une jolie légende, dit-il avec force comme pour s'en persuader, et peu importe dans quelle officine malodorante on l'a trouvée. Et puis c'est du cinéma comme j'ai envie d'en faire. Il y aura des trucages, des effets spéciaux, des surimpressions, des ralentis, des apparitions-disparitions, des voix off... enfin, du cinéma !

– L'officine... c'est le domicile du scénariste ? »

Il eut un geste d'acquiescement.

« Lothar Bognar. Cette vieille canaille avait déjà travaillé pour nous sur *le Songe*. Il a adapté *le Prince de bois* d'après une légende du folklore hongrois qui avait déjà inspiré l'un de ses compatriotes, le compositeur Bartók. » Il s'interrompit. « Toi qui passes pour cultivé, tu connais Bartók ?

– Non, répondit Vincent.

– Moi non plus. Bognar m'a dit qu'il n'y avait pas de quoi se vanter.

– Tout cela ne m'explique pas pourquoi tu le traites de canaille !

– Admettons que je ne l'apprécie pas pour diverses raisons, répliqua David d'un ton évasif. Mais qu'importe, les scénaristes ne viennent pas sur le plateau et tu n'auras affaire qu'aux seules postulantes dûment convoquées : d'abord Priscilla Dane qui sera là demain dès huit heures, ensuite la jeune Hongroise qu'il a recommandée et dont j'ai déjà oublié le nom, puis Rose Hunicutt et enfin Georgina Duffrey, que la Metro pourrait nous prêter mais qui me semble un peu âgée pour le rôle. Voilà. J'ai bien ma petite idée mais je ne veux pas t'influencer : cela pourrait changer ta façon de filmer. Car je veux un test probant, Vincent. J'ai un budget de cinq mille dollars pour cette seule journée. On tournera six cents pieds de pellicule par bout d'essai avec deux caméras technicolor, et nous tenterons avec la machine de Da Costa un effet spécial de brume sur les plateaux 2 et 3 réunis pour l'occasion.

– Oh, mais ça fait beaucoup d'espace !

– Oui. Trois mille pieds carrés. Ça ne m'arrange d'ailleurs pas car de l'autre côté de la ruelle le 5 est bloqué pour travaux et je suis en manque de lieux de tournage. Mais enfin il faut ce qu'il faut. »

L'ampleur des moyens l'inquiéta soudain.

« C'est que... je n'ai jamais tourné avec une caméra couleur, David. C'est encore si rare, et je... »

Il s'arrêta tout net. Dolly aurait été furieuse qu'il pût lancer une telle objection. Pour elle, il y avait un principe sacré à Hollywood : lorsqu'une porte s'entrouvrait il fallait la pousser violemment avec les épaules et s'installer dans la place.

« Ne t'en fais pas, les opérateurs technicolor s'en chargeront. Ton boulot à toi, ce sera de mettre les comédiennes en confiance... En fait le test servira surtout à des essais de lumière, que nous souhaitons un peu crépusculaire. Nous jugerons aussi du je-ne-sais-quoi qui fait qu'une actrice peut tourner ou non un film de féerie. »

Une ampoule s'alluma au-dessus de la porte capitonnée et Dolly entra, emplissant la pièce de sa présence parfumée.

« *Sous le vent*, de Guerlain ? demanda David.

– Perdu, Mr. Lipchitz.

– Alors, *Imprudence*, de Worth ? »

Elle secoua la tête. Manifestement c'était un jeu auquel ils se prêtaient souvent tous les deux.

« Encore perdu. *Demi-jour*, de Houbigant.

– C'est celui d'Irene Dunne, ma chère. Plutôt pour le soir, non ? »

Elle ne répondit pas.

« Bon, Dolly, soyons sérieux. Mr. Webster est retenu sur le tournage de *Angry Women* jusqu'à vendredi. Mr. Villeneuve le remplacera pour les bouts d'essai du *Prince de bois*. Vous lui expliquerez ce dont il retourne. »

Elle jeta à Vincent un regard sans expression.

« Si vous voulez bien me suivre dans mon bureau », dit-elle.

« Ne crois surtout pas qu'il ait soudain pris confiance dans mon avenir de réalisateur, lui annonça Vincent d'un ton désabusé. C'est du donnant-donnant. Si je dénoue la crise avec le consul de France, je parviendrai peut-être à mes fins. Si ce n'est pas le cas... »

Dolly fourrageait nerveusement dans un tiroir de sa table surchargée de dossiers, de scénarios, de plans de tournage et de produits de beauté.

« Écoute, tu es sur l'affaire. C'est cela l'important.

– Je te charge d'informer Lloyd Bacon et Billy que je ne suis pour rien dans ce changement de dernière minute. »

Dolly lui fit un signe d'assentiment, puis se pencha sur un feuillet dactylographié.

« Ah, voilà. Bien. Installe-toi. Imagine que tu as dix ans, que ce sont les vacances de Noël ; il neige dehors dans le Montana...

– Tout à l'heure c'était l'Idaho.

– Oh, il t'a déjà fait l'article ! s'exclama-t-elle dépitée. À quoi je sers, moi, on se le demande ! »

Elle fit le geste de chiffonner les feuillets qu'elle tenait.

« Allez, tu peux commencer, dit Vincent impatienté. Je suis entre Dad et Mom et le rideau se lève. »

Dolly chaussa théâtralement une monture en strass.

« Tu mets des lunettes pour lire, maintenant ?

– Je veux bien les retirer, mais je risque de ne pas pouvoir te raconter les épisodes dans l'ordre. Bon, une Princesse vit dans une forteresse au cœur d'une épaisse forêt – on voulait utiliser celle du *Songe*, mais elle a mal vieilli – traversée par une rivière. Sur l'autre rive un château plus riant que l'austère forteresse, et dans ce château : le Prince. Amoureux de la Princesse, comme il se doit, et qui voudrait bien la rejoindre, mais il est pour son malheur surveillé par une horrible duègne qui a tous les attributs de la sorcière, en particulier celui de jeter des sorts, mais qui n'en a pas l'apparence : pas de nez crochu, pas de bosse ni de haillons...

– Pourquoi, Margaret Hamilton n'était pas libre ?

– Si tu m'interromps encore une fois, j'arrête tout. Pour empêcher le Prince de franchir la rivière, la duègne va semer dans la forêt autant d'obstacles qu'elle le pourra : brumes opaques, violents orages, animaux féroces... David dit que l'on peut compter là-dessus sur l'esprit pervers de Bognar. Toujours est-il que devant tant de difficultés, le jeune prince veut renoncer à sa belle, non sans avoir tenté une ultime fois d'attirer son attention. Il fabrique alors un mannequin en bois à sa ressemblance, et pour le rendre plus vivant et plus véridique orne le visage de bois de la marionnette de ce qu'il a de plus précieux: sa propre chevelure. Imagine la scène où il altère exprès sa beauté en sacrifiant ses longs cheveux blonds. C'est à tirer des larmes, non?

– Tout à fait bouleversant», l'assura Vincent.

Dolly retira ses lunettes.

«Enfin, tu veux continuer à travailler dans ce studio ou non? demanda-t-elle avec sévérité. Je sais que tu préférerais être le réalisateur d'un petit drame social à Brooklyn, mais hélas je ne dirige pas la baraque.

– Je sais, chérie, heureusement pour la Warner. Continue.

– Plus que jamais désireuse de contrarier la passion du jeune homme, la duègne décide alors de donner vie au Prince de bois et jette un sort à la Princesse qui s'en éprend aussitôt. Bien entendu le vrai prince que plus personne désormais ne peut reconnaître se désespère.»

L'air soudain émoustillé, elle repoussa le texte.

«Da Costa vient justement de nous fabriquer pour le Prince de bois un mannequin articulé grandeur nature, moitié automate moitié marionnette, et si perfectionné qu'il envoie à lui seul aux oubliettes les Sept Nains de *Blanche-Neige* et tous les singes volants de *Oz*. Je crois que David tient beaucoup à ces scènes de pantomime...

– Et qui joue le jeune prince?

– Bognar voulait Errol Flynn dont il se prétend l'ami, mais Errol a préféré se colleter avec Bette Davis dans *Essex*. David, lui, souhaitait Bogart qui est en train de percer, mais ce monsieur ne veut jouer que des policiers, et dans des films contemporains. Nous nous sommes donc rabattus vers l'un de nos jeunes premiers, Jeffrey Lynn. Nous perdons peut-être une lettre dans le nom et une réputation de star, mais nous y gagnerons de la bonne humeur sur le plateau, ce qui n'est pas à négliger.»

Vincent fit la moue.

«Ce n'est pas lui en tout cas qui créera l'événement!

– Ce sont les effets spéciaux de Da Costa dont tout le monde parlera. »

Le téléphone sonna.

« Oui, oui, Mr. Lipchitz, il est encore là. Je transmets. » Elle raccrocha.

« Il veut te voir en personne avant les prises pour t'expliquer le plan que tu auras à tourner. Quand je pense… »

Elle s'interrompit pour le regarder.

« Dolly ! Je n'aime pas quand tu me dévisages comme ça.

– Quand je pense que tu es presque libre maintenant et que tu vas rencontrer successivement quatre jeunes femmes aussi attirantes… Bon, sauve-toi, maintenant. Une longue journée t'attend demain.

– Je te raconterai. Si tout se passe bien on pourrait fêter ça au *Vendôme.* »

Elle eut un geste évasif.

« Plus tard, dit-elle. Plus tard… »

Elle fit le tour de la table et alla l'embrasser sur la joue.

« Mieux… », supplia-t-elle en lui tendant ses lèvres carminées.

Il recula d'un pas.

« Il y a des choses que l'on ne peut pas faire lorsqu'on a dix ans, qu'on est entre Dad et Mom… », commença-t-il.

Elle pointa à nouveau sur lui un index vengeur mais elle n'avait pas, remarqua-t-il, sa moue des mauvais jours.

2

Les yeux encore éblouis par la vive lumière du matin, il s'immobilisa sur le seuil de l'immense plateau, puis s'accoutumant à la pénombre pénétra lentement dans le bâtiment. Le long des murs les projecteurs encore éteints ressemblaient avec leurs pattes grêles et leur œil hypertrophié à une grappe d'insectes monstrueux tapis contre la paroi de quelque vaste caverne enténébrée. Il gagna le mur du fond et se retourna pour repérer les axes de progression des deux personnages. Il s'avançait pour les matérialiser à la craie lorsqu'une voix résonna dans le vaste espace.

« Qu'est-ce que vous faites là, si tôt ? » entendit-il.

Il tressaillit et se retourna. Quelqu'un se détachait à contre-jour sur la porte du fond. Il s'approcha et à quelques pas reconnut la courte silhouette empâtée de Da Costa.

« Hello, je suis Vincent Villeneuve, je dirige les tests du *Prince de bois*.

– Hey, fit l'autre d'un ton bougon.

– Bill, vous ne me reconnaissez pas ? J'étais assistant de Reeves Eason dans *Daredevil Drivers* au début de l'année dernière. Je me souviens encore combien vous les bichonniez, les bagnoles du film ! »

L'homme parut sensible à cette marque d'appréciation.

« Ça, plus elles étaient belles et moins elles démarraient ! grogna-t-il ; puis il se tourna vers un coin du plateau. Mais ce n'est rien à côté de ce fichu engin... Quand je pense que c'est moi qui ai conçu un truc pareil ! Je devais être dans un jour sans. »

Vincent discerna dans la pénombre deux cylindres verticaux hérissés de clapets et de robinets à poignée de cuivre surmontés d'un gros cadran circulaire.

« C'est cette fameuse machine à brouillard ? demanda-t-il.

– Fameuse... Fameuse... C'est vite dit », bougonna Da Costa.

Il la tapotait comme s'il cherchait à la cajoler.

« Une vraie cocotte minute, en plus capricieux. C'est sa montée en température qui m'inquiète », ajouta-t-il en se penchant sur le cadran.

Un chuintement se fit entendre, suivi d'un sifflement aigu. Précipitamment le petit homme s'accroupit, fit mine de l'ausculter puis manœuvra une valve. Le sifflement s'interrompit tout aussitôt, suivi d'un bruit de bouillonnement et d'une sourde vibration qui souleva les clapets, comme s'il s'agissait de quelque marmite infernale.

« Cette huile de paraffine ! grommela-t-il en se redressant. Ça vous exploserait à la gueule que ça n'aurait rien d'étonnant !

– Vous parlez sérieusement ?

– Si on était sérieux avec cet engin, on ne l'utiliserait pas, mon gars », répliqua Da Costa d'un ton goguenard.

Il longeait en clignant les yeux les hauts murs du plateau lorsque au coin de la 4e rue de l'avenue C il croisa David qui, le coude à la portière, roulait lentement au volant de son roadster. Le jeune producteur était l'un des seuls membres de la direction à bénéficier d'une autorisation de circuler dans l'enceinte même du studio et ne s'en privait pas. Il freina.

« Si tôt ! s'exclama-t-il. Ce n'est pas possible, tu as dormi sur place !

– Je suis allé repérer les lieux... La machine à brouillard de Da Costa fait autant de bruit que ta machine à café et je crains qu'elle ne marche guère mieux. »

David eut l'un de ses petits ricanements pendant lesquels il semblait se racler la gorge.

« J'espère qu'on aura moins de problèmes que pour *le Songe d'une nuit d'été*, soupira-t-il. Da Costa venait à peine alors de mettre au point son procédé, et le seul résultat auquel il était parvenu avait été d'enrhumer

Anita Louise, ce qui nous avait valu quatre jours d'interruption de tournage !

– Tu crois vraiment qu'il faut utiliser cette machine pour les essais ?

– C'est aussi un test pour le chef opérateur : Ben Hackshaw prétend que la brume occasionne des reflets parasites et nécessite un éclairage particulier. »

Il pianota sur le volant, paraissant soudain un peu inquiet.

« Tu ne me dis pas comment tu as trouvé l'histoire ? fit-il sur un ton de reproche.

– J'étais dans l'état d'esprit que tu souhaitais, et Dolly était fort à son affaire dans son rôle de conteuse. Je suis certain que cela marchera. »

Il eut un bref sourire, comme s'il était rassuré.

« Maintenant, monte, que je te décrive le plan que tu dois tourner. »

Il lui ouvrit la portière et Vincent s'installa, regrettant que David se soit arrêté en plein soleil alors qu'il commençait à faire chaud.

« Cela se situe au début du film. C'est la première rencontre entre le Prince et la Princesse, l'instant précis où il va tomber amoureux d'elle, alors qu'il part guerroyer en heaume et en armure au cœur de la forêt. Il vient de passer près d'une fontaine lorsqu'il la découvre et il est si bouleversé par sa beauté qu'il décide, afin d'avoir l'occasion de lui adresser la parole, de lui offrir à boire dans le gobelet d'argent qu'il garde suspendu à sa ceinture. Bien entendu elle est effrayée par cette apparition et elle a un mouvement de recul. Voilà… pour toi ça s'arrête là.

– Dommage, soupira Vincent. Je m'y crois. Je m'y croirais encore plus, ajouta-t-il, si j'avais moins chaud. »

Sans mot dire David démarra et avança jusqu'à ce que le roadster se trouve dans l'ombre du bâtiment de production.

« Ce que tu vas tourner n'a d'ailleurs rien à voir avec la scène que filmera Norman, reprit-il. Il me faut choisir la titulaire, donc à chaque essai toi tu t'occupes uniquement de ta comédienne. Le cavalier, tu ne le verras que de dos. Ce sera à chaque prise l'un de nos cascadeurs, Bruce Larrabee. On ne lui a passé une armure que parce que Ben l'exigeait pour faire ses essais couleur. Tu me suis ? La fille arrive par la porte sud et les caméras ne s'occupent que d'elle : l'une en gros plan, l'autre suivant sa progression dans la forêt. Il faut qu'on ait bien le temps de la voir s'approcher en plan général pour juger de sa silhouette et de sa démarche, et c'est pour cela que j'ai choisi un grand espace. C'est seulement lorsque le cavalier entre dans le champ que tu cadres sur le visage de l'actrice pour qu'on juge de son expression.

– Je vais placer la caméra de 30 dans l'axe pour la suivre et la télé de 105 pour le gros plan.

– Ça, c'est ton boulot ! Ce que je veux, c'est qu'à la vue du cavalier elle ait d'abord un mouvement instinctif de recul et un rictus de frayeur. Puis, lorsque le gars lui tend le gobelet, son visage s'éclaire. C'est à la vision de ces jeux de physionomie successifs que Norman et moi ferons notre choix. »

Vincent acquiesça.

« Pas de maquillage ?

– Pas de maquillage, c'est ce que désire Ben Hackshaw. L'essai est insonore, on fera un essai de voix séparément. Tu tourneras deux prises pour chacune des comédiennes, pas une de plus. Et comme le dit Bill Dieterle, que le bruit du clap ne soit pas celui de la vie qui s'échappe ! »

Un grand escogriffe s'approcha de David qui le présenta aussitôt.

« Peter Cargyll, le régisseur de plateau,

– On se connaît, fit Vincent en le saluant.

– Miss Dane est arrivée, mister Lipchitz.

– Qu'elle aille à la cabine d'essayage, Peter, puis au salon de coiffure. »

Le régisseur s'éloigna. David fixa Vincent.

« Plus rien à me demander ?

– J'en sais plus qu'il ne m'en faut...

– Je retourne au bureau, déclara David. Les filles sont trop contractées quand elles me voient, et je préfère m'absenter du plateau.

– Ce que c'est que de passer dans *Ciné-Miroir* ! » s'exclama Vincent.

David démarra. Vincent le suivit des yeux jusqu'à ce qu'il ait disparu au coin de l'avenue B.

Il sortit de sa poche son morceau de craie et, se baissant, inscrivit quelques lignes à même le sol afin de matérialiser les emplacements des caméras et les axes que devaient suivre les deux comédiens. Puis il marqua d'un cercle l'endroit exact où devait avoir lieu leur rencontre. Il se redressa alors et fit quelques pas tout en mesurant de l'œil la distance qu'il y avait entre le point d'intersection et chacune des deux entrées. Sous la lumière blafarde du plafonnier, loin d'apparaître comme un repère pour un jeu de scène à venir, le cercle de craie semblait avec son tracé irrégulier inscrit depuis si longtemps sur le sol qu'il évoquait une marelle désertée, ou bien quelque trace dans le sable mouillé déjà promise à la marée haute. Non loin de lui une petite équipe de techniciens s'affairait avec placidité autour des projecteurs, alors que de l'autre côté du plateau Da Costa était le seul à montrer de la fébrilité.

« On me raccorde l'eau, ou je dois le faire moi-même ? cria-t-il.

– Du calme, Fatty ! lança l'un des hommes en déroulant un long tuyau.

– Peter, vous placerez le rail du travelling dans cet axe, ordonna Vincent au régisseur du plateau. Le cavalier est arrivé ?

– Il attend tout harnaché dans le corral, Mr. Villeneuve. Et Miss Dane est prête à tourner. »

Vincent se retourna et vit la jeune femme qui, accompagnée de son habilleuse, franchissait l'entrée principale du plateau. Il s'avança à sa rencontre. Elle était drapée pour le rôle dans un long châle de laine, dont seule émergeait une mèche de cheveux en désordre. Vue ainsi à contre-jour elle ressemblait à une veuve sicilienne partant pour le cimetière.

« Miss Dane, dit-il en la saluant. Je suis Vincent Villeneuve. Nous nous étions vus l'année dernière lors du tournage de *Mandy*. J'étais alors l'assistant réalisateur de Mr. Highgrove, et aujourd'hui je dirige votre test. »

Les mains en visière elle regardait autour d'elle sans même paraître noter sa présence.

« David n'est pas là ? finit-elle par l'interroger.

– Mr. Lipchitz a pour habitude de ne pas assister aux essais.

– Et Norman ? insista-t-elle. Il n'est pas là non plus, Norman ? »

Elle semblait si dépitée qu'il maîtrisa une réaction d'agacement.

« Mr. Webster est retenu sur un tournage. Miss Dane, je suis navré de vous décevoir, mais c'est à ma modeste personne que vous aurez affaire ce matin. »

Elle se tourna brusquement vers lui, si tendue et pâle qu'il se reprocha son ironie.

« Il est très important pour moi d'obtenir ce rôle, et je ne sais même pas ce que je dois jouer ! s'exclama-t-elle d'une voix étranglée. On m'a prétendu à la production que le script ne pouvait pas être communiqué... C'est tout juste si David a accepté de me dévoiler entre deux portes qu'il s'agissait d'une féerie... C'est à se demander s'il a envie que je gagne ! Et puis cette étoffe gratte autant qu'un cilice. Comment voulez-vous marcher gracieusement avec ça sur le dos ! »

Elle paraissait si frêle et anxieuse que Vincent se sentit presque attendri.

« Cessez de vous tourmenter, miss Dane, dit-il. L'étoffe est ainsi parce qu'elle doit bien prendre la lumière. Quant au plan que vous allez jouer, il est très simple : Vous marchez dans une forêt brumeuse lorsqu'un cavalier fait irruption sur votre chemin, s'approche et se penche pour vous tendre un gobelet d'argent. Vous devez avoir deux réactions successives : d'abord un mouvement de recul et une expression de crainte, voire de terreur. Tout de suite après, à la vue de l'offrande qui vous est faite, votre visage doit s'éclairer et donc passer en quelques secondes de l'inquiétude à la joie.

– Mais j'ai montré dix fois ce jeu de physionomie dans *Mandy* !

– C'était une comédie moderne, Priscilla... miss Dane. Dans un conte médiéval, il me semble qu'il faut jouer un petit peu moins de votre spontanéité et davantage avec une gravité qui ne vous est peut-être pas naturelle. Vous serez aussi jugée sur votre démarche. Ne vous promenez pas dans cette forêt comme si vous faisiez des courses chez Bloomingdale's. »

Elle fit quelques pas le long du mur les traits figés, ses lèvres murmurant quelque chose comme si elle avait un texte à réciter, sans qu'aucun son ne sorte de sa bouche. Puis elle revint vers lui.

« Sur le plateau, appelez-moi Priscilla », dit-elle avec un petit sourire craintif.

La sonnerie tinta longuement.

« Da Costa ! cria le régisseur. Envoie-nous ce que tu peux, Fatty. »

On devinait dans la pénombre le petit homme qui s'agitait autour du double cylindre de sa machine tel un alchimiste autour de son creuset.

« Vacherie de vacherie », grommela-t-il d'une voix étouffée.

Comme pour lui faire écho se firent entendre une série de chuintements modulés jusqu'au sifflement, puis une sorte de vibration sourde – alors que des bouffées de brouillard commençaient à jaillir des tuyaux, se tordant sur le sol en longues traînées sinueuses.

« On y va, lança Vincent. Silence. Fermez les portes, je ne veux plus de courants d'air.

– Allumez les projecteurs ! ordonna le régisseur au mégaphone. Que le cavalier se prépare. »

Sous la vive lumière la fumée parut se creuser de galeries aux parois livides et mouvantes dont les perspectives indécises disparaissaient aussitôt qu'entrevues, formant un labyrinthe instable et fugitif. Du groupe confus des techniciens qui se découpait sur le côté s'échappa une brève exclamation. Vincent se retourna.

« Silence total, » ai-je demandé.

Le plateau tout entier semblait maintenant osciller dans une houle d'ouate d'où seuls émergeaient, tels des écueils au-dessus de la surface de la mer, les caméras et les projecteurs.

« Le rouge !

– *Le Prince de bois*. Essai Miss Dane. Première, annonça le clapman.

– Action. »

Afin de bien suivre l'avancée de la comédienne, il s'était posté près de l'entrée du cavalier. La démarche un peu rapide, elle surgit de la porte opposée, paraissant glisser sur l'étendue moutonneuse comme si elle marchait sur les eaux.

« Cavalier », appela Vincent.

Celui-ci fit à son tour son entrée derrière lui, et

s'avança lentement. Attentif au jeu de physionomie de Priscilla, Vincent ne quittait pas son visage du regard. Au moment où elle aperçut le cavalier elle exécuta parfaitement son mouvement de recul puis, comme si elle se faisait violence, s'approcha de lui, leva son visage et à ce moment précis éternua bruyamment. Surprise, elle mit sa main devant sa bouche comme une collégienne prise en faute.

« Coupez, cria Vincent. Da Costa, stoppez la machine !

– C'est ce maudit brouillard, expliqua-t-elle d'un ton plaintif dès qu'il l'eut rejointe. Ça pique les yeux, ça rentre dans la gorge...

– Et pourtant il n'y en a pas assez, s'exclama Vincent. Bill ! La couche n'est pas assez dense, regardez, on voit le sol à plusieurs endroits !

– Si vous croyez que c'est simple sur une surface si grande ! s'exclama Da Costa. C'est forcé qu'il y ait des trous dans le tissu !

– Ce n'est rien, on refait la prise, décida Vincent d'un ton apaisant. Priscilla, jusqu'à votre éternuement c'était très bien. Toutefois ne marchez pas si vite. Vous flânez dans la forêt, vous ne faites pas...

– Je sais, je sais, mes courses, l'interrompit-elle.

– Je veux dire qu'il y a une dimension de rêve dans ce film... Allez, on recommence.

– *Le Prince de bois*, miss Dane, deuxième. »

Priscilla s'avança cette fois plus lentement, mais Vincent eut l'impression que c'était maintenant le cavalier qui faisait irruption trop vite.

« Doucement ! » cria-t-il.

C'était trop tard. Craignant d'être bousculée en le voyant ainsi fondre sur elle, la jeune femme fit un écart, perdit l'équilibre et tomba lourdement sur le sol.

« Coupez », ordonna Vincent.

Il se précipita pour l'aider.

« Vous avez vu... comment ce butor m'a foncé

dessus..., se plaignit-elle. Avec toute cette huile par terre, c'était forcé que je perde l'équilibre... »

Elle demeurait immobile, les yeux dans le vague, paraissant atterrée par ce coup du sort. Vincent chercha des yeux le cascadeur afin de lui faire part de sa façon de penser, mais il vit, à la porte ouverte au fond du plateau, que celui-ci avait déjà regagné le corral.

« On en fait une dernière ? plaida-t-elle avec des yeux suppliants.

– Ce n'est pas grave, dit-il en évitant le regard de Priscilla. Nous choisirons la meilleure des deux prises en coupant l'éternuement. »

Le violent courant d'air créé par l'ouverture des portes avait en quelques instants chassé le brouillard, dévoilant l'étendue miroitante du plateau où les tuyaux alimentant la machine se tordaient en volutes luisantes, comme des serpents d'eau à la surface d'un marécage. Il rejoignit Peter Cargyll.

« Expliquez-moi, Peter, on est là sur le 3 de la Warner, ou sur la patinoire de Central Park ? »

Le régisseur eut un geste d'impuissance.

« Si on veut de la purée de pois il faut en payer le prix, grommela-t-il. La paraffine, on sait que c'est glissant !

– Vous pourriez conseiller à Da Costa d'adoucir son mélange...

– Dites-le-lui vous-même », répliqua Cargyll d'un ton sec.

Un instant désarçonné, Vincent revint vers les caméras. Sans plus attendre, Priscilla avait déjà quitté le plateau.

David se planta devant la fenêtre et regarda d'un air contrarié la cime des palmiers immobiles dans l'air lourd.

« Ça ne va pas faire l'affaire de Norman, maugréa-t-il. J'ai cru comprendre qu'il comptait sur elle.

– En fait j'ai été tenté de filmer une troisième prise..., avoua Vincent. Elle était si déçue que je ne le fasse pas ! Après tout, ce qui s'était passé n'était pas vraiment de sa faute, mais tu m'avais demandé de me limiter à deux et je n'ai pas voulu créer de précédent. À vrai dire j'ai eu le sentiment qu'elle n'aurait pas été ce qu'il fallait. Un visage trop... trop contemporain. Elle conviendrait davantage à une comédie moderne. Et puis elle était si contractée...

– Alors tu as raison, affirma-t-il d'un ton péremptoire. Je ne peux pas mettre quinze cent mille dollars sur les épaules d'une fille fragile. Le tournage sera sûrement difficile, et c'est pour cela que j'ai choisi pour le diriger un caractère plutôt placide comme celui de Webster. Ce pervers de Bognar n'a vu dans cette forêt que l'occasion d'imaginer un terrain semé d'embûches où les deux amoureux doivent surmonter mille épreuves avant de se retrouver ; il me faut donc une actrice qui tienne sur ses jambes.

– Il faudrait tout de même que Peter explique au cascadeur qu'il n'est pas dans un western ! Je voulais le lui dire moi-même mais je ne l'ai pas revu. Ce type est un vrai bulldozer, il l'a carrément bousculée, Priscilla !

– Peut-être le cheval a-t-il lui aussi glissé, ou été emporté par son poids... De toute façon je m'en occupe, c'est un gars que je connais », répondit David.

Vincent leva les yeux vers la pendule du bureau.

« Huit heures et demie déjà... Il faut maintenant reporter nos espoirs sur la seconde postulante. Tu as quelques renseignements sur elle ? »

David consulta sa fiche.

« Margit Mariassy, née à Budapest le 8 septembre 1916. Elle est recommandée par le scénariste Lothar Bognar et par Michael Curtiz, lui aussi d'origine hongroise, comme tu le sais. Ils se sont tous deux enflammés pour cette petite qui n'a jamais tourné qu'un rôle plus que modeste dans le *Varsity Show*: elle était l'une des cinquante étudiantes du Winfield College. Quant à la photo, elle n'est pas très révélatrice », dit-il en la lui tendant.

C'était en effet le cliché flou et pâli d'un petit visage languide et comme désincarné.

« Au moins elle est brune, ça nous changera de Priscilla », remarqua Vincent.

David fit la moue.

« En matière de contes de fées et de légendes, ce n'est certes pas un avantage. Pour les enfants, la Princesse est blonde de toute éternité.

– Alors, fais-la tourner en perruque ! »

Il parut réfléchir.

« À côté de cela... Anita Louise paraissait tellement blonde et diaphane dans *le Songe* que cela peut créer un petit événement de choisir une *brunette* plus piquante. »

Le téléphone sonna.

« Oui, Peter ? Bien. Que Bill remette son bazar en route. »

Il raccrocha.

« Elle est prête, annonça-t-il en se levant.

– Tu viens avec moi ? s'exclama Vincent surpris. Je croyais que tu n'assistais pas aux tests...

– Je veux quand même voir à quoi elle ressemble. On ne peut pas rester sur cette photo de passeport. »

Ils étaient à peine revenus sur le plateau qu'elle apparaissait à l'entrée principale – seule, sans être accompagnée de l'habilleuse. Au lieu de se draper dans son châle, elle l'avait gardé enroulé à la diable autour de son bras, ce qui lui donnait le naturel altier et délié d'une gitane. Comme elle s'approchait d'eux, Vincent trouva que sa silhouette en paraissait tout affinée par rapport à celle de Priscilla, et se dit qu'il lui demanderait de conserver sur le plateau cette démarche un peu dansante. Elle s'arrêta devant lui et esquissa une sorte de petite révérence, si charmante et ingénue qu'il demeura interdit.

« Mr. Lipchitz ? » interrogea-t-elle.

Elle ne ressemblait guère à la photo. Sur celle-ci on ne voyait pas la courbe de ses sourcils aussi marquée. Et ses yeux étaient gris-vert plutôt que le bleu qu'il avait imaginé. Il demeura un instant à la dévisager, sans qu'un seul mot puisse sortir de ses lèvres.

« C'est moi qui suis Mr. Lipchitz, miss Mariassy, dit David à son côté. Nous nous sommes déjà rencontrés...

– En fait je cherche Mr. Bognar, précisa-t-elle d'une voix un peu rauque et teintée d'inquiétude. Il m'avait promis qu'il m'expliquerait lui-même la scène que je devais tourner pour le test. »

David parut surpris.

« Mr. Bognar ignore la scène qui a été choisie, miss Mariassy. De toute façon il n'est pas d'usage que le scénariste vienne sur le plateau. »

Le petit nez de la jeune femme se plissa d'une moue de contrariété.

« Mais... il m'avait promis qu'il serait là ! Il devait même me raccompagner !

– Une voiture de la production s'en chargera, répondit David d'un ton accommodant.

– Peut-être puis-je lui téléphoner ? insista-t-elle. Vous savez, je lui dois d'être ici. Je lui suis si reconnaissante...

– Vous avez peu tourné, je crois ? demanda David.

– Je n'ai fait qu'une apparition dans le *Varsity Show* de Mr. Keighley. Aussi je mesure ma chance d'être ainsi mise en balance avec Miss Dane ou Miss Hunicutt ou... » Elle s'interrompit et parut un instant égarée. « Mr. Bognar va être très mécontent s'il apprend que je suis venue ici sans lui, ajouta-t-elle.

– Nous dirons à Mr. Bognar que tout s'est bien passé, dit David. Tenez… je m'en chargerai personnellement.

– Avec lui je n'aurais pas eu le trac, insista-t-elle d'une voix sourde.

– Ne vous inquiétez donc pas… Mr. Villeneuve, poursuivit-il en se tournant vers Vincent, expliquez plutôt à miss Mariassy le plan à tourner, qu'elle ne s'imagine pas que c'est insurmontable… »

Elle paraissait si désemparée qu'elle ne sembla même pas vouloir l'écouter. Vincent se sentit vaguement mortifié.

« Je préfère que ce soit toi, répondit-il à voix basse. Il faut que j'aille vérifier s'ils ont bien lavé le sol afin que ces glissades ne se reproduisent pas. »

*

Avant que David ait pu réagir, Vincent se dirigea à grands pas vers la cabine du régisseur et, dès qu'il fut hors de vue, dut s'appuyer au mur comme s'il était à bout de souffle après une course éperdue sous le soleil. Devant l'air surpris des machinistes, il fit alors semblant de ramasser quelque chose à terre pour se donner une contenance. « Qu'est-ce qui m'a pris ? pensa-t-il. C'était à moi de lui expliquer ce plan. » Il se redressa et, dissimulé dans la pénombre, l'observa à la dérobée. Se tenant cambrée comme une danseuse, les mains derrière le dos, la poitrine tendue sous l'étoffe rugueuse de sa robe, elle écoutait attentivement David qui lui parlait avec des gestes et paraissait l'avoir rassurée. « Les seins qu'elle a », se dit-il. L'émotion lui fit trembler les mains. Soudain elle ne s'entretenait pas avec le célèbre *tycoon* David Lipchitz, sa silhouette ne se découpait plus sur la dure lumière californienne – mais sur un ciel plus pâle strié de longs nuages mouvants et parcouru de migrations d'oiseaux. Là-bas dans la sensuelle et brumeuse Hongrie, les femmes marchaient-elles donc toutes ainsi, la gorge offerte, le teint de lait, à la fois hardies et réservées ?

« Mr. Lipchitz ! entendit-on crier dans le mégaphone. On vous demande sur le téléphone de plateau. »

Craignant de voir David passer devant lui, il quitta son abri et se rapprocha de la sortie. Les mains derrière le dos, un peu voûté, David parlait toujours à la jeune femme.

« On te réclame au téléphone », dit Vincent en s'approchant.

David réprima une grimace et s'écarta de quelques pas.

« C'est sans doute Norman qui vient aux nouvelles pour Priscilla, lui dit-il à mi-voix. Ça risque de durer longtemps, je vais le prendre au bureau.

– Je commence sans toi ?

– Je crois lui avoir expliqué le plan et je me suis fait une idée d'elle.

– Qu'en penses-tu ? »

Il eut un geste évasif.

« Je ne veux pas t'influencer...

– N'oublie pas d'insister auprès de Peter pour le cascadeur... », commença Vincent.

David l'interrompit d'un mouvement vif.

« C'est fait », assura-t-il, puis, tournant brusquement le dos sans même prendre congé de l'actrice, il regagna son roadster.

*

Vincent vit qu'elle le suivait des yeux alors que le petit bolide argenté disparaissait au coin de l'avenue C.

« J'imagine que Mr. Lipchitz vous a raconté la scène ? s'enquit-il avec un soupçon d'impatience.

– Oui, répondit-elle d'une voix à peine audible.

– Ce n'est d'ailleurs pas vraiment une scène. C'est...

en quelque sorte en un seul plan… un climat de féerie à créer. Cela tiendra à… je ne sais pas, moi, la grâce de votre démarche, la lumière sur votre visage. »

Elle l'écoutait en silence et il n'était pas mécontent d'avoir pu lui aussi capter son attention quelques brefs instants.

« Ils ne vous jugeront que sur ces éléments visuels puisque le test est insonore. »

Elle eut une expression d'anxiété qui dissipa fugitivement l'aspect juvénile de ses traits.

« Parce que vous n'aimez pas ma voix ? C'est mon accent, n'est-ce pas ? »

Il haussa les épaules.

« Le peu d'accent que vous avez gardé est charmant. De toute façon ça ne réussit pas si mal à Garbo ! Ce que je voudrais… Oui, essayez donc de marcher comme tout à l'heure lorsque vous vous êtes dirigée vers nous, de façon si naturelle, le buste un peu en arrière, le regard fixe… Méfiez-vous pourtant du sol qui peut être glissant », ajouta-t-il.

Elle parut se dérider quelque peu.

« Mr. Lipchitz m'a prévenue », dit-elle d'un air candide.

Il s'efforçait de l'observer sans montrer d'émotion, mais lorsqu'il s'aperçut qu'elle avait les yeux un peu cernés, il sentit à nouveau un trouble l'envahir et dut faire quelques pas pour retrouver son calme.

« Tirez donc vos cheveux en arrière afin de dégager votre front et vos pommettes, reprit-il. Je pense qu'ils prendront bien la lumière. Avec cette brume artificielle, tout prend un relief particulier. »

Elle-même semblait sur ses gardes en l'écoutant, comme si elle était consciente de ce qu'elle provoquait en lui. Il y eut un silence presque embarrassant.

« Eh bien, on y va, fit-il avec une soudaine impatience.

– Sans Mr. Bognar ? »

Qu'elle prononçât à nouveau son nom lui causa quelque agacement.

« Vous avez pourtant entendu David ! En revanche, rappelez-vous que moi je suis davantage à vos côtés pour vous aider que pour vous diriger. »

Il avait préparé cette phrase à l'intention de Priscilla, mais il s'aperçut qu'il n'avait pas eu avec elle l'occasion de la formuler. La jeune femme leva vers lui ses yeux pâles.

« Merci de vous préoccuper de moi comme cela, mister... »

Elle demeura comme en suspens, la bouche entrouverte.

« Villeneuve, bredouilla-t-il. Vincent Villeneuve. Je suis canadien, du Québec, crut-il nécessaire de préciser comme si cela pouvait l'intéresser en ce moment. Bon, on va y aller, Peter », dit-il à l'intention de la haute silhouette dégingandée qui venait aux nouvelles.

La sonnerie retentit à nouveau.

« Lumière », ordonna Vincent.

Il se retrouna vers la jeune actrice.

« Le cavalier fera irruption sur votre droite, là où vous voyez le régisseur, oui, le grand qui est venu vous chercher. Moi je serai près de la porte au fond. Votre expression...

– Mr. Lipchitz m'a expliqué, l'interrompit-elle.

– À ce propos... Peter ! Mr. Lipchitz n'a pas rappelé ?

– Non, Mr. Villeneuve.

– Alors, on attaque. Silence ! Le rouge. Da Costa ! Émission de brouillard. »

Il s'éloigna de la jeune femme et regagna la place qu'il occupait lors du premier bout d'essai. Le halètement de locomotive de la machine avait repris et la brume s'élevait à présent en une nappe plus régulière qu'auparavant. À nouveau le plateau se transformait en une lande inhospitalière d'où les silhouettes des cameramen et des machinistes semblaient émerger comme celles de voyageurs égarés.

« *Le Prince de bois*, essai Miss Mariassy, première !

– Action. »

Il fit signe à Margit. Drapée dans sa longue cape claire, le châle sur ses épaules, elle entra dans le champ des projecteurs. À mesure qu'elle avançait et que le brouillard s'effilochait sous ses pas, il émanait de sa silhouette élancée, de ses longs cheveux sombres, de son teint plus diaphane encore sous la lumière froide, un halo d'étrangeté qui semblait l'arracher au réel comme si elle flottait en apesanteur sous une lune vénéneuse. Il avait le sentiment qu'elle s'était lancée à la poursuite d'un but inaccessible, et qu'à tout moment elle pouvait disparaître, oubliant ou ignorant tous ceux qui étaient sur le plateau, laissant dans son sillage une trace enchantée.

« Cavalier ! » appela-t-il avec l'impression que le son de sa voix dans le mégaphone rompait brutalement le charme.

Il entendit le martèlement du pas du cheval, puis le cliquetis du mors lorsque la massive silhouette le dépassa. La jeune femme mima parfaitement la surprise en le voyant surgir, et son visage s'éclairait déjà alors que le cavalier se penchait vers elle, lorsque Vincent la vit en un instant changer d'expression. Sa bouche se tordit brusquement en un rictus qui lui déforma les traits et elle poussa un gémissement inarticulé. Puis elle plaça ses mains devant ses yeux comme si elle refusait de voir quelque chose et mit un genou en terre. Il crut d'abord qu'elle avait été heurtée par l'armure.

« Coupez ! cria-t-il. Qu'est-ce qui se passe encore ? »

Il se précipita vers elle. Le visage toujours dans les mains, elle pleurait à petits sanglots silencieux qui lui soulevaient les épaules. Alors qu'il l'aidait à se relever, il sentit qu'elle tremblait.

« Qu'est-ce qui s'est passé ? répéta-t-il. Cet imbécile vous a bousculée ? »

Elle secoua la tête sans répondre. Vincent se retourna et chercha des yeux le cavalier, mais le brouillard artificiel masquait tout le fond du plateau.

« Peter ! hurla-t-il. Appelez-moi le cascadeur, que je lui murmure deux mots à l'oreille dont il se souviendra ! Quel était son nom, déjà ?

– Bruce Larrabee, répondit le régisseur.

– Faites-le venir ! Cela fait deux fois qu'il crée un incident ! »

Il revint au côté de la jeune femme.

« Margit… Miss Mariassy, remettez-vous, dit-il d'un ton apaisant. Jusque-là vous étiez parfaite ! On va faire une deuxième prise sans tarder, et je peux vous assurer que vous tenez le rôle ! Racontez-moi ce qui est arrivé, que j'en parle à cette espèce de cow-boy », ajouta-t-il plus bas.

Elle s'efforçait de sécher ses larmes en hoquetant comme une enfant.

« Je… je n'ai pu…, commença-t-elle avec effort.

– J'arrête la machine ? interrogea Da Costa.

– Un instant, Bill, on va peut-être reprendre tout de suite ! Miss Mariassy, j'insiste pour que vous me disiez ce qui… »

Il s'interrompit. Un martèlement de sabots se faisait à nouveau entendre, résonnant dans le fond du plateau. Presque aussitôt, fantomatique, la monture du cavalier fit irruption dans le cercle des projecteurs, telle une blême apparition affolée. Sa bride pendait à terre, au risque que l'animal s'y prenne les pattes.

« Quoi, l'homme est tombé ? questionna Vincent avec stupeur. Il devait être saoul, ce n'est pas possible autrement ! Cela expliquerait sa brillante performance ! Peter, trouvez-le et amenez-le-moi. »

La haute silhouette du régisseur s'éloigna dans

le brouillard. L'un des techniciens avait déjà attaché le cheval lorsque Peter revint, paraissant perplexe.

« Incroyable ! Profitant de ce qu'on ne voyait rien, le type s'est faufilé dehors.

– Bill ! appela Vincent. Arrêtez tout. Ouvrez les portes, qu'on respire. Personne ne l'a vu ? s'enquit-il à la cantonade en se tournant vers les machinistes.

– C'est justement le problème, Mr. Villeneuve. Avec cette purée de pois il a pu se défiler sans être remarqué.

– Je veux bien que ce soit une féerie, mais je finis par me demander si ce n'est pas un film qui a un sort, marmotta Peter.

– Qu'est-ce qui se passe encore ? »

Vincent se retourna. David venait d'apparaître dans l'entrée.

« Oh, c'est toi ! Il se passe que le cascadeur a dû boire un coup de trop ! Après avoir heurté tout à l'heure Miss Dane il a bousculé Miss Mariassy, et maintenant il s'est fait la belle et on ne le retrouve plus ! Jamais je n'ai vu des tournages de bouts d'essai posant tant de problèmes, ajouta-t-il d'une voix mécontente. Pourtant la petite avait été parfaite, hein les gars ?

– Vraiment bien », renchérit Peter Cargyll.

David se tourna vers elle. Paraissant choquée, Margit s'était affaissée à même le sol. Évasée autour d'elle comme une corolle, sa longue jupe était toute souillée d'huile.

« Je ne comprends pas qu'un homme calme comme Larrabee ait pu se comporter ainsi, dit David.

– Ce n'était pas Larrabee », lança une voix dans le fond.

David leva vivement la tête. Un homme de forte corpulence s'approcha de lui.

« Je suis Mark MacShane, le chef électricien, commença-t-il d'une voix traînante. Je le connais, le Bruce, Mr. Lipchitz.

– Comment pouviez-vous le reconnaître ? Il avait son heaume sur le visage !

– *Lui* m'aurait reconnu en tout cas ; il serait venu me saluer, on a tourné assez de films ensemble ! Et puis il ne se tient pas à cheval comme se tenait ce type. Non, répéta-t-il. J'suis sûr qu'c'était pas lui.

– Ce n'était déjà pas lui pour l'essai de Miss Dane ? » interrogea Vincent.

MacShane secoua la tête.

« Pas davantage. Si j'avais su que ça devait être Larrabee, je l'aurais signalé que c'était pas lui !

– Ça arrive que les cascadeurs permanents du studio se repassent leurs rôles, remarqua Peter.

– Enfin bon Dieu, ce type a disparu ! s'écria Vincent. Et s'il a disparu, c'est qu'il a commis quelque chose !...

– Je veux en avoir le cœur net, l'interrompit David. Téléphonez donc chez lui. »

Il se tourna vers la jeune femme. Margit s'était relevée et se tenait un peu voûtée, les bras croisés sur sa poitrine, le regard perdu, comme si un ressort s'était cassé en elle.

« Ne vous inquiétez pas, on va la tourner à nouveau, promit-il. Le temps de faire venir un autre cavalier.

– Si c'est possible, je voudrais juste aller me... me recoiffer, demanda-t-elle d'une voix timide.

– Bien sûr, miss Mariassy, acquiesça David. Profitez-en pour vous reposer quelques instants dans la cabine d'essayage, il y a un divan. »

Elle fit un petit signe de tête comme si elle trouvait que c'était une bonne idée, puis d'un pas mal assuré se dirigea vers la sortie.

« Je vous accompagne, proposa Vincent en la rattrapant.

– Non, je vous en prie, répondit-elle d'une voix sourde. Je n'ai que le terre-plein à traverser. »

Il la vit sortir sous le soleil aveuglant et s'avancer vers le bâtiment de style colonial où se trouvaient les loges et les salons de coiffure. L'instant d'après, Peter Cargyll fit irruption.

« Je viens d'avoir Mrs. Larrabee à son domicile, annonça-t-il. Bruce est parti au studio comme lorsqu'il a une scène à tourner.

– À quelle heure ?

– À sept heures. Elle m'a assuré qu'*alors* il n'avait pas bu de bière.

– Personne ne l'a vu traîner dans l'enceinte du studio ?

– On est allés à la cantine, annonça l'un des machinistes. Impossible de le retrouver.

– De *les* retrouver ! précisa Vincent. Si l'autre n'est pas Larrabee, on a deux types en vadrouille, je vous le rappelle, dont un en armure ! Ça doit se voir, quand même, un type en armure sur Sunset Boulevard !

– C'est certainement le moment de plaisanter ! s'exclama David. En armure ou pas, comment avez-vous pu le laisser filer alors que vous êtes quinze sur le plateau…

– D'abord on s'est précipités sur miss Mariassy. Ensuite… eh bien on n'y voyait pas à trois pieds devant nous… c'est aussi bête que ça.

– J'étais sûr qu'on allait dire que *cette fois* il y avait trop de brume », plaisanta Da Costa.

Il y eut un rire nerveux.

« Le gars a dû faire vite en tout cas, remarqua le chef opérateur, pour ne même pas prendre le temps d'attacher son cheval !

– Je n'aime pas quand tout s'enclenche mal, s'exclama David avec humeur. Regardez le résultat de ce début de matinée. Deux mille dollars qui servent à quoi ? À désorienter, voire bouleverser successivement deux jeunes comédiennes !

– On va faire une deuxième prise, patron, et tout va rentrer dans l'ordre, proposa Ben Hackshaw de sa bonne voix. La petite est vraiment bien et j'ai fait appeler un cavalier en qui j'ai pleine confiance. »

David pinça les lèvres puis se dirigea vers la sortie à pas rapides. Vincent le rejoignit.

« J'attends avec impatience que tu visionnes ce test, insista-t-il. Tu as entendu Peter, et Ben ? Quant à moi, tu sais qui elle me rappelle ? Hedy Lamarr, rien de moins. Un grand studio doit pouvoir faire une star d'un visage et d'un corps pareils. »

David s'arrêta net.

« Tu crois que je n'ai pas vu comment tu la gobes depuis le début ! lança-t-il avec brusquerie. Je t'ai observé ! Tu la regardais comme un puceau du Kansas reluque une fille dans son premier beuglant. »

Vincent pâlit mais s'efforça de dissimuler son irritation.

« Écoute... Écoute-moi, David. Je regrette vraiment que tu aies été appelé au téléphone juste à ce moment. Car il s'est passé sous mes yeux quelque chose d'incompréhensible. *Sous mes yeux*, tu comprends, et devant ceux de quinze personnes. Je déteste cette idée.

– Elle nous racontera ce qui s'est passé.

– Elle ne nous dira rien, si tu veux mon avis. Elle est si retournée que je me demande si elle va pouvoir faire sa deuxième prise. C'était comme si... je ne sais pas, moi, comme si on lui avait montré quelque chose d'obscène. »

David haussa les épaules.

« Le type était en armure, que je sache. Pas en imperméable ! »

Le visage fermé, Vincent ne répondit pas.

« Qu'as-tu remarqué exactement, toi ? reprit David en s'adoucissant.

– Il était de dos, hélas. Je l'ai vu se pencher puis elle a grimacé, poussé un gémissement et elle s'est écroulée... comme quelqu'un qui a une syncope... Malheureusement, de l'endroit où j'étais placé je n'ai pas pu voir ce qu'il lui tendait. Et le développement du film ne nous apportera rien de plus, puisque comme convenu il n'y avait pas de caméra pour prendre le cavalier de face. »

David soupira. Il semblait soudain songeur.

« Allons voir si elle se remet de ses émotions », dit-il.

Le bâtiment où se trouvaient le salon de coiffure et les cabines d'habillage était si proche du plateau que David décida de s'y rendre à pied. Ils franchirent les trois marches du perron, longèrent l'élégante grille en fer forgé qui protégeait les fenêtres de spectateurs trop attentifs et frappèrent à la porte d'entrée. Une pimpante coiffe blanche sur ses cheveux blonds, l'habilleuse vint ouvrir. Elle semblait si désœuvrée que Vincent se sentit défaillir.

« Quoi, Phyllis, elle n'est pas venue ?

– Miss Dane ? Elle est repartie depuis longtemps ! Elle était si déçue qu'elle ne m'a même pas saluée en partant.

– Mais non, Phyllis. Je ne parle pas de Miss Dane, mais de Miss Mariassy qui lui succédait. Ne me dites pas qu'elle n'est pas là ! »

Sa voix s'était mise à trembler.

« Oh... la jeune femme aux yeux clairs ? Elle était venue tout à l'heure se changer, mais elle n'a pas voulu que je l'accompagne sur le plateau comme Miss Dane et je ne l'ai plus revue.

– Elle n'est donc pas repassée il y a quelques instants ? »

Devant son expression presque suppliante elle demeura silencieuse, la bouche ouverte.

« Elle avait pourtant laissé son sac derrière elle, finit-elle par préciser.

– Pouvez-vous vérifier si ce sac est encore là, miss Hatwell ? s'enquit David.

– Regardez vous-même, Mr. Lipchitz », proposa-t-elle tout en s'effaçant.

Ils entrèrent. La petite pièce était meublée d'un lit de repos recouvert de chintz, d'un fauteuil et d'une coiffeuse. Sur le dossier du fauteuil était soigneusement pliée une robe très simple et un petit chapeau sans voilette. Un sac de cuir en forme d'aumônière avait glissé à terre.

« Je n'attendais pas son retour avant le déjeuner, reprit l'habilleuse d'un air contrit comme si elle-même était en faute. Elle avait annoncé qu'elle reviendrait en ville avec quelqu'un.

– Sans doute Lothar Bognar, supposa Vincent. Elle pensait le retrouver ici.

– Sous le coup de l'émotion elle sera peut-être allée chez lui, murmura David. Je vais m'en assurer. »

Il se tourna vers Phyllis.

« Voulez-vous m'appeler la coiffeuse, miss Hatwell ? »

Celle-ci arriva tout aussitôt, menue et rougissante.

« Vous avez coiffé miss Mariassy ? questionna David.

– Elle m'a assurée qu'elle était coiffée comme elle le désirait. Elle a même refusé que je la poudre. Il faut dire qu'elle a une peau ravissante. »

Ils jetèrent un coup d'œil dans le salon de coiffure et dans la loge déserte, puis revinrent dans la cabine. David considéra pensivement les effets épars.

« Il n'y en a pas pour cinq dollars, marmonna-t-il. Elle pouvait en faire le sacrifice… Vous a-t-elle semblé… je ne sais pas, moi, nerveuse ? demanda-t-il aux deux femmes.

– Miss Dane était contractée, précisa l'habilleuse. Miss Mariassy, elle, était au contraire enjouée. C'est pas ton avis, Meg ?

– Oui », fit la petite coiffeuse.

Ils retournèrent sous l'auvent.

« Prévenez-nous dès qu'elle revient, nous sommes à la production », annonça David avant de s'éloigner.

Ils marchèrent en silence côte à côte.

« Tu as écrit au consul ? l'interrogea soudain David.

– Il s'agit bien de cela ! rétorqua Vincent.

– Tu as écrit ? répéta David d'un ton impatient.

– J'ai écrit. David, je te redis que celle-là avait le…

– Et moi je te rappelle que tu en as encore deux à filmer », l'interrompit-il sèchement.

3

Vincent n'était jamais monté dans le saint des saints du département production qu'était au premier étage la salle de projection particulière du directeur du studio. Saisi d'un accès de timidité, il s'arrêta sur le seuil à la vue de la vingtaine de fauteuils qui paraissaient si élégants et raffinés avec leur style contemporain qu'ils ne devaient accueillir – c'était évident au premier regard – que les séants les plus respectables et les plus prestigieux de la profession. Un petit groupe devisait devant l'écran, parmi lequel il reconnut David et aussi, à ses cheveux plaqués en arrière, ses lorgnons et son maintien empreint de réserve, le réalisateur Norman Webster. Il finit par s'avancer puis s'immobilisa à nouveau, hésitant devant la place qu'il devait occuper. Conscient de son embarras, David quitta ses interlocuteurs et vint le rejoindre.

« Tu as l'air aussi à l'aise qu'un poisson dans une poêle à frire ! lui lança-t-il.

– Jusqu'à maintenant je n'avais droit qu'à la salle des rushes au rez-de-chaussée... »

David se laissa tomber dans l'un des sièges du dernier rang.

« Rien de neuf ? demanda Vincent avidement en s'installant à côté de lui.

– Ne fais pas cette tête-là, elle n'est tout de même pas perdue dans le Mato Grosso ! »

Il sortit de sa poche un bloc-notes et crayonna nerveusement quelques mots.

« Mais on est embêtés », finit-il par ajouter.

Vincent hocha la tête en silence, puis se pencha vers David.

« Qui parle avec Webster ?
– Le type avec le fume-cigarette ? Andrew Lloyd, le nouveau directeur du studio. Celui qui me fait sauter si *le Prince de bois* vient à se ramasser. »

Tenant un dossier à la main Dolly entra à cet instant. Sanglée dans un tailleur de soie grège à martingale, coiffée d'un discret chapeau à voilette, elle était dans l'une de ces journées où elle en imposait à quiconque – au président autant qu'au cameraman –, comme si elle était leur mère à tous, ou plutôt celle qui les avait tous guidés, enfants, vers le royaume enchanté dont elle détenait quelque part la clé. Presque aussitôt Ben Hackshaw sortit de la cabine de projection.

« Quand vous voudrez, Mr. Lloyd », annonça-t-il.

L'autre fit un geste d'acquiescement avec son fume-cigarette, s'installa au premier rang, croisa ses longues jambes guêtrées, et l'obscurité se fit. De sa place Vincent ne discernait de lui que l'extrémité rougeoyante de sa cigarette. Déjà apparaissait sur l'écran l'ardoise indiquant *Essai Miss Dane 1re*. Vincent se cala dans son siège. C'était après tout la première fois qu'il visionnait une bande qu'il avait lui-même tournée. À mesure que le bout d'essai se déroulait, il s'aperçut que le plan qu'il découvrait était beaucoup plus long que le temps qu'il pensait avoir mis à le tourner. Les défauts que montrait Priscilla en étaient d'autant plus visibles. Là où il aurait fallu muser dans la forêt, elle avançait d'un pas de carabinier et, en dépit de la brume répandue par Da Costa, sa progression était dépourvue de toute étrangeté. Pire, lorsque son visage apparut, sa mine prosaïque écarta toute idée de songe ou de légende. L'irruption du cavalier à contre-jour fit en revanche impression. Massive, inattendue, sa silhouette de dos occupait la moitié de l'écran et donnait le sentiment d'un danger si menaçant qu'il justifiait parfaitement le geste de recul de l'héroïne et son expression d'effroi. « Ce serait un effet à garder », pensa-t-il. Puis Priscilla connut son brutal éternuement et le film s'arrêta. La lumière revint.

« Inutile de passer la deuxième prise, l'actrice ne me semble pas convenir, dit Andrew Lloyd. Elle a la grâce d'un dreadnought et elle grimace comme les Keystone Cops de mon enfance.

– Elle se déplace moins vite dans la seconde, Andy », fit remarquer Norman Webster.

Il semblait dépité. Andrew Lloyd se tourna vers David.

« Qu'en pensez-vous, mon cher ?

– Je ne la placerais certes pas en numéro un, répondit-il prudemment.

– Passons alors à la petite Hongroise. Bon, où en est-on avec cette histoire ? »

David eut une moue de contrariété.

« Depuis ce matin aucune nouvelle d'elle ni du cascadeur Larrabee, et pas davantage de celui qui aurait pris sa place… On a pourtant mis le paquet pour se renseigner !

– La police est prévenue ?

– Oui bien sûr, mais on a surtout confiance dans nos gars à nous. On tient tous les tripots et tous les bars, d'Hollywood Boulevard jusqu'à Santa Monica. Les issues de la maison de Bognar sur Hillside Avenue sont surveillées.

– Et là, ce samedi 24 août à 18 heures…, dit-il en consultant sa montre de gousset.

– Il faut admettre que nous sommes bredouilles, soupira David.

– Tu n'as pas prévenu la presse, j'espère ? demanda Norman Webster.

– Pour qu'une Louella Parsons se fasse mousser sur notre dos, merci bien !

– Ce genre d'incident ne s'était encore jamais produit… Ça ne peut que nuire à la réputation du studio s'il s'ébruite, maugréa Andrew. Raison de plus pour tirer tout cela au clair au plus vite... Bien, passons à la pièce à conviction », enchaîna-t-il avec une soudaine impatience.

Dès que la lumière fut à nouveau éteinte Vincent se pencha en avant comme s'il voulait profiter de l'obscurité pour se rapprocher encore de l'écran, par quelque magie traverser la toile et se donner l'illusion de marcher à sa rencontre. Si Andrew Lloyd ne l'avait pas occupé de toute son importance, comme il serait volontiers venu s'installer au premier rang ! Pour l'instant on ne la voyait pas, et seul le brouillard emplissait l'espace de sa masse cotonneuse. Cela dura ainsi plusieurs secondes, créant une sorte d'attente exacerbée. Il ne se souvenait pas avoir ainsi pris son temps – sans doute n'avait-elle pas fait son entrée dès qu'il le lui avait ordonné. Il calcula mentalement qu'une trentaine de pieds de pellicule avaient dû défiler avant qu'elle n'apparût, silhouette lointaine encore indécise dont la caméra suivait comme fascinée la lente avancée. s'appuyant sur le dossier du siège qui précédait le sien il ne la quittait pas du regard. Tout pouvait en effet advenir désormais – et d'abord qu'il ne revît jamais ce bout d'essai. Andrew Lloyd avait parlé à son sujet de pièce à conviction, et peut-être la police allait-elle le saisir. Il lui fallait donc profiter de cette projection pour le graver dans sa mémoire avec précision. Et elle, d'ailleurs, la reverrait-il jamais ? À l'idée qu'en ce moment même elle courait peut-être un danger grave, il se sentit blêmir dans la pénombre.

Lors de l'arrivée du cavalier (ce n'était plus une *irruption* comme dans le test de Priscilla) elle eut un mouvement de recul qui n'était peut-être pas assez vif : sans doute lors d'une deuxième prise lui aurait-il demandé de se montrer davantage effarouchée. L'instant suivant, alors que le cavalier se penchait sur elle et que son visage s'éclairait d'un bref sourire, il devenait tout à coup évident qu'elle ne jouait plus. On la voyait distinctement tressaillir, une lueur d'angoisse passait dans ses yeux, puis elle se cachait le visage entre ses mains avant de s'affaisser. La caméra s'éloignait alors du dos de l'homme pour la suivre effondrée sur le sol, ses épaules secouées de sanglots, dans une attitude de désespoir.

Comme le film s'arrêtait, la voix un peu nasillarde d'Andrew Lloyd s'éleva.

« Ça alors, c'est incroyable. Incroyable. Repassez-moi donc ces dernières secondes. »

Sans même rallumer on rembobinait la bande. S'il s'était écouté Vincent aurait cette fois fermé les yeux. L'image à nouveau. Le cavalier se penchait. Le sourire de Margit se crispait, ses traits se durcissaient, son regard…

« Stop », cria Lloyd.

L'image devint fixe et la toile de l'écran parut emprisonner le visage de Margit comme un suaire.

« C'est là, dit-il. C'est à cet instant précis qu'il se passe quelque chose d'étrange. Regardez, on ne voit pas ce qu'il lui tend… À un pouce près on aurait pu voir de quoi il s'agissait, mais c'est caché par le haut de son corps.

– Il était entendu que la caméra ne devait pas quitter l'actrice, expliqua David.

– Suivez maintenant son regard, reprit Andrew. C'est ce qu'il lui tend qu'elle regarde, non pas son visage. Que lui donne-t-il donc, David ?

– Dans le scénario il lui tend un gobelet d'argent venant d'une fontaine magique, mais pour l'essai le cavalier pouvait utiliser n'importe quel ustensile d'un format équivalent. »

Andrew se leva et se rapprocha jusqu'à le toucher de l'écran où demeurait figé, immobile, le visage de la jeune comédienne déformé par la peur. « Il est comme moi, se dit Vincent. Il a envie, pour savoir, de passer de l'autre côté du miroir. »

« Enfin, qu'est-ce qui a pu l'effrayer à ce point ? marmotta le producteur comme pour lui-même tout en

regagnant son siège. On en vient à se demander si ce n'est pas un poignard ? Une coupe de vitriol ?
– Peut-être un chat crevé, comme dans *Little Nemo*, suggéra Ben Hackshaw.
– Cessez de débiter des bêtises, Ben, et remettez-nous la lumière », lança Andrew d'un ton vif.
Mécontent, Ben Hackshaw disparut dans la cabine.
« En attendant, c'est vrai que cette petite a quelque chose, reprit Andrew Lloyd d'un ton radouci. Qui a dirigé le bout d'essai ?
– C'est moi, Mr. Lloyd, répondit Vincent depuis le dernier rang. Je suis Vincent Villeneuve, je suis assistant réalisateur depuis 1934. »
Il se sentit dévisagé par un regard d'acier.
« L'avez-vous trouvée émotive ou tendue avant de tourner le plan ?
– Non, Mr. Lloyd. Comme je l'ai dit à Mr. Lipchitz, elle m'a surtout paru désireuse de bien faire. Elle ne semblait pas consciente de son... enfin de sa réelle chance de pouvoir obtenir le rôle.
– En avait-elle vraiment une, alors qu'elle n'a aucune expérience ! s'exclama Norman Webster.
– C'est là où se mesure la valeur du metteur en scène, mon cher, remarqua Andrew en plissant les yeux. Dolly ? Vous avez son dossier ?
– Norman a raison, elle n'a quasiment jamais tourné, et le dossier est donc plus que mince, précisa David. C'est Lothar Bognar qui nous l'a recommandée, et nous, nous avions besoin de ses bonnes grâces car il disposait du seul scénario de conte de fées susceptible d'être tourné rapidement ! »
Dolly s'approcha.
« Voici le dossier, Mr. Lloyd. Il contient la fiche biographique et une photographie. »
Andrew considéra un instant la photo, puis la lui rendit.

« Ancienne, et floue de surcroît… Il faudra en refaire une. Voyons… : “Margit Eva Mariassy, née à Budapest le 8 septembre 1916 ; conservatoire d'art dramatique de cette ville de 35 à 37. Tournée en 1936 en Hongrie et en Roumanie avec *l'École des femmes* de Molière… Arrivée aux États-Unis en février 1937. Participation au *Varsity Show* de William Keighley en juin 37 et à *Four's a Crowd*, de Curtiz, en 38 – petit rôle coupé au montage. ” » Il soupira.

« En effet c'est maigre. Si on la choisit, on pourra vraiment inscrire sur l'affiche “*Introducing* Miss Mariassy”. »

David paraissait songeur. Andrew se tourna vers lui.

« À propos de Bognar, demanda-t-il, quand pensez-vous le prévenir ?

– Demain matin. Car j'espère encore qu'on va retrouver cette jeune femme avant la nuit !… Comme je vous l'ai dit, si elle se rendait chez lui, je le saurais aussitôt, ajouta-t-il.

– Il risque d'être mécontent de ne pas avoir été mis au courant dès aujourd'hui de ce qui s'est passé…

– Je ne tiens certes pas à ce que Bognar rapplique ici ! C'est exprès que je ne lui ai pas donné la date du test et que j'avais interdit à Miss Mariassy de la divulguer. Sincèrement, Andrew, je suis obligé de passer par ses conditions pour le scénario puisque nous sommes à une semaine du tournage, mais vous savez quelle estime je lui porte !

– Je sais en effet que vous ne l'appréciez pas, mais n'oubliez pas non plus qu'Errol Flynn ne jure que par lui…

– Si Baron * l'appréciait autant que Bognar le prétend, s'exclama David avec humeur, il aurait joué dans *le Prince de bois* plutôt que de servir de faire-valoir à Bette dans *Essex* !

* Surnom d'Errol Flynn.

– On peut le comprendre de préférer se mesurer à une actrice difficile plutôt qu'à un fantôme !

– Ne nous énervons pas, dit David. Nous avons encore deux bouts d'essai à visionner.

– Vous avez pu trouver un autre cavalier ?

– Un ancien jockey. Au moins ça s'est passé sans incident.

– Quoi ? Sans éternuement, ni glissade, ni menace, ni disparition ?

– Et sans comédienne, je le crains », soupira David.

Il y eut un silence. Andrew eut un geste d'irritation.

« On commence à tourner mercredi prochain et nous n'avons toujours pas la vedette ! La précipitation n'excuse pas tout. Il faudrait peut-être envisager une solution de rechange... June Travis m'avait bien plu dans *Over the Wall*..., poursuivit-il tout en réfléchissant.

– Elle est jolie, mais il est question d'elle pour *A Child is Born*, intervint Norman.

– Ou alors, demander à la Metro de nous prêter Greer Garson. À charge de revanche, bien entendu... », suggéra David.

Norman secoua la tête.

« Trop rousse pour une princesse, n'oubliez pas qu'on est en couleurs ! Si on doit passer un accord avec Mayer, je préfère Irene Dunne... Mais moi je serais plutôt partisan de redonner sa chance à Priscilla. »

Andrew esquissa une grimace. Il y eut un nouveau et pesant silence.

« On va la retrouver, s'écria Vincent tout à trac. Je suis sûr qu'on va la retrouver, Mr. Lloyd. Pardonnez-moi d'intervenir, Mr. Webster, mais ce film est fait pour elle, je le sais, je le sens, uniquement pour avoir eu le privilège de la diriger quelques instants. Il est évident que l'on peut tourner une vraie féerie autour d'une fille comme elle. Vous ne pouvez pas envisager quelqu'un d'autre. Il émane d'elle tant de... »

Il devina braqués sur lui tant de regards stupéfaits par sa soudaine véhémence qu'il s'interrompit net.

« Vincent, je me demande si c'est vraiment ton rôle de..., commença David d'un ton mécontent.

– Voilà au moins un jeune homme qui croit en ce qu'il dit », le coupa Andrew.

Dolly aussi le fixait, remarqua-t-il. Il se sentit rougir et vit avec soulagement la lumière s'éteindre à nouveau.

De sa fenêtre il regarda pensivement les premières lumières s'allumer sur la ville. Il faisait lourd, et vers Santa Monica un ample rideau de nuages plombés lui masquait en partie les couleurs habituellement éclatantes du couchant au-dessus de l'océan. Cinq étages plus bas les automobiles descendaient en nombre le long de Hollywood Boulevard comme si les gens qui travaillaient dans les studios voulaient rentrer chez eux avant la pluie. Il se dit que derrière l'un de ces pare-brise qui scintillaient entre les maisons basses, les yeux clairs de la disparue voyaient peut-être aussi l'orage s'approcher. Il quitta à regret la rambarde de la fenêtre et prit sans joie le courrier que venait de lui remettre le concierge. Il n'était pas au Roosevelt depuis un laps de temps suffisamment long pour que de bonnes nouvelles, s'il en existait, aient eu la latitude de l'atteindre – quant aux mauvaises, elles savaient toujours le trouver. Judy, elle, n'ignorait pas où il se trouvait : la première enveloppe venait d'elle.

De celle-ci il sortit une profusion de documents : la missive elle-même, mais aussi une quittance de loyer accrochée par un trombone, une contravention, et enfin un autre pli, fermé celui-là. Il ouvrit en soupirant le feuillet manuscrit – il n'avait jamais aimé la couleur de son papier, d'un vert aussi acide qu'elle l'était elle-même.

Santa Monica, le 23 août 1939.

Vincent,

Dans l'ignorance de tes projets immédiats j'ai fait porter tes deux cantines au studio. C'est leur destination naturelle, non? Tu as toujours pensé que les films étaient plus beaux que la vie. Peut-être le scénario de la tienne aurait-il mérité d'être retravaillé. Pour ce qui est de la scène de rupture en tout cas, je t'assure que la première prise est la bonne et qu'elle ne sera pas rejouée.

J.

« Ça, c'est le bouquet, murmura-t-il. Elle fait de l'humour, maintenant. »

Alors qu'il posait la lettre sur la table de nuit, il découvrit au verso une série de post-scriptum.

1. Tu es parti en laissant ma voiture avec un pneu crevé. Peux-tu t'en occuper? Tu n'auras pas besoin d'entrer, elle est dans la rue.

2. Ci-joint contravention te concernant – et la quittance de loyer. J'ai cru comprendre que tu payais cette dernière jusqu'à la fin de l'année – ce qui me semble normal dans la mesure où tu peux t'offrir le Roosevelt. En décembre je quitterai Santa Monica pour quelque endroit civilisé – peut-être un retour dans l'Est.

3. L'espoir faisant vivre, je te fais suivre une lettre de l'agence Kempe.

« Douze cents dollars pour le semestre ! s'exclama-t-il en ouvrant la quittance. Je ne me rappelais plus que c'était tant. Comment vais-je faire, avec l'hôtel en plus ? Si encore... »

Il palpa sans trop de conviction l'enveloppe de l'agence. Elle était certes engageante avec son épais papier crème et son en-tête gravé qui faisait impression, mais il ne se décidait pas à l'ouvrir.

« Je le sentirais, si c'était bon », se dit-il.

JONATHAN KEMPE AGENCY
16 VINE STREET

Mr. Vincent Villeneuve
134 Pacific Street, Santa Monica, Calif.

Cher Monsieur,

Nous avons bien reçu votre scénario nommé Accident sur la plage *et l'avons lu avec toute l'attention requise. Pour être franc avec vous, toute cette attention ne nous a justement pas suffi pour saisir de quoi il retournait dans cette étrange histoire. Ni Millicent ni moi n'avons en particulier compris si Broderick aimait vraiment Cornelia ou s'il voulait se venger d'elle. S'est-il passé quelque chose entre eux auparavant (et même quelque chose d'inavouable : dans la scène du port l'un des personnages fait référence à une « malédiction ancienne »)? Nous ne le saurons pas. Et pas davantage ce qu'ils font autour de ce puits, la nuit, dans la scène suivante. Est-ce un rêve? Le puits a-t-il un sens symbolique?* Totus mundus agit histrionem, *je le sais bien, mais il y a des limites à tout.*

De façon plus générale – et sans précautions épistolaires surperflues :

1. L'intrigue me semble dépourvue de réel ressort dramatique.

2. Les mouvements d'appareil indiqués (surtout en

extérieurs) sont trop complexes et peu en situation (les travellings...).

3. Le titre ? Pas une fois dans le scénario il n'est fait allusion à un accident ou à une plage (simplement un port).

Dans ces conditions et à mon grand regret, je ne pense pas que nous puissions envisager de développement ultérieur, ni de contact avec une société de production.

Bien à vous.

Jonathan Kempe.

Vincent replaça soigneusement la lettre dans l'enveloppe puis s'assit sur le petit fauteuil qui lui faisait face. Il resta quelques instants songeur, puis revint vers le lit, saisit la lettre de Judy et la chiffonna rageusement.

« L'espoir fait vivre, glapit-il. Un peu, pauvre idiote, que l'espoir fait vivre ! Sans cela, qu'est-ce que je ferais, moi, le jour où je tombe sur cette merveille qui s'efface à peine entrevue... »

Il s'approcha de la glace du lavabo qui lui renvoya un visage mal rasé, luisant de sueur.

« J'ai pris cent ans depuis tout à l'heure, grommela-t-il. Avec la tête que j'ai, même Dolly ne me ferait plus de charme. Quant à... Margit... »

Les traits de la jeune femme vinrent s'immiscer entre son reflet et lui comme dans l'une de ces surimpressions que David appréciait tant dans les films qu'il produisait. Il revoyait avec précision son visage à fleur de lèvres, son teint pâle, ses sourcils bien marqués sur son regard un peu fixe lorsqu'une pensée vint lui serrer le cœur. « Moi je la revois, je la retrouve, se dit-il. Mais elle ? M'aura-t-elle seulement remarqué ? »

Il repensa à leur trop brève conversation avant la prise de vue, cherchant à se rappeler si elle le regardait pendant que lui s'efforçait de la rassurer. Mais non. Elle avait les yeux perdus loin derrière lui et elle serait sans doute incapable de le reconnaître si par extraordinaire ils se croisaient dans la rue.

« Et moi, en serai-je bientôt capable, pensa-t-il avec désespoir. Sans photo pour le raviver, son souvenir va se dissiper très vite. »

À cette idée il se sentit si oppressé qu'il dut s'asseoir sur le lit. Devant lui le ciel demeurait encore limpide audessus des collines et il resta de longs instants les yeux dans le vague à voir l'orage approcher. Puis, comme pris d'une impulsion, il sortit de sa poche son carnet d'adresses et se mit fébrilement à le feuilleter. Il décrocha le combiné.

« Opérateur ? Donnez-moi Hollywood 12.19. L'agence Vivastar. John ? Oh, quelle chance, vous êtes encore là. Je suis Vincent Villeneuve. Vous souvenez-vous, nous nous sommes rencontrés l'année dernière à la Warner pour cette affaire de remplacement de l'acteur Ward Bond par Pat O'Brien pour *Women are like that*. Oh, bien sûr. Je reprends contact avec vous... Oui, encore une affaire de casting. Enfin... plus modeste. N'auriez-vous pas dans votre fichier photo celle d'une jeune comédienne hongroise encore inconnue à laquelle le studio songe... oui, un petit rôle. Il faudrait que je puisse montrer le document au boss demain matin. MARIASSY, Margit. Cela peut être aussi bien une photo prise dans un groupe, John, dans un restaurant, n'importe où – je veux dire, ce n'est pas nécessaire qu'elle soit posée. Oui, j'attends. »

Prononcer son nom devant un étranger lui avait été un effort, comme si pour la première fois il dévoilait quelque chose qu'il aurait dû garder secret.

« Un agent ? Non, elle n'a pas d'agent à ma connaissance, sans quoi pourquoi passerais-je par vous ? Oh, vous ne trouvez rien… »

Il essaya de masquer sa déception d'un petit rire sec.

« Eh bien, tant pis pour cette petite, après tout elle n'a qu'à prendre un imprésario comme tout le monde. Oh, vous croyez ? Ils ne divulguent pourtant pas facilement leur documentation, ceux-là, et pas davantage leurs sources ! En tout cas, merci pour votre suggestion, *old sport*, et à bientôt. »

Il reposa l'appareil puis s'approcha à nouveau de la fenêtre. Le temps avait brusquement changé et il voyait de l'autre côté de La Brea Avenue le vent tordre la cime des palmiers en brèves et violentes rafales. L'atmosphère était si moite qu'il alla se passer de l'eau sur le visage. Il imaginait mal qu'il puisse trouver là-bas ce qu'il cherchait. Elle n'était pas le genre à se montrer dans les endroits à la mode – et dans ce cas comment aurait-elle pu laisser une trace dans les fichiers ? Oh, et puis qu'est-ce que je risque, se dit-il.

Tapi dans un renfoncement il observa durant quelques instants les rares silhouettes qui entraient et sortaient du siège du *Hollywood Reporter*. Cela faisait plus de deux ans qu'il n'avait pas franchi l'élégant portail dont les ciselures modern'style brillaient de l'autre côté du boulevard. Il s'en souvenait fort bien, c'était en compagnie de Lionel Barrymore qu'il accompagnait à une interview. Pour être certain que le vieux pochard ne s'arrête pas dans chaque bar du Strip il l'avait escorté jusque dans le vestibule du journal, l'empêchant au passage de satisfaire un besoin pressant sur les tamaris qui encadraient l'entrée. Il constata à sa franche déception que malgré l'heure tardive s'y trouvaient encore de nombreux journalistes dont il voyait les silhouettes se découper en contre-jour sur les fenêtres déjà allumées. Cela faillit le faire renoncer mais il se décida néanmoins à traverser. Il se souvenait que le rez-de-chaussée était jadis occupé par une luxueuse chemiserie pour hommes, mais seul dans le hall un massif comptoir d'acajou sur lequel étaient posés en vrac une multitude de clichés rappelait désormais l'ancienne destination des lieux. Les archives photographiques étaient entreposées, croyait-il se souvenir, dans une vaste pièce voisine. Il longea la galerie centrale qui n'était séparée de la salle de rédaction que par une cloison à mi-hauteur. En dépit du cliquetis des machines à écrire il attrapa au vol des bribes de conversation téléphonique.

« Peux-tu confirmer pour Carole Lombard... on parle d'appendicite aiguë et de six semaines de... »

« ... Je peux t'aider, mon petit gars ? »

Il se retourna. Le col déboutonné, le teint couperosé, les lunettes sur le front, l'un des journalistes était sorti dans le couloir. « Tout à fait Alan Baxter dans *Off the Record* », pensa Vincent.

« Je venais consulter le fichier photo », expliqua-t-il.

L'autre le regarda sans aménité. Non, ce n'était pas Baxter qui jouait le rôle du reporter corpulent et débraillé, c'était...

« Le fichier photo ! Rien que ça ! Mais on le regarde pas comme ça, ici, le fichier photo ! »

Il avait un ton à la fois sarcastique et menaçant qui lui donna l'envie de prendre ses jambes à son cou sans demander son reste.

« Bien sûr que si je trouve le document que je cherche, je l'achète, ajouta hâtivement Vincent.

– Tiens donc, comme c'est simple ! Tu te crois peut-être dans une agence, mon gars ? Et qu'est-ce que tu t'en feras de ces photos, on peut savoir ? Hein, qu'est-ce que tu t'en feras ? Tu les accrocheras au-dessus de ton lit ?

– Je ne vous demande pas de… J'achète une photo, je vous dis. C'est tout. »

L'autre s'approcha. Il sentait tant le bourbon que Vincent recula.

« Si tu cherches des documents, c'est que tu travailles pour un privé ! C'est ça, hein ? Hey, Greg, s'écria-t-il à l'intention d'un collègue qui sortait. Vise-moi ce jeune cave qui prend notre fichier pour un self-service. »

Haussant les épaules, le journaliste s'éloigna cependant que le gros homme cherchait en l'agrippant à repousser Vincent vers le comptoir aux photos.

« Tu veux la voir, la moisson faite cette nuit dans notre belle et vertueuse ville de Nuestra Señora la Reina de Los Angeles ? Hein, tu veux la voir, la grande débauche angélinienne, Monsieur le voyeur ? Tout ce qui a été mis dans la boîte depuis hier entre Downtown et Beverly Hills ! Tu peux mater, c'est à peine sec, t'y trouveras peut-être ta poule en train de se faire mettre la main au panier par de gros cigares. »

Vincent glissa presque malgré lui un coup d'œil sur le monceau de clichés. Ce n'était qu'élégances fripées, faces blêmes surgies du fond de la nuit dans la lumière des flashes, sourires crispés et lourdes paupières.

« De toute façon la photo de la personne que je recherche ne risque pas de se trouver dans un tel ramassis de fêtards, dit-il avec dédain.

– T'as bien la tête à chercher une oie blanche. Pour mieux la plumer, sans doute !

– Poule, oie… Arrêtez la basse-cour, gros lard, sans quoi moi je vous traite de chapon ou de dindon, comme vous préférez.

– Répète ! hurla l'autre en le prenant brusquement au collet.

– Vous puez l'alcool, lâchez-moi, cria Vincent.

– Indic ! Voleur ! continua à glapir le gros homme. Alors, vous arrivez, vous autres… »

Au bruit de l'altercation, les journalistes étaient en effet sortis dans le couloir, se bornant à les observer de loin.

« Enfin, qu'est-ce qui se passe, Bud ! Tu cries tellement qu'on n'entend même plus les rotatives !

– Je l'ai pris la main dans le sac ! s'époumonait-il. Sûr qu'il a un rapport à pondre avant l'aube ! Regardez s'il n'a pas une photo dans sa poche ! »

Il lui enserrait le bras et, comme s'il les avait brusquement persuadés de l'outrage dont il était victime, deux des spectateurs finirent par répondre, cherchant avec zèle à immobiliser Vincent contre le comptoir. Le jeune homme sentit les arêtes vives lui rentrer dans les côtes et se débattit avec une rage soudaine.

« Vous me lâchez, ou ça risque de faire du vilain ! haleta-t-il.

– Nous, on n'aime pas trop les petits gars dans ton genre qui travaillent à la sournoise ! lança l'un des nouveaux arrivants.

– On appelle le boss ? proposa quelqu'un.

– Merci, c'est la mauvaise humeur assurée pour la semaine... Tu vas nous le dire pour qui tu travailles, hein ?

– Pour personne, je vous assure... Lâchez-moi. »

Il y eut une brève mêlée. Vincent fit un pas de côté et parvint à se dégager.

« Vous ne seriez pas du métier, vous ? » s'entendit-il soudain demander.

Une silhouette massive venait de faire irruption, l'index pointé sur son tourmenteur.

« Pettigrew ! Alors vous en êtes à tabasser des gens que vous devriez plutôt interviewer ! »

Interloqué, le gros homme se passa la main dans les cheveux d'un air gauche.

« Félicitations pour vos relations, grommela-t-il.

– Je voulais juste acheter une photo de presse... », répéta Vincent.

L'autre continuait à le dévisager.

« Hein, je ne vous aurais pas déjà vu sur un plateau ? »

Ses traits ne lui rappelaient personne.

« Non, je ne crois pas...

– Mais si, voilà que ça me revient. N'étiez-vous pas il y a deux ans de cela assistant de Bill Dieterle sur *The Great O'Malley* ? Moi j'étais venu interviewer Ann Sheridan et vous m'aviez bien facilité les choses... Le seul souvenir que j'en garde, c'est que cette fille qui se fait dans les cent mille dollars par an m'avait emprunté trente *cents* pour un café. »

Le petit groupe avait changé d'attitude.

« Fallait nous le préciser, maugréa Bud Pettigrew à contrecœur.

– Il fait si lourd, soupira quelqu'un en s'épongeant. Ça finit par porter sur les nerfs. »

Sans trop savoir quelle contenance prendre, Vincent massait ses reins meurtris.

« On va te la donner, ta photo, finit par dire celui qui s'appelait Greg. Qui cherches-tu ? Franchement, si on peut te dépanner... »

Tout se brouilla dans l'esprit de Vincent. Jeter le nom de Margit en pâture à ces gens qui l'instant d'auparavant étaient prêts à l'écharper lui parut soudain tout bonnement inconvenant.

« Non, bredouilla-t-il en esquissant un geste de refus. Non, à la réflexion, elle ne peut pas être ici ! »

L'air emprunté, il recula à pas lents vers la porte.

« Que vous l'ayez rencontré ou pas, Mr. Wylie, ce gars n'a pas l'air d'avoir la conscience tranquille, lança quelqu'un, et s'il n'en tenait qu'à moi... »

Il s'avança vers lui. Pris d'une panique subite, Vincent se mit à courir le long du corridor désert.

« Je vous le disais ! hurla le gros Pettigrew. Rattrapez-le ! Faites-lui les poches, à cet arsouille ! »

Il entendit qu'on le poursuivait. Le corridor menait

à une sorte de rotonde fermée par une porte à deux battants. Une femme de ménage mexicaine était en train d'en astiquer les cuivres, et dans sa course il faillit la bousculer.

« La sortie », supplia-t-il.

D'un geste du menton elle lui indiqua une des portes.

« J'sais pas ce que t'as fait, *pobre chico*, mais pour ce qu'ils me paient... », souffla-t-elle.

Il se retrouva derrière le bâtiment dans une allée obscure. La pluie qui commençait à tomber à grosses gouttes lourdes et tièdes avait dû les dissuader de le poursuivre car il réalisa après quelques secondes de course que personne n'était plus à ses trousses. Il continua néanmoins à courir jusqu'à Highland Avenue, puis, devant la violence de l'orage, décida de s'abriter dans une cabine téléphonique au coin de Sunset où il resta quelques secondes à reprendre sa respiration. Les rafales de pluie venaient fouetter les vitres de son étroit habitacle avec une telle force qu'il avait l'impression de se trouver dans le poste d'un caboteur au milieu des embruns, et la petite cloche qui servait d'emblème à la compagnie du téléphone évoquait quelque instrument de perdition, tocsin ou corne de brume, prêt à faire retentir avant le naufrage un ultime tintement de détresse. Il composa le numéro d'une compagnie de taxis, puis d'une autre – mais tous deux sonnèrent dans le vide, comme si autour de son poste de vigie solitaire la ville se dérobait soudain, abîmée dans un déluge pour lequel elle n'était ni faite ni préparée. Eût-il trouvé un interlocuteur qu'il ne l'aurait d'ailleurs pas entendu, tant le tonnerre grondait sans désemparer. Les vitres tremblaient de plus en plus et il vit subitement s'éteindre l'enseigne du *Vendôme* sur Sunset, plongeant toute cette partie du boulevard dans une pénombre proche de la nuit. « Mais c'est un typhon, on a dû pourtant l'annoncer, il doit porter un nom », se dit-il avec une sorte de surprise. Ça existait donc, ces journées où la nature se met à l'unisson de ce qui vous arrive au plus profond de vous-même ? Comme en réponse le vent projeta vers la cabine des outils de cantonnier qui étaient entreposés sur le trottoir et, soudain inquiet d'être blessé par des éclats de verre au prochain choc, il se résolut à quitter son fragile abri. C'était comme se retrouver au cœur de la soufflerie du studio lorsque l'on filmait une trombe dans la Prairie ou un ouragan en mer Caraïbe. Courbé en deux, il tenta de remonter Sunset en direction du Strip. Tout au long du boulevard les cimes des palmiers étaient secouées de furieux tourbillons sous une lumière exsangue transpercée d'éclairs d'un jaune sale, et les hululements du vent lui rappelèrent les bruitages de Da Costa lorsqu'il sonorisait les dérèglements atmosphériques qu'il aimait tant imiter. Les automobiles avaient déserté la chaussée inondée, et seules quelques enseignes restées allumées au loin, paraissant flotter mystérieusement comme des ludions dans la bourrasque – *Earl Carrol's, Studio Charlie Chaplin* –, lui donnaient un point de repère. *Earl Carrol's*... Il se souvint d'être allé quelques mois auparavant à l'inauguration de ce night-club. Cela avait été en fait sa dernière sortie avec Judy. C'était le réalisateur Terry Morse qui lui avait donné son invitation, mais cela il ne l'avait pas dévoilé à Judy. Il se dit qu'il pourrait peut-être trouver là-bas un *cab* en maraude. Après plusieurs minutes d'une marche pénible il vit – il venait de traverser La Brea Avenue – que l'un d'eux était par chance stationné devant le siège de *Photoplay*. Il frappa contre la portière mais déchanta tout aussitôt : son conducteur sembla si effrayé de le voir ainsi déboucher de la nuit avec son allure de noyé qu'il fit « non » de la tête avant même qu'il ait indiqué une adresse.

« Ramenez-moi à l'hôtel Roosevelt ! » cria-t-il néanmoins.

Le chauffeur descendit la vitre d'un pouce.

« Je croyais que c'était un endroit chic ! Vous vous êtes regardé ?

– Voyez pas qu'il tombe des hallebardes, sur les gens de cinéma comme sur les autres ?

– Encore une fois, regardez-vous ! » répéta l'homme.

Il remonta sa vitre et démarra, faisant gicler en un ultime geste de mépris une gerbe d'eau boueuse sur ses chaussures.

« Que je ne te retrouve pas ! » hurla Vincent en voyant son feu rouge disparaître.

Furieux, il regagna le trottoir et vit tout à coup sa silhouette se refléter dans la vitrine d'une boutique Hamilton Watches. Il eut un sursaut, tant l'image qui lui fut renvoyée lui parut misérable avec son costume trempé qui pendait comme une loque informe. Il s'approcha et à la lueur d'un éclair comprit mieux l'attitude du *cabman*. Une large estafilade barrait son front et du sang coulait en abondance de ses cheveux collés par la pluie. « Il a dû penser que je venais de m'évader du pénitencier de San Quentin après avoir estourbi le gardien », se dit-il.

Il s'abrita sous l'auvent qui protégeait la vitrine et se tâta le cuir chevelu pour tenter de savoir où était la blessure. Il ne ressentait aucune douleur et ne se rappelait pas avoir pris un coup lors de l'altercation – simplement d'avoir heurté la porte dans sa hâte à quitter le bâtiment. Cherchant un mouchoir pour se nettoyer le visage, il n'en trouva pas et s'avança pour présenter son visage à la pluie tiède avec l'apaisante impression de noyer son propre désarroi sous ce dérèglement général des éléments. Mais la blessure le brûla bientôt et il dut se servir de sa manche trempée comme d'une compresse. Et maintenant il fallait attendre que la pluie cesse. Cela n'allait tout de même pas durer toute la nuit ! Déjà le vent faiblissait, lui sembla-t-il, mais il faisait aussi plus froid. Il frissonna.

Était-ce la fraîcheur soudaine ou parce qu'il eut le sentiment que de l'autre côté de la chaussée elle le regardait ? Il crut être l'objet d'une hallucination et cligna des yeux. Une affiche lui renvoyait, tremblés, mais néanmoins reconnaissables, les traits purs et pleins du visage de Margit qui paraissait émerger, évanescente et mystérieuse, d'une lumière astrale. Ce qu'il n'avait pas pu faire dans l'espace enfumé du *Reporter* il le fit cette fois : il cria son nom, le jeta à la pluie, au vent, aux éléments déchaînés, et là-bas elle semblait lui répondre avec un sourire triste, le regard un peu fixe comme si elle appelait à l'aide depuis un rivage inaccessible. Et si elle avait été assassinée sous mes yeux, songea-t-il. Mais non, c'était impossible... Elle s'était redressée après l'incident. Elle avait gagné la sortie, refusant qu'on l'accompagne... Il traversa le boulevard et s'approcha de l'affiche dégoulinante d'eau pour s'apercevoir que c'était le visage de l'actrice Medea Novara dans *The Mad Empress*, un film sur l'expédition mexicaine produit par le studio, en plus ! Medea Novara était belle, elle ressemblait en effet un peu à Margit, il avait entendu dire qu'elle était autrichienne... « Enfin je ne vais pas me laisser envoûter par toutes ces beautés brunes de l'ancien empire ! » pensa-t-il. Profitant de ce que la pluie tombait moins dru, il se remit en route. Il était agacé de sa méprise, comme si c'était un manquement au souvenir qu'il gardait d'elle. La crainte qui l'avait assailli avant qu'il ne téléphone au type de l'agence Vivastar l'envahit à nouveau. Ça va passer très vite, se dit-il. Demain déjà, si on ne la retrouve pas... si je ne parviens pas à me procurer une photo d'elle... Ses traits vont commencer à se dissoudre dans mon souvenir... Il parlait tout seul en marchant. « Au moins être capable de la reconnaître si je la croise ! Au moins cela », se répéta-t-il; puis il se passa la main devant les yeux comme s'il craignait qu'ils ne le trahissent à nouveau, ou que cette crainte de ne plus pouvoir la reconnaître ne devienne une obsession.

La pluie cessa aussi brusquement qu'elle était venue. Une brume poisseuse et moite s'élevait désormais de l'asphalte comme si la machine de Da Costa continuait à produire ses nappes délétères à l'orée du Strip. Provenant des collines un vent tiède apportait avec lui des effluves âcres et parfumés de pins et de magnolias. La foule envahissait les trottoirs et la chaussée, et il en eut le tournis comme s'il avait du mal à retrouver la réalité. D'où venaient tous ces gens sautillant entre les flaques où se reflétaient joyeusement les enseignes ? Où s'étaient-ils réfugiés pendant l'orage, eux qui n'étaient pas à la recherche d'un visage enfui ? D'un bar s'échappait un rythme endiablé de rumba. Redevenu limpide l'air distillait une euphorie légère et parfumée qui paraissait fêter le retour à la normale et le désastre évité de peu. À ce moment déboucha devant lui un groupe de marins. Leurs bonnets indiquaient qu'ils venaient du porte-avions *Enterprise*. Ils prenaient toute la largeur de la chaussée en se tenant par le bras et en chantant en chœur d'une voix éraillée *Too much meat and no potatoes*, bloquant les rares automobiles qui avaient réapparu. Dans leur sillage chaloupé une sorte de liesse spontanée s'empara du boulevard. Des passants esquissèrent des figures de square dance, et Vincent eut soudain l'impression qu'Eleanor Powell elle-même allait surgir au milieu des marins, coiffée d'un bonnet blanc comme dans *This is the Navy*, pour se lancer au milieu des flaques dans un étourdissant numéro de claquettes. Puis ils s'éloignèrent, et le Strip reprit quelques instants son calme. À mesure que son costume commençait à sécher il se sentait lui-même un cœur moins lourd et il fut même tenté de poursuivre son chemin jusqu'au *Café Trocadéro* pour boire une tequila, mais il douta de pouvoir entrer avec sa tenue et préféra rebrousser chemin. Le mieux était de revenir à l'hôtel à pied en passant par Fairfax Avenue.

Il n'avait pas tourné depuis cinq minutes dans Hollywood Boulevard lorsqu'il vit que, victime de la violence de l'orage, un palmier s'était abattu au travers de la chaussée à la hauteur d'une petite allée résidentielle. Les automobilistes le contournaient avec précaution et lui-même s'apprêtait à franchir le tronc quand il découvrit à terre le poteau indicateur que l'arbre avait entraîné dans sa chute. « HILLSIDE AVENUE », lut-il avant de passer son chemin.

Presque aussitôt il revint sur ses pas. Ce nom lui disait quelque chose : on l'avait prononcé en sa présence au cours de la journée. Devant lui s'ouvrait une allée bordée de maisons basses de style colonial, faiblement éclairée par la lueur crépusculaire qui avait succédé à l'obscurité de l'orage. Il entendit soudain un bruit de ruissellement et s'aperçut qu'en raison de la déclivité de la voie l'eau de pluie formait un véritable torrent qu'il lui fallut enjamber. Il crut discerner un peu plus haut des passants qui s'éloignaient le long des bas-côtés. Cela lui revint alors brusquement. Lors de la projection des tests David avait prononcé le nom de cette rue, annonçant qu'il y plaçait des vigiles pour surveiller le domicile de Bognar.

Il s'efforça de réfléchir. Le scénariste du *Prince de bois* habitait donc l'une de ces maisons. Peut-être ces silhouettes entrevues étaient-elles en effet les sentinelles que David avait postées pour voir si Margit s'était réfugiée chez son protecteur après l'incident du matin. Si c'était le cas elle aurait pu venir dix fois sans que les hommes s'en aperçoivent, tant ils semblaient surtout occupés à ne pas se mouiller les pieds. À l'idée qu'elle puisse se trouver à quelques pas de lui son cœur battit à tout rompre. Mais dans laquelle de ces habitations pouvait-elle se trouver ? Il ignorait l'adresse de Bognar et elles paraissaient toutes semblables...

De toute façon, il avait du mal à croire que ce soit possible. Il avait quitté la salle de projection à six heures de l'après-midi et David l'aurait sans nul doute prévenu si Margit avait été retrouvée ou signalée quelque part. Aurait-elle dès lors attendu la fin de l'après-midi pour venir rejoindre quelqu'un auquel – en dépit de la déception qu'elle avait manifestée en apprenant son absence – rien ne prouvait qu'elle soit liée par autre chose qu'une solidarité de compatriotes !

Craignant d'être découvert par les vigiles de David s'il demeurait plus longtemps immobile au carrefour, il s'apprêtait à poursuivre sa route lorsqu'il se recula précipitamment dans l'ombre : longeant la masse confuse de l'arbre déraciné une longue limousine s'engageait dans l'allée, faisant jaillir l'eau sur les trottoirs. Alors qu'il suivait les feux rouges qui s'éloignaient entre les façades blanches éclairées par les phares, il la vit soudain stopper net. Surgissant des bas-côtés, deux hommes ouvrirent en silence la portière. L'un d'eux fumait une cigarette qu'il jeta au moment de monter dans la voiture. Puis celle-ci démarra et disparut dans la courbe de l'allée. Vincent consulta sa montre : neuf heures. Ils devaient penser qu'elle ne viendrait plus.

L'électricité avait dû être coupée dans toute l'allée car derrière certaines fenêtres apparaissaient furtivement des lueurs de bougie et de lampes à pétrole. Il s'avança avec précaution jusqu'à l'endroit où la voiture avait stationné. Les marques de pneus étaient bien visibles dans la boue et le mégot fumait encore. Il repensa à d'autres traces – ces lignes qu'il avait inscrites le matin même à la craie sur le sol du plateau afin de la guider – et se demanda si ces ornières jouaient le même rôle en le conduisant vers elle. Il ne pouvait s'empêcher d'en douter: en retrait d'un étroit jardinet dévasté par le flot où stagnait une mare d'eau boueuse, la maison semblait inhabitée et aucune lumière n'était visible derrière les fenêtres. Il allait revenir sur ses pas lorsqu'il vit la porte d'entrée s'ouvrir et une silhouette s'encadrer sous le portique à colonnes puis se baisser pour placer une serpillière devant l'entrée. Sans même réfléchir Vincent se porta en avant.

« Monsieur ! » appela-t-il.

La silhouette se redressa, fouillant le bas-côté du faisceau de sa torche avant de le trouver.

« Je crois que vous êtes inondé ! Peut-être puis-je vous aider…

– Qui êtes-vous ? cria-t-il. Et d'abord, que faites-vous dans cette allée à pareille heure ? »

Il avait un accent si prononcé… C'était bien lui. Vincent fit un pas vers le jardin inondé.

« Restez sur place ! »

Le ton était sans réplique.

« Je cherchais un *cab* dans Fairfax Avenue, je suis arrivé jusqu'ici et j'ai pensé qu'il y avait peut-être des gens à prévenir. Du moins c'est ce qu'on aurait fait chez moi… Ce n'est pas la peine de m'éblouir !

– Vous n'êtes pas un voisin, alors ? Mais non, bien sûr. Vous habiteriez le coin que vous sauriez qu'il n'y a jamais de taxi dans Fairfax ! Ils se gardent bien de s'éloigner du Strip. Allez, bonsoir !

– C'était juste une proposition honnête ! lança Vincent avec humeur. Tout le monde s'entraide dans ces cas-là, sauf ici, apparemment. Bonne nuit ! »

Il rebroussa chemin et s'éloigna.

« Attendez », cria-t-on derrière lui.

Comme à regret, Vincent se retourna.

« Comprenez au moins que je sois sur mes gardes ! s'exclama l'homme qu'il ne faisait que deviner derrière le faisceau de sa torche. Dans ce genre de circonstances, justement, il y a autant de brigands que de gens de bonne volonté... Où habitez-vous ? »

Il hésita.

« L'hôtel Roosevelt. Je m'y rendais lorsque...

– Ça au moins, c'est une adresse honorable ! Venez. »

Franchissant les flaques avec précaution, Vincent s'approcha.

« À la réflexion vous tombez bien, reprit-il d'un ton plus amène. J'ai peur que l'eau n'ait pénétré à l'intérieur... Mais vous êtes blessé ! »

Il lui braquait maintenant la torche à la hauteur du visage.

« J'ai reçu une branche sur la tête. Quelle affaire, dites-moi ! On finissait par ne plus voir de typhons qu'au cinéma. »

Vincent sentit qu'il le considérait avec une inquiétude visible.

« Vous devriez d'abord vous faire soigner à votre hôtel avant de proposer vos services, grommelait l'homme. Mais j'imagine qu'au Roosevelt c'est plutôt du côté de l'office que des salons que l'on doit vous trouver... Hein ? Qu'est-ce que vous y faites, au juste ? Réceptionniste ? Groom ? Coursier ? »

Il n'y avait nulle trace d'ironie dans sa voix. Vincent pensa qu'il pouvait au fond profiter de la façon dont les choses tournaient – ou alors il lui faudrait abandonner toute idée d'entrer dans la place.

« Vous avez misé juste, soupira-t-il. Coursier. Mais ne regardez pas ma tenue avec cet air-là ! J'ai reçu tout ce cataclysme sur la tête, ça n'aide pas à se présenter sous son meilleur jour.

– Coursier, répéta-t-il pensivement.

– Coursier-manutentionnaire, précisa Vincent. Je suis habitué à transporter des objets lourds. Ce peut être utile si vous avez à déplacer quelque chose. »

Ce dernier titre sembla emporter sa conviction.

« Dans ce cas entrez quelques instants. J'ai des in-folio qui risquent d'avoir souffert de l'inondation et je ne peux les changer tout seul de place. »

Il parlait avec un accent rauque derrière lequel Vincent s'efforça en vain de retrouver les intonations à la fois sourdes et musicales de la voix de Margit. Il le précéda jusqu'à une grande pièce médiocrement éclairée par une unique lampe à pétrole. De l'eau avait en effet inondé le tapis qu'il avait roulé contre l'un des murs.

« Je ne savais pas qu'un palmier était tombé. Ce que je sais en revanche, c'est que l'électricité a été coupée dès les premiers coups de tonnerre.

– Dans certains endroits elle l'était, dans d'autres non. L'enseigne du *Vendôme* était éteinte, mais pas celle d'*Earl Carroll's*.

– Je ne connais pas ces endroits », maugréa-t-il.

À la lumière de la lampe Vincent découvrait un visage taillé à coups de serpe, les yeux enfoncés sous des cheveux gris en broussaille. Tout autour d'eux des livres grimpaient jusqu'au plafond, si nombreux que leur présence lui parut presque oppressante.

« Vous voyez, il y a là une vingtaine de volumes trop pesants pour que je puisse seulement les bouger, dit-il en désignant une étagère proche de la zone inondée. Si vous pouviez les transporter au sec…

– C'est sans problème. »

Titubant sous le poids il commença à les porter deux par deux à l'autre extrémité de la pièce. À mesure qu'il les entassait, le vieil homme les essuyait d'un geste précautionneux.

« Seize, dix-sept, dix-huit. Eh bien voilà au complet

mon édition de Leipzig des frères Grimm. Au complet et à l'abri. C'est la deuxième fois qu'ils en réchappent. La dernière fois c'était à Visegrad lors de l'hiver 1913. Une crue du Danube. Et voilà comment les contes traversent les siècles, tels des vaisseaux insubmersibles, ajouta-t-il d'un ton soudain réjoui.

– Une crue du Danube… Vous êtes de là-bas ?

– Oui, je suis hongrois d'origine. Je m'appelle Lothar Bognar. Je ne saurai jamais assez vous remercier, mon garçon. Vous pouvez vous vanter d'être tombé au bon moment. »

Il fourrageait dans sa poche et Vincent craignit qu'il ne sorte un billet.

« Ce n'était pourtant pas ce que vous disiez tout à l'heure ! lança-t-il. Enfin, je saurai désormais ce que pèse un recueil de contes de fées. »

Bognar le considérait pensivement.

« Coursier, moi je veux bien vous croire ! Coursier sachant s'exprimer, en tout cas. Pas comme ces *chicanos* qu'on vous envoie et qui ne savent même pas lire le nom de l'avenue. À mon avis vous ne ferez pas de vieux os dans la profession, mon garçon. »

Vincent eut un geste évasif et se dirigea vers la porte.

« Vous n'allez pas partir sans boire un petit verre !

– Non, sans façon.

– Cela se fait peut-être aux États-Unis d'Amérique de repartir le gosier sec, mais ici vous êtes dans une enclave hongroise. Écoutez, ne m'en voulez pas. À présent vous avez repris meilleure figure, mais tout à l'heure lorsque vous avez émergé de la nuit avec vos vêtements informes, vos cheveux en désordre, ce sang sur votre visage, j'ai cru que vous étiez l'un de ces bandits qui peuplent ma terre natale.

– Merci pour moi !

– Je me suis fait ainsi dévaliser une nuit de 1912 sur la route de Weisskirch à Gradichte. C'est tout juste s'ils m'ont laissé ma chemise. Écoutez, faites-moi plaisir, maintenant que je suis tout à fait revenu sur cette impression défavorable. Mon ami le scénariste Lazslo Sadovyi avait coutume de me rapporter quelques bouteilles de tokay à chacun de ses voyages à Budapest. Il semble que cela devienne difficile, mais j'en ai gardé une ou deux en réserve...

– Surtout gardez-les pour une meilleure occasion !

– Une occasion... Quelle occasion ? s'exclama-t-il avec une amertume voilée qui le surprit. Je vis seul. Je ne réponds même plus au téléphone. Certaines semaines la seule personne à qui j'adresse la parole est la petite Mexicaine qui vient faire le ménage le mercredi. Non, *vous* êtes l'occasion rêvée, mon cher. Que voulez-vous trouver de mieux qu'une rencontre comme celle-ci, à la fois opportune et imprévue. Vous êtes un magicien, mon cher. Comme dans mes contes... Et cela se fête.

– Toujours les contes de fées ! Vous n'aimez donc que cela ?

– J'apprécie tout ce qui permet d'échapper au réel, dit Bognar d'un ton énigmatique. Le tokay en particulier.

– Alors, va pour un petit verre », accepta Vincent.

Bognar sortit et Vincent l'entendit aller et venir dans la maison. Il fit aussitôt des yeux le tour de la pièce pour voir s'il ne découvrait pas à la lueur fuligineuse de la lampe quelque photo de Margit sur un meuble ou un guéridon. Tout était rangé dans un ordre méticuleux de vieux garçon et en dépit de la quasi-pénombre qui régnait dans certains recoins il l'aurait remarquée tout de suite. Mais de photo il n'y avait nulle trace – d'elle ou de qui que ce soit d'autre – au milieu des centaines de livres auxquels il paraissait tout sacrifier.

Soudain une sorte de bruissement furtif sembla provenir de l'une des étagères surchargées. Il s'approcha et leva la tête.

« Miss Mariassy ? » chuchota-t-il.

Le bruit avait cessé. Au tintement d'un verre il pressentit que Bognar revenait et il eut le temps de regagner son siège. Le vieil homme apportait un petit plateau sur lequel il avait disposé avec soin un napperon brodé, une bouteille effilée et deux verres à pied.

« Vous cherchiez quelque chose ? demanda-t-il en posant le plateau.

– Mais non...

– Il m'avait semblé que vous aviez appelé...

– J'ai en effet entendu un curieux bruit qui venait de par là, répondit Vincent en montrant un coin de la pièce, et j'ai siffloté pour voir si ça s'arrêtait. »

Bognar partit d'un rire grêle.

« C'est la chouette, expliqua-t-il. Elle est venue un jour des forêts de l'Oregon, pense-t-on, et elle n'est plus repartie. Elle a dû me prendre pour ce que je suis en réalité : un vieil oiseleur... Oui, l'oiseleur de *la Flûte enchantée* devenu vieux et revenu de tout. Allez. *Egreszeget*, comme on dit chez nous. À votre santé. »

Il commença à boire lentement, presque religieusement.

« Le goût même qu'avait mon village, murmura-t-il d'une voix sourde en finissant son verre.

– Il était où, votre village ?

– Oh, c'est un peu compliqué, soupira-t-il comme à regret. Je suis hongrois par mon père, allemand par ma mère, et j'ai été élevé en Transylvanie dans l'une des enclaves allemandes de l'ancienne Hongrie. Maintenant c'est en... Enfin, admettons que mon village qui avait déjà deux noms, l'allemand et le hongrois, en a maintenant un troisième, le roumain, et celui-là je ne le prononcerai jamais. Oh, si vous l'aviez connu, mon cher Michelberg. C'était si allemand avec ses toits pointus et ces oies dans les rues que l'on venait même d'Allemagne voir à quoi ressemblait un village de jadis ! C'est là où tout enfant m'est venu l'amour des contes et des légendes qui s'enrichissait d'une langue à l'autre... Nous avions su prendre en effet le meilleur de deux cultures qui s'étaient mêlées depuis des centaines d'années... Après tout, c'est dès le XIIe siècle que Géza II de Hongrie avait recruté des colons allemands pour défendre les marches de son empire !... Pour l'heure je me sens d'ailleurs plus hongrois qu'allemand. Peut-être parce que la Hongrie a tant souffert de la défaite... Ma bien-aimée Hongrie. »

Il levait les bras devant lui comme s'il soutenait un blessé. Mal à l'aise, Vincent avait l'impression d'avoir surpris par erreur quelque chose qui ne le concernait pas.

« Et pourquoi n'y retourneriez-vous pas ? » demanda-t-il pour faire diversion.

Bognar but une nouvelle rasade de tokay, puis s'essuya lentement les lèvres.

« *Einen alten Baum kann man nicht verpflanzen.* Un vieil arbre ne se replante pas. Et puis qu'irais-je faire désormais dans cet État croupion, dont on a amputé en 1919 les deux tiers des territoires... Merci bien ! J'aurais l'impression qu'on m'a coupé bras et jambes. »

Il se leva avec effort.

« Ah, mon petit ! Vous comprenez pourquoi ces murs de livres sont devenus pour moi à la fois mon refuge, les parois de ma caverne ou de mon terrier, et un moyen de combattre par le rêve l'exil et le mal du pays... Lorsque je regarde par la fenêtre, je ne vois plus, croyez-le bien, ces stupides palmiers de Hollywood Boulevard, mais les sombres frondaisons de la millénaire forêt de Bakony ! Oh, peut-être reviendrai-je un jour après tout, mais seulement lorsque mon malheureux pays aura récupéré la Ruthénie, la Voïvodine, la Transylvanie, la Batchka, le Banat, la Croatie, la Slavonie, la Slovaquie, et j'en oublie... Toutes ces provinces qu'on lui a arrachées lors du scélérat traité de Trianon... Tenez, j'ai là une carte..., fit-il en le tirant par la manche. Vous voulez voir ? Vous voulez voir comment on nous a dépecés ? Comment on nous a laissés pantelants, exsangues ? »

Battant l'air de ses longues mains de chef d'orchestre avec une expression farouche, il paraissait hors de lui.

« Vous me rappelez ces chercheurs d'or du nord du Québec qui pointent leur fusil dès que l'on marche sur leur concession ! plaisanta Vincent pour le calmer.

– Je ne vois pas le rapport... grommela-t-il avant de le fixer soudain avec intensité. Mais dites-moi, n'auriez-vous pas un léger accent français ?

– Pourquoi me demandez-vous cela ? fit Vincent interdit.

– Où êtes-vous né, mon petit ? insista-t-il. Vous me parlez du Québec... Il y a des Français, par là-bas, non ? »

Sa voix était si lourde d'hostilité qu'il se sentit sur la défensive.

« Je suis né en... en Californie. Sacramento.

– Alors c'est le tokay qui me joue encore des tours ! Je vous questionnais à ce sujet pour garder une bonne opinion de vous, parce que je dois vous avouer que je déteste les Français. Ce sont eux qui sont responsables du traité de Trianon. Clemenceau nous a fait beaucoup de mal. Il voulait notre peau et il l'a obtenue. Quand je pense qu'avant-guerre j'avais traduit Perrault et Mme d'Aulnoy en hongrois ! Vous pouvez être sûr de ne plus les trouver sur ces étagères. Oui, je les hais, et j'espère bien que Hitler va leur rentrer dedans. Il ne faut pas être naïf, nous ne récupérerons nos provinces envolées que si l'on fait rendre gorge à ceux-là mêmes qui ont présidé à notre démantèlement. C'est peut-être triste à dire, mais seule une victoire du moustachu peut permettre à la Grande Hongrie de renaître ! Eh bien, mon cher, pour avoir soutenu un jour cette opinion de façon un peu vive et devant témoins, certains m'en ont voulu et cela m'a fait diablement tort. Charles Boyer (qu'en d'autres temps j'aurais sans doute estimé) m'a envoyé son gant à la figure ; quant à Mickey Rooney, il m'a carrément traité de nazi, ce gnome ! Moi, nazi, c'est un comble ! Le groupe allemand de Hongrie de mon ami Jakob Beyer que je représente ici ne s'est justement jamais identifié au nazisme ; au contraire, il s'en défie comme de toute influence allemande trop prépondérante sur notre pays ! Les âpres différends germano-hongrois sous la double monarchie sont encore dans toutes nos mémoires, et il ferait beau voir que Hitler prétende annexer les provinces allemandes de Hongrie ! Nous n'avons besoin de lui que pour retrouver un jour l'intégrité de notre territoire. Intégrité, comprenez-vous ? répéta-t-il avec un accent passionné. Nous ne sommes pas une saucisse qu'on découpe comme la Tchécoslovaquie ! Nous n'aurons pas nos Sudètes à nous ! Et moi-même je me caractérise comme un nationaliste hongrois, pas comme un nazi ! Mais allez expliquer cela à un homme comme ce David Lipchitz, mon producteur actuel, qui me salue comme s'il avait des pincettes à la place des mains ! C'est comme s'il n'y avait pour lui que deux nazis sur terre en ce moment – l'un à la chancellerie du Reich sur la Friedrichstrasse, l'autre à Hillside Avenue ! Et puis de toute façon ils n'ont pas à me donner des leçons, chez Warner. Ils ont bien su trouver où ils étaient, les nazis, lorsqu'il s'est agi de donner leur accord pour la vente de la Tobis, il y a quelques années de cela. Mais leur hostilité à mon égard me rend la vie difficile, depuis quelque temps. Je me sens isolé, surveillé, voire espionné… »

Son débit était si précipité et si véhément que Vincent eut l'impression que le torrent de mots ne pourrait plus être endigué, à l'image de la pluie diluvienne de tout à l'heure.

« C'est le propre de la solitude, justement, l'interrompit-il pour tenter de l'apaiser. On finit par se faire des idées… »

Bognar le regarda.

« Des idées ? Quelles idées ? Vous n'avez donc pas entendu une automobile, il y a quelques instants ? D'habitude il n'en passe pourtant jamais dans l'allée. »

Vincent secoua la tête.

« Je n'ai rien remarqué. Je ne devais pas être encore arrivé…

– Peu importe après tout, répliqua-t-il d'un ton agacé, mais croyez bien que ce n'est pas drôle de se savoir ainsi rejeté, épié, ou d'apprendre que des calomnies courent sur votre compte dès que vous avez le dos tourné. Oh, je sais d'où cela provient… Tous ces Juifs qui dirigent les studios, ce Mr. Lipchitz en particulier, s'ils pouvaient me faire un procès en sorcellerie, comme ils en seraient satisfaits ! Je sais qu'ils me haïssent, et ma seule consolation est que je le leur rends bien.

– Les Français, maintenant les Juifs et, j'ai cru comprendre, les Roumains… Vous détestez décidément beaucoup de monde, Mr. Bognar ! » s'exclama Vincent d'un ton sarcastique.

Le vieil homme parut presque décontenancé.

« L'acrimonie est un sentiment qui m'est indispensable, marmonna-t-il.

– C'est curieux, au milieu de tous ces contes de fées, vous devriez vous trouver au contraire apaisé, heureux comme un enfant à qui on raconte une histoire avant de s'endormir…

– Les histoires, c'est *moi* qui les raconte, répondit-il avec vivacité. Vous n'avez donc pas compris que tous ces livres ne sont pas ma distraction, mais la matière première nécessaire pour exercer mon métier ? Vous croyez que j'ai les moyens de regarder ces palmiers sans rien faire, comme ces stupides retraités qui habitent l'allée ? Vous croyez que je serais resté vingt ans à Los Angeles dans cette cité inculte, au milieu de cette bande d'hédonistes uniquement attirés par le soleil, que j'aurais survécu dans une ville qui donne à son plus beau boulevard le nom de l'inventeur de la ceinture chauffante, si je n'avais pas eu la possibilité de me mettre au service d'un art qui permet justement d'échapper à cette réalité ? Vous n'entendez donc pas mon accent ? Que voulez-vous que fasse un Hongrois émigré aux États-Unis après s'être échappé des geôles de Bela Kun, sinon travailler à Hollywood ? Qu'en ces lieux se soit créé une bonne partie de l'imaginaire qui fait rêver le monde entier demeure pour moi un mystère complet, mais au moins cela m'a-t-il permis depuis mon arrivée de ne pas mourir de faim ! Oh… pas de m'installer à Beverly Hills ou de dîner au *Victor Hugo* avec les pontes des studios ; mais je ne suis pas non plus l'un de ces scénaristes à la petite semaine que l'on enferme dans les bureaux comme des pur-sang dans leur box ! Peut-être ai-je eu ma part de chance, après tout… Peut-être… »

Il s'était assis et les longues stries d'amertume que sculptait la lumière de la lampe paraissaient démentir ces derniers mots.

« Lorsque je suis arrivé ici, il y avait encore des eucalyptus sur Melrose Avenue, reprit-il d'une voix plus calme, presque nostalgique. Et aussi les tramways de la Pacific Electric que je prenais pour aller proposer mes services non seulement ici à Hollywood – j'habitais alors un taudis dans Downtown sur la 5e Rue – mais aussi à Culver City, à Burbank, à Universal City et autres lieux où l'on sacrifie au 7e art. Moi j'avais toujours le même message à transmettre, qui a fini par trouver des auditeurs : dans un film, peu importe l'endroit où le réalisateur place sa caméra si le scénariste n'a pas d'imagination. Et maintenant ils savent tous que sur ces rayonnages se trouve le plus beau gisement d'imaginaire de la ville. Il n'y a pas un seul de ces petits messieurs en guêtres et Duesenberg à cent mille dollars par an qui ne soit certain de découvrir ici les contes, légendes, fables, mythes, sagas, épopées, chroniques ou chansons de geste dont il peut avoir besoin pour son jeune public… »

Il parut mesurer de l'œil la hauteur des murailles de livres.

« Six mille volumes classés par genre et par pays ! Le grand magasin du merveilleux ! Une mine d'or, une forêt enchantée peuplée de lutins, magiciens, ogres, sibylles, pythonisses, dryades, elfes, sorcières, fées bienveillantes ou malfaisantes, chevaliers avec ou sans armure – et s'il faut faire plus pimenté, incubes, succubes et autres vampires ! Et voilà, mon bon ami, comment je m'efforce de donner à coups de philtres et de magies diverses des cauchemars à tous les enfants de Californie !

– Et d'ailleurs !

– Et d'ailleurs… C'est un but comme un autre, non ? Je peux vous assurer qu'à voir *le Songe d'une nuit d'été, Blanche-Neige, le Magicien d'Oz* et bientôt *le Prince de bois* qui ont en commun le fait que j'ai participé à leur adaptation, les chers petits apprennent davantage sur les épreuves qui les attendent, les difficultés inévitables de la vie et ses joies imprévues que de toutes les leçons réunies de leurs parents et professeurs ! Il me faut simplement pour cela ceindre le rameau d'or de la légende… Tenez, par exemple, regardez le livre que vous avez à côté de vous sur la tablette… Oui, celui-là, en maroquin vert… *C'est Piers the Plowman*, une épopée du poète William Langland écrite au XIVe siècle. Eh bien j'en ai tiré un scénario dont s'est servi mon vieil ami Mihaly Kertesz, devenu ici le réalisateur vedette Michael Curtiz, pour tourner *Robin Hood* qui fut l'un de ses grands triomphes ! J'en avais eu pour la première fois l'idée en visitant, il y a cinquante ans de cela, alors que j'étais étudiant, Nottingham et l'abbaye de Fountains où vécut Frère Tuck…

– Moi j'ai surtout aimé Errol Flynn dans ce rôle. Quel charme, quelle fougue ! »

Il se souvenait de la réflexion d'Andrew Lloyd lors de la projection de l'après-midi et savait que son compliment ne tomberait pas à plat. En effet Bognar esquissa un sourire qui détendit enfin l'aspect sévère de ses traits.

« Ah, Errol… C'est un ami. Il est l'un des rares à franchir ce seuil que vous avez découvert presque par hasard. Tiens, cela me donne envie de vous montrer quelque chose… »

Prenant la lampe avec lui, il l'entraîna dans une petite pièce voisine – presque un réduit. Un étrange tableau surgit de l'ombre, représentant une jeune femme assise devant une cheminée, un bébé dans ses bras, avec sur le visage une expression d'indicible mélancolie.

« Ça s'appelle *L'homme est en mer*. C'est de Van Gogh. Errol me l'a laissé pendant sa tournée en Amérique du Sud. Il le trouvait plus en sécurité que chez lui, à Mulholland House. Et puis au moins, a-t-il ajouté en me l'apportant, il y a un ami pour le regarder. Vous voyez si nous sommes proches ! Je partage avec lui les mêmes idées sur pas mal de choses, et ça ne plaît d'ailleurs pas à tout le monde. »

Vincent se pencha sur le tableau.

« Le sujet n'est vraiment pas très gai. Pour vous qui êtes déjà seul…

– C'est vrai que cette femme ne semble pas très allègre, admit Bognar en refermant la porte, et je ne lui rends d'ailleurs pas visite très souvent. On sent que le malheur rôde, que son pêcheur de mari est parti depuis des semaines, qu'il ne reviendra peut-être pas, et qu'il ne doit même pas connaître l'enfant. Il y a un conte finnois sur ce thème, *Tuonela*, que vous pouvez trouver sur le troisième rayon au-dessus de vous. Tuonela, c'est le royaume de la mort qui plane sur ce tableau comme sur beaucoup de ces contes nordiques… J'aime le finnois, ajouta-t-il. Le hongrois et le finnois ont la même origine, peut-être est-ce pour cela que je le lis avec autant de plaisir.

– Vous parlez beaucoup de langues ?

– Onze, répondit Bognar avec simplicité. Enfin, dix depuis que je n'utilise plus le français. En plus du grec et du latin, bien entendu.

– Oh, le latin, s'exclama soudain Vincent. Peut-être alors sauriez-vous ce que signifie... attendez que je me rappelle... *Totus mundus agit histrionem* ? »

Bognar parut surpris.

« Mais qu'est-ce que... Pourquoi voulez-vous savoir... Comment un simple coursier peut-il...

– C'est pour un concours, expliqua hâtivement Vincent.

– Une phrase latine pour un concours ? À Los Angeles ? s'exclama-t-il, incrédule.

– Oui, un concours de cinéma, une question sur *le Signe de la croix*, de De Mille...

– Quoi qu'il en soit, cela se traduit par : "Tout le monde joue la comédie. " Quoi, c'est Pilate qui a affirmé cela ? En fait, je crois que c'est un adage de Pétrone, que Shakespeare avait fait graver sur le fronton du théâtre du Globe. Il conviendrait parfaitement à bon nombre de ceux que je fréquente ici – et là je ne parle pas des acteurs. »

Il ponctua sa réflexion d'un court rire sardonique.

« Je pense à tous ces gens – peut-être pas *totus mundus* mais disons : un grand nombre... – qui ont le culot de me chercher des poux dans la tête. Car cela ne les empêche pas de retrouver dare-dare le chemin de Hillside Avenue dès qu'ils entendent le son du tiroir-caisse. La féerie marche en ce moment ? On sait que le vieux Bognar tient toute prête une belle adaptation d'une légende hongroise permettant une multitude d'effets spectaculaires ? Alors on oublie qu'on le traitait l'instant d'avant de nazi et l'on se précipite chez lui. Et l'on a raison, car quelle merveille que ce *Prince de bois* !

Quel délice pour un cinéaste inventif d'avoir à le tourner ! D'autant que j'ai retrouvé dans la chanson de geste *Huon de Bordeaux* le vieux mythe de la fontaine d'orage, que je mêle à cette légende comme on marie l'or et l'onyx dans un vieux reliquaire. Vous savez ce qu'est une fontaine d'orage, jeune homme ? demanda-t-il en le fixant de ses yeux enfoncés dans leurs orbites.

– Vous me demandez cela à moi, qui suis encore ruisselant !

– C'est à croire que les éléments se sont vengés ! Imaginez en effet une fontaine ensorcelée. Son eau est froide comme de la glace et elle ne peut être transportée que dans un gobelet d'or. Si tel n'est pas le cas elle se met à bouillonner, et une seule goutte tombée à terre déchaîne tempêtes et calamités. Or au début du film le Prince ne sait pas que l'eau est ensorcelée. Il utilise un simple gobelet de voyage en argent pour apporter à la jeune femme qu'il désire rencontrer de quoi étancher sa soif, et alors...

– C'est donc un gobelet qu'il lui tend... », l'interrompit Vincent presque malgré lui.

Bognar le regarda avec surprise, puis partit de son rire grêle.

« Vous réagissez avec la spontanéité de l'enfant que j'aurais aimé avoir à mes côtés... pour tester mes histoires, j'entends, quand je suis las de me les raconter à moi-même... Donc il lui tend un gobelet d'argent, et cela va bien entendu occasionner toutes sortes de catastrophes. »

Vincent se sentit soudain pâlir et fut heureux que la pénombre lui permette de masquer son trouble.

« Et... qui joue le Prince ? » demanda-t-il.

Bognar eut un geste d'ignorance.

« Si vous croyez que l'on me demande mon avis ! Pour le rôle, je voulais Errol Flynn, bien sûr. Je tenais à lui, et il était d'accord. Mais tel n'était pas l'avis de

Mr. Lipchitz, aussi Errol est-il parti vers un autre tournage… Il va le regretter car il va devoir servir la soupe à Bette Davis qui le déteste. Quant à moi, j'hérite d'un acteur dont j'ai oublié le nom et qui semble avoir autant de prestance et de naturel que le portier du Beverly Wilshire. »

Vincent hocha la tête.

« Et… le rôle féminin ?

– Oh, le rôle féminin… Ça, c'est encore une autre histoire, mais vraiment, écoutez, ce n'est pas très intéressant pour vous !

– Vous savez, le cinéma me passionne… Vous avez vu, je fais les concours, je lis toujours les revues de cinéma que les clients oublient à l'hôtel… C'est un monde qui me fait tellement rêver…

– Eh bien, rêvez-en, mon cher garçon, mais n'y pénétrez jamais, le coupa-t-il de façon abrupte. Ils sont tous paranoïaques ou alcooliques dans ce milieu. Surtout les problèmes de boisson. C'est forcé, ils ne cessent pas de se rencontrer, de se congratuler et de se mentir les uns aux autres devant des gin fizz ou des dry martinis. Moi d'habitude je ne bois jamais… sauf ce soir… voilà ce que c'est que d'avoir évoqué la Hongrie… écoutez-moi, pourquoi est-ce qu'on n'entamerait pas une seconde bouteille ? Je l'ai là… Je remarque toutefois que j'ai bu la première à moi tout seul, vous n'avez bu qu'un demi-verre !

– Je vais vous accompagner, cette fois », promit Vincent.

Bognar but avec lenteur. Le tokay lui faisait osciller la tête comme s'il suivait le balancement d'on ne savait trop quel animal invisible. Peut-être étaient-ce après tout les mouvements de la chouette tapie dans un recoin du plafond.

« Alors, vous buvez ?

– Vous voyez bien, dit Vincent en s'exécutant.

– Tenez… Vous n'aurez pas tout perdu de votre

soirée, reprit-il soudain d'une voix un peu pâteuse. Voici cinq dollars pour vous permettre de repartir en taxi. »

Il eut un geste de refus.

« Vous m'avez prévenu que l'on n'en trouvait pas !

– Pour aller au cinéma alors, puisque vous aimez cela ; et dîner chez Musso ou dans quelque endroit de ce genre où j'allais autrefois... Quel est donc le dernier film que vous avez vu ?

– Eh bien... *le Magicien d'Oz* dont vous me parliez. Dès sa sortie, bien que je n'aime pas faire la queue.

– Il est vrai que vous êtes en âge de tomber amoureux de cette petite Judy Garland !

– Ce n'est pas mon prénom préféré, laissa échapper Vincent.

– Ah bon ?

– Et puis elle est encore un peu jeune, ajouta-t-il hâtivement. Pourtant j'aime les brunes. Tenez... peut-être parce que l'action se passe en Hongrie, je verrais bien une actrice brune dans le rôle féminin du *Prince de bois*. »

Bognar parut s'éclairer.

« Comme je suis de votre avis ! J'ai d'ailleurs encouragé l'une de mes jeunes compatriotes qui est brune à présenter sa candidature. J'imagine que parce que j'ai montré ce goût, ils feront exprès de choisir une blonde fade comme l'était Anita Louise dans *le Songe*. Enfin, nous verrons bien... Les essais doivent avoir lieu prochainement. De toute façon il paraît que l'*on* ne souhaite pas ma présence sur le plateau.

– Il paraît que les Hongroises sont superbes, murmura Vincent.

– Où avez-vous entendu cela, mon garçon ? »

Il resta coi. Bognar eut un bref sourire.

« En ce qui me concerne, c'était il y a si longtemps, vous savez... Mais c'est vrai que cette petite Mariassy est fort jolie..., ajouta-t-il comme pour lui-même. Vous allez voir qu'ils vont lui faire toutes sortes d'embûches pour qu'elle ne gagne pas. »

Il se tut, semblant perdu dans ses souvenirs brumeux. Vincent s'imagina soudain qu'elle allait peut-être surgir, diaphane et ardente, de la nuit venteuse.

« Vous n'auriez pas une photo d'elle ? » demanda-t-il tout à trac.

Bognar parut surpris.

« Mais pourquoi voulez-vous une photographie ? Personne ne la connaît !

– Justement..., bredouilla-t-il. C'est amusant... de se rendre compte avant les autres...

– Oh, mais je me souviens, j'ai adressé l'unique dont je disposais, et qui était d'ailleurs ancienne, à la secrétaire de David Lipchitz... Comment s'appelle-t-elle déjà, cette vieille pute... Dolly Carver, oui, c'est cela. Vous avez l'air déçu, mon petit, mais je n'y peux rien. D'autant que je crains qu'elle ne paraisse jamais dans *Photoplay*. Mais je peux essayer de vous donner une image d'elle... tirée de l'un de ces contes de Grimm que vous avez transportés tout à l'heure à la sueur de votre front. Écoutez, je cite de mémoire... "Elle était si belle que le soleil qui a pourtant vu tant de choses s'émerveillait aussi souvent qu'il lui éclairait le visage. " Voilà qui devrait remplacer avantageusement la photo.

– Je n'en suis pas sûr », murmura Vincent.

Il se leva et se dirigea vers la porte.

« J'ai abusé de votre temps », s'excusa-t-il.

Bognar leva la tête avec une expression de désarroi.

« Vous n'allez pas me laisser seul en tête-à-tête avec cette deuxième bouteille, c'est trop triste... Je risquerais de la finir... Oh, pourquoi vous ai-je raconté tout cela ? Il n'y a que les solitaires pour s'épancher ainsi auprès d'inconnus... Il faut admettre que j'ai été aidé, ajouta-t-il en lorgnant vers les bouteilles. Oh, ce tokay... Heureusement que je n'en ai plus... Vous aurez bien perdu votre temps...

– Au contraire, j'ai appris beaucoup de choses, murmura Vincent.

– Voulez-vous que je vous appelle un *cab* ? »

Sans attendre sa réponse, il décrocha le téléphone, puis le reposa avec irritation.

« La ligne est coupée. Pas plus de téléphone que d'électricité ! Une heure de pluie, et on est aussi isolé que dans le désert de Gobi ! De toute façon, aucun n'aurait répondu, j'en suis sûr.

– Ce n'est pas grave, je vais marcher jusqu'à l'hôtel, il n'y a même pas un mile. Allez, adieu, Mr. Bognar. »

La lampe à la main, le vieil homme l'accompagna dans le vestibule. Appuyé contre la porte il paraissait tituber légèrement.

« Il ne faut jamais dire des choses comme cela ! protesta-t-il avec véhémence. Dans les contes on ne se dit jamais adieu – on se borne à se retrouver un matin, dans une clairière emplie de rosée... Tout de même, vous faites un drôle de coursier, ajouta-t-il. J'imagine que je ne dois même pas vous demander votre nom...

– Vous aviez prétendu que vous étiez épié... Peut-être après tout suis-je venu moi aussi vous surveiller ! lança-t-il sur un ton de plaisanterie.

– Alors dites-leur de cesser de me persécuter, répliqua-t-il d'une voix lasse. Mais vous n'avez même pas voulu voir ma carte de Hongrie – une carte qui pourtant expliquait tout.

– De *votre* Hongrie...

– De la Hongrie éternelle ! Celle de saint Étienne et de Ladislas le Posthume ! Celle qui s'étend jusqu'aux Portes de Fer et aux Carpates... Oh, parler de cela à Hillside Avenue... »

Lui tournant brusquement le dos, il rentra chez lui avec la majesté d'un ermite des forêts, brandissant sa lampe telle une torche, comme si les gorges du Danube s'ouvraient soudain devant lui. Dès qu'il fut revenu sur le bas-côté, Vincent enfonça dans la boue le mégot laissé tout à l'heure par l'homme de David. Puis, songeur, il redescendit la petite allée ravinée par l'orage. Était-ce si sûr qu'il ait appris beaucoup de choses comme il l'avait dit à Bognar ? Pour l'heure c'était la déception qui dominait. Le bilan de deux heures de conversation et de deux bouteilles se bornait à la confirmation de ce qu'il savait depuis la séance de projection de l'après-midi. C'était bien un gobelet que (d'après le scénario) le cavalier tendait à l'actrice. Lui étaient confirmées aussi l'antipathie réciproque de David et de Bognar, et l'amitié de ce dernier pour Flynn. Mais il n'avait pas pu obtenir de photographie de Margit. Pour le reste il n'était guère plus avancé... Quel que soit le type de relation qu'il y avait entre Bognar et elle, la jeune femme n'était pas venue se réfugier chez lui et ne l'avait même pas prévenu de l'incident du test – sans doute David allait-il le faire dès le lendemain. Mais était-elle en mesure de prendre contact avec son protecteur ? Avait-elle sa liberté d'action ? À l'idée qu'elle était quelque part emprisonnée, entravée, il sentit un frisson le parcourir.

Dans Hollywood Boulevard, l'électricité était revenue – depuis quelque temps semblait-il, à voir les enfants s'amuser nombreux entre les flaques. Il y avait déjà un bulldozer à côté du palmier déraciné. Et tous les taxis que l'on voulait.

4

« Félicitations pour ta forêt, Bill, dit Ben Hackshaw en découvrant l'immense plateau transformé. J'ai l'impression de m'y être perdu quand j'étais gosse. Quant à la passerelle... »

Il s'approcha, puis s'accroupit pour l'examiner tout à loisir.

« Une balancelle placée sur vérins, chapeau ! s'exclama-t-il en se redressant.

– J'ai eu le vertige rien qu'à la regarder », renchérit Vincent.

Comme s'il se méfiait de ces compliments, le petit homme eut un geste embarrassé.

« Pour la forêt on a pu récupérer les lianes et les mousses du *Songe d'une nuit d'été*, et même les toiles d'araignée en soie, expliqua-t-il d'un ton modeste. L'accessoiriste avait tout conservé !

– Laisse-moi quand même un petit espace pour le travelling de la deux, demanda Hackshaw. Même un ver de terre ne pourrait pas se faufiler dans ton sous-bois !

– Ça m'aurait étonné aussi que tu n'aies pas tes exigences, protesta Da Costa qui paraissait retrouver avec satisfaction un ton vindicatif plus proche de son vrai tempérament. Tu vas finir par me mettre tout en l'air !

– Quant à moi, risqua Vincent d'une voix timide, j'avais pensé que... pour accentuer l'aspect hostile de la forêt... on pourrait lâcher dans le décor une ou deux chauves-souris. Bien entendu, si vous pouvez vous en procurer, Bill, ajouta-t-il hâtivement.

– J'avais bien pensé aux chauves-souris, mais pour ce qui est du danger j'ai préféré glisser sous les mousses un serpent *sushupe*, expliqua Da Costa. Ces bêtes ont l'avantage de siffler avant de fondre sur leur proie, et...

– Bon Dieu, Bill, vous n'avez pas fait ça ! » protesta Vincent.

L'éclat de rire des techniciens fut si unanime qu'il se mit à rougir et n'eut d'autre choix que de faire chorus.

« Vous m'avez bien eu, dit-il à Da Costa.

– Merci pour les chauves-souris, elles seraient capables de se prendre dans les cheveux de Kay Bradley ! s'exclama Hackshaw. Ça, ça ferait du vilain. »

Au nom de Kay Bradley Vincent sentit que le rire s'étranglait dans sa gorge. Il ferma un instant les yeux et tenta de se reprendre.

« Et... où confectionnez-vous votre petite cuisine, Bill ? demanda-t-il pour se donner une contenance.

– J'ai tout mon matériel sous la passerelle.

– On va faire un essai de lumière, Mark, proposa Hackshaw au chef électricien. Le pire n'est pas toujours sûr, mais tout de même, prouve-le-moi.

– Je vais te rassurer tout de suite », dit Mark MacShane.

Il abaissa une manette, et la forêt de Da Costa surgit sous la lumière des projecteurs, immémoriale, lumineuse presque à l'excès dans la gloire d'un beau jour d'été.

« L'éclairage n'est-il pas trop fort ? s'enquit Vincent.

– Ce sont les opérateurs technicolor qui veulent que... Oh, mais voilà qui va rajouter encore de l'intensité », répondit MacShane.

Un brusque tumulte avait éclaté à l'entrée du plateau, derrière le groupe des machinistes. Vincent découvrit de profil la haute silhouette de Norman Webster tournée vers quelqu'un qu'il ne pouvait voir de là où il se trouvait. Quittant l'ombre du praticable, il contourna les projecteurs et s'approcha discrètement.

« Kay, vous avez eu trois jours pour prendre connaissance du script et donner votre acceptation, entendit-il. Avec vos simagrées nous sommes en train de prendre du retard. »

L'intonation de Norman Webster tentait sans y parvenir de masquer son impatience. Vincent fut frappé par le visage pâle et tendu de la jeune femme à qui s'adressait le metteur en scène. Elle paraissait acculée à la cloison derrière laquelle officiaient les preneurs de son comme une biche faisant face à une meute.

« Norman, ne prétendez pas que vous n'avez pas

étudié mon contrat à la loupe avant de m'engager, rétorqua-t-elle. Ce n'est certainement pas dans les habitudes de David ! Cette clause spéciale n'a donc pas pu vous échapper, et…

– Venez, Kay, l'interrompit-il d'un ton rassurant. Je vais moi-même vous montrer qu'il n'y a pas de danger. »

Il la saisit doucement par le bras et chercha à l'entraîner sur le plateau. D'un geste vif elle se dégagea. Norman hésita, puis se retourna vers elle.

« Kay, vous vous enfoncez dans une forêt hostile, et à la seule vision de votre visage le spectateur doit ressentir que celle-ci est remplie d'embûches et que vous allez affronter toutes sortes de dangers ; dans son fauteuil il est alors sur ses gardes, comme vous semblez l'être vous-même à l'écran. Mais cela ne signifie pas, bien entendu, que vous soyez réellement menacée ! Vous pensez bien que nous ne pouvons pas vous faire courir le moindre risque… Mais regardez plutôt. »

Joignant le geste à la parole, il s'engagea avec précaution sur l'étroite passerelle de bois et de lianes.

« Da Costa ! appela-t-il. Allumez, je vous prie.

– Voici, Mr. Webster », obtempéra le petit homme d'une voix étouffée.

Les flammes jaillirent sur la droite, évoquant l'incandescence d'un buisson ardent.

« Baissez les projecteurs, que Mrs. Bradley juge elle-même de l'effet », ordonna Norman.

La forêt s'éclaira d'inquiétantes lueurs qui brasillaient comme si le labyrinthe végétal émergeait à l'instant du chaos primordial.

« Kay, vous constaterez que j'avance sans aucune crainte. Et maintenant regardez. Je touche la paroi de verre invisible qui vous protège du feu, dit-il en la faisant tinter plusieurs fois. Tout est ignifugé et pour faire bonne mesure il y a même des extincteurs cachés sous la passerelle. »

Il fit demi-tour et la rejoignit.

« Vous voyez bien, chérie, reprit-il avec un petit rire forcé. Ce n'est pas à une grande actrice comme vous que je vais apprendre qu'un jeu de scène n'est jamais qu'une composition. Ce n'est pas parce que vous mimez l'effroi que vous devez…

– Norman, je suis désolée, mais c'est plus fort que moi ! le coupa-t-elle avec véhémence. Vous le savez bien, pourtant, depuis *Lost Paradise*, que j'ai toujours eu la phobie du feu ! Je ne peux pas l'expliquer ; je n'en ai en effet jamais souffert, je n'ai pas vu d'incendie dans mon enfance ou quoi que ce soit de ce genre, et pourtant le simple spectacle de flammes dans une cheminée me rend mal à l'aise. Même des crêpes flambées, Norman, me… »

Le pied posé sur une caisse à objectifs, il se pencha vers elle d'un air soudain si sévère qu'elle s'interrompit net.

« Puisque vous parlez d'enfance, moi je vous dis : assez d'enfantillages, Kay ! Vous savez que je déteste l'avion et pourtant, afin de revenir vous diriger en temps voulu, je me suis fait violence. Après tout j'aurais pu tranquillement prendre le *Chief* à New York et…

– Norman, *vos* névroses m'indiffèrent. Il vous suffisait de vous organiser pour le prendre, ce train, et de toute façon dans un avion vous n'avez pas à *bouger*, Norman. Moi il faut que je m'*avance* sur cette passerelle, et cela, en sachant que l'incendie va se déclarer sur mon passage. Je ne pourrais pas davantage le faire sur un tremplin de haut vol… Oui, c'est comme le vertige, je ne peux simplement pas me commander, Norman… Non, je ne peux pas, je… »

Livide, elle s'arrêta, et Vincent crut un instant qu'elle allait s'affaisser comme l'avait fait Margit. Norman Webster se retourna, paraissant chercher du regard quelqu'un à qui demander conseil.

« Il faut trouver une solution », maugréa-t-il.

Da Costa s'avança. Sa silhouette semblait plus pataude encore à côté de la haute taille du réalisateur.

« Il faudrait peut-être l'installer sur un chariot mobile, suggéra-t-il. On le ferait rouler sur la passerelle en le tirant comme pour un travelling, comme cela elle n'aurait pas à marcher. »

Elle eut un geste d'impatience.

« Tirée ou poussée, je passe à côté du feu ! Vous n'avez donc pas vu ces incendies de forêt sur les montagnes de San Gabriel, à moins d'une demi-heure de la ville ? Ces jeunes fiancés qui devaient se marier le lendemain retrouvés brûlés vifs ? Il y avait leur photo dans l'*Examiner* d'hier et je n'ai pas pu en fermer l'œil de la nuit… »

Elle tremblait. Norman lui mit la main sur l'épaule.

« Calmez-vous, Kay. Calmez-vous, je vous en prie. Nous allons trouver une solution, mais surtout calmez-vous.

– Mr. Webster, on pourrait peut-être faire jouer la scène par une doublure de miss Bradley, en la filmant de dos », proposa soudain Vincent.

Norman Webster lui jeta un regard vif, paraissant à cette occasion découvrir son existence. Il réfléchit, puis secoua la tête.

« De dos, la scène n'aurait aucun sens, aucun ! dit-il avec irritation. La caméra suit son visage pour saisir son anxiété. Le spectateur doit s'identifier à elle, frissonner avec elle…

– Alors on pourrait la filmer en gros plan en dehors de la passerelle, proposa à son tour Da Costa. Par un effet de transparence, je pourrais donner l'impression que le feu se reflète dans son visage, et même dans ses yeux…

– Oui, c'est cela, s'écria la jeune femme. Bill a trouvé la solution. Quant à moi, je prendrais d'autant plus facilement l'air effrayé que je ne serais plus tétanisée par la peur… »

Norman se tourna alors vers Da Costa comme s'il pouvait servir de dérivatif à son irritation croissante.

« C'est vous qui tournez le film, ou c'est moi ? » tonna-t-il.

Le petit homme se tint coi, mais Vincent sentit brusquement la tension monter sur le plateau, comme si tous les techniciens s'étaient trouvés agressés par la remarque acerbe du réalisateur.

« Des reflets ! s'exclama ce dernier. Absurde ! Et pourquoi pas sur un mannequin, alors, puisqu'il y en a déjà un dans le film ? Pourtant je répète assez que le spectateur doit s'identifier à ce qu'il voit, pressentir qu'il y a un sort attaché à l'héroïne et frémir avec elle ! Oui, Kay, avoir le sentiment physique du danger, il y va de la crédibilité de notre histoire...

– Puis-je proposer à mon tour quelque chose, Mr. Webster ? risqua la voix fluette de Mark MacShane surgie de sous la passerelle. Bill et moi pouvons confectionner un foyer de braises électriques. On ne verrait pas de flammes, miss Bradley ! On se douterait pourtant qu'il y a eu là un feu et qu'il peut reprendre à chaque instant, hein, Bill, on pourrait faire quelque chose de ce genre ?

– Je m'en vais, décida tout à coup l'actrice en quittant son recoin. En attendant de trouver un autre jeu de scène, vous n'avez qu'à relire mon contrat. »

Comme Norman cherchait à la retenir, elle le bouscula.

« Bon Dieu, vous n'allez pas saccager mon film, Kay, s'écria-t-il en perdant cette fois son calme. Attendez au moins David ! Vous savez pourquoi il n'est pas là ? Il est en train de signer le contrat avec votre agent ! »

Elle haussa les épaules.

« Après tout, c'est vous deux qui êtes venus me chercher en catastrophe parce que vous ne parveniez pas à trouver votre héroïne ! Alors débrouillez-vous entre vous.

– Ah, si nous avions encore Miss Mariassy », soupira Vincent.

Un silence de mort accueillit sa phrase. Lorsqu'il se rendit compte qu'elle lui avait échappé et que tout le monde l'avait entendue, il se sentit pâlir. Kay Bradley qui à cet instant même franchissait la sortie se retourna d'un mouvement vif.

« Qui c'est, celui-là ? » demanda-t-elle à Norman.

À voir l'air embarrassé du réalisateur, Vincent préféra prendre les devants.

« Je crois m'être présenté ce matin, miss Bradley, mais je suis prêt à recommencer. Je suis Vincent Villeneuve, l'assistant de Mr. Webster sur ce tournage. »

Elle fixa sur lui un regard dur d'un bleu de porcelaine.

« Eh bien, jeune homme, vous n'allez pas le rester longtemps. Norman ! appela-t-elle. Je ne veux plus de ce type sur ce plateau. »

Le réalisateur s'approcha.

« Kay, votre rôle est de faire ce que je vous demande, et non pas de composer mon équipe technique !

– Merci, Mr. Webster, mais je peux me défendre tout seul, poursuivit Vincent d'une voix calme. Ce que je voulais dire, miss Bradley, c'est que non seulement Miss Mariassy aurait traversé cette passerelle sans faire d'histoires, mais qu'à suivre son visage si expressif on aurait frémi en pensant aux dangers encourus. Parce qu'elle, c'est une grande actrice », conclut-il en détachant ses mots.

Kay Bradley demeura un instant interdite. Norman en profita pour se glisser près de lui.

« Non mais, qu'est-ce qui vous prend, mon vieux ? dit-il à mi-voix. Vous êtes suicidaire ou quoi ?

– Laissez, Norman, ça n'a guère d'importance, reprit l'actrice d'un ton hautain. Encore que... Expliquez-moi donc, Monsieur l'assistant de réalisation, pourquoi une telle perle ne se trouve pas sur le plateau à ma place ?

– Vous le savez très bien, miss Bradley.

– Ce que je sais, c'est qu'en dépit de toutes les

recherches elle n'a pas donné signe de vie depuis cinq jours. C'est bien cela, Norman ? Disparue ! Envolée ! Peut-être faut-il voir là les effets d'une mise en scène particulièrement efficace visant... quels étaient déjà vos termes, Monsieur l'assistant... à faire frémir les spectateurs devant les risques encourus par l'héroïne ?

– Ne vous montrez pas sarcastique, ma chère, cela ne vous va pas. Nous comptons sur vous dans une période difficile et je comprends d'autant moins votre attitude... pusillanime. Vous vous rendez compte de ce que cet incident coûte déjà à la production ! Nous aurions pu tourner ce plan dès ce matin, alors que bien d'autres vont nous poser autrement plus de problèmes que celui-là !

– Vous parlez d'argent gaspillé, alors que vous vous apprêtiez à risquer quinze cent mille dollars sur les épaules d'une inconnue ! »

Son regard tomba sur Vincent. Elle se retourna.

« Norman, je vous ai déjà demandé..., dit-elle d'un ton redevenu presque enjôleur.

– Vous, dégagez ! » lui ordonna Webster avec brutalité.

Vincent cette fois accusa le coup.

« Mais, Mr. Webster, je... je n'ai pas l'habitude d'être traité...

– Vous avez peut-être des amitiés à la production, Mr. Villeneuve, mais à mon niveau il m'est impossible de vous défendre. Je vous somme de quitter ce plateau. »

Après une hésitation, sans un regard pour l'actrice ni un mot pour Webster, Vincent se dirigea lentement vers la sortie. Alors qu'il passait devant la cabine de régie, Ben Hackshaw l'attira dans la pénombre.

« Reste dans le coin, petit, je vais essayer de voir ce que je peux faire pour toi », souffla-t-il.

Vincent secoua la tête. Il ressentait soudain un sentiment de paix avec lui-même, comme s'il éprouvait de la satisfaction de lui demeurer ainsi fidèle. Au moins il lui aurait offert *cela*. Et peut-être était-il encore temps de revenir sur le tournage de *Invisible Stripes* pour lequel il avait été initialement retenu.

« Benjamin, je quitte ce fichu film », dit-il avec calme.

Il franchissait la grille du plateau lorsqu'il entendit à nouveau la voix de Norman.

« Kay, maintenant que je me suis rallié à vos raisons, vous devriez en profiter pour vous reposer un instant dans la cabine d'essayage. »

À l'intonation du réalisateur, Vincent comprit que son départ était loin de mettre un point final à leur affrontement. Il en conçut un obscur réconfort.

« La cabine d'essayage ! Pourquoi pas le vestiaire du personnel, pendant que vous y êtes ! glapit Kay d'un ton acerbe. Merci bien, Norman ! Appelez-moi mon chauffeur, je retourne dans ma loge, à la Metro ; vous aurez peut-être le temps de vous mettre d'accord, David et vous, sur ce que je peux apporter à ce film !

– Parce que la cabine d'essayage ne vous plaît pas *non plus*, Kay ! ironisa Norman. Les plus grandes y sont pourtant déjà passées, à commencer par Bette Davis... Décidément il faudra bientôt reconstruire tout le studio pour satisfaire vos désirs ! »

De l'endroit où il se trouvait, dans la pénombre du sas d'entrée, Vincent devinait les silhouettes de Kay et de Norman prêtes à se jeter l'une sur l'autre – et derrière la rampe des projecteurs les machinistes groupés en masse compacte comme pour se protéger les uns les autres des conséquences du duel.

« On se croirait à O. K. Corral, murmura Hackshaw.

– Et d'abord, j'aime les endroits propres ! cria Kay d'une voix aiguë.

– Comment cela ? »

Au son de sa voix, Vincent sentit que Norman Webster était déconcerté.

« Je n'aime pas trouver d'objets... comment dire...

intimes dans les endroits où je me maquille. Mr. Mayer estime à juste titre que l'on ne doit même pas *imaginer* qu'une star puisse aller aux toilettes, car pour le public c'est un pur esprit. Alors quand je tombe sur... »

Elle eut une sorte de ricanement.

« ... Quelqu'un qui prétendait devenir la vedette d'une *féerie* ! » reprit-elle avec mépris.

Norman se rapprocha encore d'elle.

« Kay, nous sommes loin en ce moment de la féerie, et vous en dites trop ou pas assez.

– Ne me bousculez pas, Norman !

– J'insiste. Qu'avez-vous donc trouvé de si... particulier ? »

Elle avait baissé la voix et le regardait dans les yeux. Elle recula d'un pas.

« Ça ne vaut même pas la peine d'en parler, répondit-elle avec désinvolture.

– Pas la peine ? Je vous rappelle, miss Bradley, que cette jeune femme a disparu depuis près d'une semaine et que la police est à l'affût du moindre indice la concernant. »

Le visage de Webster s'était durci. Elle eut un regard apeuré et parut soudain prendre conscience du silence hostile qui l'entourait.

« Cela m'étonnerait fort qu'une boîte de cire à épiler représente un indice à ce point capital ! » lança-t-elle sur un ton de forfanterie.

Des rires moqueurs s'élevèrent du groupe des machinistes.

« Une boîte de cire à épiler ! s'exclama Norman. Et c'est cela que vous appelez un objet *intime* ! Et qui vous dit d'abord qu'elle lui appartenait ?

– La petite habilleuse... »

Norman fronça les sourcils.

« Et il n'y avait rien qui permettait de savoir d'où provenait cette boîte ? »

Elle haussa les épaules.

« Vous croyez peut-être que je lui ai demandé ! »

Sa voix avait dérapé dans l'aigu, et Vincent eut l'impression que Norman esquissait un geste d'apaisement, peut-être d'exorcisme, comme s'il voulait tenter un ultime effort pour garder les rênes d'une situation qui lui échappait et sauver son film. Un lourd silence accompagna la comédienne pendant qu'elle quittait le plateau. L'hostilité à son encontre était si palpable qu'il se sentit presque vengé. À son tour il se glissa dehors par la porte donnant sur l'avenue C. La longue Isotta Fraschini de la vedette tournait déjà à l'angle du terre-plein.

*

La place où David garait d'ordinaire son roadster était toujours inoccupée. Vincent songea à se rendre sans plus attendre à son bureau pour l'informer de ce qui s'était passé, mais il craignit en court-circuitant Norman d'aggraver encore son cas. Il hésita puis à grandes enjambées gagna le bâtiment des salons de coiffure et d'habillage.

« Miss Hatwell », appela-t-il à mi-voix à travers la grille en fer forgé.

La porte s'entrouvrit. Surmonté de sa petite coiffe de dentelle immaculée, le visage avenant de la jeune fille apparut. Elle paraissait sur ses gardes.

« Phyllis, puis-je entrer une minute ? Je suis Mr. Villeneuve.

– Mr. Lipchitz m'a interdit de recevoir qui que ce soit, dit-elle en se gardant d'ouvrir davantage.

– Phyllis, rappelez-vous, j'étais avec Mr. Lipchitz jeudi dernier, lorsqu'il est venu voir si Miss Mariassy avait laissé ses effets derrière elle. Vous vous souvenez ? Vous m'aviez montré son sac. »

Elle lui jeta un regard soupçonneux.

« Je me souviens, oui..., admit-elle à contrecœur.

– C'est important, Phyllis. Nous apprenons qu'elle avait aussi oublié une boîte de cire à épiler. Vous ne l'aviez pourtant pas signalé à ce moment-là. »

La jeune fille se troubla.

« Mais... ce ne peut être que Miss Bradley qui vous en a parlé... Ça ne m'étonnerait pas d'elle.

– C'est en effet Miss Bradley.

– Je n'ai trouvé la boîte que ce matin, coincée entre le mur et le lit, alors que j'étais en train de la maquiller. J'avais l'intention de prévenir Mr. Lipchitz, ajouta-t-elle.

– Je pense que Miss Bradley s'en sera chargée elle-même, si vous voulez mon avis.

– Ne croyez pas que c'était parce que je n'avais pas fait le ménage, dit Phyllis avec inquiétude. Mais là où était tombée la boîte, je ne pouvais pas la voir. Je ne pouvais vraiment pas.

– Phyllis, écoutez-moi. Nous savons que vous êtes soigneuse et consciencieuse. Mais nous tenons là un petit indice. Un... minuscule indice pour essayer de retrouver la trace de Miss Mariassy. Est-ce que vous avez encore cette boîte ?

– Bien sûr ! Elle n'avait pas été ouverte et se trouvait encore dans l'emballage du magasin. Oh, et puis tenez... »

Elle se haussa vers une étagère et lui tendit une pochette de papier kraft sur lequel était imprimé SCHWAB'S ON GRAND AVENUE. Il en sortit une boîte d'un jaune brillant.

« Schwab, c'est ce drugstore au coin de la 3e Rue, n'est-ce pas ? »

La jeune femme acquiesça.

« Moi qui croyais que les actrices achetaient ce genre de choses dans les parfumeries de Beverly Hills ! s'exclama-t-elle.

– Sonora, épela-t-il tout haut en examinant la boîte. C'est une marque répandue, Phyllis ?

– Oh, vous ne connaissez pas Sonora ? s'étonna-t-elle.
– Pour tout vous avouer, j'achète rarement de la cire à épiler. »

Elle fit quelques pas à l'intérieur du pavillon ; il l'entendit fermer un placard, puis elle revint à la fenêtre.

« Si j'avais su, je me serais abstenue de parler à Miss Bradley ! Je lui avais juste dit : “Oh, c'est Miss Mariassy qui l'aura oubliée, je vais la garder pour quand elle reviendra la chercher. ” Si vous aviez vu son regard ! Puis elle m'a lancé : “Il n'est pas question qu'elle revienne, maintenant, c'est mon rôle !” Oh, tenez, je m'aperçois qu'il y a encore un papier dans le sac.
– Donnez... »

Elle le lui tendit. C'était un carton de couleur rose qu'il lut avec fébrilité.

30 août 11 heures
SCHWAB'S GRAND AVENUE ET 3E RUE

SONORA PARADE
CONCOURS DES PLUS BELLES JAMBES

pour le rôle de Perdita Romero dans le western *Arizona*

Republic Pictures. Sous le patronage du Sonora County – Bon n° 148 –

Vincent relut l'énoncé du carton.

« Vous avez entendu parler de ce concours, Phyllis ? »

Elle fit non de la tête.

« Si j'peux donner mon avis, pour qu'y choisissent comme ça, ça doit pas être un rôle honnête !
– Un rôle de danseuse de beuglant, sans doute...
– Remarquez, ajouta Phyllis, si on tient à tout prix à faire du cinéma... »

Il haussa les épaules.

« Aimer le cinéma, c'était bien son cas ! Mais justement ce grand rôle, elle allait l'obtenir... Elle l'avait... Et elle aurait été s'encanailler dans des parades de troisième ordre, alors qu'elle touchait au but ? »

Il la regardait comme si la réponse allait de soi, et elle le comprit.

« Je peux pas le croire, Mr. Villeneuve. Je vous assure que j'en ai vu défiler dans cette cabine... Eh bien, je peux vous garantir que les concours de beauté en plein air sur Grand Avenue, c'était vraiment pas son genre ! »

Il tournait et retournait le feuillet avec une sorte de rage.

« Mais, ce numéro... 148... Ça signifie quand même qu'elle s'était inscrite...

– Peut-être qu'elle avait absolument besoin de travailler, dit Phyllis comme si elle envisageait toutes les possibilités. Elle n'était pas sûre de remporter le test, après tout. Elle aura voulu se ménager une autre chance... Peut-être aussi qu'on donnait le bon à tous ceux qui achetaient une boîte. Elle ne l'aura même pas remarqué à l'intérieur du sac... »

Elle cherchait manifestement à le réconforter. Vincent s'efforça de sourire.

« Vous êtes une chic fille, Phyllis. Je vais quand même aller y faire un tour. »

La jeune habilleuse sembla surprise.

« Mais puisque ce bon ne peut intéresser que des filles... enfin, des filles pas du tout comme elle... »

Il eut un geste fataliste.

« Il n'y aurait même qu'une chance sur cent », murmura-t-il.

Comme il s'en allait, une idée lui traversa l'esprit. Il se retourna.

« Phyllis, personne n'est venu ici réclamer cette boîte, n'est-ce pas ? »

Elle parut ne pas comprendre.

« Comment cela, réclamer ?
– Vous savez, on en vient à tout envisager… J'imaginais le cas où elle l'aurait… oui, dérobée… chapardée, quoi… Et quelqu'un du magasin aurait voulu se venger d'elle et la lui aurait… montrée sur le plateau, ce qui expliquerait sa réaction. »

Elle resta interdite.

« Non, c'est absurde, ajouta aussitôt Vincent. Oubliez tout cela. »

Il lui rendit le sac mais garda le bon.

« Je raconte quoi à Mr. Lipchitz s'il me demande si…
– Si je suis venu ? Je le préviendrai moi-même. »

Elle hocha la tête.

« Vous croyez qu'on va la retrouver ? D'après ce que vous dites, ce serait bien pour le film…
– Pour le film, c'est trop tard, répondit-il. Pour moi, en revanche… »

Il la regarda comme s'il avait été trop loquace et s'éloigna à grandes enjambées.

Lorsqu'il arriva à l'angle de Grand Avenue et de la 3e Rue il s'aperçut qu'il connaissait déjà le magasin. C'était l'endroit où, au début de leur mariage, Judy l'envoyait chercher de la laque pour repeindre le balcon de leur maison écaillé par tout un hiver devant l'Océan. Elle avait toujours eu le chic pour trouver dans les réclames du *Herald Examiner* les tarifs les plus bas et pour quelques *cents* de mieux n'hésitait pas à traverser toute la ville. Un instant il la revit se découper à contre-jour sur la lumière à la fois violente et voilée du Pacifique, puis l'image de Judy s'évanouit telle une ombre évanescente : venant de l'autre côté de l'avenue des accords de banjo se faisaient entendre en dépit du trafic routier.

Il s'aperçut qu'une petite foule s'était rassemblée au coin de la 3e Rue et dut jouer des coudes pour parvenir au premier rang. SONORA PARADE EST FIÈRE D'ACCUEILLIR L'ÉQUIPE DU FILM ARIZONA, proclamait une banderole déployée au-dessus d'un médiocre décor de saloon. Sur un rythme de ragtime allègre et entraînant, quelques cow-boys poussifs s'exerçaient à attraper au lasso un trio de vaches étiques qu'ils contribuaient à affoler à grand renfort de coups de feu et de claquements de lanière. L'assistance était dans sa grande majorité masculine.

« Alors qu'est-ce qu'elles foutent, les gonzesses ? » grogna son voisin.

Vincent se tourna vers lui. Il portait une chemise à carreaux dont la manche retroussée dégageait sur l'avant-bras un tatouage représentant un cobra dressé.

« Hein, qu'est-ce qu'elles foutent ? répéta-t-il. On est quand même pas venus ici pour voir ces jobards faire les guignols sur leurs carnes !

– Qu'est-ce que j'en sais, marmonna Vincent d'un ton indifférent.

– Qu'est-ce que tu en sais ! C'est p'têt'pas pour les gonzesses que t'es là à suer toute ton eau au premier rang ? »

Vincent haussa les épaules sans répondre. C'était inutile de se colleter avec un homme arborant un cobra à même la peau.

« C'est des vraies filles de l'Ouest, il paraît, poursuivit l'homme. Des conductrices de convoi, des entraîneuses de bastringue, des Calamity Jane ! Y paraît qu'elles se sont drôlement crêpé le chignon, chez Schwab ! On m'a dit qu'elles s'arrachaient les bons du concours les unes les autres en se criant des choses que nous on savait même pas qu'elles existaient !

– Mais je croyais qu'il suffisait d'acheter une boîte pour obtenir le bon…

– Justement, mon gars ! Mais ces fichues boîtes étaient

limitées à la vente, et ça a été l'émeute autour du comptoir dès qu'elles ont vu qu'elles pourraient pas toutes participer à la sélection. Ces gamines sont prêtes à tout pour se faire un nom à Hollywood, y compris à s'étriper comme des lutteuses de foire ! Le miroir n'attire pas que des alouettes, ou alors les alouettes ont pris des manières de pies grièches ! »

L'haleine de l'homme empestait la bière et sa vulgarité l'indisposait tout autant que le troublait ce qu'il racontait. Ce bon de concours si difficile à obtenir accompagnait bel et bien son achat… Quoi, Margit dans une bagarre de harengères ? C'était impossible, impossible… L'arrivée du présentateur lui fut une diversion. Portant redingote et chapeau noir, il avait l'attitude d'un prédicateur anglican.

« Mesdames, mesdemoiselles, messieurs, le studio Republic est heureux de vous accueillir pour ce concours avec la participation du drugstore Schwab. Les dix concurrentes qui vont se présenter devant vous ont été sélectionnées parmi des centaines de concurrentes ayant chacune trouvé leur bon dans une boîte de… »

Il fit signe à l'auditoire de poursuivre.

« Sonora, reprit mollement la petite foule.

– Je vous rappelle que vos applaudissements, cris ou sifflements d'enthousiasme, enfin, tous moyens à votre convenance, éliront la plus jolie paire de jambes de cette estrade ; et la jeune fille à qui elles appartiennent fera ses grands débuts au cinéma dans le rôle marquant de Perdita Romero, la chanteuse de saloon du western *Arizona*.

– Les filles ! Les filles ! se mirent à scander les premiers rangs.

– Encore un instant de patience, mesdames et messieurs, pour vous redire que ces gracieuses gambettes, musclées ou potelées selon les goûts, entre lesquelles vous allez choisir… »

Des mouvements divers agitèrent l'assistance.

«... ont été épilées avec le plus grand soin pour ce grand événement au moyen de la cire indolore...»

Il dirigea cette fois vers le public un index impérieux.

«Sonora, soufflèrent quelques voix.

– Mieux!

– SO-NO-RA.

– C'est bien. Et maintenant, faites entrer les candidates.»

Au rythme entraînant du banjo elles sortirent une à une de la baraque latérale puis, au milieu des clameurs et des acclamations, s'immobilisèrent sur l'estrade. Paraissant mal à l'aise et empruntées face au public turbulent, elles ne savaient trop quel maintien adopter dans leurs guêpières fatiguées qui dévoilaient leurs cuisses boudinées par des jarretelles trop serrées. Gêné par son expansif voisin, Vincent se hissa sur la pointe des pieds et laissa glisser son regard sur les dix visages comme s'il faisait un plan panoramique. Pas de doute à avoir: aucune ne ressemblait à Margit ni de près ni de loin, et la plus fine des dix silhouettes qu'il avait devant les yeux lui parut dépourvue de grâce et d'éclat, comparée à celle qu'il avait découverte l'autre matin. Sans trop savoir s'il était soulagé qu'elle ne se soit pas prêtée à cette mascarade, ou déçu dans son vague espoir de la retrouver, il décida de quitter aussitôt les lieux.

«T'as raison, p'tit, ça vaut pas le bruit qu'on en fait», maugréa l'homme au cobra.

Du bruit il y en avait tant et plus, cependant. Des clameurs ou des huées accompagnaient l'énoncé de chaque numéro, redoublant aux plus accortes ou aux plus minaudières. Jouant des épaules tout en évitant de fixer les visages congestionnés et les bouches béantes des spectateurs qui exprimaient bruyamment leur préférence, il gagna la sortie, puis, s'appuyant à la palissade qui entourait l'enclos, ôta son chapeau et d'un geste las s'essuya le front avec sa manche. « Si jamais je te retrouve, jamais je ne t'avouerai où j'ai été te chercher », murmura-t-il.

Il hésitait à entrer dans le drugstore lorsqu'il croisa devant l'entrée le groupe de cow-boys qui avait participé à la parade. Il se retourna sur la longue dégaine dégingandée de celui qui fermait la marche.

« On se connaît, non ? » l'interrogea-t-il.

L'autre s'arrêta et pour toute réponse lui jeta un regard d'un gris délavé dénué de toute expression.

« Attends que je te remette...

– Ça y est, moi j'y suis. Tu cascadais pas sur le tournage de *Blazing Sixes* il y a deux ans ?

– Ouais, ouais, j'ai p'têt bien fait ça...

– C'était Noel Smith qui dirigeait et j'étais son assistant. Je m'appelle Vincent Villeneuve. Et toi, rappelle-moi donc ton nom ?

– À quoi ça sert ? soupira-t-il d'une voix traînante. J'suis plus dans le business, mec. J'ai été viré comme un malpropre et aucun autre studio ne veut me reprendre. J'en suis à faire ce genre de panouille pour la société qui reconstruit Old Tucson.

– Ça s'est passé quand ? »

Il parut réfléchir comme s'il s'agissait de temps reculés.

« Samedi dernier..., finit-il par répondre.

– Je suis sûr que ça peut s'arranger, non ? dit-il en lui tapant sur l'épaule.

– J'en sais trop rien, mais si t'entends parler... T'as qu'à réclamer après Bruce Larrabee, chez Pedro Cortez, le bar de Vine Street, j'y suis en général le soir. »

Vincent le dévisagea bouche bée.

« Mais… c'était pas toi qui étais prévu ce jour-là pour les bouts d'essai du *Prince de bois* ? »

Le visage de l'homme se crispa.

« J'te cherche des crosses, moi ? » demanda-t-il brusquement.

Vincent s'appuya à la palissade. Il le pressentait bien, que la piste passait par chez Schwab.

« Écoute, Larrabee, je n'ai rien contre toi, et je t'assure que je ne travaille pas pour la direction du studio. Mais ça m'arrangerait bigrement que tu me racontes ce qui s'est vraiment passé. »

Sa voix avait soudain dérapé et le grand cow-boy demeura un instant interdit. Vincent se méprit sur son silence.

« Je peux aller jusqu'à cinquante *bucks* mais c'est tout ce que je peux faire… Moi non plus je ne suis pas sûr de recevoir mon chèque mercredi.

– Parce que toi aussi, t'as été lourdé ?

– Encore ce matin j'étais assistant sur le film, et figure-toi que j'ai eu… enfin quelques mots avec… avec juste celle qu'il ne fallait pas. Kay Bradley. Vidé sur l'heure de l'équipe de tournage avec interdiction de remettre les pieds sur le plateau.

– Eh ben, quelle histoire, j'sais pas ce qu'ils ont, en ce moment… »

Vincent esquissa une moue.

« C'est la dèche, alors ? reprit Larrabee.

– C'est pire. C'est le… »

Le mot désespoir lui était monté aux lèvres, mais l'autre ne lui trouverait pas de sens. C'était un mot qui n'existait pas dans les dialogues de western.

« Ça m'aiderait que tu me dises, insista-t-il.

– Quoi, t'en pinçais pour la petite ? »

Vincent haussa les épaules.

« Cinquante *bucks*… C'est bien de l'argent pour pas

grand-chose et puis quand même, il y a la solidarité des gens foutus à la rue et je ne veux pas te piquer ton pognon, poursuivit Larrabee sans conviction.

– Je maintiens la mise. En plus je te le revaudrai. »

Il y eut un silence. Le cow-boy paraissait peser le pour et le contre.

« Hey, Bruce ! appela l'un des membres du groupe demeuré à l'écart. T'amènes ton pote ou on reste entre hommes ?

– Allez-y, je vous rejoins », lança-t-il avec désinvolture.

Des clameurs vibrantes montèrent de l'enclos, suivies de sifflements aigus.

« J'te parie que c'est la 9, grommela Larrabee. La 9, c'est vraiment une paire de jarretelles auxquelles on peut s'accrocher le temps d'une sieste. »

Il avait fait tinter ses éperons et Vincent craignit soudain qu'il n'aille vérifier sur place la véracité de son pronostic.

« Tiens », dit-il en sortant les billets chiffonnés.

Larrabee les lissa soigneusement, puis empocha sans mot dire la liasse avant de contempler quelques instants le bout de ses bottes, l'air déconfit.

« Qui t'a viré ? demanda Vincent.

– Ce coyote de Cargyll, le régisseur. Celui-là... »

Il tira lentement sur sa cigarette.

« En fait y a rien à ajouter, poursuivit-il. J'avais un job, je l'ai perdu, voilà. Quinze ans que je cascadais pour le studio, ouais, depuis *The Tenth Woman*, en 24. Ça en faisait des chutes de cheval ! Après toutes ces cabrioles j'arrive encore à me tenir droit. J'arrête peut-être à temps...

– Rends-moi mes cinquante dollars », fit Vincent.

Larrabee soupira.

« J'avais revendu le rôle », avoua-t-il d'une voix sourde.

Vincent esquissa un mince sourire.

« Enfin, le rôle, n'exagérons rien ! D'après ce que je sais, tu n'étais prévu que pour le test !

– Au prix qu'on m'a filé, j'peux t'assurer que c'en était devenu un, de rôle. Mais si j'avais su comment tout ça allait tourner, je me serais méfié.

– Qui t'a proposé l'affaire ?

– Quelqu'un au téléphone. Chez moi.

– Tu n'as pas pu le reconnaître ?

– Tu penses bien que non. Cinq cents dollars. La somme se trouvait dans un tripot de Gower Street que je ne fréquente pas d'ordinaire. Je n'avais qu'à passer la prendre puis arriver avec le cheval sellé sur le corral le long des murs du plateau 12 dès 6 h 30 du matin, l'attacher et disparaître de la circulation.

– Tu dis que si tu avais su, tu te serais méfié... Tu as dû tout de même penser que ce n'était pas très catholique, une somme pareille pour si peu !

– Tu sais ce que j'ai cru ? J'en ris rien que d'y penser, et c'est pourtant la vérité. Cargyll m'avait expliqué que je devais me pencher sur Priscilla Dane et lui tendre un gobelet, et j'ai cru que c'était un admirateur de Priscilla qui achetait cinq cents fafiots le droit de lui refiler à la place un billet doux. Faut dire que jusque dans ma rue il y a des gars qui collectionnent des photos de Priscilla, par exemple celle où elle a l'épaule nue dans *Ingrid*, tu sais, la scène de la plage...

– En fait de billet doux... », commença Vincent.

Larrabee hocha la tête pensivement.

« Si ça peut te consoler, reprit Larrabee, pour ce qui est de mes billets doux à moi, mes dix billets de cinquante, on peut pas dire qu'ils m'ont porté chance, ça non ! J'ai tout joué dans la nuit chez *Doney's*, et tout claqué. Pas même gardé de quoi prendre un *cab* au retour. La bourgeoise m'attendait à l'aube pour me prévenir, fallait voir sur quel ton, que le studio n'avait pas cessé de me téléphoner de la journée. Mais tu sais, tout ça, c'est pas du mystère, j'en ai déjà informé les *cops*. »

Vincent parut stupéfait.
« Parce que tu les a vus, les flics ? s'exclama-t-il.
– Pourquoi, ça t'étonne ?
– Au studio, on prétendait qu'on avait perdu ta trace !
– La môme a disparu, au cas où tu le saurais pas. Ils peuvent tout de même pas s'en désintéresser.
– Si je le sais ! » murmura Vincent d'une voix étranglée.
Larrabee le toisa.
« Alors, c'est bien elle que tu cherches, hein ? »
Vincent envoya une pierre rouler sur le chemin.
« Donc David Lipchitz sait que tu as été interrogé ? demanda-t-il.
– Bien sûr ! J'ai reçu mon avis de licenciement tout de suite après. Cargyll est venu à la maison pour ça, en me regardant comme si j'étais déjà dans un pénitencier.
– Tu leur as raconté, aux flics, pour les cinq cents dollars ?
– Ouais. Ils m'ont un peu cuisiné. Ils savaient déjà que j'avais passé la nuit dans un tripot. Y a quand même une chose que je leur ai pas dite, ajouta-t-il. Un peu curieuse, je trouve. D'après le régisseur, je devais rencontrer Priscilla Dane en second. Ça, je m'en rappelle bien car j'ai pensé : d'abord la petite inconnue, ensuite la vedette, c'est normal. Or d'après ce que j'ai su, c'est Miss Dane qui est passée en premier. J'ai aussi appris que cet imbécile l'avait bousculée sans même pouvoir maîtriser sa monture. C'était pourtant forcé qu'avec la machine à paraffine ce serait glissant.
– Tu ne sais pas si c'était le même cavalier les deux fois ? »
Larrabee fit signe que non. Ils marchèrent en silence.
« Dis-moi..., questionna à son tour le cow-boy. C'est pas à cause de tout ça que tu as eu des mots avec Kay Bradley, quand même ?

– Écoute-moi bien, Bruce. Si tu n'avais pas accepté ce marché, la petite Hongroise n'aurait pas disparu...

– J'savais pas qu'elle était hongroise...

– Peu importe. Elle aurait été désignée pour le rôle, le film se tournerait actuellement sans problème, et quant à moi... »

Des sifflements et des cris se firent à nouveau entendre.

« Faut maintenant que j'aille escorter la diligence, soupira Larrabee.

– La diligence ?

– Tu l'as pas vue derrière la toile peinte ? La fille qui gagne le concours doit descendre en diligence Grand Avenue jusqu'à l'Hôtel de Ville, avec nous caracolant derrière... »

Il releva le bord de son feutre.

« Tu vois que ça valait pas cinquante *bucks* !

– Si », grogna Vincent.

Larrabee eut une sorte de rictus.

« Ça, crois-moi que je regrette ! D'autant que j'aimais plutôt ça, faire l'acteur... Bien sûr j'avais pas de vrais rôles, mais j'ai pas fait que des cabrioles en quinze ans, hein. J'ai quand même échangé des phrases avec Tom Mix, avec John Barrymore, et même avec Errol Flynn. Ah, Errol, il en avait de la considération pour les cascadeurs ! Il m'avait raconté qu'il avait vu mourir Bill Meade sous ses yeux, transpercé par son propre sabre sur le tournage de *la Brigade légère*, et que depuis il appréciait hautement leur adresse et leur courage. Voilà, des gens comme lui m'admiraient. Tandis que maintenant... »

Il tourna les talons et Vincent suivit quelques instants sa longue silhouette voûtée qui se dirigeait vers l'enclos.

Deux lettres l'attendaient – les premières depuis celles reçues de son ex-femme et de son ex-agent – et elles lui furent remises sans un mot par le taciturne concierge du Roosevelt. Dans l'ascenseur il les soupesa comme pour en deviner par avance le contenu. La première venait de sa mère, et Judy qui savait pourtant quel prix il y attachait en avait écrit l'adresse de façon négligente, presque illisible. L'autre était à l'en-tête du consulat de France et lui était adressée directement. Dès qu'il eut regagné sa chambre il brancha le ventilateur et s'assit sur le lit.

Darnétal, le 16 août 1939,

Mon cher grand,

Je viens d'acheter chez mon marchand de journaux Pour Vous *et* Ciné-Miroir *car ce sont les seules revues qui m'informent sur ce qui se passe à Hollywood ! Elles me donnent l'impression (avec leurs potins sur des vedettes qui vivent peut-être à l'autre bout de ta rue) d'effacer les quinze mille kilomètres qui nous séparent. Et puis j'en apprends, des choses ! Clark Gable et Carole Lombard se sont enfin mariés… Comment cette nouvelle va-t-elle être accueillie à Darnétal où lui a tant d'admiratrices ? Je me le demande. Charlie Chaplin a offert à Paulette Goddard un bracelet d'émeraudes de 75 000 dollars ! Errol Flynn est parti pour une tournée tumultueuse en Amérique du Sud… Bon, j'arrête, mon grand, tu devines bien que je n'ai pas besoin de ces gens célèbres pour te rejoindre en pensée à chaque minute, mais c'est tout de même un peu du monde dans lequel tu vis qui vient jusqu'à moi sous mon ciel gris peupler ma solitude. Ce n'est pas toujours très drôle, tu sais, de me trouver isolée dans cette grande maison, si loin de toi... En attendant que puis-je te raconter que tu ne connaisses pas déjà ?... Marlene Dietrich a chanté le 14 juillet place de l'Opéra à Paris avec un grand succès : mais je me demande si les gens ne voulaient pas, en l'écoutant, exorciser leurs craintes de l'avenir. Ici en effet on a peur de la guerre, et moi-même j'écoute le bulletin de TSF tous les soirs avec angoisse. À la réflexion, je ne suis pas mécontente de t'avoir conseillé après la mort de ton père de choisir la nationalité française. Car si tu dois être un jour incorporé, je te préfère ici qu'au Canada : au moins pourras-tu passer tes permissions à la maison et il me sera facile de t'envoyer des colis !*

Il repoussa brusquement le feuillet.

« Mais elle est folle..., s'exclama-t-il. La guerre... comment ça, la guerre... »

En attendant, reprit-il, *tout le monde ici me réclame de tes nouvelles. Tu es presque une célébrité à Darnétal... Ils doivent tous s'imaginer que le petit-fils du Dr Pintenat offre lui aussi des bracelets aux grandes stars !*

Le 17 août – pendant que le facteur boit son café. Chéri, je reçois à l'instant ta lettre du 5 et j'en suis toute retournée. Apparemment ce n'est plus le temps des bracelets d'émeraudes (ni même de toc) entre Judy et toi. Oh, je me doutais bien qu'elle n'était pas faite pour toi. Je me sens plus que jamais coupable d'être si loin de toi, car peut-être aurais-je pu arranger les choses si je l'avais connue... Je mesure à cette occasion combien tu es toi aussi seul et vulnérable, mais je suis certaine (seule une mère peut te dire cela, et je sais que ce n'est pas facile à croire quand on a l'impression d'être aussi abandonné) que tu retrouveras un jour une autre femme que tu aimeras cette fois avec passion. Hélas, le facteur doit repartir. Je te récris demain. Toute ma tendresse.

Maman.

Il reposa pensivement la lettre sur la table de nuit, puis décacheta celle du consul. Elle était aussi rédigée en français, mais cette fois dactylographiée.

CONSULAT DE FRANCE
LOS ANGELES, CALIFORNIE

Mr. Vincent Villeneuve
hôtel Roosevelt
Hollywood Boulevard

L. A., le 28 août 1939,

Monsieur,

À la suite de votre lettre du 23 août, j'ai le regret de ne pas donner suite à la demande d'entretien que vous m'avez adressée concernant le tournage du film Devil's Island *par les studios Warner Brothers. L'action se situe certes au bagne de Cayenne, mais n'entacherait néanmoins en aucune façon, m'écrivez-vous, l'image de la France aux États-Unis. Les informations dont je dispose m'assurent au contraire qu'une telle entreprise serait de nature à la ternir durablement, comme ce fut déjà le cas l'année dernière lors du* Zola *de triste mémoire tourné par votre studio, auquel nous nous étions pour la même raison opposés.*

Soyez assurés, vous-même et ceux qui vous mandatent, que devant une telle permanence dans l'hostilité vis-à-vis de notre pays, nous saurons prendre des mesures coercitives nécessaires quant à la diffusion de vos productions sur le territoire national.

Recevez, Monsieur, l'assurance de mes sentiments distingués.

Léon Denicourt
Consul de France

P.-S. *Je m'étonne d'autant plus de vous savoir le défenseur d'un tel projet, surtout en ces temps troublés, qu'après avoir consulté mon fichier je découvre que madame votre mère est française – normande qui plus est, comme je m'honore de l'être. Puisque vous m'en donnez l'occasion, je vous rappelle qu'à l'heure du danger, vous vous devez au pays de vos aïeux maternels dont vous avez gardé, si j'en juge par mes renseignements, la nationalité. Je ne saurai donc trop vous inciter à vous inscrire sans tarder auprès du Consulat de France sur les listes de mobilisation et de vous tenir à la disposition des autorités consulaires pour une éventuelle incorporation. Des instructions seront notifiées à ce sujet, à vous-même comme aux autres membres de la communauté nationale résidant en Californie.*

L.D.

Contrairement au corps de la lettre, le post-scriptum était manuscrit, d'une écriture impérieuse qui le rendit mal à l'aise. Il laissa tomber le feuillet sur le tapis et, pensif, s'approcha de la fenêtre. Le ciel était d'un bleu si profond et brillant qu'il en paraissait saturé comme un satin trop lourd. Il demeura longtemps à suivre six étages plus bas les voitures qui glissaient insouciantes vers Beverly Hills. Puis il revint vers la tête de son lit et souleva le combiné.

« Opérateur, appela-t-il. Hollywood 11. 68. »

Il dut attendre un petit moment. Pourvu qu'il ne soit pas déjà parti déjeuner. Ce fut Dolly qui répondit.

« Passe-le-moi, dit-il d'un ton bref.

– Qu'as-tu inventé encore ! Il est furieux contre toi. Je me demande par moments si c'est bien nécessaire que je fasse tant d'efforts pour te soutenir. »

Son intonation était lourde de reproches, mais elle parlait bas comme si elle ne voulait pas être entendue.

« S'il est dans son bureau, passe-le-moi, répéta-t-il.

– Oh, ne crains rien, répliqua-t-elle d'un ton sarcastique. Il te cherche depuis une heure !

– Et n'écoute pas.

– Toi ! »

Elle avait cette fois haussé la voix. Il entendit une sorte de chuchotement, le claquement du changement de ligne, puis la voix sèche de David.

« C'est toi, espèce de… te faire virer dans ces conditions alors qu'on se donne tant de mal pour toi et que…

– Je reçois à l'instant la réponse du consul, le coupa-t-il.

– Alors ? » questionna David.

Son ton avait imperceptiblement changé.

« Il faut que je te la montre. Le plus tôt sera le mieux.

– Je te préviens, j'ai des choses peu agréables à te communiquer.

– Je m'en doute, marmonna-t-il, je m'en doute… Tu comprendras pourtant en lisant la lettre du consul que cela m'importe peu désormais. »

Il s'efforçait de prendre une voix détachée qui parut surprendre David.

« Je dois descendre en ville en fin de journée. Je te

propose donc le Gallery Bar de l'hôtel Biltmore à neuf heures du soir. Je pourrai toujours passer mes nerfs sur le billard.

– Oh, pas avant ? On pourrait déjeuner rapidement et…

– J'ai un film à sauver, l'interrompit David avec brusquerie.

– Mais je… »

Il avait raccroché.

L'affluence qui régnait au Gallery Bar était telle que tous les sièges étaient occupés. Vincent faillit repartir, puis avisa David qui, juché sur un tabouret, s'était accoudé au long comptoir de sycomore devant un cocktail tout en lisant le *Herald Examiner*. HARROWING BLAZES AT SAN GABRIEL MOUNTAINS annonçait le gros titre. Sans doute cette histoire d'incendie dont parlait Kay Bradley. Il toussota.

« Ne fais pas semblant de ne pas remarquer ma présence, ce n'est pas digne de toi », dit-il sans hausser la voix.

David replia son journal.

« Tu as la lettre ? »

Il la sortit de sa poche et la posa sur le comptoir. David la saisit presque à contrecœur et se mit à lire pendant que Vincent contemplait la fresque qui décorait le plafond – un tournoyant cortège d'enfants de style pompéien ; il se laissa un instant flotter à leur suite dans les volutes de fumée et le brouhaha des conversations.

« Barman, un dry, demanda-t-il.

– Quel imbécile ! s'exclama David en empochant rageusement le feuillet. L'image de la France ! Tu sais ce que j'en fais, moi, de l'image de la France, depuis Munich ? »

Il eut un geste suggestif.

« Ne sois pas grossier, ça ne te va pas, répliqua Vincent. De toute façon c'est le post-scriptum qui m'importe, à moi. Tu as obligeamment fait diriger sur ma modeste personne le rayon d'un projecteur qui n'est pas près de me lâcher. Alors que j'essayais de ne pas me faire remarquer ! Il va vouloir se venger, et que veux-tu que je fasse désormais ?

– C'était donnant-donnant, je t'avais prévenu ! Tu m'aidais dans cette affaire avec le consul, et moi je t'engageais comme assistant de Webster sur ce gros tournage. Mais je ne m'attendais pas à ce que tu accumules toutes ces sottises ! Ah, ça, j'ai eu une brillante idée ! »

Il s'agitait tant sur son haut tabouret grêle qu'il faillit tomber.

« Calme-toi, je n'y suis pour rien, ou pour si peu, dans cette histoire avec Kay. C'était visible qu'elle cherchait depuis le matin un prétexte pour se défiler. Peut-être le lui ai-je donné parce que j'ai eu le malheur de laisser échapper une réflexion qu'elle n'aurait jamais dû entendre... Eh bien, veux-tu que je te confie le fond de ma pensée ? C'est la meilleure chose qui pouvait arriver à ton film ! Elle le sabotait sans que Norman ose lui dire quoi que ce soit ! Demande aux techniciens : dans la première scène, elle était aussi mystérieuse et diaphane que peut l'être Betty Grable, tu imagines... Quand je pense que l'on reprochait à Priscilla d'arpenter la forêt comme si elle sortait de chez Macy's ! De plus, lors de l'incident du franchissement de la passerelle, elle s'est montrée si capricieuse qu'il n'y avait pas un membre du personnel du plateau qui n'avait envie de la jeter pour de vrai dans la rivière. »

David tapa si violemment du poing sur le comptoir que leurs voisins se retournèrent puis chuchotèrent entre eux.

« Je le connais bien, son caractère ! Tout à l'heure encore, alors que je revenais de chez son agent, j'ai failli percuter sa limousine qui quittait le studio sur les chapeaux de roues. Eh bien, elle l'a fait stopper, s'est ruée au-dehors comme une furie, m'a arraché le contrat des mains avant de le chiffonner, d'en faire une boule et de me la jeter à la figure ! Pourtant je savais ce que je faisais, figure-toi. Cette fille reste sur deux succès, elle a un public, et la Metro avait la gentillesse de nous la prêter pour nous dépanner, à charge de revanche. De plus Norman la voulait car c'était dans son intérêt de diriger une telle vedette...

– Tu plaisantes ! Si tu l'avais vu ! Il était excédé.

– C'était le premier jour du tournage ! Elle était peut-être anxieuse d'avoir à travailler avec une équipe technique qu'elle ne connaissait pas... Avec son sens de la diplomatie, Norman aurait sûrement trouvé une solution. Toi au contraire tu l'as provoquée et tu as créé l'irréparable. Car je ne t'ai pas encore tout dit : tu sais ce qu'elle a fait en quittant le studio ? Elle s'est précipitée chez Louis B. Mayer en personne, en faisant autant de raffut que le cyclone l'autre soir ! Elle s'est plainte que tout le monde était ligué contre elle, que si *l'autre* était si bien que cela on n'avait qu'à la retrouver, et que de toute façon, contrat ou pas, elle abandonnait définitivement le tournage. »

Dans sa nervosité il renversa son verre.

« Tu entends... Il a fallu que tu lui parles de *l'autre* ! Je crois rêver ! »

Vincent passa ses mains devant les yeux comme s'il avait du mal à garder son calme.

« Tu le sais pourtant bien, que c'est Miss Mariassy qu'il nous fallait, et que personne ne pouvait la remplacer... On avait tous envie de faire ce film autour d'elle, on vibrait d'avance à cette idée. Tout le monde sur le plateau avait en tête son apparition de l'autre jour et faisait la comparaison. Je n'ai fait qu'exprimer tout haut ce que...

– En attendant, l'interrompit David, les *tycoons* ne se parlant qu'entre eux comme chacun sait, Louis B. a aussitôt téléphoné à Jack Warner. »

Le barman lui apporta un nouveau cocktail. « Cadeau de la maison, Mr. Lipchitz », chuchota-t-il. David remercia d'un hochement de tête et trempa ses lèvres.

« Je te raconte cela pour que tu saches que ça ne vient pas de moi.

– Je le sais bien que c'est Norman qui m'a viré du plateau et non pas toi ! » fit Vincent étonné.

David posa son verre.

« Ce n'est pas du plateau du *Prince de bois* que tu es viré, mon petit vieux, c'est du studio. »

Ils se regardèrent.

« Tu veux dire...

– Tu es viré de la Warner. Complètement. »

Vincent se sentit pâlir.

« Tu ne peux pas m'assener cela au milieu de tous ces poivrots ! Tu dois me le déclarer en face, à l'air libre.

– La décision ne vient pas de moi, je te le répète. Mais tu as raison, sortons, j'ai envie de faire quelques pas. »

Vincent eut l'impression lorsqu'il descendit du tabouret que le sol se dérobait sous lui. David avait laissé un billet et était déjà parti sans attendre la monnaie. Il passa devant le portier galonné et le rejoignit sur le trottoir. Un vent léger agitait les cimes des palmiers de Pershing Square et l'air frais lui fit du bien. Loin devant lui le Civic Center dressait sa tour illuminée comme un phare vacillant et solitaire. Il y avait peu de voitures sur Olive Street et elles roulaient, lui sembla-t-il, plus lentement qu'à l'ordinaire.

« Mais qu'est-ce que je vais devenir, qu'est-ce que je vais devenir... murmura-t-il.

– Je te répète que la décision est venue d'en haut –

c'est cette après-midi qu'elle a été prise. Je n'ai rien pu faire pour te défendre.

– C'est fou en effet ce que tu as pu me soutenir, répliqua Vincent amèrement. D'autant que je t'avais déjà laissé entendre la décision du consul...

– Détrompe-toi, j'ai plaidé ta cause, ne serait-ce que pour justifier auprès de Lloyd le fait de t'avoir choisi – lui utilise le mot : « imposé » – sur ce tournage. Mais Norman ne voulait plus entendre parler de toi. Quant à Andrew Lloyd, il a déclaré que ce n'étaient pas cinq cents dollars par semaine qui allaient dicter leur loi à cinq mille ! »

Vincent soupira.

« C'était toute ma vie, ce studio, toute ma vie, répéta-t-il d'une voix sourde.

– J'essaierai d'arranger ça, promit David. Attendons que l'orage s'éloigne...

– Ben Hackshaw disait ça aussi quand j'ai été expulsé du plateau ! Et même si cet orage-là devait s'éloigner, il y en a un autre qui approche, autrement plus grave. Tu as lu la lettre de Denicourt ? Ma mère m'écrit dans le même sens. Ici on est sur notre petite planète à part, mais là-bas, ça s'agite...

– À ce propos j'ignorais que tu avais la nationalité française, l'interrompit David. Je te croyais canadien. »

Vincent esquissa une moue.

« Ma mère y tenait et n'osait pas me le demander tant que mon père était encore en vie. En fait elle y tenait plus que tout. Elle m'affirmait qu'après la mort de mon père et la vente de la maison de Montréal je n'avais plus aucune racine au Canada – ce qui est vrai. Elle m'assurait que le souvenir de mon grand-père maternel qui était médecin généraliste près de Rouen, en Normandie, était encore très vivace là-bas, qu'elle était heureuse d'y être revenue... que s'il y avait un jour la guerre elle pourrait s'occuper de moi, qu'elle était à elle toute seule ma famille… Que voulais-tu que je fasse ? C'était il y a trois ans, on ne parlait pas de guerre… J'ai signé.

– Pourquoi ne m'en as-tu pas parlé ? Si j'avais su cela, jamais je ne t'aurais fait écrire au consul !

– Je le savais bien, que c'était donnant-donnant, et j'avais trop envie de participer au tournage de ce film… Et puis je ne savais pas non plus que les choses en Europe allaient évoluer si vite. »

Ils s'étaient remis en marche en silence. Au coin de la 5e Rue, David tourna à gauche et se dirigea vers la grande bibliothèque dont la façade de temple égyptien s'éleva bientôt dans la nuit lumineuse parmi les palmiers, comme s'ils la découvraient au milieu d'une oasis.

« Je ne connais de la guerre que les films, reprit Vincent d'une voix sourde, et cela ne me donne pas envie d'en apprendre davantage. Ciel gris de l'Argonne, officiers pleins de morgue, geysers des obus au milieu des mourants, infirmières à la Florence Nightingale avec leurs voiles gonflés d'héroïsme… ça me suffit pour savoir que je n'ai rien à y faire, David. Ce Denicourt avec son style ampoulé ne trouvera pas en moi un figurant de plus pour la deuxième mouture. »

David hocha la tête.

« Je me sens une responsabilité dans cette histoire d'incorporation, dit-il d'un ton radouci. Encore une fois, si j'avais su que tu avais fait cette démarche !

– Mais je ne me sens pas français, David. La nationalité est affaire de cœur, tout de même ! D'ailleurs je ne suis jamais allé là-bas. J'aurais pu aller présenter Judy à ma mère. Je ne l'ai jamais fait. C'était trop loin, trop cher…

– Pour eux, en attendant, tu l'es bel et bien !

– C'était juste une signature au bas d'une page pour lui faire plaisir. Déjà que je la laisse seule…

– À y réfléchir, l'interrompit David d'un ton préoccupé, le mieux serait que dans un premier temps tu mettes sans tarder la frontière canadienne entre eux et toi. Il n'y a pas de conscription au Canada, que je sache, juste des volontaires…

– Qu'est-ce que cela change ? Si Hitler entre en Pologne, les Canadiens vont suivre l'Angleterre dès le début des hostilités et vont m'incorporer aussitôt !

– D'ici à ce qu'ils te retrouvent, plusieurs semaines se seront écoulées. Andrew Lloyd se sera calmé, je me chargerai de ton dossier et te ferai obtenir la nationalité américaine.

– Mais enfin, David… Il y aura beau temps que je serai considéré comme insoumis par les deux pays !

– Pas par les Canadiens en tout cas. Ils imagineront qu'ayant choisi la France tu es parti avec les Français. Oui, dit-il après avoir réfléchi, cela me semble la meilleure solution.

– Mais où irai-je ? De quoi vivrai-je…

– Tu as des économies ?

– J'ai deux mille dollars en banque. Je pourrais tenir plusieurs semaines, si je n'avais pas à payer le loyer de Judy jusqu'à la fin de l'année. Tout arrive en même temps, ajouta-t-il en soupirant.

– Écoute, je m'occuperai de Pacific Street jusqu'à ton retour.

– Mon retour ! s'exclama Vincent. Si j'ai toutes les autorités du studio contre moi, comment veux-tu que je sois réintégré ! J'ai des ennemis, tu sais. Des gens qui prétendaient que tu me protégeais… Oui, oui. Dolly me l'a raconté.

– Il y a d'autres studios. À la RKO je pourrai t'aider à… »

Vincent lui prit le bras en signe de protestation.

« Je ne veux pas aller dans un autre studio. Tu le sais pourtant mieux que personne, que je suis lié à la Warner depuis mon enfance ! Mon père était exploitant indépendant mais il ne distribuait que les films du studio. J'ai découvert le cinéma en voyant Rin-tin-tin. Et puis… et puis, David, je trouve que c'est le seul studio qui se montre un peu courageux par les temps que nous vivons.

Tu te souviens, *Black Legion*, sur lequel j'étais assistant, contre le Ku Klux Klan...

– Si je me souviens ! Dolly était affolée d'avoir à ouvrir le courrier tant les lettres étaient haineuses. Elle avait si peur d'être assassinée en rentrant chez elle qu'il fallait la faire raccompagner.

– Et puis encore, *They don't forget* contre la loi de Lynch, *Treachery rides the Ranch* qui soutenait pour la première fois les Indiens cheyennes... Et puis *Zola...* Tout cela, ce sont des films dont nous pouvons être fiers, David. Des films de combat, et pour de bonnes causes... Tu te souviens, il y a quelques années... avant que tu ne deviennes si important... quand nous pensions l'un et l'autre que le cinéma était une façon de combattre l'injustice et l'intolérance ? Je suis fier d'appartenir à un studio qui a permis *Confessions d'un espion nazi*, David. C'est ma façon de combattre à moi. Pas de me vautrer dans la boue au milieu des tranchées de Lorraine.

– À ce propos, ça recommence comme au temps du Ku Klux Klan, remarqua David. À nouveau je sens Dolly anxieuse. »

Il s'arrêta près d'un réverbère à l'angle de Flower Street et sortit une lettre de sa poche.

« Tiens, lis ça » :

AMERICA FIRST COMMITTEE
MINNEAPOLIS SECTION

Minneapolis, le 19 août 1939,

Monsieur,

Notre organisation constate avec surprise et indignation que votre compagnie abandonne en ces temps troublés la défense des vieilles valeurs américaines qui représentent notre patrimoine et notre sauvegarde, pour voler au secours des intérêts juifs dont il n'est pas étonnant que votre studio devienne le porte-parole reconnu ! Ne soyez donc pas surpris si à la sortie de certains de vos films des incidents éclatent, ce qui n'encouragera certainement pas les exploitants à les projeter.

Il nous faut régénérer la démocratie américaine !

Encourageons l'isolationnisme !

Gardons-nous d'aller nous fourrer dans le guêpier européen !

America First !

À bon entendeur,

Bruce B. Gunthardt.

Vincent la lui rendit.

« Le consul de France tout à l'heure, maintenant l'Amérique profonde… Le métier va devenir impossible si les films deviennent des otages, remarqua-t-il.

– Cela signifie qu'on les craint ! Et je t'assure que je ne baisserai pas ma culotte devant ces gens-là alors que je dispose d'une arme pareille ! J'aimerais pourtant que tout le monde soit de cet avis. Ce que je ne peux pas concevoir c'est, alors que la plupart des chefs de studio sont en effet juifs, qu'ils ne combattent pas davantage les mouvements fascistes et antisémites ; à se demander même s'ils savent que ce sont les mêmes ! Mais ils ne veulent pas se mouiller, ces imbéciles ! Ils veulent se la couler douce, bien au chaud sous le prudent édredon de leur neutralité, parce qu'au fond ils sont aussi conservateurs et isolationnistes que leurs pires ennemis ! La voilà, la vérité, et c'est un Juif qui te la dit, et je te promets que ce ne sont pas les dry martinis du Biltmore qui me font parler comme cela ! Tu sais ce que j'entends quand je vais dîner au *Knickerbocker* ou chez *Romanoff* ? Quand je me rends à la synagogue de Wilshire Boulevard? "Surtout n'effarouchons pas ces dictatures d'Europe, ce sont des gros marchés qu'il ne faut pas perdre!" Ou encore: "Surtout n'intervenons pas, vous verrez que s'il y a la guerre, ce sera la faute des Juifs. " Et voilà comment Hollywood envoie Clara Bow rencontrer Hitler, Harry Cohn visiter Mussolini, et Errol Flynn faire le guignol en Espagne! Bien sûr, je suis le premier à connaître les limites de notre action et à admettre que c'est absurde, comme le faisait remarquer Léon Denicourt, de faire un *Zola* consacré à l'affaire Dreyfus sans que le mot "juif" ne soit prononcé! Mais enfin c'est toujours mieux que de se vautrer dans cette prudence! Ne pas vouloir comprendre ce qui se passe en Europe fait de nous les alliés *de facto* des nazis! Bon sang, fit-il en s'arrêtant, ce square m'a toujours rendu bavard. Autrefois j'y donnais rendez-vous aux étudiantes qui sortaient de la bibliothèque... Quand j'emballais l'affaire je les invitais ensuite au *Cocoanut Grove*, tout près d'ici.»

La mine maussade, Vincent paraissait ne pas l'écouter.

«Écoute, ne fais pas cette tête-là, reprit David soudain impatienté. Je t'ai promis que j'allais essayer de...

– Ce n'est pas parce que je t'ai dit que j'avais apprécié certains scripts du studio qu'il faut que tu t'arroges des brevets de vertu et de courage, l'interrompit brusquement Vincent.

– Mais..., fit-il interloqué.

– C'était bien le sens de ta grande tirade, non? Or, à ce que j'ai entendu rapporter, le studio a pourtant lui aussi fricoté avec les nazis!»

David s'arrêta net.

«Qu'est-ce que tu racontes?

– J'ai entendu dire que nous avons passé un accord avec eux pour la vente d'un brevet ou d'une filiale, je ne sais trop. Mais peut-être est-ce une simple rumeur...», ajouta-t-il d'un ton désinvolte.

David le fixait, les sourcils froncés.

« Une personne... une seule personne a pu te parler de cela. Celui qui a servi en fait d'intermédiaire... N'est-ce pas ? Tu es allé le voir, cette vieille canaille ! Oh ! j'aurais dû m'en douter. Toujours cette fille, n'est-ce pas ? »

Il s'écarta brusquement de Vincent, fit quelques pas les mains derrière le dos comme s'il cherchait à se calmer, puis revint vers lui.

« Mais quand arrêteras-tu cette fixation ridicule ! Te rends-tu compte qu'à cause d'elle tu as fichu toute ta carrière en l'air ? »

Vincent haussa les épaules.

« Ma carrière... », murmura-t-il. Il eut un petit rire. « Tu ne comprends donc pas que je faisais tout pour retrouver Margit Mariassy ? J'étais sous le choc de cette disparition et je pensais qu'elle était allée se réfugier chez lui...

– Je l'aurais su, figure-toi, si elle était allée chez Bognar. J'avais des hommes à moi dans l'allée.

– Je les ai vus, tu aurais dû leur donner des parapluies, ils sont partis se sécher vers neuf heures du soir. »

David le regardait avec une surprise mêlée de fureur.

« Tu aurais pu me prévenir que tu étais allé le voir ! »

Sa voix était devenue tranchante.

« Tes fameuses sentinelles auraient pu t'informer ! répliqua Vincent. Mais ne t'inquiète pas, il ne s'est pas douté de qui j'étais. Il m'a pris pour une personne de passage qui avait proposé de l'aider. Ce que j'ai d'ailleurs fait... »

David parut se calmer.

« Il m'a en effet raconté que quelqu'un lui était venu en aide, et que ce " bon garçon " – je te cite son expression – avait même sauvé des eaux une édition rare des frères Grimm. J'étais à cent lieues de penser que c'était toi ! Eh bien, t'a-t-il parlé de Miss Mariassy ? ajouta-t-il sur un ton plus sourd.

– Là, pour le coup, je te l'aurais dit ! Mais c'était quelques heures après le... l'incident. Manifestement il n'était au courant de rien. »

David le regarda.

« Vincent, tu n'es pas détective, que je sache. Et tu n'as rien à gagner dans cette affaire, je t'assure. Je ne comprends d'ailleurs pas ton attitude. Tu es obsédé par une femme avec laquelle tu n'as même pas passé une demi-heure, avec qui tu n'as pas échangé trois phrases ! Une femme qui ne te reconnaîtrait sans doute même pas. »

Vincent hocha pensivement la tête.

« Sans doute pas, en effet, murmura-t-il.

– Te souviens-tu ? Pour des raisons évidentes j'avais recommandé la discrétion sur ce qui s'était passé. De la *discrétion*, Vincent. Et toi que trouves-tu le moyen de faire ? De téléphoner à l'agence Vivastar ! Puis au *Hollywood Reporter* ! Ça, tu penses bien que je l'ai su... On pouvait presque te suivre à la trace ! Autant clamer sur les toits ce qui était arrivé... Mais qu'est-ce qui t'a pris ?

– Pour te dire vrai je cherchais une photo d'elle. J'y tenais. Justement parce que je l'ai si peu vue, David. Parce que ses traits vont s'effacer en moi, qu'ils s'effacent déjà... Je ne sais pas si je pourrai un jour la revoir. Je ne sais pas si elle est même encore en vie... Et comment le saurai-je, désormais, si je me rends au Canada... »

Il respira comme s'il suffoquait.

« J'ai voulu tenter de comprendre ce qui s'était passé sous mes yeux et c'est pour cela que j'ai mené mon enquête. Mais rassure-toi, je la considère comme close.

– Je saurai où te trouver au Canada. Je te préviendrai s'il y a du nouveau.

– Comment veux-tu que je te croie ? s'écria-t-il avec une véhémence soudaine. Tu ne m'avais même pas averti que Larrabee avait été retrouvé ! »

David eut un sursaut.

« Parce que tu as aussi rencontré Larrabee ? »

Vincent hocha la tête.

« Par une sorte de hasard... De hasard organisé.

– Je trouve décidément que tu commences à traîner un peu trop en ville !

– C'était cette fois il y a quelques heures. Ton réalisateur m'avait accordé une après-midi libre.

– N'aggrave pas ton cas en faisant de l'humour ! Je te répète que tout ceci est l'affaire de la police et que tu n'as pas à interférer dans son travail. Quant à Bognar, il s'agit d'un personnage plus que douteux. Par le biais du German-American Bund, tu sais, cette amicale des Américains d'origine allemande dont les G-Men me disent qu'elle est complètement infiltrée par les sympathisants nazis, ce Mr. Bognar est lié à des mouvements isolationnistes proches de celui dont je t'ai montré la lettre, et à ce titre il s'est mis en tête d'infléchir de l'intérieur les choix du studio. Surtout après *Confessions d'un espion nazi* que nous avons produit l'année dernière et qui bien entendu l'a rendu furieux !

– Mais alors, pourquoi le fais-tu travailler ?

– D'abord parce que je peux plus facilement le contrôler dans l'enceinte qu'en dehors. Ensuite parce qu'il a des appuis ici, voire des amis – à commencer par Errol Flynn avec qui il partage nombre d'idées condamnables... Enfin, parce que nous nous devions, devant les succès de nos concurrents, de sortir une féerie pour Noël et qu'il avait sous le coude, prêt à tourner, ce *Prince de bois* tiré des légendes de son foutu pays... Ça, ne me parle jamais de la Hongrie !

– À te dire vrai, il m'a paru davantage nationaliste hongrois que sympathisant nazi. Et fort antifrançais. Il pense que le déclenchement d'une guerre permettrait à son pays de retrouver ses territoires d'antan, et pourtant il parle de Hitler avec une sorte de mépris et...

– Qu'il pense ce qu'il veut, l'interrompit David avec

nervosité, mais de là à combattre des projets qui me sont chers, comme *Sergent York*, parce qu'ils ne mettent pas assez en avant les vieilles valeurs américaines ! La vérité, c'est qu'il se croit tout permis parce qu'il nous a aidés dans l'affaire dont tu parlais. Oui, ce que tu appelais " fricoter ".

– Je n'ai pas voulu t'offenser.

– C'était néanmoins la phrase de trop, Vincent. D'autant que nous n'avions pas le choix. Tout est venu d'une bataille juridique concernant nos brevets d'enregistrement pour les films parlants, dont nous tentions le partage des droits mondiaux avec un syndicat hollando-allemand, la Tobis. Je te passe les détails, mais nos associés hollandais ont décidé de vendre leur part à la UFA, et nous n'avons eu aucun moyen de nous y opposer. C'est Bognar qui était l'intermédiaire. Avec la commission il a pu acheter trois pavillons et faire construire sa maison de Hillside. C'est incroyable qu'il t'en ait parlé.

– C'était au détour d'une phrase. Il disait n'avoir de leçon sur ce plan à recevoir de personne.

– C'est ça, défends-le !

– Je me tue à t'expliquer que je la cherchais, *elle*. Il n'y avait que cela qui comptait pour moi. Tu peux penser ce que tu veux, qu'elle m'a tourné les sangs, que je fais une fixation, mais je persiste à croire qu'elle est en grave danger et que la police n'a pas fait son travail. Enfin, voilà une actrice qui disparaît sur un plateau au nez et à la barbe de quinze personnes, et on ne la retrouverait pas ? Cela n'existe pas.

– Détrompe-toi, il y a chaque année des dizaines de ces filles qui arrivent à Hollywood des mirages plein les yeux ! Et puis elles s'aperçoivent qu'il faut se lever à l'aube, se faire maquiller et coiffer des heures durant, passer de longs moments dans le froid, la chaleur, ou l'ennui d'interminables attentes... et des années pour accéder au vedettariat. Elles comprennent cela un beau matin et on ne les revoit plus.

– Arrête, veux-tu…

– Je ne parlais pas pour Miss Mariassy. Je parlais de façon générale.

– Bon, écoute-moi. D'accord. Je pars au Canada. Mais à une condition.

– Je te l'ai promis, je paie le loyer de Judy et en attendant ton retour je vais tout faire pour faciliter ta demande de naturalisation. Tant pis pour ta chère mère, elle s'y fera. Et quand la tempête sera apaisée, je te ferai réintégrer le studio, je t'en réponds.

– Ce n'était pas à cela que je pensais.

– Tu songeais à quoi ? s'impatienta David.

– Je voudrais… Je voudrais revoir le bout d'essai auquel elle a participé.

– Tu l'as visionné à côté de moi jeudi dernier ! Avec arrêts sur image, et tout !

– Depuis, je me le suis repassé en esprit des dizaines de fois, et je me dis à chaque fois qu'il y a un détail que je voudrais me remettre en mémoire.

– Lequel ? demanda-t-il brusquement.

– Je ne peux pas te dire… mais cela me serait précieux de le revoir. Je t'en prie », insista-t-il.

David se figea.

« Désolé, mon vieux ! répliqua-t-il. Dorénavant tu ne fais plus partie de la maison. Tu ne peux donc plus avoir accès à ce genre de documents.

– Tu vas me permettre de le visionner ! hurla soudain Vincent. Hein, tu vas me le permettre ! Tu me jettes dans les bras de la conscription avec ta stupide lettre, alors tu peux bien faire ça pour moi en retour !

– Non et non. »

Il s'approcha et saisit soudainement David par le revers de son veston. Celui-ci se débattit, puis fit un pas de côté et d'une bourrade projeta Vincent contre la grille de la bibliothèque.

« Oublie cette fille, tu ne comprends donc pas qu'elle

te rend cinglé ! Oui, c'est le mot, cinglé, alors qu'elle ne te reconnaîtrait même pas ! »

Vincent se précipita sur lui et son coup de poing partit aussitôt. David trébucha, tenta de se raccrocher à lui et ils tombèrent tous les deux, roulant l'un sur l'autre.

« Tu n'as pas le droit, tu n'as pas le droit de m'empêcher de revoir ce test, c'est moi qui l'ai tourné... », haleta Vincent.

Dans la nuit il ne discernait pas le visage de David, mais il sentit sa main qui cherchait maladroitement à l'écarter.

« Tu me fais mal, imbécile !

– Ça t'apprendra !

– Tu es cinglé, répéta David. Elle t'a rendu cinglé ! »

Un passant s'enfuit, épouvanté. Vincent reçut alors un coup sur les oreilles si violent qu'il vit la façade égyptienne de la bibliothèque vaciller au-dessus de lui comme si un obélisque s'en détachait. Il frappa à son tour au hasard et David proféra une sorte de gémissement. Sa poigne se relâcha.

« Qu'est-ce que tu as fait ? l'entendit-il murmurer. Je voulais t'aider, et voilà que tu...

– Il fallait pas... m'empêcher... », marmotta-t-il.

Il était assis contre la grille à même le trottoir. Tous deux se regardèrent en silence un bref instant, comme si une stupeur mutuelle les envahissait d'en être arrivés là. David se redressa, hagard, s'épousseta machinalement, puis s'éloigna à petits pas titubants comme ceux d'un ivrogne.

Il gara le petit cabriolet au coin de Sunset Boulevard et de Bronson Avenue et se garda de claquer la portière lorsqu'il descendit. Surmonté par les tours métalliques de radio qui ressemblaient dans l'obscurité à des miradors, le mur d'enceinte du studio prenait l'apparence hostile de celui d'un pénitencier, et il entendit son pas résonner dans l'artère déserte comme celui d'un convict en train de s'évader. Cela le rendit si nerveux que, tapi dans l'ombre, il s'efforça quelques instants de reprendre son calme. Une automobile tardive passa sur le boulevard. Il la suivit des yeux et la vit disparaître derrière le bâtiment de production dont la colonnade prit à la lueur des phares les imposantes proportions d'un péristyle antique. Puis le silence retomba. Sur les versants boisés des collines les habitations endormies parsemaient le noir de la nuit de menues taches claires où aucune lumière ne brillait. Suivant toujours l'enceinte, il parvint jusqu'à une entrée presque invisible. *Technical Personnel only,* indiquait la pancarte – l'inscription lui était si familière qu'il ne lui était pas nécessaire de la lire, et elle lui parut le symbole de tout ce dont il était désormais exclu.

La main tremblante il sortit de sa poche son trousseau de clés. Quelle chance, songea-t-il, que David n'ait pas pensé à le lui réclamer la veille au soir alors qu'ils étaient encore tous les deux accoudés au bar du Biltmore. Peut-être avait-il voulu lui épargner alors une restitution humiliante, mais depuis il y avait eu cette rixe de chiffonniers, et il connaissait suffisamment la susceptibilité de David pour savoir que dans ces conditions il appellerait sans doute la direction de l'hôtel pour les récupérer dès le lendemain à l'aube. Eh bien, ce serait trop tard, *old sport.*

La porte s'ouvrit sans bruit. Il la referma et se retrouva dans l'allée qui menait aux extérieurs. Peu après il longeait la jungle où avait été tourné *China Clipper* sur lequel il avait été assistant. À voir les lianes qui dessinaient dans la nuit claire d'envoûtantes arabesques il se souvint douloureusement du singe qui l'avait mordu au doigt lors de ce tournage. Dolly l'attendait dans son bureau avec sa pharmacie de poche – c'était la première fois qu'il lui parlait, et c'était de cette blessure que datait leur ombrageuse amitié. Il franchit alors le muret qui séparait la jungle de la rue parisienne. L'orage de la semaine précédente avait creusé à sa base de profondes ornières. « Pour une fois, il a dû y avoir de l'eau dans les caniveaux », se dit-il en regardant luire les faux pavés qu'avaient arpentés les acteurs de *Great Garrick*, de *Tovaritch* et de ce fameux *Zola* qui avait marqué le début des hostilités entre la Warner et la France. « Il y a le Paris de la Paramount, le Paris de la Warner et Paris en France, lui avait un jour lancé David. Le plus ressemblant me semble celui de la Paramount. » Maintenant les réverbères étaient éteints, les figurants-marchands de marrons avaient déserté et Da Costa ne laissait plus échapper de chat noir d'un panier pour le lancer sur le pavé parisien... Il eut un petit rire triste. Devoir abandonner tout cela – être poussé du train en marche, dépossédé de tout ce pour quoi il était fait. Il lui vint l'idée d'aller réveiller David, de protester, de crier, de l'assurer que tout cela n'était qu'un cauchemar, un affreux malentendu... Des larmes lui montèrent aux yeux, et il eut soudain une vue brouillée, presque hallucinée, des échafaudages qui maintenaient à la verticale les décors de façades comme autant de gibets démesurés se découpant sur la nuit claire. Quittant le dédale des extérieurs il passa devant la grande porte coulissante du plateau 3. C'était là qu'il l'avait vue sortir pour la dernière fois. Il s'arrêta devant les lourds battants clos. En dépit de ce que lui avait recommandé David, il aurait dû après l'incident la raccompagner à sa loge. Il aurait dû. Il s'en voudrait toujours de ne pas l'avoir fait. Il la voyait encore s'engager la démarche incertaine sur le terre-plein qu'il avait sous les yeux, en direction du salon d'habillage. Et puis... et puis commençait le mystère. En fait le mystère avait commencé quelques instants avant, dès l'apparition du cavalier. Il repensa au visage chafouin de Larrabee. Vendu le rôle ! Il avait fallu que son destin croise celui de ce cascadeur de troisième ordre, et vénal de surcroît. Un bruit lointain le fit tressauter et il se retrancha dans un coin sombre. Le faisceau d'une torche troua l'obscurité et deux silhouettes passèrent sans le découvrir. Cela ne le surprit pas : il savait qu'un grand studio ne reste jamais tout à fait désert. Les tournages nocturnes, les corps de métier terminant en hâte un décor avant la reprise du matin, les gardes faisant leur ronde suffisaient à entretenir même au cœur de la nuit un semblant d'animation. Le silence retomba et il se remit en marche.

Il était maintenant parvenu au pied de la façade latérale du département production. Là s'ouvrait l'entrée que tout le studio appelait Dolly's Private Entrance. C'était par là qu'elle quittait subrepticement son bureau pour s'acheter des milk-shakes, disaient les uns – avoir des plaisirs moins innocents, prétendaient tous ceux qui lui prêtaient une longue série de liaisons, de Tom Mix à John Garfield. Dolly paraissait d'ailleurs flattée de ces racontars sur lesquels elle laissait planer un doute digne du flou des brumes de Da Costa. Jadis, par peur d'oublier ses clés elle gardait d'ailleurs cette porte ouverte à toute heure du jour ou de la nuit. Et puis, une nuit de Thanksgiving, on avait volé un script. Elle n'en avait pas dormi pendant des semaines – et maintenant il y avait une serrure dont elle lui avait aussitôt remis la clé comme on donne un gage secret d'amitié et de confiance.

Il la sortit de sa poche avec le sentiment d'accomplir il ne savait trop quel geste ultime qui l'excluait définitivement – plus encore que sa réflexion concernant Kay Bradley ou le fait d'avoir porté la main sur David. Attentif à la présence éventuelle de quelque femme de ménage zélée, il grimpa à l'étage et franchit le palier.

La lune éclairait dans le bureau de Dolly le visage de Bette Davis dans *Jezebel*. L'expression blafarde et quelque peu inquiétante de l'actrice paraissait lui intimer de quitter les lieux sans plus attendre. Il s'assit derrière le bureau et demeura quelques instants immobile, interdit de sa propre imprudence. On y voyait comme en plein jour. À côté de la Remington un flacon de cosmétique resté ouvert exhalait une odeur douceâtre. Il ne devait pas venir de chez Schwab: Dolly se flattait d'être une cliente des meilleures parfumeries de Rodeo Drive. À l'autre bout de la table quelques lettres en désordre attendaient leur affranchissement. Il avisa un feuillet vierge. *Dolly, tu n'aurais pas dû me répondre comme cela au téléphone*, écrivit-il. *Si tu savais la journée que j'ai eue*. Puis il haussa les épaules, le chiffonna en boule et le mit dans sa poche. Il eut soudain l'impression que l'aube éclaircissait déjà la nuit, mais trois coups égrenés sur une pendule lointaine le rassurèrent. Il avait le temps.

Les dossiers concernant les films en préparation s'empilaient sur une petite table voisine. *We are not alone*, lut-il. *Kid Nightingale* – le film sur lequel il était prévu –, *Roaring Twenties*. Ah, *le Prince de bois*. Notant soigneusement son rang, il le sortit puis, s'accroupissant pour ne pas être vu de l'extérieur, alluma sa lampe de poche et commença à l'inventorier. Il y avait plusieurs chemises de couleurs différentes. COMMUNIQUER MR. LIPCHITZ. SIGNATURE MR. LIPCHITZ. CONTRATS. Fébrilement, il feuilleta les documents. Le contrat de Jeffrey Lynn, signé. Celui de Kay Bradley, non signé. La lettre de l'agent de Priscilla Dane. L'accord de la Metro pour le prêt de Kay Bradley. DISTRIBUTION. Photos de Priscilla Dane, qui avait tourné la première les tests, et de nouveau de Kay Bradley. Ses mains tremblaient à mesure que les documents s'amenuisaient. Photos d'acteurs, maintenant... Et comme pour ajouter à sa désillusion, pour finir, une photo de la maquette de l'automate. Découragé il remit le dossier en place. Sans doute la police avait-elle fait main basse sur les documents la concernant – ou peut-être après tout était-il à la recherche d'une ombre dont le souffle avait tourné si court qu'il n'avait même pas impressionné la pellicule des appareils de photo. L'idée lui vint à nouveau qu'elle était peut-être morte – oui, qu'elle avait peut-être été assassinée devant lui, gardant ses ultimes forces pour sortir et aller s'écrouler seule, sans témoin, à l'abri des regards. Elle était si pâle lorsqu'il l'avait relevée. C'était peut-être un poignard que tenait ce type... Il haussa les épaules. Il l'aurait quand même remarqué, si elle avait été blessée !

Il se redressa, et se sentit si oppressé qu'il put à peine franchir les quelques pas qui séparaient le bureau de Dolly de celui de David. Contrairement à celle de Dolly, sa massive table de travail était vide, et ses multiples tiroirs fermés à clé. Au moment où il quittait la pièce la machine à café lui renvoya son reflet blême et fantomatique de cambrioleur en action. Il se dirigeait lentement vers l'escalier lorsqu'il se souvint qu'entre le bureau des secrétaires et la salle de projection se trouvait le cabinet où étaient entreposés les bouts d'essai concernant les films en préparation. David lui en avait montré un jour avec orgueil les parois ignifugées selon le dernier cri de la technique. Il demeura quelques instants figé derrière la lourde porte puis, avec l'impression de transgresser quelque interdit séculaire, l'ouvrit. Rangées sur une étagère se trouvaient une quinzaine de bobines dont le faisceau de sa lampe cerna les étiquettes. Il tomba tout de suite sur ce qu'il n'espérait plus trouver. *Le Prince de bois*, test Miss Dane. *Le Prince de bois, test Miss Mariassy. Technicolor, insonore, sans maquillage*, était-il précisé.

Il vérifia que la boîte circulaire ne portait pas de scellés ou de marques particulières, puis d'un geste instinctif pressa contre lui le métal froid. « Je t'emmène avec moi », dit-il à mi-voix. C'était évident que c'était mieux qu'une photo. À la première occasion, au premier écran que le hasard mettrait sur sa route, elle réapparaîtrait, elle regagnerait la vie avec le mouvement, elle marcherait seule pour lui à travers la brume pour le guider dans les forêts obscures où il allait désormais se perdre – où ils allaient se perdre tous les deux. Il se sentit envahi par une exaltation diffuse et entêtante, et pour un peu il aurait oublié la lampe de poche derrière lui.

5

Vincent dut freiner au dernier moment et la petite Ford fit une embardée sur la chaussée inégale. Il parvint à l'immobiliser sur le bas-côté mais le moteur cala dans un soubresaut. Il étouffa un juron. Devant lui, surgi du couvert des grands arbres, un cavalier barrait la route étroite. Il allait l'apostropher lorsqu'il s'aperçut que l'homme portait sur sa vareuse l'insigne des Rangers. Mon Dieu, c'était bien la peine de choisir cette route écartée ! David avait dû prévenir tous les postes frontières. Paraissant à contre-jour massif et hostile, le cavalier s'approcha de lui jusqu'à ce que ses bottes viennent frôler la portière et plongea son regard dans le désordre du cabriolet décapoté. Ce qu'il ressentit à cet instant, c'était un peu ce qu'avait dû éprouver Margit sur le plateau. Déjà d'autres rangers sortaient à leur tour du sous-bois et l'entouraient eux aussi à le toucher, comme s'il avait cherché à prendre la fuite dans une puissante limousine.

« Où allez-vous comme ça ? » demanda d'un ton bourru celui qui semblait être le chef du petit détachement.

Vincent leva les yeux, mais la visière de sa casquette de cuir l'empêchait de voir le visage de l'homme au-dessus de lui.

« Au Canada, lieutenant.

– Avec ça ? répliqua l'officier.

– Elle m'a déjà mené depuis L. A. en quatre jours... Si elle parvient à redémarrer, elle fera bien les vingt miles qui restent. »

Il entendait les chevaux renifler autour de lui. Paraissant sur ses gardes, le lieutenant le regardait en silence.

« Alors, comme ça, vous sortez du pays, reprit-il. D'habitude c'est plutôt le contraire, y en a pas mal à qui on est obligé de faire faire demi-tour.

– Je suis canadien, lieutenant. Je ne fais jamais que rentrer chez moi.

– Ah. Et c'est où, chez vous ?

– Vancouver.

– Ah. Et... vous avez un extincteur, sur cette guimbarde ? »

Vincent soupira.

« Il a dû y avoir quelque chose comme cela à bord, jadis..., dit-il d'un ton désinvolte.

– Vous voyez bien qu'elle date d'avant l'invention de l'extincteur, lieutenant... », lança l'un des hommes en ponctuant sa remarque d'un gros rire.

L'officier ne parut pas sensible à l'humour de sa troupe.

« Vous êtes en infraction, grommela-t-il.

– J'en achèterai un au premier poste d'essence, lieutenant, je vous le promets.

– Je dis ça pour vous. Ça brûle là-haut et vous avez là peut-être des choses auxquelles vous tenez. »

C'est à ce moment que Vincent s'aperçut que la crinière de sa monture était parsemée de cendres.

« Je pensais passer par Spotted Horse, j'ai le temps ? » demanda-t-il avec une subite inquiétude.

L'autre retira son chapeau pour s'éponger.

« Spotted Horse ! Il ne doit plus y avoir grand monde.

– Vaudrait peut-être mieux qu'y redescende vers Spokane, lieutenant...

– De toute façon je ne m'arrêterai pas, assura Vincent. Merci, j'ai trop vu ce que ça donnait autour de L. A. ! Les journaux ne parlaient que de ça.

– On sait qu'il y a eu des morts dans les montagnes de San Gabriel. On aimerait bien que ça soit pas la même chose ici.

– Je passerai sans m'arrêter, lieutenant, répéta-t-il. Je suis attendu ce soir au Canada, dans une ferme près de Nelson. »

Un hennissement se fit entendre, suivi d'un autre, plus sonore. Les chevaux semblaient soudain nerveux et mâchaient leur mors avec un lancinant cliquetis.

« Le vent repasse à l'ouest, à croire qu'ils le sentent, marmonna l'un des hommes.

– Ça peut reprendre à tout moment vers Salmon River, déclara le lieutenant. Allez, les gars, on dégage. Quant à vous, je vous conseille d'appuyer sur le champignon. C'est pas le moment qu'elle vous lâche. »

Sans même le saluer, ils franchirent à la file le fossé qui bordait la route et se fondirent aussitôt dans la profondeur du sous-bois. Pendant quelques instants il écouta les chevaux s'éloigner. Il ouvrit alors la portière et fit quelques pas sur la route, se demandant s'il n'avait pas rêvé et si d'autres groupes de cavaliers sillonnaient ainsi la forêt en silence. Incliné sur le bas-côté, le petit cabriolet ressemblait à une barque échouée. Il pensa qu'à tout moment une étincelle portée par le vent pourrait venir embraser le fragile véhicule ainsi que la bobine dissimulée au fond de l'un des sacs. À l'orée de cette nouvelle *forêt dangereuse*, Margit immolée dans la lueur blanche et aveuglante de la pellicule enflammée ! Sa seconde disparition ! Et lui qui se retrouverait plus démuni encore qu'avant, sans même pour l'accompagner et le réconforter cet ultime reflet d'elle qu'il emportait pour tout talisman. Il s'efforça de se rasséréner. La grande trouée de ciel au-dessus de la route n'était assombrie d'aucun panache de fumée. Il s'installa au volant et actionna le démarreur.

SPOTTED HORSE POP. 306, lut-il sur la pancarte qui annonçait le village. Combien en avait-il traversé, au cours de sa lente remontée de la Californie et de l'Oregon, de ces petites agglomérations isolées au milieu des champs de coton et des plantations d'orangers ! Maintenant c'était, avec les épaisses forêts du Washington, le royaume du bois dans lequel il pénétrait, et le portail grossièrement équarri d'une scierie le lui rappela dès l'entrée dans Spotted Horse. MARK ASTOR LUMBER-YARD, signalait une pancarte. Rien ne bougeait. Intrigué, il arrêta sa voiture et descendit. Une entêtante odeur de résine le prit à la gorge, comme exaltée par la canicule. Il s'avança. Dans un coin de la cour d'énormes billes de bois attendaient d'être débitées, mais sous le hangar les machines aux courroies recouvertes de sciure demeuraient silencieuses.

« Il y a quelqu'un ? » cria-t-il.

Personne ne lui répondit. Les lieux semblaient avoir été évacués à la hâte devant un danger pressant. Perplexe il regagnait la voiture lorsqu'il sentit une présence. Il se retourna. À l'entrée du hangar un énorme chat se tenait immobile. Ses flancs maigres d'un brun terreux se soulevaient comme si l'animal venait d'accomplir une course effrénée. Il était si élancé et si efflanqué que Vincent se demanda s'il ne s'agissait pas d'un couguar. Ses yeux jaunes le fixaient avec une intensité insoutenable. « Il va me sauter dessus dès que j'aurai le dos tourné », se dit-il. Sans cesser de le regarder, il fit retraite à reculons. Soudain le félin disparut d'un bond dans l'amoncellement des billes de bois et il le vit s'enfuir à grandes foulées au long d'une ligne électrique. Soulagé il se remit au volant et se hâta d'entrer dans le village. Était-ce la chaleur ou la frayeur qu'il venait de ressentir, mais il s'aperçut qu'il était en sueur.

La petite agglomération apparaissait aussi désertée que l'était la scierie, et tout au long de la rue principale ravinée d'ornières, il ne discernait pas le moindre foyer d'animation. Roulant au pas, il essaya de comprendre pourquoi elle était ainsi réduite à l'état de ville fantôme hantée par les couguars. La forêt semblait certes l'enserrer de façon presque oppressante, mais aucun panache de fumée ne s'élevait pourtant dans le ciel clair. Un petit vent d'ouest soufflait, mais celui-ci aurait dû éloigner le danger plutôt que l'attirer. Il chercha des yeux la pompe à essence signalée par les gendarmes à cheval et, ne la trouvant pas, finit par stationner près d'un arrêt d'autocar dont l'abri offrait au moins à la voiture l'ombre et la fraîcheur d'un petit auvent. Il descendit et consulta le thermomètre fixé au mur de l'abri : 95° * ! Ça ne devait pas se produire souvent dans la région. À l'intérieur de la halte, une affichette jaunie indiquait les horaires du car. SPOKANE 9. 00. DEER PARK 10. 00. CLAYTON 10. 20. LION LAKE 11. 00. CHEWELAH 11. 50... Tous les villages qu'il avait traversés ce matin. Bien avant de mentionner Spotted Horse l'affichette était déchirée. Les gens du village devaient connaître par cœur l'heure du car, ou alors celui-ci n'arrivait plus à Spotted Horse depuis des lustres.

L'impression de solitude et d'isolement qu'il éprouvait était telle qu'il pencha pour la dernière supposition. « Il ne doit plus rester grand monde là-haut », avait dit le lieutenant des Rangers. Plus grand monde ! Plus personne, *officer* ! Village entièrement évacué. Cela paraissait inexplicable – au point que la rue lui sembla soudain

* Degrès Fahrenheit. Équivalant à 35 degrés Celcius.

d'une immobilité suspecte. C'était comme s'il se trouvait, avant l'arrivée des figurants, sur le décor d'extérieur n° 3 de la Warner à Burbank. Sur ce site («Petite ville de trappeurs») avaient été tournés *Petrified Forest* et *Heart of the North* – des films dont Dolly raffolait, tant elle appréciait la prestance et la réputation de chauds lapins des *Mounties* canadiens dans leurs tuniques rouges. Les façades de rondins de Spotted Horse ne lui semblaient en effet pas plus réelles que celles de la rue parisienne qu'il longeait l'autre nuit, et il eut le sentiment que le silence qui l'entourait allait être rompu d'un instant à l'autre par de tonitruants appels de haut-parleurs. «Action», entendrait-il, et quelque justicier déboucherait alors au grand galop dans le champ des caméras, quelqu'un comme... Il regarda de l'autre côté de la rue avec incrédulité.

«Il y a un cinéma, dans ce trou?» s'exclama-t-il.

Cette affiche, il l'aurait reconnue entre mille, tant il l'avait souvent vue dans le bureau de Dolly – cela devait remonter à 36 ou 37 – avec les autres grands succès du studio. Elle était placardée sur la façade d'un bâtiment sans étage qui se distinguait à peine des maisons avoisinantes.

Warner Bros présente
ERROL FLYNN
dans
La Charge de la brigade légère

«Trois ans pour venir de Hollywood à Spotted Horse, Errol! fit-il tout haut. Si tu appelles ça une charge...»

Il traversa. LITTLE ROXY, annonçait l'enseigne, en lettres maladroitement calligraphiées évocatrices des premiers temps du cinéma. Sous l'affiche une bande de papier avait été apposée. *Séances Ven. Sam. 6 p.m. Entrées 10 cents*. «Ça ne risque pas d'enrichir David», se dit-il en poussant la porte à battants.

Le vestibule n'avait pas de fenêtre et il chercha à tâtons un interrupteur. L'électricité fonctionnait: un globe s'alluma au-dessus du guichet, éclairant une petite pièce exiguë tapissée d'affiches défraîchies. Sur une tablette un rouleau de tickets était déjà préparé pour le vendredi suivant. Tout lui rappelait la première salle qu'avait achetée son père avant celle de Montréal, cet Odéon de Trois-Rivières où sa mère vendait les billets aux habitants de la petite ville (qui lui reprochaient son « français de France », selon eux pointu et prétentieux) pendant que lui-même transportait à la cabine les bobines de *Tracked in the Snow* avec Rin-tin-tin. Vaguement ému, il s'accouda au guichet. Qui viendrait, ce vendredi ? Qui viendrait voir Errol, héros sans peur sinon sans reproche, caracoler à la tête de son peloton ?

Il pénétra dans la salle et le souvenir de l'Odéon s'évanouit aussitôt. Le Little Roxy ne prétendait certes pas au même confort: une quintuple rangée de sièges en bois faisait face à un écran sur trépied, et le projecteur n'était même pas séparé de la salle. Il s'assit à l'extrémité de l'une des rangées et son regard se perdit dans la blancheur de l'écran, parsemée de taches indécises qui commencèrent à se mouvoir comme de lents poissons des profondeurs glissant dans une mer laiteuse. Il se redressa soudain sur son siège en se demandant si, écrasé de fatigue et de chaleur, il ne s'était pas assoupi quelques instants.

« Assez traîné », murmura-t-il.

Alors qu'il se dirigeait vers la sortie, il remarqua que la première bobine du film était déjà enclenchée dans l'axe du projecteur, prête pour la séance du vendredi. Mû par un vieux réflexe professionnel il examina l'appareil. Projecteur universel Adam modèle 33, muni de couloirs interchangeables pour tous formats. L'état de la copie quant à lui était déplorable: vieille bande toute rayée, de celles qui avaient dû en faire des séances, dans des salles de ce genre ! Pensivement il passa sa main sur le socle et examina l'étiquette sur la boîte qui contenait la bande. « *Warner Bros*, LA CHARGE DE LA BRIGADE LÉGÈRE, *copie 35 mm n° 91. 1re bobine.* » Comme s'il prenait tout à coup conscience d'une évidence, il bondit hors de la cabine et rejoignit en courant la petite Ford.

D'un geste précis Vincent opéra la substitution des bobines et alluma le projecteur. Le bruit de défilement se fit entendre puis l'écran s'anima. Il se pencha en avant mais, alors qu'il attendait le large plan de forêt qui précédait l'arrivée de Margit, apparut en noir et blanc une côte rocheuse filmée depuis le pont d'un bateau. Interloqué il laissa le film se dérouler quelques instants : on discernait une jetée, des grues, et bientôt entra dans le champ une escadre entière de navires de guerre – chaque détail étant perceptible de leurs silhouettes effilées et de leurs superstructures, et même les numéros d'immatriculation à l'avant des coques.

« Mais qu'est-ce que c'est, mais qu'est-ce que c'est que ça ? » marmonna-t-il.

D'un geste sec il éteignit le projecteur et, à la faible ampoule de la cabine, vérifia l'étiquette de la boîte qu'il avait dérobée : « *Le Prince de bois. Test Miss Mariassy, Technicolor. Insonore, sans maquillage* », lut-il à nouveau. Il en conçut un bref soulagement. Au moins l'erreur ne venait pas de lui. Mais alors qui au studio avait pu intervertir deux bandes ? Ce genre de chose ne se produisait jamais ! Ou alors avait-on collé le bout d'essai de Margit à la suite de quelques dizaines de pieds de matériel sans intérêt ? Cela n'avait pas davantage de sens, et pourtant la bande semblait en effet plus longue que le bout d'essai qu'il avait tourné. Il alluma à nouveau le projecteur.

La caméra suivait toujours la côte et les bateaux de

guerre se faisaient plus nombreux : c'était maintenant toute une base navale qui surgissait à l'écran, avec des cuirassés alignés comme à la parade le long d'un môle – d'un modèle ancien, remarqua-t-il à leurs cheminées hautes et grêles – puis, tout proche, un porte-avions dont il ne put lire le nom, mais qui lui fit aussitôt penser aux marins de l'*Enterprise* rencontrés sur Sunset Boulevard après l'orage. Les images nautiques défilaient toujours imperturbablement, lorsque la caméra fit une embardée comme si une vague plus forte que les autres avait brusquement déséquilibré le cameraman. Le film laissa alors apparaître brièvement un fragment de pont et au second plan une bouée accrochée à un bastingage sur laquelle Vincent put discerner les lettres SIR. C'est à cet instant que, sans transition aucune, le dos nu d'une femme emplit l'écran, détaillé avec complaisance en plan fixe, comme si l'opérateur ignorant le sujet premier de son film ne parvenait plus à s'en détacher. La cambrure de ce dos était modulée de façon si séduisante par la lumière, le grain de sa peau semblait si velouté, la ligne de ses épaules si délicatement ciselée que l'on comprenait la fascination de l'homme derrière la caméra. Puis la femme, jusque-là immobile, esquissa un mouvement du bras qui dévoila la naissance de ses seins – cela au moment même où, aussi brusquement qu'il s'en était écarté, le preneur de vues fixait à nouveau la côte. Réapparut alors sur l'écran la succession des bateaux de guerre, des môles et des citernes. La caméra s'attarda un instant sur une tour métallique semblable à celles qui encadraient l'entrée du studio sur Sunset Boulevard, et sur un claquement sec la bande s'interrompit. Elle n'avait pas duré plus de cinq minutes.

Encore abasourdi il repensa à l'irruption si imprévue de la jeune femme dans cet insignifiant documentaire nautique – plus étrange encore lui sembla-t-il que ne l'était l'apparition de Margit dans le sous-bois brumeux du bout d'essai. Sur les cinq minutes du film ce plan n'avait pas excédé dix secondes, mais cela lui avait suffi pour constater (à une mèche dépassant de son turban) que la femme filmée de dos était aussi brune que l'était Margit. Il ne pouvait en tirer nulle conclusion : rien ne permettait d'être certain que ce dos si émouvant dans sa tranquille nudité puisse être le sien. Certes Margit avait aussi, outre les longs cheveux bruns, ces épaules harmonieuses, cette taille fine, ces seins épanouis à peine entrevus. À la pensée que la main qui tenait la caméra était peut-être encore occupée peu avant à dénuder et caresser le corps de cette femme, il se sentit le cœur serré. Machinalement il renclencha la bobine de *la Brigade légère*, puis demeura dans l'ombre devant l'écran vierge avec une impression de complet désarroi. Il tournait et retournait dans ses mains la boîte qu'il avait subtilisée. À quoi bon la garder désormais... Mieux valait s'en débarrasser avant le passage à la douane, où il courait le risque d'être fouillé. De toute façon qu'avait-il à faire d'un dos anonyme ?

Il se leva et retrouva la rue écrasée de soleil. Il se sentait accablé. Qu'avait-il pu se passer, bon Dieu ? Cette substitution qui le privait de son ultime viatique, comment avait-elle été possible ? C'était en général Dolly elle-même qui se chargeait d'étiqueter et de ranger les bouts d'essai dans le cabinet ignifugé proche de son bureau, et il était impensable qu'elle ait pu se tromper. Peut-être après tout la police était-elle venue saisir la pellicule afin de la visionner comme pièce à conviction ; sous le coup de l'émotion devant cette intrusion sur son territoire, Dolly avait-elle interverti par erreur deux boîtes ouvertes par les policiers ? Il secoua amèrement la tête. C'était incroyable que le visage de Margit continuât ainsi à lui échapper quel qu'en soit le support – photo ou pellicule. Ce n'était pourtant pas faute d'avoir tout tenté pour se procurer un document la concernant. Et maintenant… Une semaine à présent qu'il l'avait rencontrée, et déjà ses traits se dissolvaient comme une affiche sous la pluie. Encore quelques jours, quelques semaines peut-être, et il lui faudrait admettre que sa vie n'avait été bouleversée que par un fantôme aussi irréel que les habitants de ce village.

Un reflet métallique lui fit cligner de l'œil. À quelques pas de lui, sur la droite de la rue, une vieille pompe Mobil jouxtait la devanture décatie d'un petit drugstore. Il s'approcha. Autour de l'enseigne *Hi-way Tavern*, une série de placards publicitaires – Coca Cola, Seven-Up, Dr. Pepper, Budweiser Beer – lui donnèrent soudain envie de se désaltérer. Il semblait y avoir là assez de liquide pour pouvoir tenir un véritable siège contre les incendies. Il poussa la porte et une clochette tinta dans le silence.

« Quelqu'un ? » appela-t-il.

Derrière le comptoir de bois le réfrigérateur ronronnait, et sur une étagère un réveil indiquait 11 h 30. Il marchait, donc quelqu'un l'avait remonté il y avait moins de vingt-quatre heures. Il eut à nouveau l'impression que les habitants du village étaient partis sans même regarder derrière eux. Il sortit une bouteille de Coca Cola, la décapsula au comptoir, but avidement au goulot, puis regarda autour de lui. Sur un présentoir des cartes postales représentant la chaîne des Cascades paraissaient gondolées par la chaleur. Il en choisit une du mont Rainier.

Hello Dolly darling. Je t'écris de Spotted Horse, Wash., 306 habitants dont peu sont pour le moment visibles. Ce coin perdu te plairait, il ressemble à un décor de film pour tes chers « Mounties » qui sont à moins d'un quart d'heure d'ici. Pas mécontent de m'être bagarré avec ton boss. Je dois te dire que –

Sa plume resta en suspens. Une phrase en lettres énormes lui éclatait au visage comme un incendie mal maîtrisé.

FOREST FIRES DESTROY KETTLE RIVER VALLEY

C'était un numéro de la *Spokane Tribune* oublié sur le comptoir. La Kettle River, n'était-ce pas cette rivière qu'il avait traversée avant de rencontrer les rangers ? La nouvelle expliquait au moins l'évacuation du village. Il consulta la date du journal : Lundi 4 septembre. Aujourd'hui même. Ce matin il y avait donc encore des gens qui lisaient les nouvelles, ici à ce comptoir ! Il ne put s'empêcher de penser que la population s'était repliée de façon trop précipitée et prématurée. Ou alors était-ce parce que le vent soufflait il y a quelques heures plus fort que maintenant. En bas de page un autre titre en caractères beaucoup plus modestes attira néanmoins son attention :

OLIVIER, BOYER QUIT HOLLYWOOD
England, France declare war on Germany
Hostilities began this morning

Un instant les caractères dansèrent devant ses yeux. Abasourdi, il se pencha. Le corps de l'article n'en disait guère plus – c'était juste la transcription d'une dépêche Reuter. Accoudé au comptoir devant la bouteille vide, il resta un long moment les yeux dans le vague, pétrifié, à sentir résonner en lui l'impact de la nouvelle. Renonçant à terminer sa carte, il la déchira et en jeta les morceaux à l'extérieur dans une boîte à ordures.

À pas lents il rejoignit la petite Ford et y laissa tomber son sac avec lassitude. C'était donc arrivé. Pendant les quatre jours de voiture où, arrivant tard le soir dans des motels miteux avant de repartir à l'aube, il avait été presque coupé du monde, ce dernier en avait profité pour s'embraser. Il s'assit derrière le pare-brise tout moucheté d'insectes écrasés et s'efforça de réfléchir. Il y avait fort à penser que, sans nouvelle de lui (et de surcroît ne le trouvant pas à l'hôtel), on le considérait déjà au consulat de France comme un insoumis, et peut-être même l'avait-on signalé à tous les postes frontières... Et même si dans ces conditions il parvenait au Canada, qu'est-ce que cela changerait ? Ça n'allait pas faire un pli, les Canadiens allaient avant quelques heures se joindre aux Anglais dans cette folie !... Très haut dans le ciel un vol de choucas s'éloigna vers le nord, et il suivit longuement des yeux les oiseaux qui disparaissaient. Ça y était maintenant, la frontière, eux l'avaient franchie.

Il démarra, mais dès qu'il entendit tourner le moteur, l'arrêta aussitôt dans une sorte de refus de tout son être, et se sentit alors si oppressé que sa main se mit à trembler sur le volant. Plus il percevait l'urgence qu'il y avait à partir sans tarder, voire à profiter de la désorganisation apportée par les incendies pour réduire le risque du passage, moins il pouvait s'y résoudre. Même si tout se passait bien, il devinait que, parvenu de l'autre côté, il ne pourrait plus jamais revenir en arrière pour essayer de revoir Margit, qu'il ne pourrait même pas savoir si on l'avait retrouvée – et pas davantage ce qui lui était arrivé. Une trappe allait se refermer, sur laquelle il pourrait tambouriner en vain. Que faire, alors ? Rebrousser chemin ? Retourner à Spokane et tenter d'y nouer un ultime contact téléphonique avec... Il haussa les épaules. Avec qui ? Dolly ? La rédaction du *Reporter* ? C'était absurde, et plus absurde encore si entre-temps on avait découvert son larcin. Avec le vol de cette fichue bobine il avait brûlé ses vaisseaux. Cette bobine, justement. Il était moins que jamais question de franchir la frontière avec – d'autant qu'il n'avait plus aucune raison de s'en encombrer. Il chercha des yeux un endroit où il pourrait dissimuler ce dos nu si troublant – une tendre retraite pour une peau si douce – puis il avisa une corbeille placée à l'intérieur de la halte. Ce serait une cachette idéale. Il extirpa la boîte métallique de son sac et ouvrit la portière.

« Ne te retourne pas, mains en l'air », clama une voix derrière lui.

Il crut avoir rêvé. Le timbre était étrange et désaccordé, comme il n'en avait entendu que dans les films de Walt Disney. Il replaça la bobine sur le siège et regarda dans le rétroviseur. Une touffe de cheveux blonds dépassait à peine le niveau de la capote et il crut un instant que celui qui avait proféré la menace était agenouillé. Il fit mine de sortir.

« Ne pars pas, ou j'te bute », menaça la voix.

Cette fois, il se retourna et constata avec stupeur que c'était un enfant qui brandissait une carabine deux fois trop grande pour lui.

« Une Winchester, petit, mais t'es fou ! s'exclama-t-il. Une Winch peut partir sans même que tu aies appuyé ! Ne me mets pas en joue !

– Te retourne pas ! Sors pas ! cria l'enfant.

– Viens que je te regarde en face, alors, répliqua Vincent en se gardant cette fois d'élever le ton. Je n'aime pas parler à quelqu'un à travers un rétroviseur. Tu serais bien, hein, si le coup partait, avec moi couché dans une mare de sang !

– Y a personne ; j'me taillerais, rétorqua l'enfant.

– J'inscrirais ton nom dans la poussière. On te rattraperait vite fait.

– T'sais pas mon nom, hé !

– Bon, d'accord. Alors tu viens ou c'est *moi* qui descends de la voiture ; et alors gare à toi.

– Retourne-toi, j'ai dit. Garde les mains en l'air ! »

Il s'exécuta cette fois et comprit à la main qui jouait le long de la carrosserie que l'enfant se rapprochait de lui. Un choc sonore se fit alors entendre : la crosse venait de heurter l'aile arrière tant il la tenait avec maladresse. Vincent jugea que la plaisanterie avait assez duré.

« Pose ça, bon Dieu de bois ! Tu vois bien que je ne te veux pas de mal ! À condition pourtant que tu fasses ce que je te demande. »

Cette fois subjugué, l'enfant alla docilement déposer l'arme sur le banc de la halte, puis s'approcha avec lenteur.

« C'est quoi ton auto ? questionna-t-il avec curiosité.

– Une Ford 60 cabriolet. »

Il la considéra en silence.

« Elle est pas belle.

– Il y en a peut-être des plus luxueuses mais celle-là marche bien.

– Ah bon », fit l'enfant d'un air satisfait.

Son visage émergeait à peine de la portière et ce fut à cet instant que Vincent se rendit compte de son étrangeté. Ce n'était pas tant, sous les mèches rebelles d'un jaune paille, les traits accusés de son visage à la limite de la disgrâce, ni son teint blafard – mais surtout son regard. Son œil droit était recouvert d'une taie, ce qui donnait à l'œil valide un éclat vif d'un bleu très pâle.

« Alors maintenant que tu n'es plus dangereux tu peux me donner ton nom, demanda Vincent.

– James B. Buchanan.

– Fichtre, James B. Buchanan ! Mais c'est un nom de banquier ! Moi je pense qu'on doit t'appeler Jim. Ou Jimmy. Ou Jimmy-la-gâchette.

– On m'appelle jamais comme ça, murmura l'enfant d'un air déçu.

– Et... Qu'est-ce que tu fais tout seul dans ce village désert, James B. Buchanan, armé comme à Fort Apache ?

– J'suis pillard, expliqua-t-il en se haussant sur le marchepied pour examiner les cadrans du tableau de bord. Celui-là, c'est pour quoi ?

– La vitesse.

– Parce que tu vas vite ?
– Non. Trente miles à l'heure… Quarante quand ça descend. Quatre jours pour venir de Californie. »

Il hocha la tête gravement comme pour mesurer l'exploit.

« Moi j'viens des Carolines ».

Il avait en effet l'accent traînant du Sud et ne prononçait pas le *r*.

« Mon père et moi on est des pillards depuis qu'on a quitté les Carolines, précisa-t-il.
– T'as pas pillé beaucoup, on dirait, fit Vincent en saisissant un pan de sa chemise en lambeaux. Il est où, ton père ? »

L'enfant eut un tic nerveux, comme s'il était embarrassé.

« J'sais pas », répondit-il avec un sourire édenté.

Vincent était attiré par l'œil blanc et se forçait à fixer l'autre. Et c'était comme si l'enfant s'en rendait compte et mettait toute l'intensité dont il était capable – au point de grimacer – dans son œil valide.

« Buchanan, c't'un braco, expliqua-t-il.
– C'est ton père que tu appelles Buchanan ?
– Ouais.
– C'est lui qui t'a demandé de voler la carabine, n'est-ce pas ?
– Ça se pourrait, avoua-t-il après un silence.
– Et où l'as-tu prise ?
– Là où y m'avait indiqué, répondit l'enfant en désignant une maison en face du Little Roxy.
– Va la remettre tout de suite. Et garde le canon en l'air.
– Vas-y, toi.
– *Moi*, je ne rentre pas dans les maisons quand les habitants ne sont pas là. D'autant qu'ils peuvent revenir à tout instant.
– Risque pas !

– Comment ça : risque pas ? »

Sans répondre, il saisit l'arme et, le canon pointé vers le ciel, s'éloigna. Sa silhouette était si malingre qu'il avait du mal à la porter. « Il ne va pas revenir, il va s'échapper comme le couguar », pensa Vincent. Pourtant il réapparut presque aussitôt, ses cheveux plus hirsutes que jamais.

« Tu as pu la raccrocher ? »

Il fit signe que oui, puis demeura immobile devant le capot, paraissant désorienté.

« Bon, monte à côté de moi, ordonna Vincent. Je te laisserai un peu avant la douane.

– Non, répliqua-t-il fermement.

– Je ne peux pas te laisser là. Ton père, il est peut-être braco, mais il doit quand même te chercher, et ta mère aussi. »

Son visage se ferma.

« Ma mère est plus là.

– Et les autres, les gens du village, où sont-ils ? Tu disais : risque pas qu'ils reviennent... On ne voit de feu nulle part !

– Ça brûle là-haut, tu savais pas ? À la Pend'Oreille ou à la Carmel Butte, c'est tout cramé. Il y a eu une saute de vent cette nuit, et tout le monde est parti dès l'aube avec des pelles, des pelles et encore des pelles pour le pare-feu. Il y a même des pompes à eau qui sont venues d'Orient, la ville en bas, pour prendre l'eau à la cascade. C'est rien que des histoires de sapins par ici, alors, quand ça brûle, tout le monde y va dans la montagne, même Buchanan. »

Il soupira.

« Pourtant Buchanan, d'habitude, il se montre pas au village depuis qu'y vit avec l'Indienne.

– Et pourquoi, toi, n'es-tu pas allé avec lui ? »

Il eut un geste vague.

« Il prétend que j'ai qu'un œil et qu'il est mauvais. L'Indienne de Buchanan, c'est pas son avis. Elle raconte que j'ai mon œil normal pour tous les jours, et que l'autre… »

Il s'interrompit comme s'il en avait trop dit. Il donnait parfois ainsi l'impression qu'il allait parler et se taisait alors obstinément, prenant une expression butée comme s'il se satisfaisait à n'établir avec son interlocuteur qu'un contact intermittent.

« L'autre œil ?… l'encouragea Vincent.

– L'autre me sert quand les yeux normaux ne voient plus assez, c'est tout…, expliqua-t-il avec une sorte de détachement.

– Avec mon œil à moi, je vois que ton père voulait que tu profites de ce qu'il n'y avait personne dans le village pour piquer la carabine !

– Y va me taper, fit l'enfant.

– Tu lui diras la vérité !

– La vérité, répéta-t-il sans comprendre.

– Que quelqu'un t'a vu et obligé à la rendre. »

Il opina de la tête comme si une sorte de connivence s'était soudain établie entre eux.

« Y m'paiera pas mes dents, en attendant.

– Comment ça, tes dents ?

– J'ai plus de dents. Y m'avait promis qu'il m'en paierait si je ramenais un flingue. »

Vincent se força une fois encore à le regarder. Il avait ses lèvres serrées.

« De toute façon, pour tes dents il faut attendre que tu sois grand. Quel âge as-tu ?

– Je sais pas. Neuf, je crois. »

Vincent avait le sentiment que poursuivre la conversation avec cet enfant était pour lui un moyen comme un autre de retarder la décision de partir.

« Tu sais comment elle m'appelait, ma mère ? reprit l'enfant d'un ton enjoué. Jamie baby.

– Eh bien, en voiture ! Je ne peux pas rester ici des années. »

Il lui sembla que le gosse le regardait à la dérobée.

« Allez, dépêche ! Il faut que je passe la frontière avant le début de l'après-midi si je veux être à Nelson ce soir.

– Je t'ai déjà vu », déclara brusquement l'enfant.

Vincent tourna la tête.

« Ça m'étonnerait bien. Car moi, jamais. Or tu as un visage qu'on n'oublie pas.

– T'étais pas coiffé comme ça.

– J'étais coiffé comment ?

– Comme ça », lui montra-t-il en faisant mine de plaquer ses cheveux.

Vincent fronça les sourcils.

« Écoute, j'étais bien coiffé comme cela, mais c'était il y a trois ans. Et puis tu n'as pas pu me connaître quand j'étais coiffé comme ça. Car je ne suis jamais venu par ici. Et pas davantage dans les Carolines.

– Je t'ai vu », répéta l'enfant d'un ton entêté.

Vincent fixa cette fois son œil blanc comme s'il était en effet doué de propriétés particulières.

« Quand ? demanda-t-il doucement.

– Hier. »

Il haussa les épaules.

« Ce n'est pas possible, j'ai couché à Spokane.

– Jamais été, marmonna l'enfant.

– Alors comment as-tu pu me voir hier comme j'étais il y a trois ans ? »

L'enfant eut un petit rire grêle de poitrinaire.

« C'est chez les *cops*, expliqua-t-il après un silence.

– J'ai rencontré des gendarmes à cheval ce matin, mais j'étais coiffé comme en ce moment !

– Y proposent de l'argent pour te retrouver », précisa-t-il.

Vincent le regarda, ébahi.

« Comment ça, de l'argent ?

– Ben, t'es accroché au mur. T'es à côté de Buchanan, justement. J'savais pas alors que je te verrais. »

Vincent crut enfin comprendre.
«Tu veux dire qu'il y a une photo de moi parmi les gens… recherchés?
– Ouais, au poste des rangers de Carmel Butte, qui sert aussi de douane.»
Vincent se sentit à la fois consterné et vaguement incrédule. C'était l'univers de Larrabee, pas le sien.
«Tu sais combien est la prime pour me retrouver?
– Cent dollars, je crois.
– Moins que… Moins que pour ton père?
– Moins, précisa Jamie avec une pointe d'orgueil. Le braco, c'est deux cents.»
Vincent soupira.
«Toujours sous-estimé», pensa-t-il.
«J'dirai rien, fit l'enfant. Même si t'auras fait quelque chose de grave, j'dirai rien.
– Mais je n'ai rien fait de grave… D'ailleurs les rangers ce matin m'ont laissé passer…»
C'était une chance qu'il ait porté une casquette, se dit-il. Et de toute façon ce n'étaient pas des policiers ni des douaniers, mais des rangers qui ne se préoccupaient que des incendies.
«Moi ça me plaît que t'as fait quelque chose de grave, reprit Jamie. Moi, j'voudrais en faire plein, des choses vilaines! J'voudrais avoir moi aussi les rangers aux fesses, ajouta-t-il d'un ton gourmand. J'les attendrais un à un au bord de la piste caché avec ma carabine et j'les regarderais morfler l'un après l'autre.»
Son visage était parcouru de tics nerveux et il s'agita soudain de façon désordonnée.
«Tu m'as menti, lui dit Vincent d'un air sévère. Ton père n'était pas avec ceux du village, puisqu'ils le recherchent.»
Il ne parut pas désarçonné pour autant.
«Ils m'ont fait venir au poste et ils m'ont demandé où il était. J'ai répondu: Est-ce que je sais, moi, où il est…

– Et c'est au poste que tu as vu ma photo ?

– Ouais, épinglée au mur… T'étais habillé comme un acteur, vraiment pas comme les autres. »

Vincent ne put réprimer un soupir d'accablement. Cette photo, il la connaissait bien : c'était la seule de lui qui fût en circulation, et c'était Dolly qui l'avait exigée afin de la communiquer aux agences en cas de besoin. Il se souvenait encore de la matinée où, mal à l'aise, il avait posé devant l'objectif de Scott Myers, le photographe du studio. Si le précieux Scott savait que son cliché si artistique était maintenant placardé au milieu des photos prises par la police pour identifier des contrebandiers ou des braconniers, peut-être même des violeurs et des assassins…

« J'peux aller te la décrocher, si tu veux », proposa l'enfant.

Vincent haussa les épaules.

« Ça ne servirait à rien…

– Alors, t'as vraiment rien fait de mal ? » insista Jamie d'un air déçu.

Vincent tapota sur le volant en s'efforçant d'imaginer le meilleur parti à prendre. Une chose était certaine : après ce que venait de lui rapporter Jamie, il lui était désormais impossible de continuer par la route. Il se demanda qui, de David ou du consul, était à l'origine de cet avis de recherche. Si c'était le consul, ce ne pouvait être de toute façon qu'avec l'appui de David qui était seul à disposer de sa photo – et seul également à savoir (bien évidemment par Judy) qu'il s'était enfui en automobile. Si l'avis de recherche provenait de David, cela signifiait qu'on s'était aperçu de la disparition du film – ou plutôt d'*un* film auquel *on* attachait de l'importance, qu'il comporte ou non un détail utile pour l'enquête.

« Mais alors c'est elle, c'est son dos à elle, gémit-il.

– Qu'est-ce que tu racontes ? » questionna l'enfant.

Cela lui avait échappé. Songeur, il frôla la boîte qui

contenait la bobine. Plus question de la jeter, en tout cas. Il la replaça avec précaution dans le sac.

« Écoute-moi, Jamie... »

C'était la première fois qu'il l'appelait par son prénom et il eut l'impression que l'œil valide de l'enfant s'agrandissait.

« Si je te donne... je ne sais pas, moi, vingt dollars. Est-ce que tu peux me conduire à pied au Canada ? »

L'enfant resta un instant bouche bée.

« Vingt *bucks* ? s'exclama-t-il d'un ton incrédule. Mais où je les mettrais, j'ai pas de poche.

– Bon, alors... Il n'y a pas quelque chose qui te ferait plaisir ? »

Il réfléchit.

« Un piolet, répondit-il avec son sourire édenté.

– Un piolet ! Pour faire quoi ?

– Pour monter sur la Copper Butte. J'en ai vu un jour qui faisait de l'escalade.

– D'accord pour le piolet. Ça coûte combien ?

– Trois dollars.

– Là-haut je te les donnerai. Tu iras tout de suite te l'acheter. Tu iras aussi te chercher une chemise et un pantalon de velours avec une poche, disons douze dollars. Il te restera encore cinq dollars pour mettre dans cette poche.

– D'toute façon y me les piquera, dit Jamie avec indifférence.

– Tu les cacheras. Bon, tu sais comment y aller ?

– Je sais comment aller chez l'Indienne.

– Là où elle habite, c'est le Canada ?

– Buchanan dit qu'oui, c't'une Chinook.

– Alors on y va. »

Jamie regarda vers le ciel comme s'il humait des odeurs.

« C'est là-haut que ça brûlait, cette nuit, faut faire gaffe.

– Le vent est tombé. Et puis je n'ai pas le choix. »

Il descendit de voiture et fit lentement le tour du petit cabriolet, tapotant le capot comme s'il flattait l'encolure de sa monture.

« Ça me rend malade, de la laisser là, j'aurais pu en tirer un paquet au Canada en la vendant à un pêcheur de truites. »

L'enfant le regarda sans comprendre.

« Un pêcheur ?

– Ils ont toujours besoin de cabriolets pour emmener leurs gaules. Et puis… je l'aimais bien, c'était la voiture de mon mariage, les jeunes années… tu comprendras plus tard.

– T'es marié ?

– Je l'étais. »

L'enfant ne répondit pas. Il était appuyé contre la calandre et paraissait réfléchir.

« Et t'en as une autre ?

– Comment ça ?

– Ben… Une de rechange. Comme Buchanan avec l'Indienne, après ma mère… »

Interloqué, Vincent ne put qu'esquisser une vague moue, puis saisit son sac par la bandoulière.

« Allez, on y va », soupira-t-il.

Cela faisait maintenant plusieurs heures qu'ils grimpaient au flanc de ces collines sous un soleil vif à peine tamisé par les arbres, et il était en sueur. Depuis quelques minutes heureusement un vent du nord assez violent s'était levé, rafraîchissant la touffeur du sous-bois. À quelques pas devant lui la silhouette sautillante de l'enfant semblait à tout moment prête à s'évanouir dans les broussailles et il craignit tout à coup de ne pouvoir suivre son rythme.

« Doucement, Jamie ! s'écria-t-il essoufflé. Tu caracoles comme un cabri, mais moi mon sac pèse lourd ! »

L'enfant se retourna d'un air surpris.

« Ça ! Moins lourd que la carabine !

– Elle était beaucoup trop lourde, trop grande, trop dangereuse pour toi. Je suis bien content que tu l'aies ramenée.

– Buchanan va me taper, répéta-t-il. Y comptait d'sus.

– Tu devais la laisser où ?

– Derrière la scierie, dans une cabane.

– Eh bien tu diras que tu l'as replacée. Quant à moi je dirai que j'ai vu des gendarmes à cheval traîner par là...

– C't'une idée ça, fit Jamie en mettant sa main devant sa bouche comme s'il pouffait. S'ra baisé, le vieux. »

Il ponctua la remarque de son rire désaccordé, puis repartit en courant.

« En attendant on ne devrait plus être très loin, évalua Vincent. Hein ? Jamie ? »

Il ne répondit pas.

« Jamie ? »

La silhouette gracile de son jeune guide avait disparu. Perplexe il regarda tout autour de lui. De là où il était il ne distinguait même plus en contrebas le cours de la rivière Akanogan qui lui aurait permis de s'orienter. Recouvertes de hautes futaies striées de lits de cascades asséchées, les versants des vallées encaissées formaient un lacis inextricable qui l'empêchait de retrouver l'emplacement de Spotted Horse.

« Jamie, appela-t-il plus fort, sur un ton presque suppliant. Jamie baby. »

Il vit son visage surgir au milieu des fougères. Secoué de tics, la bouche tordue par un rire silencieux, il paraissait enchanté de son effet.

« Jamie, bon Dieu, ne recommence pas. Hein, tu promets que tu ne recommenceras plus ?

– Ça..., fit l'enfant.

– Faire une telle peur à quelqu'un qui te donne un si

beau piolet ! Tiens, indique-moi la direction du *tepee* de l'Indienne. Si jamais tu me refais le coup, je veux cette fois avoir un repère.

– C'est pas une *tepee*, c'est une maison de Blanc, s'exclama Jamie sur un ton de protestation. C'est Buchanan qui l'a construite toute en rondins. Là-haut je te montrerai où il est », ajouta-t-il en désignant la crête qui les surplombait.

Sans lui donner le temps de répondre il s'était déjà élancé, semblant monté sur ressorts, bondissant de rocher en rocher comme si émanait de lui une énergie disproportionnée à son corps malingre. Suivant des yeux sa démarche et ses mines déconcertantes de petit elfe fluet et facétieux, Vincent se demanda un instant s'il n'était pas avec son œil invalide ouvert sur l'inconnu l'ultime messager avant le passage dans un autre pays – oui, l'ultime messager d'un royaume magique d'où lui-même était désormais banni. Pour l'heure, déjà parvenu au sommet, l'enfant lui faisait de grands gestes comme pour lui dire de se hâter. À nouveau inquiet, Vincent pressa le pas.

Dès qu'il l'eut rejoint, il posa son sac puis parcourut du regard l'immense panorama qu'il découvrait. C'était bien ce qu'il craignait. Barrant vers l'est tout l'horizon, un épais rideau de fumée s'élevait dans le ciel clair, jetant sur le levant un ample voile funèbre. Certes trois ou quatre miles – la largeur des deux vallées parallèles qu'il avait sous les yeux – le séparaient du lieu de l'incendie, mais le silence inattendu de l'enfant lui parut refléter sa propre appréhension. Il entreprit néanmoins de le rassurer.

« Ne fais pas cette tête-là, ce n'est pas par là, chez Buchanan ! »

L'enfant haussa les épaules, puis montra du doigt de

longues stries grisâtres qui bordaient vers le nord le lit d'un torrent asséché.

« Je sais. Lui et l'Indienne, c'est là-bas. »

Venant également de cette direction, le vent soufflait par brèves rafales entrecoupées de moments d'accalmie. Tels des bras de sémaphores, les branches des grands pins arborescents semblaient émettre des messages contradictoires : tour à tour « continuez », ou bien « retournez dare-dare ». Il essayait de mesurer le danger lorsqu'il avisa en contrebas vers le nord-ouest, au débouché d'une courbe dont les calmes ondulations couvertes de forêts avaient quelque chose de paisible, un plateau dépourvu de végétation. D'ici, cela ressemblait à de la pierraille plus qu'à une clairière, à moins d'une demi-heure de marche.

« Tu sais comment te rendre là-bas ? » demanda-t-il à l'enfant.

Jamie parut ne pas comprendre la question.

« Ce n'est pas là où sont les gens du village ? insista Vincent. Là où ils creusent leur pare-feu ?

– Mais non, c'est pas là…

– En attendant, tu sais comment aller jusqu'à cette clairière ? »

Jamie plissa cette fois son nez d'un air mécontent.

« C'est pas par là, Buchanan !

– Tu vois bien qu'on ne peut pas continuer sans prendre des risques ! On est à la merci d'une saute de vent. Au moins si on se réfugie là, le feu ne peut pas nous atteindre… Tu connais l'endroit ?

– Non », dit-il d'un ton buté.

Vincent regarda à nouveau vers le rideau de fumée. Il semblait avoir avancé. On voyait les flammes désormais et le vent lui apportait une rumeur confuse et lourde comme un lointain grondement d'orage. Il se retourna vers Jamie.

« On n'entendait rien, tout à l'heure… Non ?

– J'écoutais pas.

– Bien. Alors maintenant tu *vas* m'écouter. Tu vas retourner à Spotted Horse. Hein ? Je te donne tes vingt dollars et tu redescends là-bas au village le plus vite possible. »

L'enfant le fixa de son œil valide avec une expression de réelle surprise. Il se dit que c'était la première expression qu'il lui voyait.

« Pourquoi, tu veux revenir ?

– Moi je vais dans cette clairière et j'y dormirai. Mais il y a un risque ; je veux bien le prendre pour moi, mais pas pour toi. Je veux que tu repartes en arrière. »

Jamie le regarda, bouche bée.

« Mais... mais pourquoi... », répéta-t-il.

Vincent s'accroupit pour être à sa hauteur.

« Parce que tu courrais un danger, expliqua-t-il d'un ton radouci. Moi, j'ai mes raisons de ne pas vouloir redescendre. Je savais qu'il y avait le feu dans la vallée de la Kettle River, mais j'ignorais que cela avait gagné par là. S'il arrivait quelque chose je ne veux pas que tu sois menacé.

– Je cours plus vite que toi ! s'exclama Jamie.

– C'est pour ça que je veux que tu reviennes vite au village. Je suis responsable de toi, et là-bas tu seras en sécurité. Avec les vingt dollars tu pourras acheter ce que tu veux à manger, et aussi une chemise et un pantalon. Jamie ! Tu ne vas pas recommencer ! »

Il ne le voyait plus.

« Jamie ! »

Il entendit une sorte de reniflement. Descendant de quelques pas, il le trouva au creux d'un petit rocher, terré dans une anfractuosité comme un animal apeuré. Des larmes striaient ses joues de sillons terreux. Il lui prit la main et l'enfant la serra convulsivement.

« Veux-tu sortir de là ! On perd du temps.

– On devait aller au Canada tous les deux, déclara-t-il d'un ton buté.

– Eh bien, faisons comme si c'était ici la frontière.

– Ça l'est pas.
– Jamie baby...
– M'appelle pas comme ça si c'est pour me dire de foutre le camp ! s'écria-t-il avec violence. J'veux rester avec toi. »
Il s'assit et mit la tête entre ses deux genoux comme s'il boudait. Puis il se redressa.
« J'veux pas être seul. Toi tu t'occupes bien de moi. T'es pas comme les autres. Tu me tapes pas.
– Je reviendrai te voir.
– Je suis là, avec toi...
– Je ne peux pas te garder. Il y a une guerre qui a éclaté en Europe et le Canada enverra des soldats. Moi je vais être soldat. Soldat canadien, puisque c'est mon pays.
– C'est bête de se battre.
– Ça ne durera pas longtemps, j'espère. Et quand je ne serai plus soldat je reviendrai. Je passerai par Spotted Horse et je verrai ce qu'on peut faire pour toi, peut-être soigner tes dents. Bon, maintenant, file pour être de retour avant la nuit.
– Si c'est ça que tu veux », fit Jamie.
Sans préavis il s'élança dans la pente, la dévalant en bonds sautillants.
« Jamie ! » hurla Vincent.
Il s'immobilisa net comme un cabri et se retourna. Sa silhouette déhanchée se détachait au-dessus de l'immense vallée.
« Eh bien alors ! Tes vingt dollars ! »
Il eut un geste digne du Kid pour montrer qu'il n'avait pas de poche.
« Pour qu'il m'les pique ! cria-t-il.
– Où vas-tu coucher ?
– À la scierie. Y a à manger ! »
L'instant d'après il avait disparu.
« J'aurais dû le mettre en garde contre le couguar », pensa Vincent.

De ne plus avoir à suivre son petit guide bondissant l'avait en quelque sorte soulagé et il avançait sans fatigue sous les hautes futaies, à grandes enjambées régulières. Le vent agitait les cimes des pins mais il ne le percevait qu'à peine, comme un souffle apaisant loin au-dessus de lui. Sous ses pas de petits papillons aux ailes d'un orange lumineux voletaient comme des flammèches parmi les fougères précocement jaunies. « Arrête de penser au feu », se dit-il. D'autant que le danger semblait écarté. C'était plutôt la crainte de s'égarer qui le préoccupait désormais. Cela faisait maintenant une heure qu'il marchait, et il aurait déjà dû arriver sur la combe dégagée qu'il avait vue de là-haut, mais le sous-bois devenait à chaque pas plus dense et plus sombre, lui interdisant d'observer si des colonnes de fumée s'élevaient dans le ciel. Son sac bringuebalait pesamment sur son dos, et il éprouvait cependant une étrange satisfaction à savoir qu'il emportait avec lui les rares biens qui lui restaient – à l'image de ces *wet backs* franchissant illégalement le Rio Grande, ou de ces miséreux des Plaines qui se voyaient interdire par les *blockades* l'accès à la riche Californie. Il ne put réprimer une sorte de rire nerveux qui résonna dans le silence comme le ricanement de l'un de ces personnages maléfiques qui hantaient les légendes de Bognar : lui aussi allait traverser en fraude une frontière, et il était obscurément satisfait que ce passage entre deux mondes, deux territoires, deux époques de sa vie lui donne l'occasion de cette lente avancée solitaire dans le calme d'une forêt sévère et paisible. Et puis, qui sait ? Qu'il devînt vagabond ou soldat, peut-être ces terres inconnues qui s'étendaient devant lui ne lui seraient-elles pas toutes hostiles. Sans nul doute le souvenir de Margit allait-il à présent devenir le foyer secret de sa vie et dominer toutes ses autres sensations comme la Copper Butte dominait le paysage alentour – mais c'était après tout une conviction exaltante au moment d'aborder l'inconnu. Certes, à cause d'elle il avait accumulé les actes suicidaires : échanger des coups avec David – avec David ! – ou voler un document au studio, ce qui lui coupait toute possibilité de retour et l'empêcherait de la rencontrer si elle réapparaissait… De toute façon, si tel était le cas, il ne l'apprendrait jamais. Et elle ignorerait toujours cette emprise qu'elle avait sur lui, cette brûlure dans le tissu de sa vie, cette passion qui serait son affaire à lui tout seul désormais. *Too much meat and no potatoes*, chantonna-t-il comme les marins de l'autre nuit, et dans son entrain subit il glissa sur la mousse sèche comme de l'étoupe. Ou comme la tignasse de Jamie baby, se dit-il en se relevant. Ce gosse. Un jour je retournerai dans cette vallée pour m'occuper un peu de lui. Ça, c'est un but que je peux m'assigner, tout de même ! Je finirai bien par la passer dans l'autre sens, cette frontière, et la tête haute ! Au fond, la guerre tombait bien. Si je pouvais revenir avec un semblant d'auréole…

À nouveau sujet à une sourde inquiétude il s'arrêta net et regarda autour de lui. Des moucherons voletaient par milliers. Le sous-bois était traversé de rayons de soleil obliques qui faussaient les perspectives et lui donnaient l'impression de s'engager dans un dédale flamboyant dont il ne pourrait trouver l'issue. « Je devrais être arrivé, se répéta-t-il. Si j'avais su, j'aurais acheté une boussole à Spokane. » Mais il ne pouvait certes pas imaginer le matin encore comment tout allait tourner. Un bruit de ruissellement troubla soudain le silence. Jaillissant d'un amas de rochers une mince cascade s'évasait en une mare envahie de plantes aquatiques. Il crut d'abord que c'étaient les moucherons qui s'étaient déposés sur le vert translucide de l'eau. Intrigué, il s'accroupit, trempa sa main dans l'eau puis frôla les feuilles vernissées avant de se relever d'un brusque élan

– c’étaient des particules de cendres comme celles qu’il avait remarquées sur la crinière des chevaux des rangers.

Presque aussitôt il les sentit venir se coller sur son visage en sueur. Il tressaillit : elles étaient brûlantes et leur contact le piqua comme s’il était attaqué par une nuée de moustiques. « Alors ça », marmotta-t-il, incrédule. Appuyé contre un tronc d’arbre il s’efforça de prêter l’oreille. Le vent s’était levé et lui apportait la rumeur d’un grondement sourd émaillé d’explosions sèches. Tout près. Saisi d’une peur irraisonnée, il se mit à courir droit devant lui.

*

À chaque foulée son sac lui battait les flancs et la boîte métallique venait le meurtrir comme le contact répété d’une lame tranchante. Il avait l’impression que le crépitement se rapprochait mais peut-être était-ce le halètement de son souffle. Les hauts troncs de la futaie lui apparaissaient désormais comme les murs d’une prison pouvant à tout moment se refermer sur lui tel un piège mortel. Il lui sembla que le vent apportait à présent une odeur de fumée. Dans son anxiété il gardait un sentiment rétrospectif de soulagement. « Heureusement que j’ai renvoyé l’enfant », pensa-t-il. Tenter pourtant de gagner cette clairière. Sa respiration faisait un bruit de forge, mais en dépit de sa fatigue il pouvait continuer à courir, tant le versant était devenu aisé à dévaler.

Autour de lui l’atmosphère avait changé – paraissant brouillée de vapeurs délétères comme avant le cyclone de l’autre nuit. Tout à coup une harde de cervidés déboucha devant lui dans un fracas de branches cassées, et il aperçut à quelques pas leurs yeux exorbités et leur pelage trempé de sueur, et sentit cette odeur de suint qui était peut-être l’odeur même de la panique qui semblait gagner toute la forêt. En un éclair lui revint le ton de la voix de Kay Bradley lorsqu'elle évoquait sa hantise du feu – et soudain il y eut devant lui un souffle brûlant, comme s'il se jetait droit dans le four d'un boulanger, et il vit tout proche le mur de flammes avancer avec un crépitement d'enfer. Un immense pin s'embrasa à côté de lui avec un sifflement de tuyère ; puis un animal – probablement un sanglier se dit-il, sans en être certain car il n'était plus qu'une boule de feu – coupa sa trajectoire en fonçant droit devant lui, couinant comme un nouveau-né. Oh, courir, courir, et maintenant autour de moi sur trois côtés une cage de feu – courir, la seule issue. Mais cet espace dégagé que j'avais pourtant bien repéré, je ne l'atteindrai jamais. Il s'efforça d'éviter une branche en feu, glissa sur les aiguilles de pin et sentit une vive blessure au front – je ne m'en sortirai pas avec le sac, tant pis, il faut l'abandonner – le sac, moi qui voulais… si c'était elle qui… tant pis – si léger sans lui, mais c'est trop tard – vite – un tapis enflammé sous mes pieds, des explosions partout, une grande lueur sur le côté, la chaleur sur ma joue – je vais mourir grillé, bêtement grillé – est-ce que je vais souffrir – ce rideau de fumée-là, dans la pente, le sous-bois plus clair – maintenant je saurai que la fumée vous prend à la gorge comme de l'éther, et ce goût de sang dans la bouche – je ne l'aurais pas revue – derrière le rideau, de l'herbe – je n'y arriverai pas – trop tard – pas revue –

Elle marchait sur une mer de feu. Elle marchait sur une mer de feu, et elle avait pourtant la démarche qu'elle avait déjà lorsqu'elle s'enfonçait dans la brume froide. Les flammes semblaient ne pas l'atteindre, se contentant d'éclairer son visage et de mettre en valeur sa poitrine. Il entendait un homme qu'il ne voyait pas réciter d'une voix monotone : *Elle était si belle que le soleil qui a pourtant vu tant de choses s'émerveillait aussi souvent qu'il lui éclairait...* La phrase résonnait comme à l'intérieur d'une cathédrale. Mais elle-même avait une expression qui ne correspondait en aucune façon à ce que disait l'homme – une expression d'indicible tristesse, ou alors d'indifférence à ce qui se passait autour d'elle à mesure qu'elle avançait dans une lumière exténuée traversée d'éclairs blêmes et violents qui blessaient les yeux, au milieu des sifflements du vent, avec au loin un lancinant bruit de ressac. On devinait d'ailleurs derrière elle une plage noire parsemée de lichens suintants et de formes indécises à demi immergées dans le sable. Elle s'approchait de lui avec ce sourire triste qui paraissait l'inciter à la rejoindre. C'est alors qu'il s'aperçut que la lumière blafarde sculptait ses seins qui bougeaient librement à chacun de ses pas, que la ligne de ses épaules ondulait comme la trajectoire d'un goéland effleurant l'eau, et qu'en haut de ses cuisses fuselées qui semblaient danser dans la nuit indécise sa toison se dessinait fièrement, dense et sombre sur son ventre pâle. Elle était nue, toute nue, sans entraves, offerte. Il se sentit l'objet d'une brusque érection. C'était une tension bienheureuse, un appel vers elle et voilà qu'elle répondait à cette invite, s'agenouillait et qu'elle...

« Viens ? murmurait-on à son oreille. Mais viens, enfin ! »

On le secouait. Du plus profond de sa torpeur, frustré d'être arraché à un songe délicieux au moment même où elle parvenait presque à la portée de ses mains et de ses caresses, il se raccrocha aux lambeaux de sommeil qui le séparaient encore de la réalité, puis finit par ouvrir les yeux. Quelqu'un s'agitait dans l'ombre à l'endroit où la chère silhouette était apparue l'instant d'avant. Il se redressa.

« Margit, fit-il.

– Réveille-toi. Ils t'ont fait une piqûre.
– Qui… Qu'est-ce que…
– C'est moi. C'est Jamie. »

Il se réveilla tout à fait. L'odeur de la pièce où il se trouvait lui était étrangère. Cela sentait la cire pour entretenir le cuir, la résine chauffée au soleil, et aussi le renfermé.

« Oh, Jamie… »

Maladroitement l'enfant lui avait saisi la main. Une onde de douleur le submergea.

« Bon Dieu, fais attention. J'ai été brûlé. Le feu… il a fini par me rattraper… »

Tout lui revenait.

« Ça alors… Jamie…

– Ils te cherchent, chuchota l'enfant. Je les ai entendus, en bas. Ils étaient tous autour de ton auto. Ils veulent te mettre en tôle. »

Il se redressa.

« On est où, ici ?

– Au poste des rangers. Y a juste un gars à côté qui reste pour garder les chevaux, mais il dort. »

Vincent prêta l'oreille. Le silence était total.

« Le camp est plus haut, souffla Jamie. Tous les hommes du village y sont, les autres sont descendus à Orient.

– Et toi, comment as-tu su que j'étais ici ?

– Quand je t'ai quitté j'suis revenu en bas, mais à la scierie y avait une sale bête qui avait tout fichu en l'air, tout mangé, et en plus pissé partout ! »

Vincent repoussa la couverture râpeuse dont on l'avait recouvert.

« Je me disais justement que j'aurais dû t'avertir. Je l'avais vu, je crois que c'est un couguar. Il aurait pu t'attaquer…

– Ensuite j'ai été à l'auto, et là il y avait ces *marshals* qui tournaient autour… Y m'ont pas vu. Alors je suis monté ici pour trouver à bouffer, juste au moment où des gars de Spotted Horse redescendaient en disant que le feu avait repris dans la pente et qu'on avait sauvé un gars de justesse. J'étais sûr que c'était toi.

– J'ai cru que j'y passais !

– Je t'ai vu revenir sur le brancard. Ils t'ont fait des bandages, puis une piqûre, et maintenant j'suis sûr que les autres vont venir te chercher.

– Pourquoi crois-tu cela ?

– J'te dis qu'y veulent te descendre jusqu'à Spokane ! lui chuchota-t-il à l'oreille d'un ton impatient. Y en a qui criaient : “Il est dans le coin, il est dans le coin. ” Ils ont même pris des photos de la voiture ! J'savais bien que t'avais fait des choses mal », ajouta-t-il avec une visible satisfaction.

Vincent se remit debout. Qu'avait-il commis comme délit, déjà ? Pourquoi donc s'intéressait-on tant à lui ? C'est alors que lui revint le souvenir du sac qu'il avait laissé tomber – le dos nu aussitôt dévoré par les flammes dans sa boîte de fer-blanc. Il haussa les épaules.

« Qu'ils montent, je n'ai plus rien.

– Tu vas pas te faire prendre, tout de même ! » s'inquiéta l'enfant.

À son front et à sa main gauche la douleur commençait à percer le bouclier de bien-être un peu nauséeux apporté par la drogue. C'est alors qu'il se rendit compte qu'il avait la main et le crâne bandés.

« J'ai trop mal pour un si long trajet, gémit-il.

– Là-haut l'Indienne te soignera. Elle a un baume. »

Il s'efforça de réfléchir. C'était surtout l'idée d'affronter le regard de Dolly et les questions de David qui lui paraissait insupportable. Pour ce qui était de la fuite en voiture, il pourrait toujours dire qu'il n'avait rien fait d'autre que suivre le conseil de David. Mais on l'interrogerait forcément pour savoir ce qu'était devenu le film… Certes il nierait farouchement l'avoir dérobé, mais sachant qu'il en avait fait la pressante demande quelques heures auparavant, qui le croirait ? Ni Dolly ni David ne seraient dupes. Ensuite… Eh bien, ensuite, ce serait sans aucun doute l'incorporation immédiate dans l'armée française, peut-être un bataillon disciplinaire et, qui sait, sous le regard narquois du consul, peut-être même l'île du Diable…

La drogue aidant, il imaginait le pire. Dans la pénombre la chevelure ébouriffée de Jamie ressemblait à une fleur de chardon.

« D'ici, je sais comment te guider, insista l'enfant. C'est pas comme du village…

– Je ne pourrai même pas te donner tes vingt dollars. J'ai tout perdu en jetant mon sac, mais si je l'avais gardé, je ne serais plus là pour t'en parler. »

Jamie eut un geste d'agacement.

« Justement, parle plus, viens. Si les gars arrivaient…

– On y va, décida Vincent en se levant.

– Avant de partir, tu veux voir ta photo accrochée au mur ?

– Non, merci.

– Heureusement qu'avec ton bandage ils t'ont pas reconnu ! Et celle de Buchanan, tu veux la voir ? P'têt que tu l'verras là-haut… Si y sait que t'as les *cops* aux fesses, y t'aidera. »

L'enfant la lui montra. À la clarté de la lampe il découvrit le faciès d'une sorte de soudard.

« Je sens que je vais me passer de son aide, Jamie », dit-il.

Ils se glissèrent en silence au-dehors puis, longeant l'enclos en rondins où les chevaux mastiquaient placidement leur mors, s'éloignèrent à grandes enjambées dans une combe inondée de lune. De retrouver devant lui la silhouette de Jamie le remplissait d'une allégresse presque incrédule, comme si Margit encore noyée dans les brumes du songe – oh, que j'ai eu envie de toi – lui envoyait là à la fois un émissaire et un guide afin de l'entraîner vers des régions inconnues où un jour peut-être elle irait le rejoindre. L'un suivant l'autre, ils quittèrent bientôt le couvert des sapins pour déboucher sur une vaste étendue qui avait dû être peu de temps auparavant la proie des flammes, tant l'âcre odeur de bois brûlé y était encore perceptible. Le sol était recouvert d'une couche pulvérulente de cendres dans laquelle leurs pas finissaient par s'enfoncer. De loin en loin les arbres calcinés élevaient dans la nuit claire leurs hauts fûts nus et acérés comme des gibets, et Jamie paraissait s'orienter au milieu d'eux avec la sûreté d'un pilote de haute mer. Il essaya de rejoindre la petite silhouette infatigable qui le précédait.

« Mais enfin, tu t'y reconnais, bien que tout ait changé ?

– Les pierres brûlent pas », dit-il.

De longs rochers émergeaient en effet de place en place, tels de massifs plantigrades allongés pour dormir.

« Là-dessous y a des marmottes, précisa encore Jamie. Elles ont dû prendre un sacré coup de chaud. »

Vincent ne répondit pas. L'effet de la piqûre déclinait à chaque pas et par instants des flèches fulgurantes de douleur le laissaient en sueur, avec le sentiment de ne pouvoir continuer. Puis la douleur refluait et il avait alors l'impression qu'il pourrait marcher sans fatigue pendant des nuits entières. Ils avaient désormais atteint une partie de la forêt non touchée par les incendies. La lune était à présent couchée et il faisait si noir qu'il avait du mal à ne pas perdre de vue la frêle silhouette de son guide. Ils franchirent une vallée et un petit ruisseau au milieu des pierres.

« Pourquoi étais-tu allé tourner autour de ma voiture ? demanda tout à coup Vincent.

– C't'idée ! J'voulais monter dedans, déclara-t-il sans embarras aucun. Jouer au conducteur. »

Il gonfla ses joues pour imiter le bruit d'un moteur.

« Maintenant ta bagnole tu l'as plus, d'toute façon…

– Si ce n'était que ça, soupira Vincent. Mais avec mon sac j'ai aussi perdu mes papiers, mon argent. Mes souvenirs, mon passé… Ta marmotte sous sa pierre possède plus de choses que moi. »

Jamie eut une mimique cocasse comme pour mesurer à sa façon l'ampleur du désastre.

« J'voudrais quand même bien savoir… », commença-t-il.

Il s'interrompit. Vincent se sentit regardé à la dérobée.

« Eh bien, vas-y !

– … Savoir qu'est-ce que t'avais volé pour qu'y tournent comme ça, à trois *marshals* autour de ta bagnole. »

Il y eut un silence. Vincent s'aperçut que l'aube se levait à ce qu'il pouvait à nouveau distinguer le petit visage triangulaire de l'enfant.

« C'est compliqué, murmura-t-il. Tu ne peux pas comprendre. »

Jamie hocha la tête pensivement, puis se remit en marche, un peu courbé en avant comme s'il avait maintenant hâte d'arriver, l'œil sur les bouquets de grands pins qui jalonnaient la haute route, bien au-dessus des nappes de brouillard emplissant les vallées. Soudain au milieu d'une sorte de clairière il s'arrêta.

« Ben voilà, dit-il en revenant vers lui.

– Voilà quoi ?

– On est au Canada. »

Vincent regarda tout autour de lui. Dans la direction du nord il y avait une échappée vers une région qui paraissait assez riante – au moins si on la comparait aux austères versants de la vallée de la Kettle River.

« L'Indienne habite là, expliqua Jamie. Elle te donnera de la nourriture et elle soignera ta main et ton front.

– Parce que tu ne viens pas avec moi ? s'exclama Vincent avec surprise.

– Buchanan me battrait si y sait que j'ai pas ramené le flingue.

– Je lui expliquerai. Je lui dirai qu'il y avait des *US marshals* en bas. »

Il secoua la tête.

« J'préfère pas. Il est peut-être bourré.

– Alors où vas-tu aller ?

– Avec ceux de Spotted Horse. Ils me connaissent, ils me laisseront pas tomber. C'est pas un trou, hein. Y a même un cinéma.

– Je sais », murmura Vincent.

Ils restèrent face à face sans se parler.

« Alors tu vas faire la guerre, finit par dire Jamie.

– Sans doute », fit-il en hochant la tête.

Sa bande au front le démangeait. Il se gratta en grimaçant.

« Bon, eh bien adieu, James B. Buchanan. Je tâcherai de revenir un jour... Je te dois vingt dollars, ça fera des petits. »

L'enfant haussa les épaules.

« Tu reviendras pas.

– Si. Je paie toujours mes dettes.

– Ça... », soupira Jamie.

Il fit quelques pas en rond, chantonna comme s'il récitait une comptine, puis grimpa sur un tronc tombé à terre, sur lequel il marcha les bras écartés pour garder son équilibre. Il ressemblait ainsi à un fragile petit funambule suspendu entre la lumière et l'ombre, le passé et l'avenir, le rêve et la réalité – sûrement en tout cas entre la liberté et ce qui ne l'était déjà plus. Puis il revint vers lui le regard baissé, scrutant le sol tel un sourcier.

« Tu la reverras », dit-il.

Vincent leva vivement la tête.

« Qu'est-ce que tu racontes ? »

L'enfant ne lui répondait pas. Il fixait un point derrière lui, loin derrière.

« Tu la reverras sur la colline de l'Aigle, répéta-t-il de sa voix grêle.

– La colline de l'Aigle… Qu'est-ce que ça signifie ? »

Sans répondre il fit volte-face et commença à descendre. Il n'avait pas fait dix pas qu'il se retourna pourtant et lui fit un petit signe d'adieu vif et primesautier.

« Les autres peuvent pas voir une chose comme ça », cria-t-il avec une sorte de fierté.

Vincent le suivit du regard alors qu'il disparaissait dans la pente enténébrée parmi les herbes et les rochers, tel une espiègle créature des bois ou comme l'émanation d'un monde intermédiaire. Puis il décida de rejoindre l'endroit que Jamie lui avait indiqué. À ce moment un groupe de cavaliers se détacha sur le levant, bien visible à moins d'un quart de mile. Pas de doute à avoir avec leurs tuniques rouges. Les *mounties*, Dolly ! Il hésita un instant à se dissimuler – puis de sa main valide fit de grands gestes et se dirigea vers eux.

II

LA FONTAINE D'ORAGE

6

Il se jeta à plat ventre à côté d'un soldat dont le casque dépassait à peine la traînée de varech. Un Royal Hamilton, remarqua-t-il à son insigne. Abasourdi par l'aboiement rageur des armes automatiques, il voyait devant lui les balles ricocher sur les galets, projetant en tous sens des éclats acérés qui lui paraissaient plus dangereux encore que la mitraille.

« On ne peut pas rester là, cria-t-il. Tu me couvres ? »

L'autre ne répondit pas.

« Hé, tu me couvres, ou tu dors encore ? »

Inquiet de son silence, Vincent se redressa sur les avant-bras et lui souleva son casque. Un profil juvénile parsemé de taches de rousseur lui apparut. Il avait les yeux fixes. La ligne de varech avait été son ultime vision. Doucement il lui replaça le casque sur le front puis, profitant d'une rémission dans le fracas de la fusillade, s'élança alors pour traverser la plage. Les galets se dérobaient sous ses épaisses semelles et il se sentait si vulnérable qu'à la première rafale il replongea à nouveau à terre. En face de lui s'étendait le mur de soutènement de l'esplanade. Sur le croquis qu'avait hâtivement griffonné Poidevin à bord du *landing-craft* ce mur ne figurait que comme un simple trait de crayon que les sapeurs devaient se charger d'effacer promptement. De là où il se trouvait l'obstacle semblait pourtant infranchissable avec les rouleaux de barbelés qui le surmontaient. Dans un ultime sursaut il parvint à en atteindre la base, et là, à l'abri d'un ressaut de maçonnerie, s'allongea à nouveau pour reprendre son souffle. Il faisait déjà chaud et de la sueur ruisselait le long de son visage. Le contact humide et désagréable contre ses joues lui parut l'image même de l'affolement qui le gagnait. Presque aussitôt dans le vacarme des rafales d'armes automatiques il sentit que quelqu'un venait le rejoindre.

« Il me semblait bien que c'était toi, Villeneuve, avec tes pieds en canard ! »

Il se retourna.

« Laurendeau ! s'exclama-t-il. Par exemple !

– J'allais pas te laisser comme ça seul en première ligne ! »

Vincent le prit nerveusement par le bras. On ne discernait sous le casque de Laurendeau qu'une joue mangée de barbe.

« Je vois pas bien comment on peut s'en tirer, lui souffla-t-il.

– Il faudrait d'abord atteindre l'angle mort où on peut pas être vus de la casemate, et là, trouver le moyen de franchir le mur. Couvre-moi. »

Sans plus attendre il s'était élancé. Pour évacuer sa tension Vincent décocha une brève rafale, puis se mit à courir pour rejoindre son ami. Les impacts des mortiers l'obligèrent à briser sa trajectoire de multiples zigzags avant qu'il puisse se laisser tomber à plat ventre, hors d'haleine, au côté de Laurendeau.

« Tabernacle, quel accueil ! Moi qui croyais qu'on jouait la surprise ! souffla-t-il.

– Et encore on est en deuxième vague ! Tu imagines ce qu'ont connu les copains...

– J'ai pas à imaginer, je vois », dit Vincent.

Le rideau de fumée derrière lequel s'étaient effacés

les *landing-crafts* paraissait interdire toute retraite aux soldats déposés sur la plage, et les enfermer dans un réduit dont ils ne pourraient jamais s'échapper. Entre la falaise de l'ouest surmontée de multiples batteries qui les pilonnaient à loisir et le mur surmonté de barbelés, cette plage était bien le pire piège auquel il ait jamais songé. La lumière limpide et fraîche inclinait aux vacances et au bien-être, et pourtant la vision des centaines de cadavres qui jonchaient déjà le sol de galets montrait qu'en cette belle matinée d'août ils s'étaient engagés dans un cul-de-sac mortel.

« Où est Jo ? demanda Laurendeau.

– Menard ? Il a dû se faire descendre, car jamais il n'aurait toléré un bordel pareil... Oh, t'as trouvé un bangalore ? »

Laurendeau mesura du regard la hauteur du mur de soutènement.

« Et une pince coupante, surtout. Le matériel complet d'un sapeur qui n'aura pas eu le temps de s'en servir. Planque-toi. »

Il alluma le bangalore puis le lança au-dessus de lui. Ils se plaquèrent contre le mur. Vincent entendit le rouleau de barbelés se briser net comme un ressort trop tendu. Déjà Laurendeau se hissait en haut du mur.

« Aide-moi ! cria-t-il.

– On dirait que t'as jamais fait que ça, débarquer sur les côtes de France », plaisanta Vincent en lui faisant la courte échelle.

Laurendeau s'était rétabli à la base du rouleau déchiqueté.

« J'ai surtout envie de revoir Chicoutimi, grogna-t-il. Vingt dieux, t'as vu le gars ? »

Vincent leva les yeux et tressaillit. À quelques pas le corps désarticulé d'un autre sapeur était resté emprisonné dans les barbelés. Le malheureux avait dû être abattu alors qu'il essayait d'ouvrir une brèche dans le réseau.

Il s'était sûrement débattu, car les lianes atroces l'enserraient de toutes parts, et son corps ensanglanté oscillait dans une posture presque obscène. À ce spectacle un frémissement d'indignation qu'il n'avait encore jamais éprouvé lui fit trembler les mains.

« Attends-moi une seconde, qu'ils paient au moins la note », lança-t-il.

La casemate était à trente mètres. Sans même réfléchir il s'approcha, dégoupilla une grenade et, profitant de l'angle mort, la glissa dans l'une des sinistres fentes qui s'ouvraient dans la carapace de béton. Il y eut une explosion sourde et un peu de fumée s'échappa de l'orifice. Il sentit son cœur bondir : c'était la première fois depuis qu'il avait débarqué – dix minutes peut-être, une éternité – qu'il adoptait une attitude offensive. D'un pas plus léger il rejoignit son ami. Laurendeau parut apprécier.

« Tu t'y mets, on dirait », grommela-t-il.

La pince à la main, il s'était efforcé de ménager un passage. Il se retourna alors et l'aida à grimper puis à se hisser sur le haut du mur. Évitant de frôler le cadavre ils se glissèrent entre les rouleaux, se mirent à courir et se retrouvèrent à l'abri du kiosque à limonade qui commandait l'accès de la terrasse. La fragile et coquette petite construction était à demi éventrée. Une corbeille emplie de géraniums gisait à terre et les pétales des fleurs déchiquetées s'étaient répandus sur le sol.

« C'est bien dans ce bâtiment que Menard voulait qu'on prenne position, non ? » demanda Laurendeau en désignant le casino.

Vincent opina du chef. De là où ils se trouvaient ils n'en découvraient qu'une façade latérale. À la vue des deux improbables minarets pseudo-mauresques qui dominaient la plage, Vincent eut l'impression d'un chef décorateur qui se serait trompé de plateau. Il lança une bourrade à son ami.

« T'as déjà joué dans un casino, Martin ? Je parie que non ! C'est le moment de tenter ta chance, les mains innocentes gagnent toujours !

– Ça m'étonnerait qu'il reste beaucoup de jetons à l'intérieur, t'as vu l'état des murs ? »

L'un couvrant l'autre, ils s'approchèrent. Le bâtiment semblait en effet avoir beaucoup souffert. Les deux ailes montraient d'énormes brèches et les glaces de la véranda avaient explosé en milliers d'éclats de verre qui, restés suspendus aux montants de l'armature, étincelaient au soleil du matin comme les facettes d'une immense châsse. Enjambant les plants de géraniums ils franchirent la terrasse en courant et se faufilèrent à l'intérieur. Saisi, Vincent s'arrêta. Autour de lui les rayons se réfractaient d'une vitre à l'autre, créant à l'infini des perspectives scintillantes – l'espace irréel et flamboyant d'un palais de glace enchanté. Mais déjà Laurendeau l'entraînait.

« Reste pas ici les bras ballants, on ne doit voir que nous dans cet aquarium », lui lança-t-il.

Avant d'entrer, leurs regards se portèrent vers la plage comme s'ils voulaient se persuader que c'étaient bien eux qui avaient traversé cet enfer et étaient parvenus là sans anicroches ni blessures.

« Enfin les chars », murmura Laurendeau.

À cent mètres d'eux, sous une mitraille qui hachait la mer comme une tempête de grêlons, un bateau transportant trois Churchill tentait d'aborder. Parmi les hautes colonnes liquides le premier d'entre eux réussit à descendre sur la plage mais, patinant sur le sable mou, s'enlisa presque aussitôt et demeura là comme une cible pathétique et pataude avant qu'un projectile ne vienne l'atteindre à la hauteur des chenilles. Celles-ci explosèrent et se répandirent autour de la masse immobile comme des viscères autour d'une charogne, alors que la tourelle tournait en tous sens pour essayer de débusquer l'auteur du coup au but.

«Tu te rends compte, les types à l'intérieur qui…», commença Vincent.

Laurendeau lui fit signe de se taire. Comme hypnotisé, il regardait l'agonie du char. Un nouveau coup toucha le blindé au niveau de la tourelle qui trembla sous le choc et interrompit net sa rotation affolée. À cette distance ils ne pouvaient pas discerner le nom inscrit sur le flanc.

«Je connais un ou deux équipages chez les Calgary, dit Laurendeau. Pourvu que ce ne soient pas eux.»

De rage il lança une grenade dans la porte qui séparait la véranda du casino.

«Qu'est-ce que tu fais, Martin, il y a une brèche grande ouverte à côté!» s'exclama Vincent.

Laurendeau avait déjà disparu. Écrasant de ses lourds brodequins les éclats de verre, Vincent le rejoignit dans la vaste galerie qui s'ouvrait devant eux. En passant du grand jour à la pénombre il cligna des yeux, puis continua à s'avancer à l'aveuglette et buta bientôt sur un obstacle. Il eut un sursaut – il avait failli marcher sur le corps d'un Royal Hamilton tombé le nez dans l'épaisse moquette. Le casque du malheureux garçon avait volé à plusieurs mètres et son arme lui avait été dérobée. Vincent se pencha: lui aussi semblait si jeune. Il le dépassait lorsque, brèves et assourdies, des rafales retentirent comme si elles venaient d'un autre étage. Laurendeau se retourna, la mine contrariée.

«Et Poidevin qui m'avait assuré que les Royal tenaient le casino depuis l'aube! C'était de là qu'on devait en principe gicler pour aller casser du boche en ville!

– Qui te dit que ce ne sont pas des gars à nous qui tirent?»

Laurendeau eut une mimique dubitative. Ils étaient arrivés au pied d'un escalier qui paraissait encore fastueux en dépit de la tranchée béante qui s'ouvrait à mi-étage et des fragments de la rampe démantelée qui pendaient dans le vide.

« Bon Dieu, on s'est drôlement battus, par ici », constata Vincent.

Comme en écho une nouvelle rafale crépita, toute proche – et l'instant d'après un groupe de soldats allemands fit irruption, les mains sur le casque. C'étaient les premiers qu'il voyait depuis le début de la guerre – ceux de la casemate étaient invisibles – et il demeura un instant bouche bée. *Machine-gun* à la hanche, une escouade de Royal Hamilton menée par un sergent les poussait en avant. Les Canadiens parurent surpris de voir surgir certains des leurs là où ils ne les attendaient pas, et l'un des soldats se méprit jusqu'à mettre Laurendeau en joue.

« Fusiliers Mont-Royal ! hurla ce dernier.

– *What the hell are you doing here* ! répliqua le sous-officier.

– Ici on cause pas english, répliqua Laurendeau.

– On nous a ordonné de passer par le casino pour gagner le front de mer et la ville, expliqua Vincent en anglais. Je croyais qu'on tenait la position depuis la première vague d'assaut. »

Le sergent se radoucit.

« Ils nous pilonnent au 150 du haut de la falaise. Si vous voulez mon avis, *boys*, filez d'ici dare-dare, moi j'emmène mes prisonniers sur l'esplanade, qu'est-ce que vous voulez qu'on en fasse d'ailleurs... »

Entourant les Allemands désarmés, l'escouade disparut en direction de la terrasse.

« Qu'est-ce qu'il racontait, le Canuck ?

– Que les... »

Une effroyable explosion les précipita l'un contre l'autre. Vincent sentit le plancher craquer sous ses pieds et des morceaux de plâtre tomber sur son casque. Ils se regardèrent.

« Eh bien, le voilà, ce qu'il racontait !

– S'agit pas de se faire estourbir là-dessous, moi

j'aime bien combattre à l'air libre ! bredouilla Laurendeau d'une voix tremblante.

– Eh bien, partons par l'arrière, essayons de trouver quelques gars au passage et lançons-le notre petit commando en ville !

– *Ça*, c'est une idée. »

Tout en s'époussetant, ils refluèrent vers la galerie. Enseveli sous un pan de plafond, le cadavre du soldat ressemblait à un gisant poussiéreux découvert au détour d'un cloître. Interrompant le bref et dense silence qui avait suivi l'explosion, le sifflement des balles et un bruit de verre fracassé les obligèrent à s'arrêter de nouveau. On tirait en direction de la véranda – sans doute vers l'escouade des Royal qui devaient être à ce moment même en train de quitter la terrasse.

« Si on allait en renfort ? » suggéra Vincent.

Laurendeau fit la moue.

« J'ai envie de me farcir des boches bien à moi, pas de convoyer ceux des autres.

– Alors allons les débusquer. »

La partie du mur de la galerie qui s'était écroulée laissait apparaître une vaste pièce qui n'ouvrait sur la lumière du jour que par une brèche dans le plafond. Ils s'y introduisirent en se faufilant à travers des lambeaux d'un damas rouge qui montrait à l'évidence ce qu'avait été l'opulence des lieux. Ce devait être la salle de jeux. Elle avait encore belle apparence avec son lustre majestueux, mais les tables de roulette qui la meublaient autrefois avaient été renversées contre les murs comme si on avait voulu édifier un rempart ou une barricade. Dans un renfoncement au fond de la pièce un imposant piano à queue demeurait pourtant intact. À peine s'étaient-ils avancés qu'éclata un nouveau vacarme – bien différent de l'impact de l'obus. Vincent crut un instant qu'un char venait de faire irruption dans ce qui restait de la véranda. Une épaisse poussière s'élevait de toutes parts et, succédant au fracas, un long tintement cristallin se propageait alors que des centaines de billes de verre libérées roulaient entre les décombres.

« Le lustre ! s'exclama Vincent. Il s'est détaché. »

Lorsque les poussières furent retombées, ils l'aperçurent, incliné sur son lit de verre cassé comme une miroitante caravelle de cristal fracassée sur une banquise.

« Filons d'ici, fit Vincent, encore un 150 et ce n'est pas le lustre qu'on recevra sur la tête, c'est tout le bâtiment !

– *They got me, the bastards* », entendirent-ils soudain.

Cela venait d'un coin proche du piano.

« Quelqu'un ? » cria Laurendeau.

On avait bougé du côté des tables de bois renversées. La main sur la gâchette, Vincent s'avança. Une silhouette massive se redressa alors péniblement puis, enjambant avec peine les gravats, se dirigea vers eux en titubant. Vêtu d'une vareuse indéfinissable et coiffé d'un béret basque maculé de plâtre, l'homme grimaçait en tenant son bras droit.

« J'ai ce qu'il faut dans ma boîte de soins d'urgence, dit-il en français avec un fort accent américain. Peut-être que si vous m'aidez…

– Venez avec nous derrière le casino. Ici ça risque à tout moment de recommencer…

– Je ne sais pas si je peux… si j'ai la force… », bredouilla l'homme.

Il s'écroula lourdement aux pieds de Laurendeau, les yeux clos et la bouche ouverte comme s'il étouffait. Il portait un badge sur sa manche. Vincent se pencha. *War Correspondent*, lut-il. Il lui fouilla les poches pour chercher la trousse d'urgence, puis tenta de découper sa manche autour de son bras en sang. Laurendeau s'impatienta.

« Emmenons-le avec nous, on fera ça dehors !

– Tu vois bien qu'il est dans les pommes ! Il faudrait que je fasse un garrot mais je n'ose pas. »

Il trouva néanmoins dans la trousse un flacon d'éther, le lui plaça sous les narines, puis lui tapota la joue. Affalé sur les gravats, exhalant de temps à autre une plainte enfantine, l'homme ne bougeait plus. Enfin il ouvrit les yeux.

« Colette, murmura-t-il. Pourquoi m'avoir fait ça ?

– Essayez plutôt de lever votre bras, que je puisse enrouler la bande, dit Laurendeau.

– Tu entends, Martin ? » demanda soudain Vincent.

D'abord imperceptible, un sifflement se fit entendre, plus strident à mesure qu'il approchait et qu'il emplissait tout l'espace autour d'eux. Comme saisi d'un sentiment d'urgence l'homme se redressa.

« Le piano », cria-t-il.

Entraînant de son bras valide son infirmier d'occasion, il se faufila avec une surprenante agilité entre les pieds de l'instrument.

« Vincent », appela Laurendeau.

Il les rejoignit au moment même où l'obus faisait mouche. La déflagration fut plus terrifiante encore que la précédente. Serrés les uns contre les autres, ils entendirent la table d'harmonie émettre un accord grave et prolongé qui ressemblait à un râle, cependant qu'une grêle de débris tombait sur le couvercle. Ils émergèrent avec peine de leur abri. L'homme traînait avec lui la bande déroulée.

« Donnez-moi votre bras que j'en finisse avec votre pansement, dit Laurendeau avec impatience. Si c'est un mortier il va nous pilonner régulièrement, et moi je n'aime pas assez le piano pour mourir dessous. »

L'homme sourit et tendit son bras.

« Je suis Rupert Wylie, de la chaîne Scripps-Howard.

– Martin Laurendeau et Vincent Villeneuve, les célèbres duettistes des Fusiliers Mont-Royal, répondit Martin avec bonne humeur.

– Navré de vous retenir encore quelques instants,

j'espère pouvoir vous aider à mon tour si j'en trouve l'occasion !

– Je crains qu'il y ait une hémorragie, je vous mets une compresse, annonça Laurendeau. Serrez fort, le temps que j'enroule la bande.

– Vous savez, à deux cents livres de poids on peut se permettre de perdre un peu de sang. Si c'est un éclat je me ferai opérer à Londres la nuit prochaine.

– Vous n'y serez jamais !

– J'y compte pourtant... J'ai trop de choses sur lesquelles témoigner... Trop d'explications à demander... Par exemple savoir pourquoi on débarque trois régiments sur une plage archidéfendue sans aucun appui sérieux venant du ciel ou de la mer, alors qu'il était certain que...

– Bougez pas tout le temps, mister Rupert, je n'y parviens pas, dit Laurendeau l'épingle entre les dents.

– Un lieu où j'avais été si heureux, reprit soudain le gros homme. Tenez, regardez l'affiche. »

Il désignait de sa main valide un grand placard à demi déchiré par les explosions dont on pouvait pourtant encore lire le texte.

CASINO DE DIEPPE
Mercredi 30 août 1939, 18 heures
SUZY SOLIDOR
Toutes places : 20 francs.

« Quoi, vous y étiez ? l'interrogea Vincent.

– Pas ce jour-là, mais je l'avais entendue ici même bien des années avant. Elle avait une charmante voix, un peu acidulée...

– Dieppe », répéta Vincent.

Les lettres dansaient devant ses yeux. C'était la première fois qu'il *nommait* l'endroit où il se trouvait. Ce lieu presque irréel. Cette plage jonchée de morts, ce sentiment d'être en sursis au milieu des obus et des balles traçantes. Dieppe. Dieppe 19 août 42. Rupert avait raison, cela n'allait pas avec la silhouette de la chanteuse sur l'affiche qui avait tant de chic avec ses longs gants et son grand chapeau.

« *Je t'aurai vue le temps d'un songe*, commença à chantonner Rupert.

– Encore une fois, ne bougez pas tout le temps, je ne peux pas y arriver !

– Comprenez mon agitation. C'est pour revoir cette salle de jeu que je viens de risquer ma vie ! C'est ici en effet que j'ai gagné mon voyage de noces ! Quand j'y pense ! C'était en 33. Trois mille francs à la roulette sur une mise de cent ! Je me rappelle que la série a commencé avec les 2 et 3 à cheval et que la chance ne nous a plus quittés de la soirée. La table était placée là-bas, juste sous la brèche dans le plafond. Ce malheureux lustre brillait de tous ses feux. Les croupiers nous observaient, un peu agacés, on aurait cru qu'on leur bouffait leur pain... »

Pensif, il regardait tout autour de lui, comme si la pièce était encore peuplée de jolies élégantes et de joueurs en habit.

« Quand nous avons eu notre magot en petit tas devant nous, Colette et moi sommes sortis sur la terrasse et un peu groggy nous avons contemplé le soleil qui se levait... Peut-être le meilleur moment de ma vie... Nous avons pu nous offrir avec cela dix jours de *honeymoon* au Regina Palace, là, juste derrière, à cent francs la nuit, jusqu'à ce qu'on ait tout claqué ! C'est pas les gens du *Herald Examiner* pour qui je travaillais à l'époque qui m'auraient payé cela ! »

Avec l'aide de Laurendeau, il se remit péniblement debout.

« Eh bien, ça a l'air de tenir, mon garçon, dit-il en considérant son bras comme si c'était un corps étranger. Vous avez été mon bon samaritain, je saurai m'en souvenir et je parlerai de vous pour qu'on sache au Québec ce que vous avez fait.

– Vous écriviez au *Herald Examiner* de Los Angeles ? interrogea Vincent.

– À l'époque j'étais leur correspondant à Paris. J'étais venu en 32 pour la finale de la Coupe Davis. J'avais écrit un article critiquant l'attitude de Borotra au cours de son match contre Allison… cette histoire d'espadrille décousue… Je sais qu'il m'en avait beaucoup voulu. »

De nouveau il entendit le sifflement d'un obus qui approchait.

« Piano », hurla Rupert.

À peine s'étaient-ils abrités que l'explosion eut lieu. L'instrument s'affaissa sur ses membres grêles comme un plantigrade blessé et ils en sortirent en rampant.

« Cette fois, ça a failli être l'opus posthume, grommela Rupert.

– Votre chanteuse n'a pas plus résisté que le piano », constata Vincent.

Déchirée en deux lambeaux, l'affiche pendait maintenant hors de son cadre sur le sol recouvert de débris divers. Le gros homme hocha la tête.

« *Je t'aurai vue le temps d'un songe*, reprit-il de sa voix de fausset. Attendez… Ah oui :

J'sais pas comment
J'pourrai t'attendre jusqu'à la fin des temps
Tellement je m'ronge… »

Vincent le regarda.

« Elle chantait ça ? demanda-t-il vivement.

– En ce qui me concerne, moi, elle n'est jamais revenue, soupira Rupert.

– La chanteuse ?

– Ma femme. Cette Colette que j'avais épousée, et pour qui j'avais claqué trois mille francs en dix jours… Elle m'a plaqué après trois mois de mariage. Dans l'affaire ma vocation de correspondant à l'étranger en a pris un coup et j'ai dû quitter le *Herald Examiner*.

– Dommage, je le lisais chaque jour», expliqua Vincent.

Rupert le dévisagea avec surprise.

«Je croyais qu'aux Fusiliers vous étiez tous du Québec!

– Lui, il est notre cas à part, dit Laurendeau d'un air entendu.

– Je travaillais à L. A., expliqua Vincent. Ça fait trois ans presque jour pour jour que je suis parti.»

Rupert hocha la tête.

«Et moi, presque deux que je n'ai pas descendu le Strip ni franchi le portail du 6715 Sunset Boulevard.»

Vincent le regarda.

«Mais, c'est l'adresse du *Hollywood Reporter*!

– C'est à Bill Wilkerson que j'ai été proposer mes talents lorsque je suis revenu de France après avoir quitté le *Herald*. Il m'a engagé et je ne l'ai jamais regretté.

– Puisque vous êtes du sérail, je peux vous le confier: moi j'étais assistant à la Warner.

– J'irais bien vous chercher un verre pendant que vous discutez cinéma, mais le bar est fermé», les interrompit Laurendeau.

Rupert ne put s'empêcher de sourire.

«J'aimais bien la Warner. Dans l'immédiat avant-guerre c'était la seule major vraiment courageuse – je veux dire ouvertement antinazie, alors que toute la profession se montrait si timorée.»

Des coups sourds résonnèrent dans une autre partie du bâtiment qui gémit comme un vieux paquebot touché à mort.

«Maintenant que l'hémorragie semble contenue, on va vous laisser et aller faire un peu d'exercice, déclara Laurendeau.

– Je peux venir avec vous ? » demanda Rupert.

Avant même qu'ils aient répondu un bruit de cavalcade se fit entendre. Dévalant du premier étage par un escalier latéral, une escouade venait de surgir en pleine lumière. Vincent constata que c'étaient des Essex Scottish et des Royal Hamilton emmenés par un sergent des Essex à la silhouette brève et au visage volontaire.

« Pas vu les *jerries* * qui tiraient sur le char ? questionna-t-il.

– Quel char ?

– Un Churchill qui est tombé dans le fossé antichar. Saloperie, ils ont filé vers la ville. On les suit, les gars.

– On vient avec vous, s'écria Laurendeau.

– Pas question d'emmener… Oui, vous, le gros. Vous êtes la cible rêvée…

– Cible ou pas, je viens !

– Pas question ! »

Rupert demeura interdit.

« Moi aussi j'ai été jeune et agile, mon petit, répliqua-t-il. En 1918 j'ai…

– Peut-être, rétorqua le sergent, mais jeune, vous ne l'êtes plus, et le combat de rue ne s'improvise pas ! Vous ne pouvez même pas tenir votre arme ! »

Déjà il avait tourné le dos et rejoint ses hommes dans la galerie.

« Pour qui se prend-il ! s'exclama Vincent. Restons ensemble tous les trois. »

Rupert montra son bras.

« Il a raison. Je ne pourrais que vous retarder. Rejoignez-les vite, moi je vais faire mon métier, c'est-à-dire essayer de retrouver les rangers américains qui avaient embarqué sur l'un des bateaux. »

Sa silhouette semblait soudain s'être voûtée. Laurendeau lui tapa sur l'épaule.

* Les Allemands.

« Allez, salut, Roupette, dit-il avec entrain. Pense plus à ta femme, mais plutôt à resserrer ton bandage de temps en temps. Oh, mais ces salauds d'Essex ne nous ont pas attendus ! »

Il se mit à courir à leur suite le long de la galerie couverte qui reliait le casino au front de mer. Vincent le vit s'éloigner et s'apprêta à le suivre.

« Faites attention à vous ! cria-t-il néanmoins à Rupert. Qu'on puisse fêter un jour notre retour sur le Strip ! »

Le gros homme s'était déjà engagé dans l'escalier en spirale qui menait à la terrasse et ne se retourna pas. C'était presque sûr qu'il ne l'avait pas entendu.

Le crépitement rageur d'une rafale le fit sursauter et devant lui les balles s'enfoncèrent avec un bruit mat dans les lattes de bois gris polies par des générations de promeneurs. La fusillade semblait être le fait d'un tireur isolé embusqué sous les combles de l'un des hôtels du front de mer. D'un bond il franchit la lisse de bois et s'accroupit contre le soubassement de la promenade afin de se protéger. À quelques dizaines de mètres un char dont il pouvait lire distinctement le nom sur la tourelle – *Bart* – était immobilisé. Une tête casquée en émergea, jumelles aux yeux ; il lui adressa de grands signes pour lui montrer d'où venaient les coups de feu, mais apparemment il ne fut pas compris car le char demeura muet. Un calme précaire revint et il fut tenté de remonter au niveau de la promenade pour se donner ne serait-ce qu'un instant l'illusion de flâner au soleil, comme au temps où ce Rupert s'offrait ici même ses jolies vacances aux frais du casino. Curieux type, décidément. Sympathique au demeurant. Il ne le reverrait sans doute pas – c'était triste à penser, mais avec sa stature et sa lenteur c'était le genre à se faire descendre sans tarder. Il avait été pourtant si heureux d'évoquer avec lui Hollywood le temps de quelques phrases, trois ans presque jour pour jour après en avoir été chassé. Les mains en visière il cligna des yeux pour essayer de voir ce qui se passait sur le boulevard du front de mer, et s'aperçut avec surprise que les façades des grands hôtels avaient déjà subi d'importants dégâts, sans qu'il comprenne trop qui en était l'auteur. La chaussée elle-même était déserte et il se demandait où avait pu passer la patrouille des Essex qui n'avait pourtant pas quitté le casino plus de deux minutes avant lui. Soudain il aperçut Laurendeau en train de ramper dans l'ombre de la porte fortifiée qui se trouvait dans l'axe de la promenade. Laurendeau absolument seul, qui ne se rendait pas compte qu'on ne voyait que lui. Vincent remarqua alors qu'une brèche avait été ménagée, sans doute par un char – peut-être *Bart* –, à travers la haie et le barbelé qui séparaient l'esplanade du boulevard. Sans trop réfléchir il s'élança pour le rejoindre. Pendant les quelques instants de sa course en zigzag à travers la zone sensible, il se sentit invulnérable. Hors d'haleine, il s'allongea contre lui.

« T'es fou, mais t'es complètement fou, p'tit têteux ! s'écria Laurendeau. C'est plein de *snipers* tout au long...

– Et toi on te repère comme une fourmi sur une toile cirée ! En plus tu pars sans même me prévenir !

– Je croyais que tu accompagnais Roupette pour parler cinéma.

– Et je t'aurais quitté pour cela ? Mais tu es fou, tu es fou... Allez, viens, mettons-nous derrière le mur et pensons à ce qu'on peut faire.

– C'est un théâtre, je crois bien. Les Essex sont partis par là.

– Et toi, pourquoi ne les as-tu pas suivis ?

– J'étais inquiet de savoir où tu étais, dit Laurendeau.

– Oh, Martin », bredouilla Vincent.

Il lui serra le bras dans un bref sursaut.

« S'il arrivait quoi que ce soit... Il faut que tu saches que je n'ai jamais oublié comment tu m'avais accueilli au camp d'entraînement à Baie-Saint-Paul. Les autres croyaient que je voulais la ramener avec mes histoires de films et...

– À propos de cinéma, regarde donc le vieux château au-dessus de nous », l'interrompit Laurendeau.

Calée par ses grosses tours massives au flanc d'herbe rase de la falaise, l'austère façade surplombait toute la ville, et la porte fortifiée où ils s'étaient réfugiés semblait en être un bastion avancé, comme s'il y avait eu là, jadis, une première enceinte.

« J'ai l'impression que c'est de là qu'ils nous canardent, dit Vincent.

– Ce n'est pas ça... Tu te rappelles quand tu m'avais parlé du tournage de *Robin des Bois* ? Tu ne trouves pas que cela ressemble aux remparts de Nottingham ? Sauf qu'au lieu de déverser de la poix brûlante sur leurs adversaires ils tirent sur eux au mortier...

– Et puis il n'y a pas dans cette forteresse une femme qu'on a envie de délivrer, ou qui veuille nous rejoindre !

– Tu t'es pas regardé ! On n'est pas des Errol Flynn, non plus. »

Vincent fit la grimace.

« Celui-là, je ne l'aime pas trop.

– Moi, si. Comment elle s'appelait, la fille du film, déjà ?...

– Maid Marian. J'ai connu une femme dont le prénom commençait par les mêmes lettres.

– Elle s'appelait comment ?

– Peu importe, grommela Vincent.

– Ne la regrette pas, apparemment elle ne t'écrivait pas beaucoup ! »

Vincent hocha la tête, puis regarda tout autour de lui.

« Dis-moi, c'est curieux qu'ils ne reviennent pas.

– Si on les laissait tomber ? Je n'ai pas aimé comment le petit gradé a parlé à notre gros Roupette. C'est sûr qu'il l'a blessé.

– Tout de même... Si on veut aller en ville, il vaut mieux être dix que deux...

– Eh bien, dans ce cas, allons à leur rencontre. »

Sortant de l'abri de la porte fortifiée, ils longèrent le théâtre puis traversèrent en courant la petite place qui s'ouvrait immédiatement derrière. Ils se retrouvèrent face à l'étroite devanture d'une boutique qui paraissait se fondre dans la couleur grise des façades alentour. Leurs deux silhouettes se reflétèrent un instant dans la vitrine, entourées de mannequins de cire surgis de la pénombre en chemise de nuit blanche aux manchettes de guipure et aux cols sages et boutonnés haut. *Aux Dentelles du Théâtre*, lut-il sur l'enseigne. Laurendeau demeura songeur.

« Je verrais bien Maid Marian là-dedans. Je lui ouvrirais le col sans barguigner, à c'te blonde, je te prie de le croire !

– Parle pas de ce que tu ne sais pas faire.

– Alors ça ! J'ai quand même batifolé dans le Sussex, depuis un an ! Avec toutes ces jeunes fiancées dont l'élu est en Tripolitaine ou en Birmanie, j'ai pu faire quelques remplacements ! J'en dirais pas autant de toi, ajouta-t-il.

– C'était pas difficile de faire mieux que moi, murmura Vincent, mais ce n'est pas non plus une raison pour te prendre pour Errol Flynn.

– Tu veux que je te confie quelque chose, mon gars ? s'exclama Laurendeau agacé. Si j'avais su, je serais reparti avec les Essex sans même t'attendre.

– Tu aurais perdu du temps, les revoilà. »

À demi courbé en deux comme un guerrier sioux sur le sentier de la guerre, le petit sergent venait d'émerger de la ruelle qui bordait la façade du théâtre. Satisfaits au fond de la diversion, ils se portèrent à sa rencontre.

« Il y a un mur antichar infranchissable au coin de l'hôtel Regina. Ça ne fait rien, on va encercler le quartier en passant, nous, par l'église et vous, expliqua-t-il aux deux Fusiliers Mont-Royal, par la petite rue parallèle pour bloquer la retraite des gens qu'on pourrait débusquer. Attention de ne pas se tirer dessus. On y va. »

Laissant les deux garçons interdits, il partit en courant vers l'église, suivi de son escouade, et disparut au coin de la place.

« Qu'est-ce qu'il a dit ? s'enquit Laurendeau.

– C'est le Napoléon des Essex Scottish, ce type ! Une manœuvre d'encerclement… Toi et moi, on est une aile du dispositif, Martin, ravi de te l'apprendre !

– Ce que c'est que d'être commandés, tout de même. Enfin, allons-y. »

Ils s'avancèrent vers la petite rue indiquée par le gradé. « Rue du Cœur-Couronné », lut Vincent sur la plaque.

« Ce n'est pas un joli nom pour ma première rue française ? » demanda-t-il.

Il se sentit quelques instants gagné par une ivresse légère. Laurendeau fut prompt à le faire redescendre sur la terre hostile.

« Mais enfin, planque-toi ! T'es pas en train de faire un *ride* rue Sainte-Catherine ! Chaque fenêtre peut cacher un tireur embusqué ! »

En dépit du calme irréel qui régnait dans la petite rue, le danger lui parut soudain venir de chaque persienne entrouverte, chaque porte battante, chaque reflet dans une vitrine. Crispé sur la crosse de sa MG, il progressait prudemment sur le côté droit de la chaussée lorsqu'il tressauta. Figés au ras du trottoir derrière un soupirail, deux visages serrés l'un contre l'autre venaient de lui apparaître, aussi blafards que les mannequins de la boutique entrevus un instant auparavant. Il se pencha : sous ses bandeaux les yeux de la femme le fixaient avec stupeur. Il grimaça un sourire.

« Ce n'est pas encore le débarquement ! lança-t-il. Juste une répétition. »

Sans attendre la réaction du couple cloîtré dans sa cave, il continua à progresser, le doigt sur la détente, adressant de brefs regards à Laurendeau qui remontait la rue sur la gauche. Parvenu au croisement, il chercha sans la voir la patrouille des Essex. Laurendeau le rejoignit, et allongés épaule contre épaule à même l'asphalte, ils patientèrent une bonne minute. On entendait de façon un peu assourdie le bruit du combat sur la plage, comme si c'était celui d'une bataille qui ne les concernait plus.

« Ils font leur prière à l'église, c'est pas possible autrement, grommela Laurendeau impatienté. Fait chaud, en plus… si seulement le temps était à l'humide.

– Attendons encore un peu… T'as vu les deux, derrière le soupirail ? Nos premiers maudits Français de France !

– Ils avaient pas l'air heureux de nous voir… Mais qu'est-ce qu'ils foutent, les autres… Ils ont peut-être investi une maison…

– On entendrait des coups de feu !

– Écoute, ils font ce qu'ils veulent, nous on fait ce qu'on veut ! On est sous les ordres de Jo Menard, pas de ce petit type de l'Ontario.

– Tout à l'heure tu étais content d'être commandé !

– Maintenant j'ai envie de voir un peu ce qui se passe du côté de cette rue barrée. Si les boches y ont placé un mur antichar, c'est pas pour rien ! »

L'œil en éveil, ils firent quelques pas prudents dans cette direction. Soudain Laurendeau s'immobilisa, lui faisant signe de se plaquer contre le mur.

« Vincent ! La tour, là, devant », chuchota-t-il en faisant un signe du menton.

Dans le prolongement de la rue une tourelle en faux gothique dominait en effet les communs d'une grande villa, mais il n'y décela d'abord rien d'anormal.

«Tu ne vois pas? Sous les créneaux... la fenêtre ronde...»

Vincent opina cette fois de la tête. Dans l'encadrement de la fenêtre on voyait en effet distinctement une silhouette à l'affût tenant une arme. Quittant son abri, Laurendeau lança une courte rafale dans cette direction. La silhouette bascula en avant – comme dans une cascade au ralenti, pensa Vincent.

«Je t'ai eu! hurla Laurendeau en dansant de joie au milieu de la rue. Je ne serai pas venu pour rien!»

Vincent l'attira promptement à l'abri du mur, puis l'étreignit.

«Je leur raconterai, à Chicoutimi, ce que tu as fait», dit-il.

Presque aussitôt un échange de coups de feu se fit entendre, comme si la rafale de Laurendeau avait réveillé la lourde tension qui régnait jusqu'alors sur le quartier. Cela venait de la gauche.

«C'est aussi des MG! C'est sûrement eux..., s'exclama-t-il.

– Peut-être qu'ils en ont repéré d'autres... Je propose qu'on laisse tomber le mur antichar et qu'on revienne vers eux.

– Bonne idée», admit Laurendeau.

Ils tournèrent sur la gauche et traversèrent une petite impasse.

«Quand on va raconter aux Essex qu'on en a eu un alors qu'eux sont peut-être bredouilles, ils ne vont jamais nous croire et il faudra...»

Il s'interrompit net. Vincent le regarda.

«Il faudra quoi, Martin?»

Le casque un peu en arrière, Laurendeau lui adressa un regard atone. Vincent eut l'impression qu'il cherchait à s'agripper à son treillis.

«Martin, mais qu'est-ce qui se passe? s'écria-t-il. Martin.

– Maman », murmura-t-il.

Il s'affaissa lentement et glissa jusqu'à terre. Vincent se baissa, prit sa main et la secoua. Laurendeau avait son casque de travers et un peu de sang lui coulait de l'oreille.

« Martin, je t'en supplie », l'implora Vincent.

Il lui desserra sa jugulaire, puis jeta un coup d'œil égaré vers la fenêtre circulaire, au sommet de la tour. Aucune silhouette n'était visible. C'était incroyable ! Il n'avait pas entendu de détonation. Il essaya de voir si les Essex ne revenaient pas pour l'aider à le ramener vers l'esplanade, mais la rue était déserte, murée, indifférente, comme si les relents de cordite venant de la plage avaient chassé les habitants vers la campagne qu'il discernait là-bas, au-delà des maisons de brique rouge. Il se pencha à nouveau sur son ami. Il gisait sur le côté, la joue contre le trottoir. « Relève-toi, Martin, eut-il envie de lui murmurer. Relève-toi, la scène est finie et la prise est bonne. »

Il sentit l'affolement le gagner et traîna le corps dans la petite impasse pour qu'il soit à l'abri d'autres tirs, au cas où il lui resterait un souffle de vie. Puis il alla tambouriner à la porte de la maison d'angle au pied de laquelle il se trouvait. C'était un haut vantail de plain-pied avec la rue. À sa surprise il s'ouvrit silencieusement et une vieille dame apparut, menue, le regard bleu pervenche sous ses cheveux gris tirés en chignon.

« Aidez-moi, on vient de tirer sur mon camarade, dit-il d'un ton suppliant. Nous ne sommes pas allemands, nous sommes canadiens, on est venus tenter un coup de main pour tâter leur défense. »

Elle cligna un instant des yeux, ne paraissant pas se rendre compte de ce qui se passait, puis le suivit et découvrit soudain le corps du jeune homme étendu. Avec une vivacité surprenante elle s'approcha et s'agenouilla près de lui. Puis elle ôta son casque et passa presque furtivement la main sur ses cheveux plaqués de sueur.

« Vous pouvez le prendre chez vous ? demanda-t-il avec anxiété. Ils vont l'achever s'ils reviennent. »

Elle fit du pouce un signe de croix sur le front de Martin, puis se redressa.

« C'est trop tard, mon pauvre garçon... Vous voyez bien que c'est trop tard pour lui... »

Il secoua la tête d'un air égaré.

« Mais il me parlait, madame. Il était en train de me parler... »

Il se sentit vaciller et dut s'agenouiller. Il fut alors tenté de retirer à son ami la petite bague qu'il portait, mais ne put s'y résoudre.

« Il n'a pas de papiers ? » interrogea la vieille dame.

Il secoua la tête.

« Jamais en opération de ce type... Il s'appelle Martin Laurendeau, de Chicoutimi et des Fusiliers Mont-Royal.

– Je m'arrangerai avec les religieuses hospitalières qui ont leur couvent un peu plus haut. Et je prierai pour lui à l'église Saint-Rémy. C'est tout ce que je peux faire, mon pauvre enfant. »

Elle regardait avec inquiétude vers l'extrémité de la rue.

« Rentrez vite, dit-il. Moi je reste au coin de l'impasse et je les attends. Je vais leur faire payer ça cher. »

Elle eut un sourire triste.

« Leurs patrouilles passent souvent dans la rue de Sygogne, dit-elle. Ils vont jusqu'à l'hôtel et ils reviennent. Ils ne sont jamais moins de dix, vous n'avez pas une chance...

– Alors je vais rejoindre des camarades qui doivent patrouiller dans le quartier. »

Il se releva lentement et s'enfonça dans la petite impasse. Elle hésita un instant, puis le rappela.

« Passez donc par la maison. Vous rejoindrez directement la rue des Bains en traversant le jardin. Attendez. »

Elle se posta à l'angle de l'impasse, surveilla la rue et lui fit signe qu'il pouvait avancer jusqu'à la porte. Sans se retourner vers Laurendeau, il la suivit et la tête baissée franchit le seuil. Déjà elle fermait à clé derrière lui.

« Je vous aurais prévenus, moi, que la ville était défendue ! souffla-t-elle. Ils ont truffé les falaises de batteries et de blockhaus, creusé des fossés antichars dans les rues et détruit une partie du front de mer pour pouvoir le prendre en enfilade... »

Alerte et gracile, elle le précédait à travers une pièce qui respirait la quiétude d'une existence paisible un instant troublée. C'était là qu'elle devait se tenir d'ordinaire, car un nécessaire à tricoter était posé sur une petite table à côté d'une chaise. Depuis combien de temps n'avait-il pas senti l'odeur d'une vraie maison, songea-t-il en un éclair. Il eut la tentation de s'écrouler dans l'un de ces vieux fauteuils tapissés de couleurs passées et de n'en plus bouger. Des cris en allemand le sortirent de son hébétude. Le cadavre de Martin avait dû être découvert car des coups violents furent frappés sur la porte. Elle le poussa dans le couloir.

« Ils vont tout saccager », s'inquiéta-t-il.

Elle eut un geste de résignation.

« Dites que je vous ai menacée », conseilla-t-il en faisant mine de braquer sa mitraillette.

Les coups redoublaient. Elle lui ouvrit avec précaution la porte sur le jardin.

« Poussez la grille, il y a ensuite un passage jusqu'à la rue des Bains », chuchota-t-elle.

Il se retrouva devant le théâtre qu'il avait longé quelques moments plus tôt. Sur la petite place régnait désormais une agitation qui contrastait avec le calme de tout à l'heure, comme si une partie des opérations s'était déplacée de la plage vers la portion du front de mer comprise entre l'hôtel Regina et le casino. Sous les rafales ininterrompues venant de la colline du vieux château et le fracas des mortiers et des obusiers, Fusiliers, Essex, Royal Hamilton mêlés couraient en tous sens au milieu des cris et des ordres lancés à la volée, sans qu'il puisse discerner dans ces actions contradictoires l'amorce d'un plan concerté ou d'une volonté commune. Au coin de la rue du Cœur-Couronné une patrouille de Royal Hamilton réduite à cinq hommes avait mis en batterie une mitrailleuse et, sous les injonctions d'un gradé qui surveillait les impacts à la jumelle comme s'il avait encore été sur le champ d'exercice, tirait de brèves salves répétées. À peine avait-il pensé : « Ils sont trop à découvert », que le son grave et désaccordé d'un obus en bout de course emplit tout à coup l'espace restreint de la place. Il eut l'impression de se trouver au cœur d'une vaste caisse de résonance et dans un réflexe se jeta à terre. C'était comme si le sol s'ouvrait devant lui et qu'il glissait au bord d'un précipice insondable sans que rien – aucune main d'ami désormais – ne lui permette de se rattraper. Une déflagration comme il n'en avait pas encore entendue lui fit éclater le crâne et il se sentit lapidé, puis enseveli de pierres et de débris. Un temps infini passa, peuplé de cris lointains comme assourdis par la distance ; il s'ébroua et se redressa lentement avant de faire quelques pas flageolants. Il ne reconnaissait plus rien. Une épaisse fumée s'élevait à l'endroit où se trouvaient la mitrailleuse et ses servants – et de cette nuée surgit soudain le cortège hagard des mannequins vêtus de blanc, et parmi eux, comme s'ils l'escortaient : la silhouette de Laurendeau. « Ah, te voilà, Martin ! dit-il tout haut. Tu m'as fait peur. Où étais-tu donc parti ? » Son ami ne répondait pas. À sa place il entendait un bruit de verre brisé qui sonnait d'autant plus étrangement, qu'en dépit de la déflagration la vitrine des *Dentelles du Théâtre* était demeurée intacte. Il voyait d'ailleurs avec précision que leurs silhouettes s'y reflétaient toujours, comme si Martin et lui demeuraient prisonniers de leur premier passage. Son ami lui montrait l'une des chemises de nuit portées par les mannequins comme s'il voulait la toucher, mais sans avoir l'expression qu'il affichait d'ordinaire lorsqu'il parlait de femmes : son visage était au contraire empreint d'une indicible tristesse. Puis sa silhouette s'évanouit et il eut la conviction très nette que cette fois il ne la reverrait pas.

Dès lors il eut envie de quitter les lieux au plus vite. Il se redressa, mais tout tournait et il avait le sentiment de tituber comme un vieil ivrogne. Il chercha quelque chose de stable à quoi se raccrocher. Une boîte aux lettres lui offrit un point d'appui et il s'y cramponna comme à une bouée. Bien différente certes de celles qu'il connaissait en Amérique ou en Angleterre, exiguë, presque invisible tant elle se fondait dans l'ocre délavé du mur, elle représentait peut-être pourtant l'ultime occasion d'adresser des messages à tous ceux qui avaient compté dans sa vie – il n'y en avait pas tant – ou alors à ceux qui devaient savoir ce qui s'était passé ici. Il réfléchit. À qui être ainsi relié pour une dernière fois ? Mme Laurendeau bien sûr – *il a prononcé votre nom en tombant.* Qui encore... Jamie, pourquoi pas. Oh, bonne idée. *Jamie baby, c'est pire ici que dans la Kettle River. Il m'aurait fallu un guide tel que toi pour m'en tirer*. Ne pas oublier Dolly tout de même. *Hello, sweetie, si tu voyais dans quelle situation on les a plongés ce matin, tes chers Canadiens...* Et puis non. Pas Dolly. Elle ne doit même plus se soucier de moi, se souvenir de moi. Alors qui, pendant qu'il est encore temps ? Son regard remonta la pente de la colline jusqu'au vieux château. De la fumée s'en élevait comme si là-haut on préparait encore et toujours de la poix brûlante à déverser sur les assaillants. Mais ce ne sont pas – comme disait Martin – les murailles de Nottingham, et ma Maid Marian à moi n'est pas cachée derrière elles. Saurai-je seulement un jour où elle s'est réfugiée ?

Il se pencha sur la boîte aux lettres. Elle ne portait aucune indication de date ou d'heure de levée. C'était mieux comme ça. Pas de message posthume. Cette place ressemble à une grande pièce ouverte sur l'extérieur, et moi je repose, enfin calme, dans un bain de lumière fraîche, entre les rayons et les ombres de ma dernière chambre d'été. Si je dois quitter ce lieu je retrouverai au-dehors la fumée et le sang – il y aura une dernière détonation, et puis ma joue sur les galets froids.

Il sentit une lourde main s'abattre sur son épaule.

« Ah, je pensais bien que c'était vous, là, en train d'adresser… Quoi, à propos ? Vos dernières volontés ? »

Cette voix. Il se retourna et mit un instant à le reconnaître.

« Rupert ! s'exclama-t-il. Alors ça ! Avec ce casque vous ressemblez à Oliver Hardy dans *Block Heads* !

– Il est trop petit pour moi, hein ? Mon gars, j'ai pris ce que j'ai trouvé… Perdu mon béret, alors il fallait bien… bien trouver quelque chose, bredouilla-t-il avec une diction hésitante.

– Ça ne fait rien, je suis si content de vous retrouver ! D'autant que vous arrivez à point, j'étais… Oui, on peut le dire, au bout du rouleau. »

Le gros homme s'appuya au mur, puis regarda autour de lui comme s'il cherchait quelqu'un.

« Et… Et "Roupette" ? » finit-il par demander.

Il avait pris l'accent de Laurendeau. Vincent eut une moue douloureuse. Rupert le dévisagea comme s'il ne comprenait pas.

« Ça s'est passé à deux pas d'ici… Juste auparavant, il avait eu ce qu'il cherchait… il avait descendu un boche. Du moins c'est ce qu'il a cru. Mais l'autre s'est relevé et l'a aligné dans le dos.

– Alors ça, fit Rupert en agitant sa manche toute gluante de sang. Alors ça. Moi qui voulais qu'il refasse mon pansement. »

Vincent s'aperçut que son haleine empestait l'alcool.

« Votre pansement ! s'écria-t-il avec colère. Mon copain est mort, et vous me parlez de votre pansement ! »

Rupert lui jeta un regard vide puis soudain, comme s'il comprenait, frappa violemment la boîte aux lettres.

« Voilà ce que c'est, les mauvaises nouvelles, dit-il d'une voix pâteuse. Jamais se mettre à côté d'une boîte aux lettres... les mauvaises nouvelles s'y cachent toujours dans le noir... elles sont comme des corbeaux dans une cage, des can... cancrelats dans un vieux ma... matelas de...

– Arrêtez ! hurla Vincent. Où avez-vous été traîner, bon Dieu ! Vous en venez à bégayer tant vous êtes plein ! Il faut vraiment le vouloir pour se saouler dans un moment pareil ! »

Appuyé contre la boîte, Rupert se dandinait d'un air pataud. Vincent lui en voulait d'être dans cet état comme s'il avait opéré une sorte de désertion.

« Un peu, que c'est le moment ! reprit Rupert avec une gravité pompeuse. Autant partir pété, hein, quand on voit ce qu'on quitte.

– Bon, montrez-moi votre bras, que vous fassiez au moins un pochard présentable. »

Il obtempéra. Vincent referma l'épingle entrouverte puis rajusta le mieux qu'il put le pansement tout imbibé d'un sang poisseux.

« Je le fais à cause de lui, uniquement à cause de lui, grogna-t-il. Il s'était si bien occupé de vous.

– Qui ça ? »

Vincent renonça à répondre. Soudain Rupert tapa la main contre le mur comme s'il venait de renouer un fil.

« Oh, votre ami. Pauvre gosse ! s'exclama-t-il avec une violence rageuse. Un de plus... Une victime de plus de cette opération de merde ! Vous avez vu ? Vous avez vu ça un peu ? Non, vous n'avez rien vu, vous faisiez votre boulot avec courage. Et moi je faisais le mien, qui est de témoigner... Eh bien, justement... Jamais vu ça ! Jamais vu une opération menée comme ça ! Elle n'avait pas une chance de réussir ! Trois régiments envoyés au casse-pipe dans un cul-de-sac ! Sans appui de la flotte ni de l'aviation ! S'en foutaient bien, les Brits, c'était pas eux qui trinquaient ; c'étaient les Canadiens ! Ah, ils veulent combattre, les Canucks, ont dû penser les Brits, ils veulent taquiner le loup dans sa tanière ? Eh bien, qu'ils aillent au charbon puisqu'ils en ont si envie ! Et qu'importe si on bafoue pour cela les principes les plus élémentaires de la guerre ! »

Sa véhémence s'amplifiait avec chaque phrase.

« Ça, reprit-il, si j'arrive à quitter tout à l'heure cette maudite plage, ils vont entendre parler de moi, à l'état-major ! On se souviendra de cette journée comme de l'un des plus grands désastres de la guerre, et je ne vais pas me gêner pour le faire savoir ! Je vais les alpaguer, et comment, les responsables de ce carnage ! »

Il brandit son poing valide en direction de la plage.

« Calmez-vous ! s'écria Vincent. Si vous êtes dans cet état, vous ne serez même pas capable de rembarquer ! »

Rupert se retourna, furieux.

« À Waterloo on citait toujours le cas d'un grognard imbibé qui était passé sans une blessure à travers tous les rangs ennemis ! Et si je suis dans cet état, comme vous le dites, c'est à cause de ce petit imbécile de sergent qui m'a interdit de vous suivre ! Paix à l'âme de ce pauvre garçon, mais j'en ai pris un sacré coup au moral quand il m'a quasiment jeté dehors !

– Quoi, il est mort ? s'écria Vincent.

– Je suis tombé sur son cadavre, là, au coin du théâtre,

là-bas, oui, à côté de la mitrailleuse des Mont-Royal... La face vers le ciel... c'est comme cela que j'ai pu le reconnaître... »

Il demeura quelques instants prostré, comme perdu dans son rêve intérieur.

« C'est vrai que quand je vous ai vus tout à l'heure partir en me laissant derrière vous... je me suis dit... tant qu'à faire de ne pas combattre... autant en profiter pour revoir cet endroit où, avec Colette... on a été si heureux... incroyable d'imaginer un jour comme aujourd'hui que l'on puisse être heureux ici, non ? Et pourtant... Ça a été bigrement le cas... C'était une sacrée fille, Colette, vous savez... Une sacrée petite bonne femme comme je n'en reverrai jamais... pourtant elle m'en a fait voir... »

Son débit était redevenu si saccadé qu'il semblait avoir du mal à trouver sa respiration entre chaque phrase.

« ... Alors je suis retourné dans l'hôtel, poursuivit-il. Oui, dans mon cher Regina. Un obus était tombé dans les cuisines et j'ai eu l'impression... à ce moment-là je n'avais pourtant pas encore bu... qu'il tanguait comme un paquebot dans la tempête. Plein de fumée dans la cage d'escalier... Alors je n'ai pas osé... ou peut-être pas voulu remonter jusqu'à cette chambre 226 me retrouver face à mes souvenirs. En bas le bar était intact. Il n'attendait que moi, moi tout seul ! Je suis entré. Je nous y revoyais, Colette et moi, buvant notre champagne-fraise avant le dîner, au cours de ce merveilleux mois d'août 1932... Et figurez-vous... Un de ces poivrots d'Obersturmführers qui doivent maintenant fréquenter l'établissement avait oublié derrière lui une bouteille de montrachet, mon vieux ! Du montrachet ! Le nectar des dieux ! Ç'aurait pu être notre dixième anniversaire de mariage, après tout, alors la bouteille entière y est passée... Après, j'avais déjà moins mal à la main... et ensuite, pour faire bonne mesure... pour me donner le courage d'affronter à nouveau… tout ça…, dit-il en montrant la place d'un geste large, j'ai complété avec un demi-flacon… de bas armagnac 92… l'année de ma naissance. J'allais pas laisser passer une date pareille…

– Je commence à comprendre votre état ! » s'exclama Vincent.

Rupert prit une mine boudeuse.

« Ils n'avaient qu'à m'emmener avec eux », murmura-t-il.

Sans prévenir il quitta l'abri du mur et partit droit devant lui. Il n'avait pas fait dix pas que le hululement d'un obus emplit à nouveau l'espace.

« Rupert ! » appela-t-il.

Le gros homme continuait droit devant lui, paraissant vaticiner avec de grands gestes.

« Piano ! » hurla alors Vincent tout en regagnant son refuge.

Il eut l'impression que cela avait réveillé quelque chose en Rupert car il le vit plonger à terre avec une surprenante agilité, au moment où lui-même se plaquait au sol. Dès que le silence revint il le rejoignit au milieu de la place. Rupert s'ébrouait déjà en se relevant.

« Mais qu'est-ce qui vous a pris de…, commença Vincent d'un ton courroucé.

– Merci de m'avoir crié cela, le coupa-t-il. Vous auriez crié : attention, je n'aurais pas bougé d'un pouce. »

Il soupira, puis passa la main sur son front comme s'il était subitement dégrisé.

« Je crois que c'est tombé sur la pièce des Fusiliers », dit-il en désignant l'endroit où se trouvait quelques instants auparavant la mitrailleuse.

Tous deux s'approchèrent. Des servants de la pièce ne demeurait plus qu'un amas confus de mannequins désarticulés. Une sorte de boudin de chiffon ensanglanté avait été projeté à plusieurs mètres, et Vincent vit Rupert se pencher dessus, mais le cœur au bord des lèvres il ne voulut pas savoir ce que c'était et demeura immobile, comme anesthésié. Lorsque Rupert revint vers lui son visage était empreint d'une résolution inhabituelle; il avait ramassé une mitraillette qu'il serrait contre sa vareuse et (était-ce le fait de tenir cette arme ?) lui parlait avec une énergie retrouvée – mais ses mots ne provenaient pas jusqu'à lui, tant il se sentait las et incapable d'avancer plus avant sur cette place, plus avant dans cette journée.

« Que dites-vous, Rupert ?

– Je crois bien que ces salopards ont tiré depuis le deuxième étage du Regina, répondit-il. Peut-être même depuis mon ancienne chambre. Or cet hôtel, c'est chez moi et je m'en vais venger de ce pas l'honneur de l'établissement. »

*

Avant que Vincent ait pu faire quoi que ce soit pour le retenir, Rupert était entré dans l'hôtel, son arme crispée dans sa main gauche. Il se mit à courir et le rejoignit. Le journaliste semblait presque surpris que le concierge ne soit plus là pour lui tendre sa clé avec un mot aimable. Il hésita, puis passa derrière le comptoir d'acajou pour aller lui-même la décrocher de son alvéole avant de la serrer dans sa main d'un geste presque convulsif. Bien qu'il y régnât une odeur de brûlé, le vestibule paraissait intact, irréel – un lieu préservé où de belles jeunes femmes en jupe blanche allaient bientôt faire irruption, leurs espadrilles effleurant avec légèreté le tapis fleuri. « C'est vrai qu'on devait être bien, ici », pensa Vincent. La fusillade qui se faisait entendre de façon assourdie et la vision par la fenêtre du petit jardin dévasté le ramenèrent pourtant aussitôt à la guerre.

« Laissez-moi passer devant vous dans l'escalier, recommanda-t-il à Rupert. Ils y sont peut-être toujours.

– Non, je passe devant. Je suis chez moi, ici. Et eux n'ont pas intérêt à se trouver dans la chambre 226 ! »

Déjà Rupert s'était engagé dans l'escalier en s'appuyant pesamment sur la rampe en bois ouvragé. Vincent le suivit à quelques marches. Le gros homme n'était pas plus tôt parvenu sur le palier qu'une courte rafale retentit, suivie d'un cri bref. Le doigt sur la détente, Vincent se précipita. La MG encore fumante à sa hanche, Rupert semblait figé de stupeur.

« J'ai vu une silhouette se détacher sur le vasistas et j'ai appuyé par réflexe, dit-il d'une voix blanche. Quel raffût, bon Dieu. »

Du menton il lui désignait une forme étendue dans la clarté livide du corridor. Ils s'approchèrent avec précaution. Le soldat allemand était étendu la face contre la moquette et un filet de sang coulait jusqu'à l'angle du mur.

« La carotide, murmura Rupert. C'est le premier gars que je déquille depuis 1918. C'était en juillet, dans la forêt de Villers-Cotterêt. Un garçon de Stuttgart, je m'en souviens. »

Il paraissait songeur.

« Si le petit sergent vous avait vu à l'œuvre, il n'aurait pas fait tant de manières pour vous emmener avec lui ! » s'exclama Vincent pour le dérider.

Rupert secoua la tête.

« Je déteste avoir fait ça, déclara-t-il. Dans cette opération à laquelle je suis mêlé aujourd'hui, je voulais être témoin et non pas acteur. Mais ce carnage en bas m'a tourné le sang. Qu'ils aient fait cela depuis la fenêtre d'un hôtel où j'ai été si heureux redouble mon émotion. Ce gars l'aura payé de sa vie, c'est tout…

– Attention, il y en a peut-être d'autres !

– On va vite le savoir », grogna Rupert.

Enjambant le cadavre, il monta quatre à quatre au second étage. Courant presque derrière lui, Vincent surveillait chaque recoin.

« Arrivé dans votre ancienne chambre, ne vous mettez surtout pas à la fenêtre ! » lui recommanda-t-il lorsqu'ils furent parvenus sur le palier.

Rupert s'arrêta juste avant la porte. Tournant et retournant la clé dans sa main, il demeurait là, gauche, comme désorienté.

« Je craignais déjà d'affronter mes souvenirs, s'il faut en plus se battre...

– Je vous couvre. Où est la fenêtre par rapport à l'entrée ?

– Pas dans l'axe. »

Il se retourna.

« Que vous sachiez quelque chose si je suis atteint. Je m'étais porté volontaire depuis Londres pour ce raid sur Dieppe uniquement pour accomplir ce pèlerinage.

– Quand même, en bonne technique de commando, il faudrait envoyer une rafale dans la porte, dit Vincent.

– Non, ne le faites pas, l'adjura-t-il. Je veux rentrer dans la chambre comme je le faisais alors, le cœur battant la chamade, et pas pour les mêmes raisons qu'aujourd'hui ! Le cœur et le reste, d'ailleurs... Bon Dieu, il n'y a pas une femme qui m'ait fait bander comme elle.

– Oh, Rupert, épargnez-moi vos prouesses sexuelles, je vous en supplie. »

Le gros homme se mit à rire.

« Vous ratez la meilleure partie de l'histoire... »

Sa main trembla un peu lorsqu'il introduisit la clé dans la serrure. Il poussa la porte, passa la tête, puis resta quelques instants silencieux sur le seuil de la chambre, comme pour s'en approprier à nouveau l'espace.

« Alors ? demanda Vincent.

– Ils ont changé l'étoffe des murs », répondit-il d'un air déçu.

Il le rejoignit. Il ne s'attendait pas à une pièce si exiguë, ni si lumineuse. Les persiennes arrachées, les vitres brisées donnaient l'impression qu'elle était en avancée au-dessus de la bataille qu'elle surplombait comme l'eût fait un point d'observation. Plaqué contre le mur, Vincent risqua un coup d'œil au-dehors et découvrit en un instant toute l'étendue du désastre – chars en feu ou immobilisés, troupes hagardes, lasses d'être pilonnées depuis des heures, et cherchant à s'abriter derrière le plus dérisoire obstacle, et surtout cadavres qui par centaines jonchaient la plage comme autant de petites levées de lichen. Des dizaines de soldats commençaient déjà à se regrouper au pied de la falaise, sans doute dans l'espoir d'un rembarquement; cela lui parut d'une imprudence mortelle.

« Le lit était de l'autre côté, expliqua Rupert. Après dix ans je revois encore le désordre des draps et je ressens encore la tiédeur de…

– Mais enfin, vous ne voyez pas ce qui se passe dehors ! l'interrompit Vincent avec irritation. Bien que je sache ce que cela représente pour vous, je vous assure que vos histoires de coucheries de voyage de noces ne me semblent pas en situation ! »

Rupert hocha pensivement la tête.

« Vous n'avez donc pas lu l'Ecclésiaste, mon cher ? Il y a un temps pour gémir et un temps pour danser, un temps pour tuer et un temps pour guérir… Un temps pour aimer et un temps pour mourir. »

Il resta silencieux.

« Allez, venez maintenant, dit Vincent. Les autres ont dû filer. »

Précautionneusement ils sortirent dans le corridor et repoussèrent la porte. Rupert ferma la serrure à clé derrière eux.

« Votre femme… enfin votre ex-femme vit toujours ? » demanda Vincent pour meubler le silence.

Les traits de Rupert se crispèrent.

« J'imagine qu'on n'est vraiment guéri d'une femme

que lorsqu'on n'est même plus curieux de savoir auprès de qui elle vous oublie... Dans ce cas je ne suis pas sûr d'être guéri.

– Pardonnez-moi de...

– Ce n'est rien. »

D'un pas plus lourd qu'à la montée il s'était engagé dans l'escalier. Sans un regard pour le cadavre sur le palier intermédiaire il redescendit au vestibule. Là il hésita.

« Je remets la clé au tableau, ou bien je la garde ? »

Vincent ne put s'empêcher de sourire.

« Si vous voulez mon avis, vous pouvez la garder ! Elle a peu de chances de resservir désormais. À moins que votre Colette n'ait à son tour envie de faire un pèlerinage...

– Jetez tout de même un regard sur le bar anglais, ajouta Rupert sans relever. Si vous aimez ce genre d'endroit, vous pourrez alors affirmer qu'une amitié est née entre nous.

– Si vous promettez de ne pas recommencer comme tout à l'heure... »

Rupert haussa les épaules.

« J'avais mes raisons. Et puis j'ai pour habitude de ne jamais boire deux bouteilles de bourgogne dans la même journée. »

Vincent se contenta de passer la tête dans l'embrasure. Hormis les éclats de verre sur la moquette, tout paraissait en effet normal dans la salle confortable et coquette dont les lambris lui rappelèrent soudain ceux du bureau de David à Los Angeles. Semblant attirer les rayons de soleil la bouteille de montrachet trônait en effet, vide, sur le comptoir. Il repoussa la porte et rejoignit Rupert dans le vestibule.

« La dernière fois que je me suis rendu dans un bar, c'est celui du Biltmore, en août 1939 », lui dit-il.

Rupert examinait son bras gauche avec un rictus douloureux.

« Oh, le Gallery Bar… J'y ai levé le coude plus souvent qu'à mon tour, moi aussi. C'était un endroit que Bill Wilkerson appréciait.

– Et moi le producteur avec qui je travaillais, David Lipchitz. C'est curieux, je viens de penser à lui, l'odeur du chêne dans le bar me rappelait son bureau… même le percolateur ressemblait à sa machine à café. »

Rupert leva les sourcils d'un air étonné.

« David Lipchitz ? Mais je le connais…

– J'étais justement avec lui au Biltmore le soir de mon départ ! Je n'en garde pas un bon souvenir, nous nous étions… disputés. On peut même dire… on s'était battus. Oui. Comme des chiffonniers, pour être tout à fait exact.

– Eh bien, s'exclama Rupert. Je ne vous voyais pas si violent !

– Moi aussi, j'avais mes raisons », soupira Vincent.

Rupert paraissait réfléchir.

« David Lipchitz… N'était-ce pas le producteur de ce malheureux film… Comment s'appelait-il déjà… »

Vincent leva vivement la tête.

« Vous ne parlez pas du *Prince de bois* ?

– Mais si, c'est cela. *Le Prince de bois*.

– Mais pourquoi parlez-vous de ce malheureux film…, demanda-t-il avec inquiétude. Que s'est-il passé ?

– Quoi, vous n'êtes pas au courant ?

– Vous savez, j'ai été pendant vingt mois en entraînement au Québec, puis un an et demi dans le Kent, j'ai donc tourné depuis longtemps le dos à ce monde-là… De toute façon ce n'était pas d'une chambrée à Baie-Saint-Paul ou à Shoreham que je pouvais glaner beaucoup d'informations !

– J'imagine bien, fit Rupert. Moi-même j'ai d'ailleurs suivi un peu la même voie que vous : la guerre venue, j'ai démissionné du *Hollywood Reporter* pour retourner dans la grande presse d'information. Bill Wilkerson a bien admis que je trouvais nécessaire dans ces nouvelles circonstances d'abandonner la fiction pour la réalité, seulement beaucoup n'ont pas compris que je quitte ce qu'ils appelaient le "royaume enchanté" du cinéma pour les vulgarités de l'information ; mais y a un temps pour tout, comme dit l'Ecclésiaste, et… »

Une violente canonnade l'interrompit. Cela semblait venir du front de mer. Ils s'aplatirent sur la moquette.

« Si les Churchill se mettent à tirer sur la falaise, on n'a pas intérêt à rester ici, s'inquiéta Rupert.

– Je vais retourner au boulot, mais pas avant que vous n'ayez parlé de ce film !… Figurez-vous que j'avais commencé à y travailler… Ce serait trop long de vous expliquer mais cela me… me concerne un peu, si vous voulez.

– Autant que je puisse me souvenir, *le Prince de bois* a subi de plein fouet l'arrivée de la guerre ! C'était une production ambitieuse, et le studio a prétendu que l'état d'esprit du public avait changé et que l'heure n'était plus aux féeries ni aux princesses captives… La vérité c'est que depuis le début les bruits les plus fâcheux couraient sur ce tournage. On prétendait en particulier que le scénariste, comment s'appelait-il déjà ? Un Hongrois, si ma mémoire est bonne…

– En effet. Il s'appelait Lothar Bognar.

– C'est ça. On disait que ce type et Lipchitz étaient à couteaux tirés. David le taxait d'antisémitisme et même de pronazisme et il régnait sur le plateau un climat détestable. Au point que Kay Bradley – tiens, en voilà une baiseuse de première – en avait rendu son rôle. Oh, mais ici aussi ça devient malsain ! »

De pair avec le canon la fusillade avait repris et ils entendirent des balles ricocher sur la façade. Vincent pensa qu'il avait peu de temps devant lui.

« Je me souviens que Kay Bradley avait été appelée au dernier moment…, reprit-il.

– Ça me revient… On racontait même à l'époque que

la comédienne à laquelle le producteur avait songé… une petite actrice inconnue… avait disparu de la façon la plus étrange. Encore un de ces bruits regrettables que… Mais qu'est-ce que c'est que ça ? »

Dans le bar les bouteilles s'entrechoquaient et tintaient si fort que cela produisait comme un carillon désaccordé. Au même moment un grondement lointain se fit entendre, tel l'arrivée d'un essaim d'abeilles. Rupert se releva et se rua vers la fenêtre.

« Les avions ! s'écria-t-il. Des Hurricane ! Oh, mon Dieu… Mieux vaut tard que jamais, et qui sait si cela ne peut pas encore tout changer…

– Au moins on n'entend plus ceux d'en face. »

C'était en effet un fracas d'apocalypse qui fondait maintenant sur eux. Vincent saisit Rupert par la manche.

« Vous disiez…, hurla-t-il.

– Quoi, déjà ?

– Cette petite actrice du *Prince de bois*. »

Rupert eut un geste d'ignorance.

« Mais je n'en sais fichtre rien, mon vieux ! Au *Reporter* on ne s'intéressait qu'aux gens connus !

– Et pas aux scandales, peut-être ? répliqua Vincent. Là, il y aurait pourtant eu matière à faire quelques recherches dignes d'intérêt, non ? »

Un grondement terrifiant l'interrompit, enflant de seconde en seconde jusqu'à devenir intolérable. Ils se regardèrent, et Vincent crut un instant que la vieille forteresse escarpée commençait à glisser de la pente et leur tombait dessus. L'hôtel trembla sur ses bases. Déjà Rupert se précipitait dehors, et les mains en visière regardait vers la plage l'escadrille qui venait de passer à basse altitude.

« Cinq ! s'exclama-t-il de dépit. Je pensais à une armada, et ils sont cinq !

– Écoutez, ils font du bruit comme deux cents !

– Et vous avez vu ce qu'ils sont capables de faire ? » s'écria-t-il.

Dans l'étroit espace dévolu à leurs évolutions ils montraient en effet une telle fougue qu'on aurait dit de jeunes mustangs lâchés dans un corral. Au risque d'entrer à tout moment en collision les uns avec les autres, ils attaquaient en rase-mottes les batteries allemandes, lâchaient leurs chapelets de balles traçantes et se cabraient au dernier moment au risque de percuter la falaise, avant de virer sur l'aile à la verticale pour repartir aussitôt à l'assaut avec une précision qui les stupéfia. Lors de leur passage ils étaient si proches que l'on pouvait presque discerner leur profil. Puis après trois ou quatre attaques, comme s'ils avaient soudain mesuré les risques insensés qu'ils prenaient, ils s'éloignèrent au-dessus de la mer afin, semblait-il, de reprendre leur souffle. La plage fut aussitôt rendue aux crépitements des mitrailleuses lourdes allemandes.

« C'est quand même mieux qu'Errol Flynn et ses biplans de *la Patrouille de l'aube*, non ? » s'exclama Rupert avec enthousiasme.

Vincent eut un geste vague.

« Vous ne me ferez pas défendre Errol Flynn, je ne l'apprécie guère. »

Rupert parut surpris.

« Eh bien, venant de quelqu'un qui était à la Warner !... »

Vincent haussa les épaules.

« Pour ce qui est de *la Patrouille de l'aube*, je préfère la version Barrymore. »

Rupert se mit à rire.

« On voit que vous vous y connaissez, en tout cas.

– Ce que je vois, c'est que ce sont vraiment des as, ces Brits, mais il faudrait qu'ils reviennent sans trop tarder !

– J'imagine que ce rodéo prépare l'arrivée des bateaux. »

Se dressant à demi derrière le mur antichar qui l'abritait, Rupert regarda avec attention vers l'extrémité de la plage. Les avions avaient lancé des fumigènes qui se tordaient à l'avant des falaises en longues colonnes jaunâtres, masquant presque entièrement l'endroit où devaient aborder à nouveau les embarcations.

« Les types continuent à se rassembler, ils veulent tous y rester ou quoi ? s'inquiéta-t-il brusquement. Ce n'est pas un embarcadère de ferry-boat !

– À croire que les Hurricane ont quand même refroidi l'ardeur des batteries », fit remarquer Vincent.

Rupert hocha la tête, puis se retourna vers lui.

« Bon, mon vieux, je vais devoir vous quitter…

– Vous savez, moi non plus je n'ai pas l'intention de rester ici tout l'été !

– Pour moi, il s'agit d'expédier le plus vite possible un câble à mes journaux pour témoigner de ce qui s'est passé ici ce matin, si cela peut servir de leçon. Il me faut donc monter sur la première embarcation qui arrivera à repartir. Ah, dites-moi…, ajouta-t-il tout à trac. Si jamais je revoyais David Lipchitz en Californie, qui sait… Dois-je lui parler de vous ?

– Sûrement pas, répondit vivement Vincent, avant de reprendre d'une voix adoucie : Vous savez, le cinéma est si loin de moi désormais… »

Il eut l'impression que Rupert le regardait à la dérobée.

« Avant que nous nous séparions…, commença ce dernier après une hésitation. Puis-je vous demander de… de retirer votre casque un instant ? Juste cela.

– Mais pourquoi ? s'étonna Vincent.

– Disons que j'ai envie de savoir avec qui j'ai passé cette foutue matinée. Vous, vous connaissez mon visage ! »

Vincent se mit à rire et s'exécuta. Rupert le considéra pensivement.

« Cela m'avait déjà traversé l'esprit lorsque, au casino, vous aviez retiré votre casque une première fois.

Maintenant j'en suis quasiment sûr... Est-ce que ce n'était pas vous qui étiez venu... oui, faire une espèce de scandale au journal... peu avant la guerre... au sujet d'une photo ? Mais oui, c'était vous. »

Vincent se sentit pâlir.

« Moi, du scandale ? Vous... vous devez confondre, bafouilla-t-il.

– Vous ne vous souvenez pas ? insista Rupert. Le vieux Pettigrew vous cherchait noise, et j'ai essayé de vous venir en aide. »

Vincent revit la scène et essaya de se souvenir de celui qui s'était interposé. Il se remémorait en effet quelqu'un d'une certaine corpulence.

« Je n'ai plus envie de parler de tout cela, maugréa-t-il en se renfrognant. De toute façon je n'avais rien fait de mal.

– Je me suis mal exprimé... J'étais ravi de vous voir voler dans les plumes de ce Pettigrew. C'était un personnage fort déplaisant que je détestais cordialement. En fait, il a été pour beaucoup dans mon départ du journal. »

Une explosion se fit entendre du côté du théâtre. Allongés épaule contre épaule ils se rencognèrent encore contre le béton du mur.

« Je cherchais une photo de cette petite, murmura Vincent.

– La petite actrice qui avait disparu ? Comment s'appelait-elle déjà ? »

Il soupira.

« Margit Mariassy. Elle était hongroise, comme Bognar.

– Alors, elle est peut-être partie avec lui, observa Rupert. Oui, c'est cela, je me rappelle, au *Reporter* on racontait qu'elle était repartie en Hongrie avec lui. »

Vincent se dressa sur ses avant-bras.

« Parce que Bognar est reparti en Hongrie ?

– Cela j'en suis en revanche certain. À la vérité il n'avait plus le choix. Il était grillé à Hollywood. On affirmait qu'il avait essayé par le biais d'une association d'amitié américano-allemande proche des nazis d'infiltrer le milieu du cinéma. Lipchitz prétendait d'ailleurs que ce même Bognar, furieux que la Warner ait produit *Confessions d'un espion nazi*, avait proféré des menaces contre le réalisateur Anatole Litvak et voulu influencer de l'intérieur les choix du studio... En fait, j'avais, moi, le sentiment que David voulait la peau de Bognar, et que si le Hongrois est revenu dans son pays d'origine c'est parce qu'il avait peur d'être emprisonné à Los Angeles.

– Et... elle l'aurait suivi ?

– Qui donc ?

– Mais... l'actrice... sa jeune compatriote...

– C'est ce qu'on racontait, autant que je puisse me souvenir.

– Elle serait donc... elle serait donc bien en vie, murmura-t-il.

– De toute façon, fit remarquer Rupert avec une pointe d'ironie, si elle ne l'était pas, cela aurait fini par se savoir. »

Vincent s'efforça de ne pas montrer ce qu'il éprouvait, et pourtant le seul fait d'entendre parler d'elle l'inonda d'une telle joie qu'il dut fermer un instant les yeux et se retenir pour ne pas la manifester, tant elle lui paraissait indécente, inavouable au milieu d'un tel désastre. Devant lui les lettres de l'inscription *Entrée des fournisseurs* s'étaient mises à danser.

« Vous vous seriez intéressé à elle que cela ne m'étonnerait pas ! » lui lança Rupert en clignant de l'œil.

Vincent le regarda.

« Rupert, je ne peux tout simplement pas vous expliquer ce qui s'est passé entre elle et moi, ou plutôt entre moi et elle. C'est trop... trop singulier, et vous ne me croiriez même pas.

– Je crois tout, et le contraire de tout, en ces domaines !

– En tout cas personne ne m'avait parlé d'elle depuis trois ans. Et vous devinez bien qu'il était impossible de se renseigner à son sujet depuis les camps d'entraînement du Québec et du Kent. Son souvenir est donc devenu pour moi… comment dire… de plus en plus… évanescent. Dans l'ignorance de ce qui lui était arrivé, j'en venais à éviter de repenser à toute cette époque de ma vie…

– J'imagine que comme tout un chacun vous recouvrez d'un voile ce qui vous fait souffrir, dit Rupert d'un ton sentencieux.

– Je ne sais pas, mais voilà que vous surgissez pour renouer le fil ! À croire que cette funeste matinée n'avait comme seule utilité que de placer sur ma route le messager qui pouvait me donner des informations sur elle… Alors elle vivrait en Hongrie, à votre avis ? Dans ce cas je m'en suis rapproché en traversant l'océan… enfin une bonne nouvelle !

– Pourvu que je ne vous aie pas donné de fausse joie ! s'exclama Rupert. Mais vraiment, je n'imagine pas une seconde qu'il ait pu lui arriver quelque chose de grave sans qu'on l'ait appris dans la presse. On ne peut pas étouffer une chose pareille dans un petit monde comme Hollywood ! Mais encore une fois j'ai moi-même quitté la ville dès juin 40, et peut-être certains développements ultérieurs de l'enquête m'ont-ils échappé.

– La Hongrie, murmura-t-il. J'ignore tout de la Hongrie dans la guerre.

– Je sais par mon vieil ami le scénariste Pal Kiraly que le pays vit à peu près normalement. Les nazis ne s'y sont pas risqués, et lui songe d'ailleurs à y revenir, bien qu'il soit juif…

– Vous me dites vous-même que David reprochait à Bognar son antisémitisme. Si ses compatriotes sont du même acabit, votre ami court un réel danger !

– Pal prétend qu'il n'y a pas pour l'instant en Hongrie de persécution. Il affirmait d'ailleurs qu'il n'y avait pas de pays en Europe centrale dans lequel les Juifs se soient mieux assimilés, jusqu'à oublier leur appartenance.

– Quand même, je n'aime pas beaucoup voir des gens comme Bognar y retourner, surtout contraints et forcés. Et je n'aime pas davantage imaginer qu'il ait pu la forcer à revenir avec lui !

– Parce qu'elle, elle est juive ? l'interrogea Rupert.

– Je n'en sais fichtre rien... »

Il parut étonné de sa réponse.

« Vous la connaissez moins bien que je n'imaginais, alors...

– Vous ne pouvez rien imaginer de cette affaire, si ce n'est que... »

Il eut un geste d'impuissance.

« ... Si ce n'est que ma vie contient quelque chose d'exaltant, mais de bien difficile à supporter parfois... Oui, par moments, je ne suis plus qu'une blessure à vif et je...

– Les revoilà », le coupa Rupert, paraissant satisfait de la diversion.

L'escadrille revenait. Comme animés d'une énergie nouvelle, les pilotes se lancèrent dans un carrousel d'attaques en piqué, de virages sur l'aile et de tirs dans toutes les positions, suppléant leur nombre réduit par une activité frénétique.

« Et voilà les bateaux ! s'écria Rupert au comble de l'excitation. Bonne synchronisation, pour une fois ! »

Une des embarcations franchissait en effet au même moment le rideau de fumigènes. Des centaines de survivants se rassemblaient déjà à l'ouest de la plage et, sous le parapluie protecteur des avions, se dirigeaient tel un long cortège d'ombres exténuées vers le lieu présumé de l'embarquement. Rupert se dressa à demi derrière son abri.

« J'y vais, mon vieux, dit-il avec simplicité. À plus tard. »

Au moment où il se relevait, un des Hurricane, comme un gigantesque oiseau prédateur, piqua soudain sur le Regina dans un tonnerre d'apocalypse. Le pilote avait peut-être cru repérer une silhouette de tireur embusquée sur le toit de l'hôtel. Rupert s'abrita à nouveau précipitamment derrière le mur antichar. Sans égards pour le lieu de son pèlerinage et comme s'il s'agissait avant tout d'abattre un symbole de bien-être qui n'avait plus cours, deux obus traceurs atteignirent le deuxième étage qui explosa aussitôt. Par les fenêtres béantes ils purent voir les plafonds éventrés et l'incendie qui s'était aussitôt déclaré. Les flammes firent bientôt rage sur toute la longueur du dernier étage. Déjà l'avion virait au-dessus de la ville avant de reprendre la plage en enfilade. « Vous avez bien fait de garder la clé », faillit-il dire à Rupert, mais il n'en fit rien, et il se contenta de suivre des yeux sa silhouette massive qui s'éloignait sans regarder l'hôtel.

Des soldats le bousculèrent en le dépassant, tellement ils étaient impatients de se rapprocher de l'endroit où devaient aborder les embarcations. Pour l'instant une seule avait franchi le rideau de fumigènes et cela paraissait impossible qu'elle ne soit pas prise d'assaut dès son arrivée, tant les centaines d'hommes qui l'attendaient semblaient décidés à quitter coûte que coûte l'enfer de la plage. Tous étaient blafards, épuisés, parvenus au bout de leur résistance nerveuse bien que les avions les protégeaient encore de leurs bruyantes évolutions.

« Villeneuve », entendit-il soudain.

Il se retourna et eut du mal à reconnaître son chef de peloton.

« Poidevin, dit-il.

– Villeneuve ! On t'a cherché partout, Villeneuve », grommela le sous-officier sur un ton de reproche.

Vincent le rejoignit.

« Mais j'ai fait ce que tu m'avais demandé ! Je suis allé avec Laurendeau jusqu'au casino comme tu l'avais ordonné... Là on a retrouvé une patrouille d'Essex et on a été faire ensemble le coup de feu en ville..., relata-t-il sobrement, comme s'il rendait compte d'une simple manœuvre. Laurendeau a été tué », ajouta-t-il très vite.

Poidevin hocha la tête. Ses yeux bleus étaient rétrécis de fatigue.

« Laurendeau ! Je connaissais sa petite sœur... Elle lui écrivait souvent... Leprette et Perreault aussi sont morts. Et Boisrond ne vaut guère mieux. La moitié de notre chambrée à Shoreham ne reviendra pas.

– Et Menard ?

– Jo ? Il a reçu quatre ou cinq blessures. On ne sait pas comment on va pouvoir l'embarquer...

– Il a bien manqué », dit Vincent.

Il entendit alors une sourde rumeur de réprobation et se retourna. Les *landing crafts* venaient de surgir du rideau de brume fumigène lancé par les avions.

« Quatre ! s'écria avec colère quelqu'un à côté de lui. Quatre, alors qu'il aurait fallu une armada ! »

Comme si les servants des pièces allemandes du vieux château, un instant réduits au silence par les avions, avaient pris conscience de la modestie des moyens mis en œuvre pour rembarquer les survivants, ils se déchaînèrent alors de plus belle et la mer parut une fois de plus hachée par les projectiles qui soulevaient de hautes colonnes liquides. Ceux qui s'étaient portés au-devant des embarcations et n'avaient pu y trouver place refluèrent dans un désordre indescriptible et demeurèrent étendus à plat ventre sur la plage gagnée par la marée montante, immobiles, épuisés, sans qu'il soit désormais possible de discerner les mourants des morts. Ce fut le moment que choisirent les avions pour s'éloigner, et les survivants en éprouvèrent un sentiment d'abandon que le silence revenu rendit plus lourd encore.

« Machine arrière ! entendit soudain Vincent. Machine arrière, bon Dieu ! Ne cherchez plus à monter, on va chavirer ! Relevez l'échelle de coupée ! »

Il regarda ce qui se passait. Un midship gesticulait à la proue de son embarcation surchargée. De l'eau jusqu'au cou, les bras levés pour garder leur équilibre, des dizaines d'hommes tentaient pourtant de l'aborder par tribord – côté où ils étaient un peu protégés des rafales venant de la falaise. Une grappe humaine s'était ainsi agglutinée au bas de l'échelle dont le midship interdisait l'ascension.

« Plus personne ! hurla à nouveau le jeune officier de pont. Machine arrière ! »

Rien n'y fit. L'embarcation ne parvenait plus à manœuvrer pour regagner la haute mer. Lentement elle dériva avant de commencer à gîter dans un concert de hurlements que l'on percevait en dépit des rafales. Et d'un seul coup, dans un tourbillon d'écume, sous les regards des centaines de soldats qui, toutes unités confondues, s'apprêtaient à embarquer sur le *landing craft* voisin, elle chavira. Vincent entrevit alors des dizaines de têtes qui se débattaient dans l'eau à quelques encablures de la coque renversée, perçut des cris au milieu de la fusillade, et ce fut tout. Comme s'ils se rendaient compte qu'ils étaient partis trop tôt, les avions revinrent à ce moment survoler l'embarcation retournée et attaquèrent une fois de plus en piqué la batterie responsable, s'acharnant sur elle au point qu'un peu de craie de la falaise commença à s'ébouler dans la mer comme une avalanche de neige. Puis, sans doute à court de carburant, ils passèrent au-dessus du lieu du naufrage en battant des ailes dans un ultime adieu avant de s'éloigner, laissant les centaines d'hommes qui se trouvaient encore sur la grève – ou qui avaient pu la regagner – à leur désespoir. Heureusement les pièces qui couronnaient la falaise vers le nord paraissaient enfin réduites au silence, et cela facilitait les choses pour la troisième embarcation qui tentait un peu à l'écart des autres d'aborder le rivage. Comme celle-ci dérivait légèrement vers lui, Vincent reconnut le LCP 46 qui les avait amenés à pied d'œuvre le matin même, Laurendeau et lui. Il reconnut en particulier le jeune sous-officier qui longtemps avant l'accostage, alors que la plage apparaissait encore si tranquille dans la lumière de l'aube, lui avait adressé quelques mots d'encouragement. Pour l'heure avec de grands gestes il s'efforçait d'organiser un peu la pagaille qui régnait à son bord. Là où, à l'aller, ils se trouvaient déjà serrés à trois escouades, avaient maintenant pris place cinquante ou soixante hommes épuisés par le dernier effort qu'il leur avait fallu accomplir pour se hisser sur le pont. Parmi eux, il eut tôt fait de repérer, coincée entre le poste d'avant et une sorte de cabestan, la haute stature de Rupert. Il ne portait plus ni son casque ni sa grosse veste – simplement une chemise trempée et maculée de sang, et il avait perdu toute sa superbe. Vincent se sentit soulagé qu'il n'ait pas été pris dans le naufrage de l'autre embarcation. Au moins quelqu'un raconterait-il tout ce qui s'était passé sur cette petite plage, un matin d'août. Il entra dans l'eau. À moins de vingt mètres la coque du LCP 46 roulait bord sur bord.

« Rupert ! » appela-t-il avec l'intention de lui faire un geste de reconnaissance.

Dès que le gros homme l'eut remarqué il sembla reprendre toute sa vigueur et, en dépit du peu de place dont il disposait, se mit soudain à s'agiter.

« Montez ! hurla-t-il. Montez à bord ! Il y a une place pour vous à bord ! »

Vincent fit le geste de quelqu'un qui a raté l'autobus.

« Je ne vois vraiment pas où ! » cria-t-il.

Rupert lui faisait signe d'approcher. Il se penchait vers le midship en le montrant du doigt.

« Machine arrière », ordonna néanmoins le midship avec son porte-voix.

Brusquement, Rupert lui prit l'instrument des mains et l'empoigna. Sa voix tonna alors au-dessus de la bataille.

« Avancez, bon Dieu, on part pas sans vous, j'en réponds ! »

Indécis il avança encore jusqu'à avoir de l'eau à la taille. Il lui semblait que le bateau dérivait et s'était un peu rapproché de lui. Quelqu'un redescendait une échelle et il entendait des encouragements – des voix qui résonnaient comme dans un rêve. Peut-être était-il possible après tout d'atteindre cette maudite coque, mais encore un pas et il n'allait plus avoir pied.

« Laissez tomber votre arme et nagez ! » hurla Rupert.

Vincent lâcha sa MG sans états d'âme – après tout elle n'avait pas été capable de venger Laurendeau ; c'était celle de Rupert qui s'en était chargée. Puis il fit encore un pas – il avait maintenant de l'eau jusqu'à la poitrine – et vit qu'un marin lui lançait (avec une adresse digne de Larrabee lors de ses cascades au lasso) une bouée attachée à une corde. Celle-ci était tombée à quelques mètres de lui et flottait sereinement dans les petites vagues de la marée montante. Par le haut-parleur la voix de Rupert s'était faite à la fois rassurante et encourageante.

« Retirez vos croquenots et nagez, mon vieux, mais nagez ! Je peux presque vous tendre la main ! »

Subjugué, il plongea dans l'eau pour tenter de détacher ses chaussures, mais dans ce mouvement perdit l'équilibre et but la tasse. Il parvint pourtant à se remettre sur ses pieds en suffoquant. L'eau n'était pas froide, mais douce et amicale, et autour de lui scintillaient des reflets de soleil avec des clapots de baignades d'été. Là-bas, penché en avant, Rupert faisait de grands gestes en criant des mots qu'il comprenait mal – il devait avoir de l'eau dans les oreilles. Il crut pourtant entendre « liberté » ou quelque chose de ce genre, puis les tirs reprirent. Tout à coup, sans un geste d'explication – ou de justification – pour Rupert, il fit volte-face et, brassant l'eau de ses bras pour s'aider, remonta vers la plage. Il s'étendit quelques instants pour reprendre son souffle, dos à la mer – il n'avait pas envie de voir le bateau s'éloigner – puis se redressa et, en dépit de l'eau qui alourdissait ses chaussures, se sentit soudain léger, sa fatigue évanouie, empli d'une étrange satisfaction à l'idée qu'il demeurait sur le continent où il pourrait peut-être un jour la rejoindre. Rupert ne devait rien comprendre à son comportement, lui qui était pourtant la cause de tout. Mais avec de l'eau jusqu'à la ceinture, alors que la partie pouvait être gagnée, Vincent avait eu tout à coup la certitude que ce n'était pas là la direction qu'il devait prendre s'il voulait suivre son… son chemin ? Son destin ? Il ne put définir ce qu'il ressentait qu'en s'adressant à Rupert lui-même. « Roupette, vous avez renoué les fils, murmura-t-il tout haut en reprenant sa respiration. Vous ne pouvez pas attendre de moi que je les écarte à nouveau. »

Il dirigea cette fois son regard vers l'horizon. Le LCP 46 avait disparu derrière un écran de fumée. Sur sa gauche, vers les falaises, des centaines de survivants s'étaient regroupés. Les voyant à leur merci, les artilleurs allemands avaient cessé depuis quelques instants de s'acharner sur eux. La plupart regardaient hagards la coque renversée flotter au gré du courant et les trois autres embarcations s'éloigner entre les nuées cireuses et blêmes vers des trouées de ciel d'un bleu lumineux – et avec eux leur dernier espoir d'échapper à la captivité. « Pourquoi sont-ils partis, ces cons d'aviateurs ? grogna à côté de lui un petit fusilier aux traits tirés. Ils étaient de trop, peut-être ? »

Le petit Mont-Royal était l'un des rares à émettre un son, une protestation, à montrer un sentiment d'amertume et d'indignation devant la façon dont les choses avaient tourné. Tous ceux qui se tenaient autour de lui, assis ou allongés, étaient au contraire silencieux, fixant la mer d'un air hébété comme s'ils espéraient contre toute attente qu'une nouvelle possibilité d'embarquement leur serait offerte. La plupart semblaient abattus, harassés, comme abasourdis par l'idée de la captivité qui s'ouvrait maintenant devant eux tel un gouffre sans fond. Il y avait là des soldats de tous les régiments, unis dans cette dernière attente, et il n'y en avait pas un seul parmi eux qui aurait compris que Vincent puisse ainsi les rejoindre délibérément, préférant la captivité à la liberté.

Pensif, il s'éloigna de quelques pas. Non loin de lui un homme passait de groupe en groupe, attentif aux plaintes et aux gémissements des mourants. S'agenouillant il leur parlait à l'oreille et cherchait à les soulager, lui sembla-t-il, en introduisant une fiole entre leurs lèvres. De lui il s'éloigna aussi, tant il se trouvait à l'heure présente étranger à ce sentiment de morne désespérance qui pesait sur la plage. Il regarda derrière lui les traces qu'il laissait à la limite de l'eau : elles le menaient dans la bonne direction, c'était sûr ; à bord du LCP 46, avec Rupert l'enserrant entre ses bras, il aurait au contraire senti monter en lui le désespoir de n'avoir pas fait ce qu'il devait faire. Un instant il songea à forcer le destin, à tenter de franchir la plage pour regagner la ville et s'y cacher… De nouveaux tirs sporadiques lui firent aussitôt comprendre que la traversée de la plage et de l'esplanade se révélait désormais impossible. Une nouvelle rafale plus proche encore le fit plonger à terre. Combien de fois depuis l'aube avait-il fait ce mouvement de reptation, comme un acte de soumission ? Mais ce n'était plus le moment d'être blessé.

« Détruisez les codes », cria-t-on non loin de lui.

Il leva la tête. À quelques pas un char était immobilisé, la marée montante léchant déjà le bas de ses chenilles. Le chef de char émergea de sa tourelle et l'enjamba. Il prenait son temps et sa silhouette se découpait sur le ciel lumineux avec tant de précision que Vincent pressentit le drame avant qu'il n'arrive.

« Attention ! » hurla-t-il.

L'homme avait son casque de tankiste à oreillettes et ne put l'entendre. Il n'entendit pas davantage la pièce cracher à nouveau. Frappé de plein fouet il glissa avec lenteur le long de la tourelle, puis s'effondra sur les galets.

Vincent s'élança et le rejoignit. Le blessé gisait contre la chenille du char et gémissait, la bave aux lèvres. Il lui retira son casque qui semblait l'étouffer et découvrit un petit visage fin encore marqué par l'adolescence. La douleur agrandissait ses yeux.

« Morphine, réclama-t-il.

– Mais je n'en ai pas... »

Il paraissait souffrir atrocement. Vincent vit que ses jambes formaient avec son buste un angle improbable et qu'elles paraissaient désarticulées. Dans l'espoir de le soulager il chercha des yeux l'homme – était-il aumônier ? médecin ? – qui se penchait tout à l'heure sur les mourants, mais il ne le vit pas.

« La mer monte, je vais te tirer, lui dit-il.

– *Don't touch me !* » hurla le blessé. Puis il ajouta d'une voix soudain cassée : « Morphine... je t'en prie... dans le char.

– OK, OK », fit Vincent.

Il entra dans l'eau puis se hissa sur la tourelle en espérant que la mitrailleuse ne se manifeste pas à nouveau. Il se faufila dans l'ouverture et s'assit sur le siège du viseur, cherchant hâtivement dans les alvéoles ce qui aurait pu ressembler à une trousse de secours ou à une ampoule injectable. Il ne trouva rien et voulut regarder plus bas, mais il y avait là, dans une pénombre de grotte, le dos d'un type recroquevillé sur ses manettes. Pénétrant à chaque vague par un trou d'obus qui avait été ouvert dans le blindage, la mer léchait déjà ses bottes. « Calgary plage Blanche, détruisez les codes », répétait aux ondes courtes une voix grésillante et lointaine. Il s'empara du revolver du mort, puis s'efforça un bref instant de réfléchir. Bon, il n'y avait pas trente-six choses à faire pour le malheureux tankiste. Il ne pouvait pas laisser la marée le prendre vivant. Il ne pouvait pas non plus le laisser agoniser ainsi. Il regarda l'arme. Peut-être était-ce la première des épreuves qu'il allait devoir affronter, maintenant qu'il avait retrouvé sa trace. Comme sa joie de tout à l'heure était loin désormais. Il parvint à s'extraire du char et le rejoignit.

« Voilà, j'ai trouvé ce qu'il faut », murmura-t-il.

Étendu à la limite de l'eau, le jeune homme avait les yeux fixes. L'insigne des Calgary brillait au soleil de midi. Vers l'est, une cloche tintait au loin, comme s'il ne s'était rien passé – juste une paisible matinée, dont la lumière bienheureuse se peupla soudain (il le sentit dans son dos plus qu'il ne le vit) de noires silhouettes surgies de nulle part.

« Hände hoch », entendit-il.

Il se redressa, puis se retourna sans hâte. Une escouade allemande avait entouré le char. Grimpé sur une tourelle, l'un des soldats, armé d'une torche, en examinait l'intérieur. Les autres se contentaient de braquer leurs mitraillettes sur lui. Il leva lentement les mains.

« Eh bien, c'est pas trop tôt », soupira-t-il.

III

LA COLLINE DE L'AIGLE

7

Le compartiment était plein. Au départ de Vienne ce n'était pas le cas – il y avait juste deux civils hongrois et un sous-officier allemand à l'allure discrète, fourrier ou vaguemestre, pensa-t-il. Puis au poste frontière de Hegyeshalom était monté un vieux couple, et enfin à Györ trois jeunes qui s'étaient installés en face de lui. Ils pouvaient avoir vingt ans. S'exprimant en hongrois avec de petits gloussements, se poussant du coude, se parlant à l'oreille avant de le regarder effrontément – la fille surtout –, on aurait dit qu'ils n'avaient d'autre but que de le mettre mal à l'aise. Sans trop savoir d'abord quelle attitude adopter, il décida de ne pas leur prêter attention et de se plonger ostensiblement dans le *Völkischer Beobachter* acheté à la gare de Vienne. Ce n'était pas sans regret, tant cette brune délurée aurait été agréable à contempler avec ses grands yeux noirs sous son bonnet de velours vert. À ce moment une enfant passa dans le couloir en sautillant, insouciante, avec des traces de boue sur ses chaussettes blanches. Il entendit que dans le compartiment d'à côté on la morigénait en hongrois. Que n'avait-il choisi ce compartiment où il semblait régner une animation presque familiale – et non pas, comme dans le sien, un silence lourd de coups d'œil à la dérobée et troublé de rires sous cape. Peu après celui-ci vola en éclats dans le tintamarre des bogies sur une travée métallique. Il regarda par la fenêtre.

Le train avait abordé à vitesse réduite le pont sur le fleuve et la traversée lui sembla aussi longue que s'ils avaient franchi un bras de mer. On n'en était pas si loin d'ailleurs: en contrebas le Danube roulait des flots si puissants et tumultueux qu'une petite péniche emplie de charbon lui sembla tout près d'être drossée contre l'une des piles du pont. Il laissa son regard se perdre au loin – il y avait si longtemps qu'il n'avait découvert un si ample paysage. Vers l'amont, sur sa gauche, la rive escarpée couronnée de fortifications dominait l'ample méandre du fleuve et l'enfilade des ponts majestueux qui l'enjambaient. Au loin une île paraissait s'éloigner tel un dreadnought dans les embruns, laissant derrière elle un sillage d'écume. Presque aussitôt la vitre fut striée de gouttes de pluie. La rive gauche du fleuve atteinte, le convoi ne reprenait pas de vitesse. Il comprit aussitôt pourquoi: le train dépassait une file de gens qui travaillaient sur le ballast, courbés sur des pelles et des barres à mine ou transportant de lourdes traverses. Les gloussements des jeunes Hongrois et leurs doigts pointés vers l'extérieur les lui firent observer avec davantage d'attention. Il y avait là des hommes et des femmes de tous âges, certains habillés de pardessus dont on voyait en dépit des taches qui les maculaient qu'ils étaient de bonne coupe, d'autres au contraire en haillons, frissonnant sous la pluie qui tombait maintenant dru. Un instant il suivit des yeux le profil d'une femme aux cheveux ruisselants qui titubait sous le poids de son fardeau. Elle jeta un regard éteint sur le wagon, puis son visage blême aux yeux cernés parut le découvrir derrière la vitre embuée et elle eut un mouvement de recul. Elle portait une étoile jaune sur le rabat de la robe informe dans laquelle elle semblait grelotter.

Il se rencogna dans son siège en s'efforçant de

dissimuler son trouble. C'était la première fois qu'il voyait en réalité l'une de ces brigades juives de travail obligatoire dont il avait appris l'existence dans les actualités de la Deutsche Wochenschau. Quelle impression avait-il pu faire à cette jeune femme pour qu'elle ait ce mouvement de recul viscéral et cette expression apeurée ? En face de lui les jeunes gens n'avaient pas remarqué son émotion. Il jeta un coup d'œil au-dehors. Les dernières silhouettes s'étaient maintenant effacées dans la brume humide et il sentait encore cette expression sur lui comme un opprobre.

Le train stoppa à nouveau. À chaque arrêt son cœur se serrait. Il regarda par la fenêtre : c'était une petite halte qui annonçait déjà la banlieue. Sur une voie abandonnée le long du train une draisine était stationné contre un butoir à demi envahi par les orties. Dans le lourd silence qui était tombé sur le compartiment, on entendait au loin retentir des voix détimbrées par le haut-parleur. Sous l'œil sourcilleux du sous-officier la vieille dame se pencha sur son mari et lui chuchota quelque chose à l'oreille. Vincent essaya de masquer sa fébrilité derrière son journal. *Repli en bon ordre de la deuxième armée hongroise sur la Tisza*, était-il écrit en page 2. Quoi, ils passaient donc ce genre de nouvelles ? Un *repli...* Jamais à la table de montage Hopflinger n'aurait laissé passer un tel mot. *Unmöglich* ! aurait-il craché. Même s'il n'était question dans le communiqué que des Hongrois. Soudain la porte coulissa brusquement et deux soldats allemands s'encadrèrent dans l'ouverture. Sans même faire mine d'hésiter, ils se plantèrent devant lui.

« *Fekete Ferenc ?* interrogea l'un d'eux.

– *Ja. Der bin ich*, répondit Vincent.

– *Kommen sie mit.* »

Veuillez nous suivre. Il avait toujours su qu'un moment de cette journée passerait par cette phrase.

C'étaient des cavaliers de la 24e Panzer, vit-il à leur écusson. À quoi bon opposer une quelconque résistance ? Sans même chercher à protester, il se leva avec raideur et leur emboîta le pas. Il ne se sentait même pas les jambes chancelantes – tout avait fonctionné si bien, si inexplicablement bien, depuis la veille ! C'était forcé qu'il arrive quelque chose. Encadré par les deux soldats, il descendit du train sur le quai crevassé où des herbes folles poussaient entre les plaques de ciment disjointes. Tous trois longèrent alors le wagon vert-de-gris. Comme il passait sous la fenêtre de son compartiment, il croisa le regard du sous-officier allemand qui détourna aussitôt les yeux. Voilà ce qu'avait donc vu de lui tout à l'heure la jeune femme sur le ballast. Il regretta au fond qu'elle ne puisse savoir qu'il était désormais son égal – descendu au niveau des rails, au niveau des victimes – car il se serait vis-à-vis d'elle un peu… comment dire… dédouané. « Je ne serai pas resté libre longtemps », pensa-t-il comme les soldats le poussaient à l'intérieur de la halte.

Des affiches touristiques d'avant-guerre étaient accrochées au mur, délavées et jaunies. Le lac Balaton avec des voiliers. La basilique d'Esztergom. Le plus âgé des deux soldats s'installa derrière une table sur laquelle se trouvaient un registre et un téléphone de campagne.

« Passeport, demanda-t-il en tendant la main.

– Je suis prêt à vous le montrer, mais je l'ai déjà présenté tout à l'heure à Hegyeshalom, répondit-il en allemand. Mes papiers et mon *Ausweis* sont en règle.

– Vous avez un accent. Vous êtes de nationalité hongroise ?

– C'est inscrit sur le passeport, dit-il en montrant du doigt la mention. Si vous désirez toutefois d'autres renseignements, je vous prie d'appeler un officier hongrois.

– La ligne est sous notre protection, répliqua le soldat de façon abrupte. Quelle est votre destination ?

– Je me rends à Debrecen, au service de prises de vues de la IIe armée hongroise.

– D'où venez-vous ?

– De Vienne. Lisez l'*Ausweis* : je suis un spécialiste du tirage des pellicules à la Wien Film. Le service cinématographique hongrois des armées a reçu de l'AG für Filmfabrikation une pellicule qui ne lui donne pas satisfaction. Je vais voir sur place de quoi il retourne.

– C'est sur le front que ça n'a pas l'air d'aller », remarqua le soldat en hochant la tête.

Vincent le regarda sévèrement.

« Raison de plus pour que la contre-attaque, dès qu'elle aura lieu, puisse être filmée dans de bonnes conditions. »

Devant cette évidente marque de confiance en l'avenir, le soldat parut changer d'attitude. Il consulta néanmoins le registre d'un air perplexe.

« Avez-vous une identification sur les fichiers de la Wien Film ?

– J'ai déjà répondu à la douane par l'affirmative, vous pouvez vérifier à nouveau. »

Un bref conciliabule se tint entre les deux soldats. Le plus âgé tourna la manivelle du téléphone de campagne. Dans l'encadrement de la porte Vincent voyait le train qui attendait – apparemment à cause de lui. Il avait dû y avoir un grain de sable quelque part. Ce train allait repartir sans lui comme le bateau était reparti sans lui de la plage de Dieppe, mais là il ne s'agissait plus comme alors d'un choix délibéré. Au contraire le but s'effaçait sitôt entrevu, sitôt approché, et cela, c'était insupportable. Il se demanda s'il allait en cas de départ du train tenter de s'enfuir, de forcer son destin – ou accepter sans réaction de repartir menottes aux mains vers quelque mine de sel en Poméranie. Un grésillement se fit entendre dans le poste. Il s'efforça de demeurer impassible.

« Contrôle volant n° 4, répondit le soldat. Ja. Ja. Ja, Herr Obersturmführer. »

Il raccrocha.

« Vous pouvez retourner à votre place », dit-il avec un geste sec, comme s'il le congédiait.

Sans un mot, Vincent regagna son compartiment. Le convoi repartit comme il en ouvrait la porte. Avec le plus grand naturel il se rassit sur son siège. Il sentait tous les regards fixés sur lui et il déploya à nouveau le journal pour les éviter. Au-dessus de lui la valise se mit à osciller. Il se souvenait l'avoir bien casée dans le filet. Sans doute l'avait-on ouverte, mais Markus et lui avaient prévu cette éventualité. Derrière le paravent du *Beobachter* largement ouvert il ferma un instant les yeux, essayant d'apaiser les battements de son cœur. Le train avait maintenant repris de la vitesse comme pour rattraper son retard. La voie contournait la ville par le sud et il découvrait sous le ciel bas une immensité de maisons grises surmontée de dômes, de clochers et de cheminées d'usines. Puis il aperçut une vaste pancarte : NYUGOTI P.U. et les quais défilèrent lentement.

À peine le train fut-il immobilisé que le vieux couple se précipita au-dehors sans le regarder, aussitôt suivi du trio des jeunes qui se bousculèrent derrière eux et se perdirent dans la cohue qui régnait sur le quai. Cette cohue pouvait le servir et il se hâta de descendre afin de se fondre à son tour dans la foule qui se dirigeait vers la sortie. Sur le quai bondé une batterie de haut-parleurs déversait d'une voix monotone des informations où seuls surnageaient pour lui des noms de villes – et aussi des syllabes plus syncopées qui devaient être des précisions d'horaires. Le débit lancinant de ces annonces dans une langue incompréhensible amplifiait encore le sentiment d'isolement et d'oppression qu'il éprouvait. Pressé de toutes parts il ne voyait autour de lui, sous la lumière glauque tombant de l'immense verrière, que des feutres sur des nuques épaisses et les châles sombres de paysannes qui ramenaient en ville des paniers de victuailles remplis à ras bord. Seule dans cette foule morne la tenue d'opérette d'un gendarme apportait parfois une touche d'exotisme magyar qui ajoutait à sa sensation de rêve éveillé. C'est à ce moment – alors qu'il lui avait semblé voir disparaître au loin le petit bonnet vert de la fille du compartiment – que son attention fut attirée par la présence d'un cordon de SS qui, de part et d'autre de la sortie principale, observaient les passagers du train s'égaillant sur le parvis. De l'œil il chercha une échappatoire. Ils étaient encore à une trentaine de mètres de lui, mais trop proches néanmoins pour qu'il puisse changer brusquement sa trajectoire sans éveiller leur méfiance. De là où il se trouvait il pouvait même discerner les têtes de mort sur leurs épaulettes. Il s'apprêtait à profiter de la bousculade pour tenter de franchir néanmoins le barrage lorsqu'un marchand ambulant fit soudain irruption devant lui, poussant une voiturette munie d'un réchaud.

« Voici, Herr Doktor, voici », fit l'homme en allemand.

Vincent s'arrêta. Une pénétrante odeur d'oignon frit s'exhalait du modeste éventaire.

« Mais… je n'ai rien demandé…

– Si, si », répondit l'homme en le dévisageant fixement.

Vincent réprima un sursaut. C'était le vieux du compartiment.

« Désignez du doigt le potiron chaud », murmura-t-il.

Le choix n'était d'ailleurs pas très grand entre le potiron, les épis de maïs brunâtres ou les quelques oignons qui rissolaient. L'homme empaqueta avec soin le potiron dans une feuille de papier huileux et le lui tendit.

« Tournez-vous vers moi et mangez », chuchota-t-il.

Il regardait par-dessus son épaule.

« Un peu de paprika ? interrogea-t-il à haute voix comme quelqu'un examinait l'éventaire.

– Je… Si vous voulez.
– Le comité d'accueil n'était pas prévu, souffla-t-il. Mastiquez, bon Dieu. Le nez dans la tranche.
– C'est brûlant ! » se plaignit-il.
Le vieil homme lui redonna une feuille de papier d'emballage et saisit l'occasion pour se rapprocher de lui, en se penchant au-dessus du réchaud.
« Vous voyez la grande porte de bois, derrière moi ? C'est le bureau de poste. Filez par là, sans hâte et sans vous retourner, dès que je vous le dis. Après, vous n'aurez qu'à…
– On m'a indiqué la marche à suivre, l'interrompit-il.
– Attendez… Il y a un personnage officiel qui arrive en ce moment. Les SS font la haie… Maintenant », ajouta-t-il vivement.
Mâchant son potiron avec application, Vincent franchit les quelques mètres qui le séparaient de la pancarte POSTAHIVATAL, poussa le massif vantail et entra.

Il régnait dans le bureau de poste une odeur entêtante de feutre mouillé et de mauvais tabac. Les guichets de bois ciré lui rappelèrent un bref instant avec leurs panonceaux en cuivre poli les comptoirs de chêne et les présentoirs de laiton ouvragé du drugstore Schwab – mais c'était, davantage qu'un souvenir, un lointain signal visuel venu de l'autre côté de sa vie, d'avant la marée des jours interminables de sa captivité. Et puis les matrones qui, vêtues de blouses grises, trônaient derrière les guichets ne ressemblaient en rien aux accortes vendeuses de Schwab. Il devait avoir une drôle de touche avec à la main le papier dont l'huile dégoulinait sur sa valise car l'une d'elles le désigna à sa voisine en pouffant. Il chercha une corbeille à papiers pour jeter les reliefs de son festin, puis, louvoyant entre les sacs de courrier, emprunta une sortie latérale donnant sur une station de tramway. L'un d'eux arrivait d'ailleurs au même moment. Sans même connaître sa destination, il s'y engouffra et tendit au receveur une des pièces d'un pengö que Markus lui avait données pour le cas où il faudrait téléphoner.

Peu de monde se trouvait dans la rame et il alla s'installer à l'arrière. La pluie s'était remise à tomber, et le jaune vif des autres trams était la seule tache de couleur à venir égayer la grisaille du large boulevard qu'il suivait. La circulation était inexistante. Il aperçut soudain dans l'axe de l'une des rues adjacentes le dôme du Parlement qui surmontait tout le quartier. Dès la station suivante, il descendit et prit cette direction.

La brume humide qui s'élevait de l'asphalte agrandissait l'impressionnante façade gothique aux dimensions d'un palais légendaire qui semblait surgi du délire de quelque directeur artistique aux gros moyens – comme jadis Hans Dreier, pensa-t-il, quand il travaillait pour Rouben Mamoulian. Voltigeant très haut parmi le dédale des colonnettes, des flèches et des clochetons qui couronnaient l'énorme édifice, des oiseaux laissaient déjà deviner la présence du fleuve. La rue Bathory aboutissait, comme le lui avait expliqué Markus Rahn, à un petit square qui jouxtait le Parlement, et il chercha des yeux au coin de la rue de l'Académie l'automobile annoncée. Il y en avait bien une de stationnée à l'angle de la rue Bathory, mais il eut un doute tant le véhicule lui semblait d'un modèle ancien et d'un aspect précaire, comme jadis le petit cabriolet de Judy. Il s'en approcha néanmoins. Le chauffeur avait déployé un journal sur son volant. Vincent se pencha à la portière.

« *Cigareta* », demanda-t-il.

L'autre grommela en repliant son journal puis lui répondit en hongrois avec un geste qui lui parut explicite. Déconcerté, il s'écarta et entendit l'auto démarrer puis s'éloigner à grand bruit dans la direction du boulevard.

Indécis, il demeura seul dans le petit square. La nuit tombait et au premier étage du Parlement une haute fenêtre ogivale s'alluma. Un instant s'y détacha une silhouette furtive suspendue au-dessus de lui telle une chimère maléfique – à l'image même de son désarroi. Vincent se dit que l'homme là-haut devait s'étonner de le voir ainsi attendre sans que personne ne vienne à sa rencontre. Il alla vérifier la plaque. C'était bien la rue de l'Académie que lui avait indiquée Markus. Il se décida à la remonter, entendant son pas résonner entre les façades désertes. Bientôt il remarqua qu'une longue limousine – cette fois conforme à ce qu'il attendait – était stationnée au coin d'une ruelle. Dès qu'il l'eut aperçu, le chauffeur abaissa sa vitre. Vincent s'approcha.

« *Cigareta ?* » demanda-t-il à nouveau.

La portière arrière s'ouvrit. Il devina vaguement dans la pénombre un homme en manteau sombre, au chapeau baissé, qui lui faisait signe de s'asseoir à ses côtés. Il se laissa tomber sur les coussins avec l'impression qu'il venait de faire une longue chute libre et qu'il serait nécessaire que le coussin soit très doux pour amortir le choc. L'intérieur de l'auto sentait la peluche moisie et un tabac autrement plus raffiné que celui de la poste.

« Roule », ordonna l'homme au chauffeur.

La voiture démarra, gagna le quai par la ruelle et le descendit à petite allure. Vincent observa que le chauffeur tout en conduisant jetait un œil curieux dans le rétroviseur. Son voisin sortit un carnet de sa poche.

« Pour qu'il n'y ait pas de malentendu, je vais procéder tout de suite à un petit interrogatoire, commença-t-il d'une voix sans intonation. C'est mon côté guépéou... Après tout il y a une filière en jeu. Donnez-moi donc l'adresse où vous habitez, jeune homme. »

Il s'était exprimé en allemand.

« Puis-je vous confier quelque chose ? répondit Vincent. Je n'ai plus envie de parler allemand. C'était la première chose que je m'étais promise si je parvenais à...

– Eh bien, parlons français, si vous préférez, le coupa l'homme. Ou anglais. Ou hongrois. Ou québécois.

– Je vois que vous savez qui je suis...

– Plutôt, grommela-t-il.

– Moi, en revanche... À Vienne, *qui vous savez* m'a juste parlé de la légation d'un pays neutre. »

L'homme eut un petit rire, puis lui tendit une carte.

« Paul Haeggeli, vice-consul de Suisse à Budapest. Répondez tout de même à ma question.

– Quoi, déjà ?

– L'adresse.

– 119, rue Sainte-Catherine, Montréal. C'était l'adresse de mes parents jusqu'à l'été 36. »

L'homme opina du chef.

« Le prénom de votre mère ?

– Madeleine.

– Le nom de votre ancien producteur chez Warner ?

– Là encore, je vois que...

– Oui, fit Haeggeli d'une voix où il sentit un léger agacement. Son nom ?

– David Lipchitz.

– Bien. Je vais maintenant vous demander de retirer un instant votre couvre-chef. »

Vincent s'exécuta et se sentit dévisagé comme – cela lui revint soudain – l'avait fait Rupert lorsqu'il lui avait demandé lui aussi d'ôter son casque. C'était à croire qu'ils regardaient tous quelqu'un qui avait existé à un moment donné, longtemps auparavant, et à qui il devait vaguement ressembler, tel jadis son reflet fantomatique dans la vitrine des *Dentelles du Théâtre*.

« Après tout ce que j'ai enduré depuis deux ans, je

crains que mes photos ne soient plus guère ressemblantes », soupira-t-il.

Son voisin parut se détendre enfin. Il esquissa un sourire, puis d'un geste amical lui tapa sur le genou.

« Oh, si, fit-il. Bien assez pour savoir que notre colis est enfin à bon port. Il y a encore dix minutes je n'en aurais pas mis ma main au feu, n'est-ce pas, Franz ?

– Monsieur le consul était un peu nerveux, admit le chauffeur.

– Il faut dire qu'on aura eu notre plein d'émotion... Ce n'est qu'au moment où je vous ai vu arriver que j'ai respiré !

– Quand je pense que j'ai trouvé le moyen de me tromper de voiture. Markus m'avait pourtant bien indiqué le nom de la rue...

– Cette enseigne de bureau de tabac m'avait paru commode, affirma le consul. Hors de la vue des sentinelles du Parlement, et suffisamment facile à trouver pour que vous puissiez venir de la gare sans difficulté.

– Oh, c'était l'enseigne ! J'ai cru que c'était le mot de passe !

– Ce n'est pas grave, le rassura Haeggeli. Tout le monde réclame des cigarettes à tout le monde dans cette malheureuse ville.

– Et personne n'en trouve, ajouta Franz avec un gros rire. Le type a dû penser que vous étiez saoul, car si le tabac manque, l'alcool, en revanche...

– Je ne sais pas ce qu'il a cru, en tout cas il a décampé. »

Les rives du fleuve défilaient avec lenteur. Bientôt surgit sur la droite un pont suspendu, si élégant et majestueux à la fois qu'il ressemblait dans le jour tombant à quelque grand schooner manœuvrant pour arriver à quai.

« Ne prends pas le pont des Chaînes, Franz, indiqua Haeggeli. Continuons jusqu'au Vigado. Bien, poursuivit-il en se tournant vers son voisin. Racontez-moi donc l'étape à Vienne. C'était une de mes inquiétudes. »

Pour la première fois Vincent se tourna vers lui et le regarda. Haeggeli pouvait avoir trente-cinq ans. Il avait les yeux clairs et la mâchoire énergique sous une fine moustache.

« Eh bien c'est là où finalement ça s'est le mieux passé, expliqua Vincent. À la gare Markus Rahn nous attendait. Je dis "nous", car depuis Berlin j'avais deux anges gardiens qui étaient en même temps les manutentionnaires de la production et qui devaient nous ramener la pellicule. Nous nous sommes rendus à la Wien Film dans une camionnette militaire, et là Markus s'est arrangé pour rester quelques instants seul avec moi et pour me souffler la phrase à prononcer. Il nous a ensuite projeté le film témoin qui avait viré au rouge et j'ai donc répété que la dominante pouvait être modifiée au tirage, mais qu'il me fallait passer pour cela quelques jours sur place. Comme nous l'espérions les gardes-chiourme ont protesté qu'ils devaient rentrer à Babelsberg, et Markus m'a alors établi un ordre de transfert qu'ils ont signé sans l'ombre d'un soupçon.

– Markus a eu l'idée qu'il fallait avoir. D'ailleurs, sans lui, rien n'aurait été possible. Et... à votre avis, personne n'y trouvera à redire à Babelsberg ? Il ne faudrait pas que cela se retourne contre lui !

– Je ne pense pas... Il y a une assez grande mobilité dans ces multiples filiales de la UFA, comme ils l'appellent encore ! Et cela, même pour les assujettis au travail obligatoire. Moi-même à la mi-août j'avais été muté du montage de bandes d'actualité au laboratoire de pellicule, et...

– Mais cette mutation a été l'œuvre de Markus ! s'exclama Haeggeli. C'est là que tout a commencé, en ce qui vous concerne. Cela n'aurait jamais été possible en effet de vous faire évader de Tempelhof ! En revanche, parce qu'il connaissait parfaitement l'organisation et les besoins de l'AFIFA à Babelsberg, il a pu imaginer ce plan…

– J'en sais quelque chose, soupira Vincent. J'avais essayé de m'évader de Tempelhof.

– Ah bon ? fit Haeggeli d'un ton surpris.

– Oui, il y a un an… en octobre 43. Aux actualités je travaillais avec un garçon de l'imprimerie Rotophot qui appartient au même groupe. Moyennant un témoignage pour le réhabiliter après la guerre – et cinq cents Reichmarks que je n'avais d'ailleurs fait que promettre –, il s'était engagé à me fournir de faux papiers. Et puis le gars a été muté dans une autre filiale, la Filmfoto Verlag – enfin c'est ce qu'on m'a prétendu. Pendant des mois je me suis inquiété à son sujet, mais j'ai heureusement appris un jour qu'il ne lui était rien arrivé.

– Mais pourquoi la Hongrie, alors que… » Il hésita. « Alors que nous ne nous intéressions pas encore à vous ?

– Ça avait failli marcher, murmura Vincent.

– Expliquez-moi, pourquoi la Hongrie, à ce moment-là ? insista le consul.

– Mais parce que les nazis n'y étaient pas encore entrés et que, à l'idée que je m'en faisais derrière ma table de montage à la vision de ces milliers de mètres de pellicule, j'étais convaincu qu'ils n'y entreraient pas tant que le régent Horthy serait au pouvoir !

– Pas mal de gens ont partagé cette illusion, murmura Haeggeli. À commencer par moi.

– Et puis je pensais que c'était une bonne étape pour tenter de repartir. Et puis aussi… »

Il eut un geste vague et contempla par la portière, de l'autre côté du fleuve, les collines escarpées de Buda. Peut-être les voyait-elle en ce moment même. Peut-être, d'une fenêtre, avait-elle les yeux fixés sur ce bosquet frissonnant là-bas dans le vent. C'était curieux, on aurait cru que la forêt descendait presque dans la ville. Peut-être sentait-elle – sa narine frémissante, son petit nez prêt à éternuer – cette odeur mouillée d'automne. Sa ville à elle...

Haeggeli gardait le silence et Vincent eut l'impression que le consul attendait toujours qu'il prononce la fin de sa phrase.

« À quoi bon vous donner les raisons, finit-il par conclure, puisqu'à l'époque rien n'a fonctionné comme je le voulais.

– Et voilà que vous vous retrouvez un an après dans une Hongrie truffée de nazis, dit Haeggeli d'un ton presque allègre ; et avec un rôle à tenir qui sera plein de dangers et de...

– C'est bien pourquoi je n'aime pas beaucoup voir une Horch me serrer de si près », le coupa le chauffeur.

Haeggeli se tourna vivement. Une imposante calandre pointait sa figurine agressive à moins de trois mètres de leur pare-chocs. Les lanternes n'étaient même pas allumées.

« Quatre hommes à l'intérieur, compta Franz, les yeux fixés sur le rétroviseur.

– *Scheiße* », jura Haeggeli.

Il fouilla fébrilement dans sa serviette.

« Tenez, prenez ça, dit-il à Vincent en lui tendant un document. Et vous, donnez-moi les papiers fournis par Markus. Vite. »

Les mains tremblantes Vincent chercha dans son sac.

« Voilà. Papiers et *Ausweis*. »

Le consul les empocha hâtivement. « Ce que je vous ai transmis, c'est votre passeport diplomatique. Il va servir plus tôt que prévu. Vous vous appelez André Collombin, vous êtes d'Yverdon, canton de Vaud. Vous venez d'arriver à la légation, en provenance de Berne via Vienne. »

Déjà la Horch les dépassait et entamait une queue de poisson. « Freine ! » cria Haeggeli.

Franz évita de peu la collision. La puissante voiture s'était immobilisée le long du trottoir. Les deux hommes de l'arrière en sortirent et se dirigèrent vers eux.

« Je parie que ce sont des Croix-Fléchées, s'exclama Haeggeli. Des gens de Szalasi. »

Il se pencha à la portière.

« Qu'est-ce qui vous prend ? Allumez vos phares, vous verrez peut-être la plaque diplomatique ! »

Le plus âgé des deux s'approcha.

« Et vous, que faites-vous par ici ? demanda-t-il en allemand avec un fort accent.

– Je me promène, répondit Haeggeli d'un ton suave. Le Corso est si agréable en arrière-saison, avec cette odeur d'acacias...

– Vous ne savez pas qu'il y a des restrictions à la circulation depuis ce matin ? aboya le Hongrois.

– Nous n'avons reçu aucune notification à la légation », répliqua le consul, sèchement cette fois.

L'homme le fixa. De là où il se trouvait, Vincent ne pouvait voir de lui que son feutre baissé – à la Paul Muni.

« Vous revenez de vos saloperies de maisons protégées, hein ?

– Ce n'est pas impossible...

– Vous croyez que ces charognes vont s'en tirer avec vos torchons de faux passeports ! hurla-t-il d'un ton haineux. Ils ne perdent rien pour attendre, vous non plus, d'ailleurs. Quelques ordres suffiront quand l'heure aura sonné ! »

Il paraissait refréner une envie de frapper. Son compagnon semblait plus calme. Il le tira par la manche et lui murmura une phrase à l'oreille. L'autre hésita, releva ostensiblement le numéro de la voiture, puis sans un geste à leur endroit remonta dans la Horch qui démarra en trombe. Encore saisis, ils la regardèrent tous trois filer le long du quai.

« Bon Dieu, s'exclama Haeggeli après un instant de silence. Moi qui croyais hier encore que le pire était derrière nous ! Si cette racaille commence à être maîtresse de la rue, le climat risque de changer à cent à l'heure avant demain matin !

– Ça m'étonnerait bien que quelque chose se passe cette nuit, patron, dit Franz. Je connais ma ville et, vous l'avez vu tout à l'heure rue Pozsonyi, les troupes loyalistes gardaient toujours les maisons protégées !

– Tout dépend d'elles, grommela Haeggeli d'un ton préoccupé. Tu n'as pas vu de rassemblement de Croix-Fléchées ?

– Non, patron. Mais j'ai entendu ce qu'il a soufflé à son copain en partant : ils se rendaient au QG de Szalasi. Bon, nous, qu'est-ce qu'on fait ? On rentre à la résidence ? »

Haeggeli réfléchit.

« Le téléphone est sûrement surveillé. Je voudrais m'assurer auparavant de... Dépose-moi donc au petit café près du Vigado. »

La voiture tourna à gauche et suivit quelques rues désertes. Les réverbères n'étaient toujours pas allumés et ils stoppèrent devant une vitrine à peine éclairée. *Meinl Gyula. Kavé. Tea. Kakao,* annonçait l'enseigne. Haeggeli regarda au-dehors, puis descendit. Un air de folklore se fit entendre lorsqu'il ouvrit la porte du café. Dès qu'il se trouva seul en compagnie du chauffeur, Vincent sentit une peur irraisonnée l'envahir. Il avait l'impression d'être observé par toutes ces silhouettes qu'il voyait se détacher derrière la vitre dépolie. Haeggeli devait être l'une d'elles. Mais que faisait-il, bon sang, ne savait-il pas que lui n'en pouvait plus ? Il s'aperçut que Franz le regardait à la dérobée dans le rétroviseur.

« Vous croyez qu'il va rester là longtemps ? demanda-t-il avec nervosité.

– Jusqu'à ce qu'il ait obtenu son correspondant. Le voilà », annonça-t-il en remettant aussitôt le moteur en marche.

Haeggeli se laissa tomber sur les coussins.

« On rentre », décida-t-il.

Il paraissait rasséréné et se tourna vers Vincent.

« Alors, j'apprends que vous n'aimez pas le potiron frit ? dit-il en lui tapant sur l'épaule.

– Oh, vous avez joint…

– Je ne savais pas qu'il y avait eu tant de problèmes sur le trajet et à l'arrivée ! Kocsis – le vieil homme qui vous suivait avec sa femme depuis Vienne, prêt à intervenir – a eu très peur. Il ne s'attendait pas à ce qu'on vous fasse descendre à la halte, et en plus il a cru qu'à la gare les SS étaient venus en votre honneur.

– Pour ce qui est de la halte, je n'ai pas compris moi non plus. Tout s'était si bien passé à la douane…

– Ils font souvent cela. J'imagine qu'ils n'avaient pas pu joindre la Wien Film pour vérification. Kocsis m'a raconté que Markus Rahn venait de l'appeler de Vienne depuis une cabine publique et lui avait dit dans leur langage codé qu'il s'attendait à un téléphone à la douane et que, ne voyant rien venir, il s'était méfié et était demeuré en alerte… Des merveilles pareilles, ça vaut mille Reichmarks pour l'un, mille pengös pour l'autre, déclara-t-il au chauffeur. Note, Franz.

– Bien noté, patron.

– Markus m'avait d'ailleurs fait apprendre par cœur ce que je devais répondre en cas d'interrogatoire en cours de route, précisa Vincent. Il m'avait affirmé que l'identité hongroise portée sur mon passeport expliquerait mon accent si j'avais à m'exprimer en allemand. J'étais inquiet de ne pas pouvoir prononcer plus de quelques mots en hongrois, et vous savez ce qu'il m'avait répondu ? Que les Allemands ne m'interrogeraient jamais devant des fonctionnaires hongrois, tant ils sont sûrs que la plupart jouent double jeu !

– Bien vu, marmonna Haeggeli. Votre ami Lipchitz a décidément eu le nez creux quand il l'a choisi pour organiser votre évasion.

– Mais comment pouvaient-ils se connaître ? s'interrogea Vincent presque pour lui-même.

– Je crois savoir que votre ami l'avait connu au moment où la filiale viennoise de la Tobis – cette firme cinématographique où la Warner avait eu des intérêts – était devenue la Wien Film. Markus Rahn avait alors fait savoir secrètement à David qu'il était opposé à l'Anschluss et que, quoi qu'il arrive par la suite, il pouvait compter sur lui. Vous aurez été le premier bénéficiaire, et David vous aura bien sorti de l'ornière, ajouta-t-il en plaisantant...

– Il me devait bien ça, murmura-t-il.

– Que dites-vous ? »

Sans répondre Vincent s'enfonça dans son coussin d'un air boudeur, comme s'il se sentait subitement contrarié d'avoir laissé échapper cette confidence. La voiture franchissait à présent le fleuve. Devant lui, bien au-dessus de la balustrade du pont, il discernait dans le jour déclinant les pentes d'une colline couronnée de fortifications et de hauts bâtiments qui lui rappelèrent soudain Dieppe, comme si les hautes murailles se répondaient l'une l'autre de part et d'autre du sombre et morne océan de sa captivité.

« Ami ou pas, comment David a-t-il su que j'étais prisonnier ? demanda-t-il pour briser le silence.

– Par un journaliste qui vous a rencontré lors de l'opération manquée de Dieppe.

– C'est curieux que vous m'en parliez, je venais d'y penser », dit-il.

Le consul le regarda sans comprendre.

« La citadelle, expliqua Vincent. Cela m'a rappelé le château, là-bas, sur sa falaise... Deux ans et deux mois... Une éternité... Oh, vite qu'on arrive. Je me sens devenir vieux, tout à coup.

– On y est presque », le rassura Haeggeli.

Ils atteignaient les étroites rues en pente de Buda.

« Vous étiez très gardé ? » l'interrogea Haeggeli comme s'il fallait le maintenir hors de ses songes.

Vincent haussa les épaules.

« Comme un prisonnier, un vrai prisonnier... Seize heures par jour dans l'obscurité de la salle de montage, avec la présence perpétuelle des gens de la censure pour nous ordonner ce qu'il fallait couper. À me dégoûter de la pellicule à jamais. Enfin. Pour moi c'était tout de même le paradis après les mois passés en 42 dans un camp de Silésie. Là, j'ai bien cru que je sombrais. Le cinéma m'a alors sauvé une première fois.

– C'est vrai, comment avez-vous été muté ? David Lipchitz n'y était pour rien, cette fois...

– Pas que je sache ! J'avais appris par un bulletin de radio entendu par hasard au stalag que la production des actualités avait connu depuis le début de la guerre une expansion considérable. Prévoyant qu'ils devaient manquer de personnel, j'ai fait savoir qu'avant-guerre je travaillais pour le cinéma. Quinze jours après ils me transféraient à Tempelhof pour monter des bandes d'actualité dans le cadre du Travail obligatoire. Là j'ai appris que, de 400 copies par semaine avant-guerre, on était passé à 1 700, auxquelles il fallait ajouter les versions destinées aux pays « amis ». En fait les différents centres de montage recevaient des PK, les compagnies de propagande qui fournissaient le journal hebdomadaire, jusqu'à 40 000 mètres de pellicule chaque semaine ! Mais je peux vous assurer que juste avant ma mutation au laboratoire de Babelsberg, le personnel était devenu si réduit et le temps si limité qu'on envoyait souvent du matériel non monté. »

A parler cinéma, il s'animait peu à peu. Haeggeli sourit.

« Vous trouverez à la résidence quelqu'un que tous ces détails intéresseront sans aucun doute », dit-il.

Ils ralentirent devant une grande maison bourgeoise.

« Entre directement dans la cour », ordonna Haeggeli au chauffeur.

Dès que la voiture fut arrêtée le consul retira son chapeau et se passa la main dans les cheveux avec nervosité.

« Quand même, j'ai un frisson rétrospectif en pensant à tout ce qui aurait pu arriver, souffla-t-il. Tenez, Kocsis m'a appris que la garde noire qu'il avait crue un instant réservée à votre arrestation était en fait là pour accueillir l'Obergruppenführer Otto Winckelmann qui arrivait juste après vous par train spécial en provenance de Berlin. »

Il soupira.

« C'est à la fois le chef de la SS et de la police hongroise. Ce retour ne me dit rien qui vaille », ajouta-t-il.

Vincent suivit le consul dans un petit escalier de service mais éprouva de la difficulté à grimper à l'étage, tant il se trouvait soudain fatigué. Devant l'une des portes du palier Haeggeli s'effaça pour le laisser entrer et lui désigna un fauteuil dans lequel il s'effondra davantage qu'il ne s'assit. Devant lui une vue du Cervin accrochée au mur se mit à vaciller comme si un tremblement de terre californien venait le secouer.

« Vous vous sentez mieux ? » entendit-il une voix s'enquérir d'un ton anxieux.

Il s'aperçut alors qu'il n'était plus sur le fauteuil mais à demi étendu sur le canapé, le dos appuyé contre un coussin. À son chevet Franz disposait sur un guéridon un plateau contenant une saucisse et un pot de café dont Haeggeli était en train de lui verser une tasse.

« Du café... Il y avait si longtemps, murmura-t-il.

– Ça va au moins vous faire passer le goût du potiron frit », dit le consul d'un ton encourageant.

Vincent s'efforça d'en avaler une gorgée, puis parvint à se redresser.

« Je ne sais pas ce qui m'a pris, s'excusa-t-il d'un ton confus. Ça doit être l'émotion de me savoir à l'abri. »

Haeggeli s'approcha.

« C'est normal, après tout ce que vous avez enduré. Mangez tranquillement, mon cher. Cela va aller mieux, cela ne peut qu'aller mieux. »

Il s'exprimait dans un français traînant et Vincent eut l'impression fugitive en entendant cette phrase d'être revenu sur sa terre natale pendant la grande dépression, lorsque son père encourageait les gérants de salles à investir. Il se leva. Derrière le bureau du consul, le Cervin avait retrouvé son assise majestueuse. Il fit quelques pas en chancelant.

« Ça va ? s'inquiéta Haeggeli.

– Je commence à mesurer la chance que j'ai d'être ici. Vous vous souvenez de la fin du film de Jean Renoir, *la Grande Illusion*. "Tire pas, ils sont en Suisse." Je suis en Suisse – en quelque sorte… »

Le consul esquissa une moue.

« D'abord on peut tirer sur vous, hélas ! Ensuite on a trop travaillé afin de vous ramener pour pouvoir parler de chance… Bien sûr, vous en avez eu… Mais elle a été bien aidée par votre ami David. C'est lui qui a tout organisé avec Markus Rahn, et ça n'a pas été une mince affaire. »

La réalité lui revenait et le nom de David agit comme un élément discordant dans la quiétude de son tout nouvel univers.

« Vous êtes en rapport personnel avec lui ? demanda-t-il.

– Non, car tous les contacts passent par notre service diplomatique à Berne ou par les services suédois. C'est ainsi qu'il a pu retrouver Markus Rahn qu'il n'avait pas revu depuis les négociations concernant la filiale autrichienne de la Tobis, il y a six ans. Ces contacts ont été à vrai dire facilités par le fait que votre ami est devenu vice-président du Joint Distribution Committee, un organisme philanthropique juif dont le but est de tenter de sauver avec l'aide des pays neutres ce qui reste de la communauté juive hongroise – en fait la communauté de Budapest. »

Vincent se pencha en avant.

« Vous dites : votre ami. Je voudrais que vous sachiez tout de même une chose. Nous avons été en effet amis pendant des années, mais ce n'est plus le cas. Pour être clair, nous nous sommes quittés il y a maintenant plus de cinq ans en fort mauvais termes. Vraiment mauvais. »

Haeggeli parut surpris.

« Comment cela ?

– Eh bien... la dernière fois que je l'ai vu, nous avons tous les deux roulé sur le trottoir en une vraie bagarre de chiffonniers. »

Le consul releva vivement la tête.

« Eh bien, ça, alors ! » s'exclama-t-il avec stupeur.

Il y eut un silence. Vincent revoyait la scène comme au travers d'une fantasmagorie improbable. La lune sur la façade de temple égyptien de la bibliothèque municipale de L. A., les palmiers, les halètements de fureur de David dont il ne discernait même pas le visage...

« Et encore la situation entre nous s'est-elle encore aggravée après cette empoignade, ajouta-t-il.

– Vous me dites que vous ne l'avez plus revu !

– Peut-être aura-t-il découvert après mon départ d'autres raisons de ne pas m'apprécier », répondit Vincent d'un ton énigmatique.

Haeggeli eut un bref geste d'incompréhension comme si tout cela le dépassait un peu.

« Écoutez... Apparemment il vous appréciait tout de même assez pour organiser avec Markus Rahn ce scénario complexe dans le seul but de vous ramener ici. »

Vincent tapota le bras du fauteuil.

« C'est cela qui me laisse songeur… Étant donné ce qui s'est passé entre nous, il ne m'a certes pas sauvé par amitié, il m'a sauvé parce qu'il avait besoin de moi ! Oui, s'il s'est donné tant de mal pour me faire évader, c'est qu'il avait une autre raison… Remarquez, cela ne me gêne pas ! Et vous devinez bien que, s'il doit me confier une mission, je suis prêt à l'aider pour le remercier de ma liberté retrouvée. Mais ce que je voudrais justement savoir, comprenez-moi, c'est de quoi il retourne… »

Haeggeli le regarda.

« Venez », dit-il.

Il se leva et lui fit signe de s'approcher de la fenêtre. Elle donnait sur une rue étroite. Au premier plan sous la pluie tenace, le drapeau suisse pendait tristement sur sa hampe. Devant l'entrée stationnait une petite foule sous des parapluies. Il se retourna.

« Ils attendent quoi ?

– Des passeports de protection. Entre la légation et ici, on en a distribué seize cents depuis avant-hier, tant le climat a changé depuis quelques jours…

– Oh, c'était cela dont parlait le Hongrois tout à l'heure… Ces passeports leur permettent d'aller en Suisse ? »

Haeggeli esquissa un geste d'impuissance.

« Certains de ceux qui font la queue se l'imaginaient. Il y en a même qui sont venus ici en apportant une luge… Eh bien non, ce n'est qu'un chiffon de papier, et sur ce point cette canaille de Croix-Fléchée avait raison. Cela leur permet simplement d'être protégés à l'intérieur des maisons du quartier de la rue Pozsonyi, que les Suédois et nous avons pu racheter au mois d'août, lorsque nous avons craint que les déportations ne reprennent. Ces maisons arborent nos couleurs, et à l'époque nous avons pu obtenir du gouvernement du général Lakatos qu'elles soient gardées par l'armée régulière afin d'éviter tout risque de pogrom. C'est alors que j'ai pensé que le pire était derrière nous ; mais depuis quelques jours la percée des troupes soviétiques a changé le climat… Les nazis ne redoutent en effet rien comme un armistice séparé entre les Hongrois et les Soviétiques, et pour s'y préparer ils arment et entraînent de jeunes troupes d'assaut qui semblent prêtes à fomenter un coup d'État si le régent Horthy se rend aux Russes. Cela m'inquiète beaucoup car ces jeunes Croix-Fléchées sont pour la plupart excités et dangereux…

– Je crois bien que j'en avais quelques-uns en face de moi dans le train. Une fille et deux garçons.

– En partie à cause de ces jeunes, j'ai peur que vous n'arriviez trop tard, même si vous parvenez à vous entremettre entre… »

Il ne termina pas sa phrase. Vincent attendit, puis eut un geste d'impatience.

« Monsieur le Consul, commença-t-il avec une sorte de gravité. Comme je vous le disais dans la voiture, pendant près de deux ans j'ai été maintenu prisonnier derrière ma table de montage. Mais le matériel pris par les opérateurs d'actualités sur tous les lieux stratégiques était déjà passé par la censure lorsque je le visionnais. Je n'ai donc pas été… quoi qu'on puisse penser… véritablement *informé*. En particulier des déportations juives, les bandes étant quasi muettes sur ce sujet. Le type de chez Rotophot – celui qui devait m'aider lors de ma première tentative d'évasion – avait été le seul à me glisser quelques informations sur le ghetto de Varsovie. " Si tu savais ce que j'ai appris ", m'avait-il murmuré un soir, mais par le seul fait d'avoir un aparté avec un prisonnier il mettait sa vie en danger ! Quant à la Hongrie… J'avais pourtant quelques raisons de m'intéresser à elle, et mon attention était donc en éveil… Eh bien, dans les bandes d'actualité cela a été jusqu'en mars comme si ce pays n'existait pas. Ensuite l'entrée des troupes allemandes a été très succinctement rapportée, telle une annexion naturelle qui ne pouvait plus attendre. Rien sur les persécutions contre les Juifs, si ce n'est, je me souviens, ce devait être au début mai, une allusion à un regroupement en Transylvanie où des Juifs parlaient eux-mêmes sans angoisse particulière d'une… oui, je me rappelle, *günstige Lösung*. "Solution favorable"… Vous comprendrez que j'ai cru jusqu'au bout que la Hongrie était restée un cas à part ! C'est d'ailleurs ce que ce journaliste rencontré à Dieppe m'avait prétendu. Vous imaginez alors mon trouble et mon émotion lorsqu'arrivant à Budapest, j'ai vu ces étoiles jaunes sur la voie de chemin de fer…

– C'est triste à dire, murmura Haeggeli, mais je signerais tout de suite pour que leur situation demeure celle que vous avez vue. »

Il revint à la fenêtre, resta un instant pensif, puis se rassit derrière son bureau.

« Quant à votre journaliste, il n'avait pas tort, du moins jusqu'au début de cette année. Rendez-vous compte que jusqu'en mars, seul un territoire important parmi tous ceux affectés par la guerre n'avait pas été touché par les déportations, une seule communauté juive était intacte, une seule, vous m'entendez : celle de Hongrie. Et nous avons été dans cette affaire (les Juifs comme nous-mêmes, diplomates des pays neutres) d'un coupable aveuglement. Nous nous sommes bercés de toutes les illusions, voilà la vérité, et cela alors même qu'Eichmann était déjà à pied d'œuvre ! La communauté juive de Hongrie a cru qu'elle était inattaquable parce qu'elle représentait à elle seule les trois quarts de la bourgeoisie de ce pays, qu'elle était complètement intégrée à la vie hongroise, et que ce pays ne pouvait pas fonctionner sans elle. Pas un instant, pas un instant, vous m'entendez, elle n'a pensé que le sort des Juifs de Pologne pouvait être un jour le sien. »

Il exhala une sorte de soupir douloureux.

« Moi-même, mes illusions je les ai gardées presque

jusqu'à la fin avril. J'avais une amie juive à laquelle me rattachaient des liens très tendres. Un beau matin elle a été enlevée dans une rafle dans sa maison de Szeged. Dans un premier temps je ne me suis pas trop angoissé. Après tout elle était convertie au catholicisme depuis des années, et en plus elle avait travaillé pour l'amiral Horthy qui l'avait en quelque sorte prise sous sa protection. Peu de temps après sa disparition, j'ai reçu une carte de correspondance écrite de sa main qui disait simplement : *Tout va bien, ne t'inquiète pas*. Il n'y avait pas de date, et la carte était envoyée du bureau de Waldsee. Je me suis précipité sur un annuaire pour m'apercevoir qu'il n'y avait aucun Waldsee avec une poste. Ce n'est qu'à ce moment-là que je me suis affolé. J'ai fait mettre en branle toutes les influences possibles… J'ai remué ciel et terre… Dix jours après, je recevais… ça. »

Ses doigts tremblaient lorsqu'il lui tendit le feuillet.

WIRTCHAFTS-VERWALTUNGSHAUPTAMT
Section III-S.

Oranienburg, le 2 mai 44,

Monsieur le Consul,

Nous avons pris bonne note de votre désir de prendre des renseignements concernant Mlle Petra Kornfeld. Je suis heureux de pouvoir vous annoncer que Mlle Kornfeld va bien, mais qu'elle est désormais si bien intégrée à la vie économique allemande qu'il est impossible de se passer d'elle. De plus, le problème technique posé par son rapatriement nous apparaît insoluble.

Bien à vous,

Sturmbannführer Horst KLEIN

C'était signé en grosses lettres placides.

Vincent le lui rendit sans mot dire. Haeggeli évitait de le regarder.

« Ce que je vais vous apprendre sur l'extermination des Juifs hongrois, nous l'avons recoupé peu à peu avec bien des difficultés, reprit-il. Tout a commencé par des rafles systématiques en province. Les gendarmes hongrois les emmenaient à la gare la plus proche – Szeged dans le cas de Petra, précisa-t-il d'une voix sourde. Les premiers trains sont arrivés à Auschwitz, dans le sud de la Pologne, dès le 15 mai. De cette date à la fin de juin, il y a eu jusqu'à cinq trains par jour qui transportaient chacun quarante-cinq wagons de soixante-dix personnes, dans des conditions indescriptibles. On peut penser qu'à ce moment tous ceux qui habitaient en province avaient atteint… Waldsee, dit-il après un bref silence. Il ne restait plus à l'époque que la communauté de Budapest, 140 000 membres qui représentaient la seule grande communauté juive encore vivante en Europe. C'est aussi le moment où les pays neutres, dont nous-mêmes, ont décidé de passer à l'action, soutenus par le War Refugee Board et le Joint Distribution Committee de votre ami David… Pardon.

– Nous nous réconcilierons certainement, après tout ce que j'apprends, dit Vincent.

– Le consul de Suède, Raoul Wallenberg, aidé par mon propre chef de légation Charles Lutz, s'est alors efforcé de galvaniser les énergies. Nous avons fait pression sur Horthy, envoyé lettres et rapports au monde entier, quasiment exigé une suspension des déportations, puis, dès qu'elle fut acquise, obtenu un changement de Premier ministre. Du nouveau chef de gouvernement, le général Lakatos, nous avons obtenu que les synagogues soient rouvertes et que les 50 000 membres des Brigades de travail obligatoire (semblables à celle que vous avez croisée) demeurent sous la protection de l'armée hongroise. Mais depuis quelques jours la rumeur que les déportations vont reprendre s'est mise à enfler, et là-bas dans nos maisons portant l'étoile, l'angoisse croît d'heure en heure... »

Vincent se pencha en avant.

« Mais moi, monsieur le Consul. Encore une fois, *moi*, dans cette tourmente... »

Il eut le sentiment pour la première fois que Haeggeli le regardait comme s'il le jaugeait. Puis le consul ouvrit son tiroir et en sortit une photo qu'il lui tendit. À côté d'un officier SS de haut rang, on voyait un homme en pelisse et chapeau melon.

« À droite c'est l'Obergruppenführer Otto Winckelmann, chef suprême des SS et de la police en Hongrie, celui-là même dont vous avez vu tout à l'heure la garde. Et à gauche ?

– Je ne le connais pas », dit Vincent sans hésitation.

Les traits de Paul Haeggeli se figèrent.

« Regardez mieux. Il s'agit du directeur du cabinet du prédécesseur de Lakatos, l'ancien Premier ministre Sztojay que les Allemands ont apporté dans leurs malles en mars 44, le professeur Karoly Szabo.

– En plus je n'ai jamais entendu ce nom. »

Vincent se sentait presque soulagé.

« Mais c'est impossible ! s'exclama Haeggeli. David m'a fait savoir que vous l'avez rencontré. Peut-être a-t-il modifié son apparence, mais il était connu en Amérique sous son nom de scénariste de Lothar Bognar.

– Mon Dieu ! » fit Vincent en reprenant la photo.

Il l'approcha de ses yeux.

« Vous n'auriez pas une loupe ? demanda-t-il.

– Il doit bien y avoir cela dans notre attirail de fabricants de faux papiers, marmonna Haeggeli en fouillant dans son tiroir. Tenez. »

Vincent scruta la photo. Si c'était bien Bognar (seul le bas de son visage était visible à cause de l'ombre du chapeau) il semblait avoir à la fois maigri et rajeuni.

« Vous n'avez pas d'autre document ? Il a l'air d'avoir dix ans de moins que dans mon souvenir, mais on le voit si mal !

– C'est la seule photo dont nous disposons. Alors que Veesenmayer, le plénipotentiaire du Reich, et Winckelmann n'aiment rien autant que parader, lui se montre maladivement en retrait. Son influence n'en est que plus grande, et il y a longtemps que nous l'avons à l'œil. Il est arrivé fin 41 dans l'entourage du Premier ministre de l'époque, Bardossy – qui était très pro-allemand –, pour s'occuper justement des Brigades juives de travail obligatoire. En mars 42, lorsque Kallay a remplacé le Premier ministre, Szabo *alias* Bognar est reparti pour Berlin et nous l'avons retrouvé sur les plateaux de Babelsberg où il travaillait au scénario du *Münchhausen* de von Baky.

– Par exemple, fit Vincent. J'aurais pu le croiser !

– Là-bas il a fait la connaissance du ministre de Hongrie Sztojay, et il est bien entendu revenu avec lui lorsqu'en mars, après l'invasion allemande, Sztojay est devenu Premier ministre. De mars à août il est devenu directeur de son cabinet, avant que Lakatos, par un nouveau mouvement de balancier très typique de la politique hongroise, ne mette fin à ses fonctions à la chute de Sztojay. Bognar s'est alors rapproché des Croix-Fléchées, et on lui prête maintenant une influence non négligeable – certains disent même : modératrice – sur leur chef Ferenc Szalasi. »

Vincent hocha la tête.

« Depuis cette fameuse journée de Dieppe je savais en effet que Bognar avait quitté Hollywood et qu'il était retourné en Hongrie, mais j'étais loin de penser que c'était pour jouer un rôle politique… Et maintenant je commence à voir où vous voulez en venir !

– Szalasi est un personnage redoutable et dangereux. S'il parvient au pouvoir, le Sondereinsatzkommando

Eichmann sera à nouveau à l'œuvre dans la minute qui suivra. Nous nous devons, les Suédois et nous, de protéger nos maisons "spéciales" – comme nous les appelons – et d'empêcher par tous les moyens la reprise des déportations. Or il nous est impossible d'avoir le moindre contact avec Ferenc Szalasi alors qu'il faudrait, pendant qu'il est temps, pouvoir lui faire passer un message sans ambiguïté. Il n'y a que Bognar pour jouer ce rôle mais il se méfie des diplomates qu'il refuse systématiquement de recevoir. Cela fait deux mois que David et moi pensons que vous êtes le seul à pouvoir l'approcher à l'hôtel Gellert, puisque vous le connaissez déjà. Il faut que vous y réfléchissiez.

– Mais je ne l'ai vu qu'une seule fois ! Longuement, certes, mais dans des circonstances si… particulières…

– Il semble que vous ne lui avez pas laissé un mauvais souvenir, puisqu'il a dit à David que vous étiez un *good boy…* »

Vincent hocha la tête.

« Quand je pense à la tête que m'a faite David lorsqu'il a su que je l'avais rencontré… Cela avait même été l'un des motifs de la querelle dont je vous ai parlé.

– Peut-être, répliqua Haeggeli, mais pour nous le temps presse. Mon opinion est qu'il faut nous servir de l'influence que peut avoir Bognar sur Szalasi, si tant est qu'elle existe encore, pour lui faire passer un unique et pressant message : que les Croix-Fléchées ne touchent pas un cheveu des Juifs des maisons spéciales, sinon il leur en cuira après la victoire des Alliés ! Foutez-lui la trouille, mon vieux, poursuivit-il en s'animant. On ne peut plus finasser, on a tout essayé pour les rencontrer, ces deux canailles, Szalasi et lui. Considérez donc cela comme une mission de la dernière chance. Une fois dans la place, tapez du poing sur la table, assurez-les qu'ils seront tous pendus… et puis non, je m'énerve, avisez sur place s'il faut manier la carotte ou le bâton… Ce qu'il faudrait que vous obteniez, c'est qu'en cas de coup d'État les troupes hongroises loyalistes – je veux dire fidèles à Lakatos – qui protègent encore ce soir les maisons spéciales soient remplacées par la gendarmerie du lieutenant-colonel Ferenczi en qui nous avons une confiance... » Il chercha le mot adéquat. « Une confiance raisonnable. »

Vincent hocha la tête.

« Je vois bien pour le bâton ; mais pour la carotte ?

– Ne vous inquiétez pas, elle est de taille ! David Lipchitz m'a en effet autorisé à faire savoir à Bognar – transmis par vous, cela n'aura que plus d'effet – que si rien n'arrivait aux populations des maisons protégées, il pourrait revenir travailler à Hollywood après la guerre. »

Vincent fit la moue.

« Je me demande s'il est bien adroit de lui parler de David ! Il s'en méfiera plus que de n'importe qui... N'oubliez pas qu'à la Warner ils étaient en relations professionnelles suivies mais qu'ils se détestaient... Le journaliste Rupert Wylie m'a même affirmé, à Dieppe, que Bognar était reparti pour la Hongrie parce que David l'y avait obligé. Je crains dans ces conditions que cette offre ne produise un effet contraire à celui que nous recherchons !

– Je me suis pourtant laissé dire par mes informateurs qu'il se montrait parfois nostalgique de son époque hollywoodienne – il l'a confié à l'ambassadeur de Suède lors d'un dîner au Dunapolata. Et encore une fois, nous n'avons plus le choix ! »

Vincent s'efforça de mettre un peu d'ordre dans ses pensées. Bognar. Il allait le voir une deuxième fois. Tenter à nouveau de se glisser dans son antre. Il lui vint soudain l'idée qu'il y avait là une occasion inespérée de l'interroger sur le sort de Margit, mais il la chassa aussitôt. Faire passer d'abord le message concernant les maisons protégées – après on verrait. Haeggeli le regardait comme s'il attendait d'autres questions.

« J'aurais tout de même bien voulu savoir avant de transmettre les offres de David, interrogea Vincent après une hésitation, s'il avait à l'époque prévenu Bognar que je travaillais... moi aussi pour le studio Warner. »

Le consul parut s'impatienter.

« Je n'en sais rien, mais quelle importance ?

– Il faut que vous sachiez que si je l'ai rencontré cette unique fois, ce n'était pas le fait du hasard : je m'étais en fait introduit chez lui... C'était un soir d'août 39, à Los Angeles, sous prétexte de l'aider à éponger l'eau d'un orage. La vérité, c'est que je menais une enquête sur la disparition d'une personne dont le sort m'intéressait particulièrement, et j'espérais recueillir chez lui un ou deux indices... J'aurais donc aimé savoir s'il avait appris à l'époque par David quel était ce soir-là le but réel de ma visite.

– Votre histoire de disparition fait très *detective story* ! s'exclama Haeggeli. Moi qui adore cela ! Et... avez-vous retrouvé la trace de cette personne ?

– Pas vraiment », répondit Vincent d'un ton évasif.

Il se leva de son fauteuil et fit quelques pas dans la pièce.

« Pour en revenir à Bognar, reprit le consul, peut-être l'évocation du passé n'est-elle pas un mauvais moyen pour entrer en contact avec lui. Vous êtes en tout cas le seul qui puisse y faire référence... Je ne vous cache pas que c'est en partie pour jouer cette carte-là que nous avons organisé votre évasion, ajouta-t-il sans ambages. Je me demande toutefois si ce qui pouvait apparaître la semaine dernière encore comme une carte originale pour circonvenir Szalasi n'arrive pas maintenant bien tard. Enfin, cela vous aura valu la liberté, mon cher. Oui, Franz ? »

Le chauffeur venait d'apparaître, brandissant un feuillet.

« Ça vient de la légation par téléphone, monsieur le Consul. On vient de le déchiffrer. »

Il ne put réprimer une grimace.

« Quand la place Teleki se manifeste, ce n'est jamais bon signe. Voyons cela. "15. 10. 44, 18 heures, lut-il tout haut. L'Obersturmbannführer Skorzeny, agent du service de sécurité du Reich chargé des missions spéciales, aurait tenté ce jour d'enlever le fils de l'amiral Horthy, régent de Hongrie. Fin de message. " »

Il reposa le feuillet d'un air préoccupé.

« Voici une disparition moins romanesque que celle dont vous me parliez ! C'est sans aucun doute pour tenter de faire pression sur le régent afin qu'il ne signe pas l'armistice... Mon pauvre ami, reprit-il après un silence, je crains que tout cela ne tourne à la mission sans espoir.

– Les loups sont à nouveau dans la ville, à ce qu'il me semble !

– Oh, ils n'en ont jamais été bien loin, mais ils reprennent toute leur superbe, et j'entends déjà leurs dents claquer aux alentours... Lakatos dont nous faisions notre allié n'aura duré que le temps d'un intermède de quelques semaines... En fait, je savais par Lajos que Skorzeny était en ville et qu'il avait rencontré Veesenmayer, ajouta-t-il. La petite Pathé s'est malheureusement enrayée au moment où, caché dans un renfoncement, il allait les filmer l'un et l'autre à la sortie de l'hôtel Hungaria. »

Vincent leva la tête.

« Vous voulez parler de la petite caméra Pathé ?

– Oui, une Baby oubliée par l'un de mes prédécesseurs qui devait s'en servir pour ses films de vacances. Je l'avais confiée à un jeune étudiant qui a pu s'évader d'une brigade de travail obligatoire et s'est réfugié chez nous. Il est passionné de prises de vues, et en tant que Juif il veut témoigner la caméra à la main, en filmant les méfaits des

Croix-Fléchées. L'idée aurait été bonne, si la petite merveille avait fonctionné...

– Mais je ne connais que ça, la Pathé-Baby ! s'exclama-t-il. Le propre père de David m'en a donné une en 1927, et c'est d'elle que je tiens ma passion pour le cinéma ! »

Haeggeli eut un geste désolé.

« Lajos m'a dit qu'il manquait une pièce, et nous n'avons bien entendu aucun moyen de la remplacer.

– Montrez-la-moi. Si je peux l'aider, votre protégé...

– Franz, peux-tu demander à Lajos de nous l'apporter ? » ordonna le consul – sans trop de conviction, lui sembla-t-il.

Il entendit que l'on grimpait quatre à quatre à l'étage, et un jeune homme poussa aussitôt la porte. Son teint était blafard et ses yeux expressifs.

« Je vous présente Lajos, notre futur Eisenstein, du moins à ce qu'il prétend, dit Haeggeli d'un ton soudain allègre.

– Un Eisenstein sans outil de travail, murmura le jeune homme en montrant l'étui.

– Faites voir... »

Chaque fois qu'il reprenait en main une Pathé-Baby, l'émotion lui faisait presque trembler les mains. Il l'examina néanmoins avec minutie.

« Oh, mais c'est un modèle perfectionné, avec moteur à ressort ! Celle que j'avais enfant n'était pas si compliquée, elle ne fonctionnait qu'avec une manivelle, mais au moins elle ne tombait pas en panne !

– C'est justement ce fichu moteur qui est grippé, expliqua le jeune homme.

– Je me souviens qu'à l'époque il était vendu à part... Regardez, d'ailleurs, si on le retire, le logement de la manivelle apparaît et il suffirait de l'enclencher pour faire avancer le film.

– Je ne m'en suis jamais servi, elle est peut-être encore au fond de l'étui ! » s'exclama Lajos.

Avec fébrilité il fouilla lui-même dans la boîte de carton bouilli et sortit triomphalement la petite manivelle nickelée de son alvéole. Vincent la mit aussitôt en place et l'enfonça dans l'axe.

« Et voilà, fit-il. Bien sûr vous êtes obligé de tourner à la main, mais sans son moteur la caméra a aussi l'avantage d'être deux fois plus mince ! Vous pourrez facilement la dissimuler dans l'une de vos poches.

– Je suis si... si content, balbutia Lajos. J'étais mortifié que Paul m'ait confié cette mission et que je ne puisse plus l'accomplir.

– Vous avez de la pellicule ? Attention, c'est du 9, 5 à perforation centrale, pas du 16 !

– Oh, ce n'est pas ça qui manque, dit Haeggeli. Mon collègue en avait laissé tout un stock, de quoi sans doute filmer chacune de ses excursions en famille sur le Balaton ! »

Le téléphone sonna. Il décrocha.

« Allô ! Oui, Franz. Je descends. Prépare la voiture. »

Il reposa le combiné.

« Il y a une réunion à la légation de Suède. Ça transpire l'urgence. Ne bougez surtout pas d'ici, ni l'un ni l'autre... N'est-ce pas, André ? »

Vincent se retourna comme si quelqu'un se trouvait derrière lui.

« C'est à vous que je parle ! lança Haeggeli d'un ton vif. Apprenez par cœur votre identité sur le passeport que je vous ai donné dans la voiture, mais ne l'emportez pas avec vous ! Pour le contrôle à la porte de l'hôtel, vous disposerez en effet d'un autre jeu de papiers au nom de Regis Chappaz, également citoyen suisse, né à Martigny et chargé de la distribution en France et en Belgique des films de la UFI. Après je ne peux plus rien pour vous. Bien entendu le concierge et ses acolytes sont des miliciens. Si vous parlez français, ne prenez pas un ton nasillard et vous pourrez faire un jeune Vaudois tout à fait acceptable. Vous irez demain matin, je vous verrai avant afin de ne rien laisser au hasard, de vous donner quelques informations supplémentaires et de vous indiquer l'endroit exact où je vous attendrai. »

*

« Vous n'avez pas l'accent si nasillard que ça ! s'étonna Lajos dès que Haeggeli eut quitté la pièce.

– En français, si. On ne se refait pas.

– De toute façon, pour moi vous êtes américain avant tout, s'exclama le jeune homme d'un ton extasié. Paul m'a raconté... Hollywood ! La Warner Bros ! Bette Davis. Errol Flynn. Paul Muni. Michael Curtiz, qui était hongrois et avait connu mon père... Quand je pense que vous avez dû tous les rencontrer ! »

Il prit la caméra en main et fit mine de tourner la manivelle.

« Oh, je suis content qu'elle fonctionne à nouveau ! Je vais pouvoir m'y remettre, et j'ai malheureusement peur qu'il n'y ait pas longtemps à attendre pour trouver des occasions de tourner.

– Vous aussi, vous craignez le pire ?

– Le pire, c'est Szalasi. C'est leur créature la plus diabolique. Les nazis le poussent en avant, lui et ses partisans. S'il arrive au pouvoir, cela va être le cauchemar, comme en avril et en mai. Et plus encore, car maintenant les gens savent ce qui va leur arriver. En mai ils ne savaient pas. On les poussait dans les trains, et ils croyaient qu'ils partaient construire des routes, ou des automobiles, des choses comme ça. »

Il parlait de façon hachée, avec de brusques interruptions où ses traits se contractaient jusqu'à le vieillir précocement.

« Heureusement que tu as pu t'évader », dit Vincent pour rompre le silence.

Le jeune homme eut un geste d'accablement.

« Beaucoup auraient pu m'imiter. A Szeged il y avait la forêt tout près de la voie... il suffisait de le vouloir. Mais ils n'y ont pas cru, ils n'y ont pas cru, répéta-t-il de façon douloureuse. Même lorsqu'on leur a fait porter l'étoile ils n'ont pas cru que leur vie était en danger... Ils se sont tous bercés d'illusions. Ils étaient si bien, dans ce pays, vous comprenez. C'étaient eux qui le faisaient tourner. Ils ne savaient même plus qu'ils étaient juifs. Mon père me recommandait toujours : "Oublie tout cela, Lajos, je t'ai fait baptiser, tu es magyar avant tout, mon petit. " Assimilé, comme il disait. Mais d'autres n'oubliaient pas, hélas.

– Oh, parce que ton père aussi... »

Il secoua la tête avec une sorte de soulagement ironique.

« Non. Lui s'est noyé dans la Tisza il y a un an. Là même où les Russes ont réussi leur percée au début du mois. Pauvre papa... Juste à temps pour ne pas voir toutes ces horreurs ! Il était veuf ; ma mère était morte dans un sanatorium de Leysin en 28. »

Il se retourna vers la photo accrochée au mur.

« Elle l'a vu, le Matterhorn, avant de mourir, c'était son plus cher désir ! Je compte bien y aller aussi, si je vois un jour la fin de tout cela. Vous vous souvenez de ce film de montagne. *Le Bivouac sans retour*, quelque chose comme ça... Ça se passait dans la paroi, je me demande si ce n'était pas Spencer Tracy qui jouait le rôle du guide... Vous avez connu Spencer Tracy ?

– Je l'ai aperçu une fois dans une réception, mais je ne lui ai pas parlé.

– C'est dommage..., dit-il d'un ton déçu.

– En tout cas pour ce qui est du voyage en Suisse, tu as au moins fait la moitié du chemin ! »

Il eut un petit sourire, puis regarda vers la porte.

« Vous savez pourquoi je me suis réfugié ici ? chuchota-t-il. Le consul était amoureux de ma sœur Petra.

– Oh, fit Vincent. Il m'a… montré la carte qu'il avait reçue d'elle. »

Le jeune homme hocha la tête.

« Elle travaillait à Pest, aux assurances Gresham, précisa-t-il. Elle était juste revenue à Szeged pour passer trois jours de vacances dans notre maison quand ils nous ont pris tous les deux dans une rafle. Mais elle non plus ne croyait pas que sa vie était en danger. Elle était si insouciante… Si j'avais pu l'avoir à côté de moi au moment où j'ai décidé de bondir vers la forêt, je l'aurais entraînée avec moi, même de force. Mais on avait été séparés juste avant. Je pense souvent à cet instant précis où j'ai foncé dans les bois. Je me redis que je n'ai pas le droit d'être en vie, moi, alors qu'elle, elle était presque fiancée. »

Il réprima une sorte de sanglot.

« Mon père m'assurait : “Paul Haeggeli sera un gendre idéal. ” Et c'était vrai – en plus il l'aurait protégée. Vous comprenez pourquoi je trouve normal de témoigner pour elle, en quelque sorte. Je veux que si le pire arrive à nouveau, c'est-à-dire que si les déportations recommencent, il demeure des documents filmés. Et je trouve normal aussi que ce soit un Juif qui les tourne. Personne ne peut jamais filmer dans ces moments-là. Il ne reste aucun témoignage sur les rafles de Szeged, Debrecen, Miskolc… tant d'autres. Ou alors on filme de telle façon que…

– Tu parles à quelqu'un qui vient de visionner pendant deux ans de l'actualité trafiquée, lui dit Vincent d'un ton las.

– Je sais », murmura-t-il.

Ils se turent.

« Et… tu le tiens de ton père, cet amour du cinéma ? reprit Vincent.

– Vous savez, les Juifs avaient tout fait pour le cinéma,

dans ce pays. Dans la famille, nous l'avions dans le sang. Mon père me racontait toujours que c'était son oncle Andor qui avait impressionné ici les premières pellicules pour la visite de l'empereur François-Joseph, au moment du millénaire de la Hongrie en 1896. Mon grand-père connaissait les frères Korda et je suis le neveu de Menyhert Lengyel qui a fait carrière à Hollywood. Mon père était comédien. Vous voulez que je vous relate une anecdote ? Il y a trois ou quatre ans, sous le gouvernement Bardossy qui était un sympathisant nazi notoire, un officier de police hongrois a fait sur dénonciation une descente chez nous. Voilà qu'il tombe sur toutes les revues de cinéma d'avant-guerre en désordre sur la table du salon, en anglais et en français. *Movie Life, Ciné-Miroir, Pour vous, Movie Classic, Movie Mirror*... Mon père n'avait rien caché ! "Je vous signale que nous sommes en guerre avec l'Amérique, je vous coffre pour détention de documents illicites !" lui annonce le policier. Heureusement à l'époque j'étais amoureux de l'actrice Hilde Krahl... Elle était si belle dans *le Maître de poste* que j'avais accroché sa photo dans ma chambre. On a emmené le flic la contempler et il a changé d'avis. "Prenez exemple sur votre fils", a-t-il dit. Vous vous rendez compte, mon père, sauvé par une actrice allemande ! Quand j'y repense... »

Il hocha la tête avec incrédulité.

« Faut admettre qu'elle était vraiment chouette, soupira-t-il. Papa en rêvait d'ailleurs autant que moi.

– Ton père avait joué au cinéma ?

– Il aurait bien aimé ! Mais quand il y a songé il n'y avait plus de cinéma hongrois ! Lui, son genre, c'était plutôt la pièce populaire, la *népszinmü,* comme on l'appelait. Quand ce n'était pas du cabaret ! Comme il voyageait tout le temps en tournée, Petra et moi on vivait seuls à Szeged et il nous rejoignait en fin de semaine... On avait d'ailleurs l'impression d'avoir plusieurs pères, car il changeait de nom suivant le type de spectacle – ça se faisait à l'époque. Il s'appelait Peter Lundgren lorsqu'il jouait la comédie, Géza Rieti lorsqu'il faisait des tours de magie en frac, et même une fois il a poussé la chansonnette et il s'est appelé… Pietro Di Giacomo ! Oui, on a même eu droit à ça ! »

Son rire se figea et il resta un moment perdu dans ses pensées.

« Le cinéma, ç'aurait pourtant été son désir le plus cher… Mais je me suis toujours demandé si ce n'était pas plutôt son amour des actrices !

– À ce propos, interrogea Vincent à brûle-pourpoint, n'aurais-tu pas entendu parler d'une comédienne nommée… oui, Margit Mariassy ? »

Lajos réfléchit un temps qui lui parut interminable.

« Margit Mariassy, répéta-t-il. Non, je ne vois pas. C'est d'ailleurs curieux, je connais au moins de nom la plupart des actrices hongroises, même celles qui sont parties à l'étranger. Comment est-elle ? »

Vincent eut un geste évasif.

« À vrai dire je ne sais pas grand-chose. Je ne suis même pas sûr qu'elle habite Budapest. J'ignore en plus si elle est juive ou non », ajouta-t-il.

Lajos le regarda, étonné.

« Tu ne la connais pas très bien, alors…

– En fait j'ai eu avec elle des relations un peu… comment t'expliquer… un peu particulières. »

Le jeune homme répéta son nom à mi-voix, comme pour aider sa mémoire.

« Elle ne porte pas un nom juif, mais cela ne signifie rien. Elle a pu en changer, comme le faisait mon père. Ils étaient nombreux dans ce milieu, comme je t'ai raconté, à prendre des noms de théâtre. »

Vincent écarquilla les yeux. Ces lettres qui avaient brillé sur le désert des interminables journées d'incarcération comme une constellation pure et inaccessible – ce nom qu'il avait prononcé si souvent dans le silence de la salle de montage de la Deutsche Wochenschau, ce nom ne serait pas le sien, son bien propre, inaliénable, la tunique de soie moulant son corps, le diadème autour de son front ? Impossible. Il s'aperçut qu'il en voulait à Lajos, non pas d'ignorer qui elle était, mais de lui avoir laissé entendre qu'une telle substitution était possible.

Il s'approcha de la fenêtre. Dans la nuit venteuse on discernait à peine les hauts contreforts qui semblaient flotter au-dessus de la ville. Il soupira. Encore des murailles opaques autour de toi, *Maid Marian* – le seul autre nom que je pourrais accepter pour toi. Encore des fossés, des labyrinthes et des obstacles sur le chemin qui me mène vers toi, inexorablement vers toi.

Il eut l'impression que le jeune homme le regardait à la dérobée. Il tripotait avec nervosité la petite caméra comme s'il était déjà impatient de s'en servir.

« Elle était si jolie que ça ? demanda-t-il. Aussi jolie que Hilde Krahl ? »

Vincent hocha la tête.

« Son image est si brouillée, après cinq ans ! Si je me retrouve dans cette ville face à face avec elle, je ne suis même pas sûr de la reconnaître. Pourtant je n'ai jamais cessé de faire revivre son image en moi de crainte qu'elle ne s'efface…

– Et elle, elle te reconnaîtrait ?

– Sûrement pas », dit-il sur un ton désenchanté.

Lajos parut perplexe.

« C'est une drôle d'affaire, vous deux, murmura-t-il.

– Et puis au fond si, moi je la reconnaîtrais, reprit Vincent comme s'il suivait sa pensée. Je revois son éclat, sa démarche, ses cheveux noirs, son étrange regard un peu fixe. Je me souviens qu'elle avait une belle poitrine… Écoute, je ne connais pas ton Hilde Krahl, mais puisque tu aimes tant le cinéma, je peux t'assurer que la mienne ressemblait à… oui, à Hedy Lamarr. »

Lajos eut un sifflement admiratif.

« Eh bien, dis donc ! T'en as de la chance ! s'exclama-t-il en dessinant de la main une silhouette suggestive. Je me rappelle quand j'avais été voir *Extase*, en cachette de mon père… Je comprends que tu t'accroches ! »

Vincent eut un sourire triste.

« On ne s'accroche pas à un fantôme… Je ne la vois même plus comme un être de chair et de sang.

– Tu ne l'as donc pas vue comme on voit… Hedy Lamarr dans le film ?

– Tu veux dire, nue ? Non. Jamais. »

Lajos demeura songeur.

« Tu te vois quand même coucher avec elle ? »

Vincent eut un geste évasif.

« C'est difficile à comprendre, je sais bien, parce que je l'ai vue si peu. Tu te rends compte que je ne l'ai dirigée que dans un bout d'essai ! Et pourtant je me suis laissé envoûter par son image. Avec les années, cette image s'est effacée, mais elle ne cesse pourtant de se développer en moi. On prétend parfois que la passion s'accroît en proportion des obstacles qu'on lui oppose. Si c'est cela, je dois avouer que ma vie abrite maintenant quelque chose de beaucoup trop grand pour elle…

– Il y a un mot hongrois pour cela, *szeretlek*. Entre coup de foudre et un état de ravissement plus… plus prolongé. »

Vincent fit la moue.

« Ravissement, sûrement pas ! J'ai vécu cela sans aucune réciprocité, tu comprends. Je me suis projeté le film tout seul dans l'ombre. Je te souhaite de ne jamais aimer quelqu'un de façon aussi absurde.

– J'étais bien amoureux de cette actrice allemande ! Moi, une Allemande ! C'est pas absurde, ça ?

– Ça n'a rien à voir. D'abord, elle a sauvé ton père, d'après ce que tu m'as raconté. »

Lajos se mit cette fois à rire. Il avait un curieux rire, un grelot un peu sardonique qui lui rappela celui de Jamie.

« Ensuite, tu n'aurais pas volé pour ton Allemande. Coupé les ponts derrière toi pour elle. Tu ne te serais pas fait faire prisonnier pour elle. Tu n'aurais pas tenté une évasion pour elle. Sacrifié cinq ans de ta vie pour elle.

– Tu as fait tout ça ? fit-il l'air éhabi.

– Il faut croire que je suis gravement atteint », murmura Vincent d'un ton accablé.

Lajos eut à nouveau son étrange rire.

« Si elle est rentrée elle aussi au pays, tu risques peut-être de la retrouver paradant en chemise verte et brassard dans la rue. Je t'assure qu'il y en a des jolies. »

L'idée qu'il puisse la voir en effet tout à coup dans l'entourage de Bognar vint l'effleurer, et il la chassa presque rageusement.

« Je n'aurais pas pu me tromper à ce point, souffla-t-il.

– Tu es bête : tu l'aurais connue ne serait-ce... enfin vraiment connue, elle te l'aurait dit si elle était juive ! Et toi tu saurais où la chercher, aujourd'hui. Depuis six mois, Juifs ou non-Juifs, je t'assure que ce ne sont plus tout à fait les mêmes endroits. »

Vincent hocha la tête.

« À propos d'endroits, saurais-tu où se trouve la colline de l'Aigle, demanda-t-il brusquement.

– À Budapest ?

– Là encore, je n'en suis même pas sûr...

– Moi je viens de Szeged, tu sais. Ici, en dehors de l'académie Ludovika et du Duna, du Bastya, du Corvin...

– Des cinémas, j'imagine !

– Ça t'étonne ? »

Lajos avait rangé la caméra dans son étui avec un soin minutieux. Puis il la plaça dans la poche intérieure de son veston et en tapota le revers pour vérifier qu'elle ne se remarquait pas.

« Tu vois que c'était mieux avec la seule manivelle », le taquina Vincent.

8

Avec l'imposant auvent qui la surmontait et le portier chamarré qui la surveillait, l'entrée du Gellert lui rappela celle de cet hôtel Biltmore où il avait vu David pour la dernière fois. Étrangement, il se sentait à présent moins tendu que ce soir-là. Une grande glace en pied lui renvoya une silhouette élégante en pardessus de bonne coupe et chapeau à bords roulés dans laquelle il eut du mal à se reconnaître. « Moi en diplomate suisse », se dit-il, incrédule.

Le vaste hall était empli de personnages qui, assis pour la plupart autour de tables basses, paraissaient poursuivre de mystérieux conciliabules. Beaucoup arboraient, avec la chemise verte et le brassard rouge et blanc des Croix-Fléchées, des mines réjouies et des maintiens avantageux. Non loin de là, au pied de l'escalier, des officiers de la gendarmerie hongroise semblaient au contraire sombres et préoccupés. Apparemment indifférents à ces querelles intestines, des officiers SS en uniforme noir affichaient leur morgue et leur arrogance coutumières, ne semblant avoir pour motif d'intérêt que celui de comparer leurs bottes rutilantes. Il y avait peu de femmes, hormis une belle élégante sanglée dans un manteau d'astrakan qui, s'avançant avec grâce entre les groupes, gagna le monumental escalier.

Si certains suivirent la jeune femme des yeux, personne en revanche ne fit attention à lui. Il s'approcha du concierge qui se tenait en habit derrière le comptoir d'accueil.

« Je voudrais faire parvenir un message au professeur Szabo », dit-il sans retirer son chapeau.

Il sentit sur lui un regard scrutateur.

« Mais bien sûr, monsieur. Monsieur a sans doute une carte, et des papiers officiels pour l'accréditer ?

– Voici.

– Régis Chappaz, du Comité d'exportation de la UFI pour l'Europe de l'Ouest, lut-il. Bien, je vais vous faire annoncer. Monsieur a-t-il rendez-vous ?

– Non, mais laissez-moi ajouter un mot personnel. »

Il barra son nom d'un revers de plume puis ajouta en dessous *À fából faragott királyfi.*

« Le Prince de bois, traduisit le concierge en français. Vous êtes sûr que le professeur comprendra ? »

Vincent le dévisagea d'un air mi-sévère, mi-admiratif.

« Vous au moins, ne faites pas semblant de regarder ailleurs !

– Le métier, monsieur, expliqua-t-il avec un demi-sourire. Sandor ? »

Un petit groom apparut en uniforme vert et noir.

« Veux-tu porter ce pli au professeur Szabo, au premier ? »

Le jeune garçon se dirigea vers l'escalier et Vincent s'apprêtait à l'accompagner lorsque le concierge s'entremit d'un geste.

« Un instant, monsieur, le secrétaire nous appellera », dit-il.

Discrètement, Vincent mesura la distance qui le séparait de la sortie. Derrière la porte à tambour il voyait se détacher dans un uniforme à brandebourgs l'imposante silhouette du portier. « Ce sera l'obstacle le plus difficile », pensa-t-il. En attendant le groom ne revenait pas. Il sentait dans son dos le regard du concierge qui ne le quittait pas. Enfin le téléphone sonna.

« Monsieur le Professeur vous attend, monsieur. Le petit va vous conduire. »

Il n'avait pas vu l'enfant revenir. Il dissimula son soulagement et à sa suite s'engagea dans l'escalier. La femme avait laissé derrière elle un léger sillage parfumé. Au premier ils traversèrent un petit salon confiné puis suivirent une galerie meublée de lourdes consoles d'acajou. Le groom s'arrêta devant une porte à deux battants marquée du numéro 106.

« Entrez », entendit-il.

Au moment où l'enfant s'éclipsait, Vincent le retint et lui glissa une pièce de dix pengös. Ce ne devait pas lui arriver souvent car il devint tout rouge de joie et de stupeur mêlées.

« Je… Je ne sais pas si je dois…, bredouilla-t-il.

– Ça les vaut », murmura Vincent.

Déjà il repartait en courant. Vincent poussa la porte et se retrouva dans une pièce tout éclairée par la pâle lumière qui venait du fleuve. Une gerbe de roses jaunes flamboyait sur le guéridon central. Son chapeau à la main, il demeura debout à l'attendre. Une telle chaleur régnait qu'il avait l'impression de se trouver sur un plateau surchauffé par les projecteurs – sans savoir toutefois quel acteur allait apparaître, ni quelle réplique il allait devoir lui donner.

« Le Prince de bois, le Prince de bois, maugréa-t-on derrière lui. Si c'est un mot de passe, il est bien mal choisi. »

Vincent se retourna vivement. L'homme était entré dans le salon d'un pas silencieux, et il ne reconnut nullement le personnage un peu lunaire dont il se souvenait. Les cheveux et la moustache désormais en brosse, vêtu d'un élégant veston d'intérieur, Bognar semblait en effet, comme le laissait prévoir la photo, amaigri et rajeuni.

« C'est la seule façon que j'aie trouvé de ne pas être éconduit à l'entrée et…

– Si c'est un message venu d'Amérique, c'est plus maladroit encore ! Quand on sait comment j'ai été mis à la porte de là-bas ! »

Bognar s'exprimait en allemand et, pas plus que Vincent ne le reconnaissait vraiment, il ne retrouvait l'intonation un peu traînante qu'il avait jadis en parlant anglais. Pourtant il n'y avait pas de doute : c'était bien lui, sa petite taille, ses gestes secs, la façon qu'il avait d'incliner la tête sur le côté tout en évitant le regard de son interlocuteur.

« À vrai dire, Mr. Bognar, je ne me situais pas en termes de maladresse ou d'adresse. Il fallait avant tout que je me trouve en votre présence... Il y a une telle urgence.

– Et comment connaissez-vous mon identité de scénariste ? Comment savez-vous que j'ai collaboré jadis à ce malheureux film ?

– Mais parce que vous m'en avez vous-même informé ! »

Le vieil homme le considérait avec méfiance.

« Je ne me souviens pas de vous avoir jamais rencontré, jeune homme !

– Je travaillais à l'époque au consulat de Suisse à Los Angeles. À ce titre je ne pouvais me désintéresser du monde du cinéma et me devais de fréquenter des réalisateurs, des acteurs... C'est ainsi que j'aurais pu, sur la carte que le groom vous a apportée, ajouter une allusion à *L'homme est en mer...* »

Bognar lui jeta un regard vif.

« Quoi, vous connaissez Errol Flynn ?

– Vous m'aviez montré son tableau, répondit Vincent avec simplicité.

– Moi ? »

Il demeurait bouche bée, puis se passait la main sur le visage comme s'il était sujet à quelque hallucination. « Et puis, qu'est-ce que cela change... » murmura-t-il. Néanmoins, il le fixa à nouveau avec perplexité.

« Pour parler franc, vos traits me disent quelque chose. Nous nous sommes donc déjà rencontrés ? Oui, cela me revient, je vous ai déjà vu. Était-ce dans l'entourage d'Errol ? Pour que vous sachiez qu'il m'avait prêté ce tableau, ce ne pouvait être que dans son entourage, non ? C'est cela ? Nous nous sommes vus à Mulholland Drive ? »

Son allemand se teintait soudain, presque par osmose, d'accent américain.

« Vous m'aviez en effet montré le tableau, Mr. Bognar. Mais cela se passait chez vous. Dans votre maison remplie de livres de Hillside Avenue. Pour être plus précis encore, Errol Flynn vous l'avait confié alors qu'il était en tournée à l'étranger. »

Bognar soupira.

« Oui, qu'est-ce que cela change ? répéta-t-il. Vous ne venez certainement pas pour me parler de Hollywood, et moi ce matin j'ai aussi la tête à autre chose. De toute façon… J'ai depuis longtemps tourné la page mais, heureusement, j'ai pu continuer à m'intéresser ici aux thèmes de contes légendaires qui m'ont toujours fasciné, à en rechercher de nouveaux, à en adapter pour le cinéma. C'est ainsi que j'ai adapté un *Metzengerstein*, vous savez, la légende hongroise reprise par Edgar Poe ce jeune chevalier que son cheval emballé punit de ses forfaits. J'ai aussi travaillé à Berlin sur le *Münchhausen* de von Baky. En voilà un beau film ! Dans ce domaine les Allemands sont très en avance et j'ai beaucoup appris avec eux. Il y a dans *Münchhausen* des effets spéciaux que Da Costa aurait été bien en peine de réussir – et aussi un fort joli personnage de femme.

– "Elle était si belle que le soleil qui a vu tant de choses s'émerveillait…" », commença Vincent.

Bognar le fixa.

« Je sais, s'exclama-t-il brusquement. Cela me revient. Je sais quand je vous ai vu. Je revois tout. L'orage, l'inondation. Le moment où vous avez transporté les lourds volumes de mon édition de Grimm. »

Il le regarda à nouveau.

« Oh, mon Dieu ! Mais comment vouliez-vous que je vous reconnaisse ? Vous êtes habillé de façon si différente... Vous vous rappelez, ce jour-là, la dégaine que vous aviez ? »

Vincent demeurait silencieux.

« Quand je pense que tous mes livres sont restés là-bas sous séquestre, reprit Bognar. Si vous saviez dans quelles conditions je suis parti ! On a cherché à m'atteindre dans ce que j'avais de plus cher, à me compromettre, à me jeter en prison comme un vulgaire malfaiteur ! Oh, cela n'a pas contribué, je vous l'assure, à faire de moi un ami des Américains ni des Juifs. Car c'est pour plaider en leur faveur que vous venez, j'imagine... Hein, c'est cela ? Vous targuer d'une visite vieille de cinq ans pour... mais que voulez-vous faire de mieux que les autres ? Regardez cette sacoche. Elle est remplie des messages que nous avons reçus depuis que l'on parle d'une reprise des déportations... Ils viennent des Suédois, des Suisses, des Portugais, de la nonciature, de la Croix-Rouge, que sais-je encore, et même des États-Unis par des voies détournées...

– Il est impossible que vous n'en teniez pas compte ! Je sais combien vous aimez la Hongrie. Il y va de l'honneur de votre pays. Et quant à vous-même...

– Vous ne comprenez donc pas, le coupa-t-il avec humeur, que les Juifs sont un obstacle à la victoire finale des nazis, et que de cette victoire dépend le sort de tous les Hongrois !

– Non, je ne comprends pas, répondit fermement Vincent. Autant qu'il m'en souvienne, à l'époque où je vous ai rencontré, vous étiez certes nationaliste, mais pas antisémite ! Vous prétendiez aussi que Hitler n'avait pas en vue l'annexion de la Hongrie et qu'il ne vous serait utile que pour regagner vos anciennes provinces. Comment un nationaliste comme vous peut-il dès lors tolérer cette occupation par des troupes étrangères? Comment pouvez-vous être l'éminence grise d'un parti nazi hongrois qui l'accepte et l'encourage?

– Ce que nos partisans n'acceptent pas, c'est que cette loque de Horthy demande l'armistice! répliqua-t-il en s'animant. Nous ne pouvons pas le laisser avoir une telle conduite sans réagir... C'est trop pitoyable. Le régent de Hongrie, se vautrer aux pieds des Russes! Ces bolcheviques qui ont voulu faire la révolution chez nous en 19! Nous, nous refusons l'armistice, refusons la défaite, refusons l'humiliation. L'intérêt du pays passe désormais par la victoire nazie, et nous nous y emploierons de toute notre énergie, conclut-il sur un ton farouche.

– Mr. Bognar, je ne suis pas venu parler de la situation stratégique, mais vous savez très bien que cette victoire ne peut plus être envisagée... Je me souviens vous avoir demandé lors de cette première rencontre pourquoi vous jouiez toujours le mauvais cheval: après le Kaiser en 14, le Führer... En signant l'armistice le régent veut essayer de sauver ce qui peut l'être, car la défaite nazie risque d'entraîner la Hongrie dans un désastre préjudiciable à tous les intérêts du pays...

– Nous n'en sommes pas encore là, du moins à Budapest, dit-il avec un geste éloquent. Buda est bâti sur des dizaines de kilomètres de galeries et de cavernes qui communiquent. Autant de labyrinthes infranchissables et de réduits imprenables. D'autre part, en habillant ces jeunes de chemises vertes, nous en avons fait des combattants d'élite!

– Enfin, rendez-vous compte du sort qui vous sera réservé, Mr. Bognar. Il y aura les représailles. Vous serez considéré comme un criminel de guerre!»

Il leva brusquement la tête.

«Vous êtes venu me menacer?»

Vincent haussa les épaules.

« Je n'aurais pas pris le risque de vous rendre visite... Je veux pourtant que vous sachiez que nous connaissons désormais le sens du mot déportation. Ces lettres de protestation devraient suffire... Encore récemment un fonctionnaire des chemins de fer slovaques a fourni au comité juif de Bratislava tous les renseignements sur le nombre et la destination des trains spéciaux qui ont transporté au printemps les Juifs hongrois à Auschwitz et à Treblinka. Cela se passait sous le gouvernement de votre ami Sztojay, Mr. Bognar... Nous possédons d'autre part un document prouvant que vous connaissiez exactement la nature des activités des Einsatzgruppen d'Eichmann. Pardonnez-moi d'insister, mais tout cela n'est pas rassurant pour vous, lorsque vous passerez en jugement. »

Le petit homme se raidit.

« Écoutez, monsieur... Quel que soit votre nom, et votre mission. J'ai maintenant choisi mon camp, et il est trop tard pour en changer. Peut-être me suis-je rendu compte de certaines réalités que j'ignorais à l'époque... Mais pour ce qui est des Juifs, je ne peux vous farder la vérité : la pénurie de main-d'œuvre de l'autre côté de la frontière est telle qu'une nouvelle déportation est inévitable. J'ai là, dit-il en tapotant sa sacoche, les exigences du Gruppenführer Kammler. Ce sont plusieurs milliers de personnes qu'il nous réclame pour la mise en place des usines souterraines d'assemblage d'avions de chasse et de V2. Vous pouvez même prévenir ceux qui vous envoient que je travaille déjà avec Veesenmayer et le futur ministre de l'Intérieur, Gabor Vajna, pour que 50 000 Juifs de Budapest soient transférés dans le Reich dès que possible.

– Mr. Bognar, écoutez-moi. Rappelez-vous le royaume de la mort dans le conte finlandais que vous aviez jadis évoqué devant moi. »

Il resta un instant stupéfait.

« *Tuonela* ? Vous vous en souvenez ?

– Un homme qui a écrit si longtemps pour les enfants de si jolies légendes ne les envoie pas à Tuonela. Il n'envoie pas des enfants juifs à Tuonela. »

Il sembla un instant pensif, puis se ressaisit.

« Ils ne mourront pas, et leurs parents non plus, dit-il d'une voix sourde. Ils participeront seulement à l'effort de guerre allemand.

– Ne vous fichez pas de moi ! Vous êtes le premier à savoir ce que cachent ces phrases !

– Ce que je sais, et par Winckelmann qui n'est pas le premier venu, c'est que le camp d'Auschwitz...

– Vous voulez dire : le centre de mise à mort d'Auschwitz.

–...Approche de sa phase de liquidation. Ces gens ne mourront pas pour une raison simple : c'est que nous avons trop besoin d'eux.

– Encore une fois, ne vous faites pas plus cynique que vous n'êtes. Nous savons que vous vous êtes opposé au ministre des Affaires juives de Sztojay, Lazlo Endre.

– Lui, c'est différent, c'est un fou !

– Vous vous êtes opposé de la même façon à Szalasi au sujet de l'enlèvement du fils de Horthy. Sans grand succès, semble-t-il.

– Ce ne sont pas mes méthodes, expliqua-t-il avant de poursuivre : Je vous trouve trop bien renseigné pour être honnête. »

Il paraissait s'être détendu, comme s'il était sensible aux quelques raisons qu'avait trouvées Vincent de ne pas le confondre avec les autres. Peut-être le moment était-il venu de profiter de la baisse de sa garde.

« C'est d'ailleurs parce que nous ne vous mettons pas dans le même sac que Szalasi que nous nous sommes résolus à vous proposer un marché, dit Vincent.

– Ah, nous y voilà !

– Le temps presse et il nous faut penser à des

problèmes précis que nous pouvons résoudre immédiatement. Je suis donc ici pour vous parler du quartier des maisons à étoile jaune des rues Pozsonyi et Pannonia. Si vous preniez la responsabilité, là, devant moi, de téléphoner au colonel Ferenczi pour lui donner l'ordre de continuer à placer tout ce quartier sous la protection des gendarmes loyalistes qui y sont en ce moment, nous serions certains que les Juifs ne seraient pas attaqués par les sections d'assaut des Croix-Fléchées qui cherchent actuellement à en découdre. Maintenant, écoutez-moi bien : en échange nous nous porterions garants de votre retour à Los Angeles à la fin de la guerre. Vous pourriez alors revenir dans votre maison de Hillside Avenue, retrouver votre bibliothèque et qui plus est votre métier de scénariste. »

Bognar parut interdit.

« Mais... Nous n'avons pas encore le pouvoir. Je ne peux tout de même pas préjuger de ce qui va se passer !

– Il vous suffit d'avertir le colonel Ferenczi : en cas d'armistice, que les gendarmes restent dans le quartier. C'est tout. Là, devant moi. »

Il eut un regard égaré.

« Mais qui peut donc se porter garant de ce que vous proposez ?

– Vous avez raison de me poser la question. Une seule personne possède en effet assez de stature morale et d'influence dans la communauté juive pour vous autoriser à revenir travailler en Amérique après la guerre. »

Bognar fronça les sourcils.

« J'espère que vous ne voulez pas parler de celui-là même qui m'a jeté dehors ? s'exclama-t-il avec une soudaine âpreté. Quoi ? insista-t-il devant son silence. Vous êtes envoyé par David Lipchitz ? Vous le connaissez donc ? »

Bognar n'avait donc rien appris sur lui après la

fameuse visite, la nuit de l'orage. Vincent réprima un soupir de soulagement.

« David Lipchitz est vice-président du *War Refugee Board* et à ce titre il a les yeux rivés sur la communauté juive de Budapest. »

Bognar hocha la tête, puis resta un long moment silencieux.

« Je ne vous dis pas que je n'ai pas parfois..., finit-il par reprendre d'un ton las, surtout lorsque je vois Budapest s'enfoncer dans ce qui risque d'être son plus terrible hiver, la nostalgie de la douceur du climat qu'il y avait là-bas... mais comment voulez-vous que je vous croie une seconde lorsque vous m'assurez que David Lipchitz appuierait mon retour, à la condition que... Mais cet homme a été mon producteur ! Je le connais mieux que personne ! Eh bien, il s'est comporté avec moi de façon ignoble. À cause de lui les agents fédéraux sont venus chez moi, ont fouillé mes affaires et mes papiers personnels, lu ma correspondance, apposé des scellés sur mes livres comme s'il y avait sur mes rayons autant de *Mein Kampf* et de *Protocole des Sages de Sion* que de *Contes* de Grimm, m'ont menacé d'un scandale qui ruinerait à jamais ma réputation... Tout cela parce qu'*on* prétendait que j'étais un agent de l'ennemi.

– Rappelez-vous : vous souhaitiez ouvertement la guerre...

– Encore une fois, c'était la seule façon d'espérer retrouver nos provinces perdues ! Et dans cette affaire, je voulais que les États-Unis d'Amérique restent neutres... Eh bien, pour avoir manifesté cette conviction en public, pour avoir critiqué la parution d'un film caricatural, pour avoir été membre de l'Association d'amitié américano-allemande, j'ai été considéré comme un propagateur des théories nazies. Ils ont alors voulu se venger de moi, et j'ai dès lors été l'objet d'une machination sordide. Et c'est cet homme qui voulait ma peau, qui me proposerait maintenant de revenir ? Mais, mon pauvre ami, s'il n'avait pas perdu la pièce à conviction, je serais aujourd'hui en prison ! Quand je pense qu'au lieu de cela c'est cette petite qui a trinqué. »

Il avait parlé avec un tel emportement que Vincent se sentit blêmir.

« De... de qui parlez-vous ? bredouilla-t-il.

– Mais de cette petite actrice, ma compatriote, que j'avais recommandée à David...

– Je me souviens vaguement que vous m'en aviez parlé. Qu'est-elle donc devenue ?

– Peu importe », répondit Bognar avec un geste désinvolte.

Vincent le regarda.

« Oh, mais je crois me rappeler... Ne racontait-on pas qu'elle était revenue ici ? » demanda-t-il en s'efforçant de réprimer le tremblement de sa voix.

Bognar parut surpris.

« Ici, à Budapest ? Quand disait-on cela ? »

Vincent fit mine de réfléchir.

« Au moment de mon départ du consulat de Suisse de Los Angeles, à la mi-42, je crois me souvenir.

– Ce que je sais, moi, le coupa-t-il avec brusquerie, c'est qu'elle a disparu. Après tout, peut-être est-elle ici... Eh bien, ajouta-t-il, si par extraordinaire c'était vrai, je ne lui souhaite pas de tomber dans mes mains. »

Il avait parlé avec une telle hostilité – la voix sifflante de colère – que Vincent craignit de l'avoir par sa maladresse mise en danger.

« Sans doute les gens qui colportaient ces bruits parlaient-ils sans savoir, remarqua-t-il hâtivement.

– Pourquoi, vous avez entendu dire *ici aussi* qu'elle est en ville ? insista Bognar.

– Mais non, assura-t-il. J'ignore jusqu'à son nom ! »

Le vieil homme ne cilla pas devant son mensonge.

« Je préfère cela », murmura-t-il.

Le téléphone sonna et Vincent ne fut pas mécontent de la diversion. Lorsqu'il l'écouta parler en hongrois de façon brève et impérieuse, il eut pourtant le sentiment qu'il ne lui restait guère de temps et qu'il convenait de revenir sans plus attendre au but de sa mission.

« C'était Ferenczi ? s'enquit-il.

– Le colonel Ferenczi ne peut pas être atteint à cette heure-ci, répondit Bognar avec une désinvolture étudiée.

– Écoutez, répliqua Vincent avec impatience. J'étais chargé par la légation de Suisse de vous formuler les termes du contrat que nous vous proposons. Quelles qu'aient pu être vos relations passées avec Mr. Lipchitz, il représente pourtant – que cela vous soit agréable ou non – votre unique sauvegarde. En échange, vous savez ce que nous attendons de vous dans les heures qui viennent. »

Bognar se leva brusquement pour lui signifier son congé.

« Et moi je vous réponds : nous allons prendre le pouvoir dès que ce fantoche aura capitulé, et c'est en effet une question d'heures ! Après quoi les Juifs ne représenteront plus pour nous que de la main-d'œuvre à envoyer d'urgence sur le territoire du Reich !

– Cela signifie que les déportations vont reprendre ?

– Appelez cela comme vous voulez.

– De toute façon, vous n'avez plus les moyens de les convoyer ! Les Alliés ont bombardé la gare de triage de Györ et plusieurs portions de la ligne Budapest-Vienne.

– Dans ce cas, ils iront à pied ! » lança Bognar.

Vincent le regarda avec stupeur.

« Comment cela, à pied ?

– À pied, répéta-t-il d'un ton buté.

– Vous savez bien que c'est totalement impossible. Il y a cent soixante kilomètres jusqu'à la frontière. Vous connaissez leur état de faiblesse !

– Nous n'avons pas le choix, dit Bognar.

– Au moins, qu'en soient exclus les titulaires des passeports de protection ! »

Bognar frappa si fort sur le guéridon qu'une partie des roses tomba sur le tapis.

« Nous connaissons la vérité sur ces prétendus passeports ! s'écria-t-il. Ce sont des faux ! Vous croyez que je suis dupe ? Tous ces papiers arrivent d'Amérique, financés par l'Amérique ! Quant à vous, vous êtes diplomate suisse comme je suis archevêque !

– N'insultez pas la sainte Église, Mr. Bognar », rétorqua Vincent d'un ton sec.

Tout tremblant d'émotion, il se retrouva dans le long corridor feutré qui menait aux appartements. Alors qu'il revenait à pas lents sur le palier il se dit que, dès le seuil de l'hôtel franchi, l'impression d'échec qu'il ressentait déjà serait si intense qu'il lui serait impossible d'affronter Haeggeli. Il se retourna : aucun membre du personnel de l'hôtel ne rôdait dans le couloir et personne ne l'avait vu sortir. Il tourna brusquement dans le petit salon qu'il avait remarqué en arrivant, et s'assit dans une bergère à haut dossier de façon à ne pas être vu. Sur une table se dressait devant lui une collection de numéros anciens du *Pester Lloyd*. Pour se donner une contenance au cas où quelqu'un entrerait, il en ouvrit un exemplaire et, faisant mine de le lire avec attention, repensa à l'entrevue qui venait de s'achever. Oui, c'était un échec, mais que pouvait-il faire de plus, quand la seule mention du nom de David provoquait à ce point la colère de Bognar ? Comment, dans ces conditions, lui faire accepter les termes de l'accord qu'il était venu négocier ? Ce qui l'atterrait le plus c'était que cette évocation avait exposé Margit en pleine lumière, comme si elle avait été l'instrument de David dans ce que Bognar appelait une machination. « Qu'elle ne retombe pas dans mes mains ! » Sa voix lorsqu'il avait proféré cette menace ! Il lui apparut tout à coup comme une preuve qu'à encourir de sa part une telle haine il était impossible qu'elle ne fût pas juive. Peu à peu l'évidence se faisait en lui : Margit était venue à Budapest à l'insu de Bognar lorsque l'époque était plus clémente – et maintenant elle devait sans doute demeurer cachée au fond d'une cave, ou travailler sur une voie ferrée sous le poids d'un fardeau trop lourd pour elle. Et lui stupidement avait laissé échapper qu'elle se trouvait peut-être dans la ville ! Il avait attiré l'attention sur elle, attisé la haine de Bognar, qui allait désormais tout faire pour la rechercher – et personne ne pouvait avoir plus de moyens que lui pour y parvenir. C'était certain, Margit se trouvait maintenant en plus grand danger qu'elle n'avait jamais été. À cause de sa maladresse, et de cette mission que Haeggeli lui avait confiée et qui ne pouvait pas réussir.

Fébrile il se leva et, l'exemplaire du *Pester Lloyd* à la main, marcha de long en large dans le petit salon. Du couloir, un garçon d'étage lui jeta un regard furtif, puis continua son chemin. Il sentit qu'il ne pourrait guère rester plus longtemps – peut-être s'étonnait-on déjà chez le concierge qu'il n'ait pas réapparu. À repenser à la façon dont les choses s'étaient passées, il s'en voulait aussi de ne pas avoir profité de l'occasion pour tenter de glaner des renseignements sur cette machination que Bognar avait évoquée. Pourquoi et comment Margit y avait-elle participé ? Sous l'empire de la colère, Bognar aurait peut-être pu lui apprendre beaucoup sur ce qui s'était passé ce jour-là sur le plateau n° 3. « Je n'ai pas su m'y prendre », regretta-t-il. Il regarda dans le couloir désert, puis rebroussa chemin et, foulant silencieusement l'épaisse moquette, s'arrêta devant le 106.

Il allait frapper lorsqu'à sa surprise il s'aperçut que la porte était juste poussée – il se souvenait pourtant l'avoir fermée derrière lui. Il entra sans bruit et vit aussitôt qu'un élément nouveau était intervenu depuis son départ : un dos de femme – lourde chevelure de jais et corsage de soie – était penché sur le bureau de Bognar. Pris de court il s'immobilisa avant de se rendre compte de ce qui se passait. « Navré de vous déranger », s'excusa-t-il.

Il la vit tressaillir puis se retourner d'un bond, la bouche ouverte dans une expression de stupeur. Ils se dévisagèrent un instant. Vincent resta à son tour sans voix – la fille du train.

« Que faites-vous ici ? » interrogea-t-il en reprenant son sang-froid.

Il avait parlé d'un ton sévère – en allemand. Les traits figés, elle demeurait silencieuse, comme hébétée, à le fixer sans un mot.

« C'est plutôt à vous qu'il faut demander cela, finit-elle par dire d'une voix aiguë. Voilà. Maintenant je sais où je vous ai vu.

– Peut-être, mais vous ne m'avez pas répondu. Que faites-vous ici ? »

Il la vit s'approcher insensiblement de la pomme de la sonnette. D'un geste vif, il l'éloigna. Elle esquissa une moue de dépit.

« Trop facile ! lança-t-il.

– Ces soldats qui vous ont interrogé sur la voie. Cela signifie bien quelque chose !

– Je voulais revoir le professeur Szabo avec qui je me suis entretenu il n'y a pas cinq minutes, répliqua-t-il d'un ton froid, et je tombe sur vous fouillant ses papiers en son absence ! Vous admettrez que cela peut *aussi* signifier quelque chose.

– Je… J'agis sur ordre, bredouilla-t-elle.

– Je m'en doute, mais vous auriez dû en ce cas

fermer la porte derrière vous. Cela aurait aussi bien pu être lui !

– Ce ne pouvait pas être lui », dit-elle cette fois d'un ton assuré.

Elle le regardait sans ciller, telle une panthère prête à bondir. De ses yeux cernés émanait une lueur à la fois agressive et anxieuse.

« Alors, où est-il ? J'ai encore une ou deux choses à lui demander.

– Ne comptez pas sur moi pour vous renseigner, d'ailleurs je l'ignore !

– Si, vous le savez. »

Il s'approcha et lui saisit brusquement le bras. Elle se débattit comme un animal pris au collet et s'efforça de le mordre pour se libérer. Il parvint pourtant à joindre ses deux poignets dans son dos et à l'immobiliser.

« Je crie, menaça-t-elle.

– Ne vous gênez pas, surtout. »

Il lui remonta les bras, l'obligeant à se cambrer pour échapper à la torsion. Elle poussa un gémissement sourd.

« Où ? Où est-il ? insista Vincent.

– Je ne vous dirai rien. »

Sans desserrer sa poigne il lui donna un violent coup de coude dans le bas du dos. Elle tomba à genoux et se tordit sur le côté pour tenter de lui échapper. Il émanait d'elle et de sa lourde chevelure brune une odeur un peu musquée de bête traquée qui excita soudain son désir.

« Sale type ! Oui, vous êtes sans doute un de ces sales diplomates qui se mêlent de ce qui ne les regarde pas ! Vous ne comprenez donc pas que... Arrêtez, vous me faites mal !

– Ça sera bien pire si vous ne me répondez pas, lui souffla-t-il à l'oreille d'un ton menaçant. Et d'abord, comment savez-vous que je suis diplomate ?

– Ils ne vous auraient pas laissé remonter dans le train si vous ne l'étiez pas. »

Elle tentait de façon brouillonne de se dégager et parvint à libérer sa main. Il dut la reprendre au vol alors qu'elle s'apprêtait à le griffer. Un instant il se prêta non sans un obscur plaisir à cette brève lutte silencieuse. Elle voulut le déséquilibrer, mais dans ce mouvement déchira son corsage, dévoilant le haut de son soutien-gorge.

« Eh bien, c'est parfait, fit-il en la poussant vers le radiateur. Vous allez vous trouver dans la position idéale pour me répondre. »

Elle chercha de nouveau à se débattre.

« Qu'est-ce que vous faites ?

– Si vous ne me dites pas où il est, je vous grille les seins là-dessus. Voilà ce que je fais quand j'ai envie de savoir quelque chose d'urgent. »

Elle secoua la tête avec incrédulité.

« Vous ne le ferez pas. Les Suisses ne font pas ces choses-là.

– Vous avez appris que j'étais suisse, en plus ! Le concierge, j'imagine, hein ? Bon. Eh bien, voilà ce que les Suisses sont capables de faire. »

D'une poussée il lui fit toucher du bras le métal brûlant. Elle eut un sursaut si vif qu'elle faillit lui échapper.

« Voilà pour vous éviter les idées toutes faites. Alors, où est-il ? »

Elle se démena cette fois avec tant de véhémence que le désir qu'elle lui inspirait s'en accrut encore. Il souleva un pan de son corsage et dégagea un dos musclé, à la peau laiteuse parsemée de grains de beauté et toute frissonnante d'inquiétude. La tenant d'une main jusqu'à lui broyer les poignets derrière son dos, il dénoua l'attache du soutien-gorge et dénuda ses seins lourds et blancs.

« Non... », protesta-t-elle en tentant de tourner la tête pour le regarder.

Il vit son profil pur aux larges méplats se contracter. Une goutte de sueur perlait à sa tempe.

« Ça serait plus simple si vous me disiez où il se trouve.

– Aux bains, souffla-t-elle.
– Quels bains ?
– Gellert. »

Elle avait exhalé ces mots plus qu'elle ne les avait prononcés. Soulagé qu'elle ne se soit pas obstinée, il la tira en arrière avec brutalité et la laissa assise sur le sol, protégeant de ses bras sa poitrine qui haletait.

« Salaud, lança-t-elle. Salaud. On va gagner avant la fin de la journée, et là tu ne m'échapperas pas. J'ai retenu ton nom.

– Vous ne m'avez pas répondu. Pourquoi Bognar ? Il pense comme vous...

– Pas si sûr ! Il joue double jeu. Il a des contacts qu'il ne devrait pas avoir, par-dessus Szalasi. Tu peux aller le retrouver, pour nous c'est un fruit pourri et il le paiera ; et c'est encore mieux s'il le sait d'avance ! »

Elle parlait avec une volubilité saccadée qui contrastait avec la placidité de ses traits.

« Charmante enfant, murmura-t-il.

– Tu peux rigoler, salaud ! On prétend combattre la Gestapo, mais on emploie les mêmes méthodes ! Qu'est-ce que tu aurais trouvé si ce vieux fou n'avait pas vécu dans une pièce surchauffée ? Ton ceinturon ? Tes lacets pour m'étrangler ?

– Et vous, vous croyez que je n'ai pas repéré vos mimiques dans le train ? Votre sourire narquois quand on a dépassé la brigade juive ? Vous croyez que je n'ai pas remarqué les petites frappes à côté de qui vous vous trouviez ? À cause de voyous de ce genre, il risque d'y avoir un bain de sang ! »

Les traits de la fille se crispèrent.

« Il faut se débarrasser des Juifs, déclara-t-elle, l'air farouche. Ils nous ont humiliés, on ne voyait plus qu'eux dans le pays. Ils la ramenaient trop, cette ville, c'était devenu Judapest ! Tout ce qui va arriver est de leur faute. Beaucoup de chrétiens sont de mon avis. »

Elle paraissait si vindicative qu'il la considéra avec stupeur.

« Toi, tu n'es pas d'ici, tu ne peux pas comprendre, dit-elle. Tant qu'à être étranger, j'ai d'ailleurs vu pire que toi, en dépit de tes manières de cosaque ! Il y a peut-être moyen de s'arranger entre nous, et même de s'amuser tous les deux, qui sait ? »

Elle avança la main vers lui comme si elle voulait tenter une approche. Il haussa les épaules, son désir laissant soudain la place à une vague sensation de dégoût.

« En d'autres temps j'aurais peut-être apprécié l'invite, mais réellement je vous méprise trop, vous et vos amis. Je connais vos buts et je ferai tout pour m'y opposer. À présent le mieux pour vous est que vous vous laissiez faire, ajouta-t-il. Désolé. Ce n'est pas agréable, mais j'ai reçu deux années d'entraînement pour cela ; vous pourrez le signaler sur votre fiche de renseignements. »

Les yeux agrandis de terreur elle se laissa guider sans résistance vers la salle de bains. Il saisit un gant de toilette, le lui fourra dans la bouche, puis prit dans l'armoire à pharmacie une bande de sparadrap qu'il lui colla par-dessus en X, du menton à la base du nez. Il déroula alors le cordon qui fermait le rideau de la douche et lui lia les mains derrière le dos au pilier nickelé de la cabine, avant de l'envelopper dans la lourde étoffe caoutchoutée. Consciente sans doute qu'il agissait en véritable professionnel, elle paraissait maintenant résignée et n'offrait plus de résistance.

« Vous avez de la chance ! Vous n'avez même pas été torturée comme eux l'ont été, et comme ils risquent de l'être à nouveau. »

Elle voulut sans doute répondre, mais ne put émettre qu'un grognement inaudible. Elle avait maintenant l'aspect d'un fantôme bricolé pour un film d'horreur à petit budget. L'idée de suaire lui donna une idée, et il prit à une patère le peignoir immaculé de Bognar qu'il mit sous son bras. Au moins il aurait l'air d'un curiste et pourrait descendre aux bains sans qu'on lui pose de questions.

Quittant la salle de bains, il traversa l'appartement et, avant de claquer la porte, accrocha à l'extérieur la pancarte NE PAS DÉRANGER.

Le peignoir à la main, il choisit de se rendre au sous-sol en empruntant l'escalier de service. Il poussa une porte et se trouva dans une large galerie dallée où ses pas résonnaient comme dans le promenoir désert d'un couvent. Une lumière froide tombait de soupiraux en demi-lune grillagés à l'extérieur. GELLERTFÜRDÖ, *Arthrites. Névralgies*, lut-il sur un panneau au-dessus d'une entrée à deux battants qui menait à une salle en rotonde où régnait une vague odeur de chlore. La roche qui y affleurait par endroits la faisait ressembler à une sorte de caverne à l'orée de ce dédale de galeries souterraines dont lui avait parlé Bognar; ou plutôt – étaient-ce les ex-voto accrochés aux murs pour célébrer des guérisons – à une grotte miraculeuse. Dans un renfoncement de la pièce, là même où l'on imaginait quelque statue, des tuyaux d'un autre âge se rejoignaient en un imposant tableau de bord hérissé de manettes de robinets de cuivre et de cadrans dignes du poste de pilotage du *Nautilus*. GÖZFÜRDÖ, était-il inscrit sur une porte qui s'ouvrait à côté de ce nœud de canalisations. Certainement l'entrée du bain de vapeur. Il hésitait à la franchir lorsque le battant fut brutalement ouvert. Les cheveux dégoulinants, Bognar réapparut. À sa vue il s'arrêta net et, l'air effaré, s'assura qu'il n'y avait personne d'autre dans la pièce. Il était vêtu d'un peignoir noué à la hâte, dévoilant le haut d'un maigre torse d'où émergeaient des touffes de poils gris.

« Encore vous ? s'exclama-t-il avec stupeur. *Cette fois*, je vous reconnais. Mais comment avez-vous pu arriver jusqu'ici ? Vous n'avez donc pas été contrôlé ?

– Je suis curiste à l'hôtel, je soigne mes névralgies, lança Vincent. Non, ne sonnez pas, Mr. Bognar. Vos amis ne sont pas assez sûrs pour que vous puissiez les appeler alors que vous êtes sans défense. »

Le vieil homme suspendit son geste.

« Je venais en effet vous prévenir que dès que vous aviez le nez dehors vos appartements étaient fouillés.

– Comment le savez-vous ?

– Après quelques minutes de réflexion j'étais remonté vous voir. J'avais omis de vous questionner sur un sujet qui me préoccupe. C'est alors que j'ai découvert que... »

Sans achever sa phrase il émit un petit rire.

« Apparemment vous êtes moins mauvais que vous n'en avez l'air, puisqu'ils vous surveillent ! »

Devant son ton ironique, Bognar avait blêmi davantage encore que tout à l'heure.

« Vous voulez dire que vous êtes remonté et que... que quelqu'un était là ?

– Une jeune femme.

– La femme de chambre, sans doute !

– En train de fouiller vos papiers. À se demander si vous avez autant d'influence que nous vous en prêtions. »

Bognar parut accablé. Il s'affala sur un fauteuil de rotin, ne songeant même pas à renouer son peignoir.

« Je remonte, dit-il brusquement.

– Pas avant d'avoir répondu à ma question !

– Oh, la raison pour laquelle vous étiez revenu... Vite, alors.

– C'était au sujet de... »

Comme à chaque fois qu'il l'évoquait, sa voix avait dérapé. Bognar ne s'aperçut pas de son trouble.

« ... de cette petite actrice dont vous m'avez averti qu'elle n'avait pas intérêt à tomber entre vos mains. »

Il le regarda d'un air égaré.

« Mais qui ? murmura-t-il.

– Vous savez très bien de qui je parle !
– Je veux dire : qui fouillait dans mes papiers ?
– Je vous répondrai si vous, vous donnez d'abord une réponse à ma question. Hein, pourquoi parliez-vous comme cela ? Parce qu'elle est juive ?
– D'abord qu'est-ce qui me prouve que vous avez vu quelqu'un chez moi ?
– Regardez, c'est *votre* peignoir ; je l'ai pris dans *votre* salle de bains. J'ajouterai que cette personne que j'ai... dérangée en plein travail m'a obligeamment renseigné sur l'endroit où vous vous trouviez. »
Bognar se leva d'un air fébrile. Vincent s'approcha et le saisit au collet.
« Vous ne vous habillerez pas avant de m'avoir répondu !
– Bien, fit-il d'un ton résigné.
– Première question. Est-elle à Budapest ?
– Je vous assure que je l'ignore. Je ne sais pas davantage si elle est juive ou pas. Je ne... Est-ce que la personne dans ma chambre *lisait* quelque chose – ou se bornait-elle à chercher un document ? »
Il le secoua avec rudesse.
« Vous avez prétendu qu'elle avait participé à une machination contre vous... *Quelle* machination ?
– Il faudrait savoir ! Vous êtes venu tout à l'heure pour protéger les Juifs de Budapest ou pour vous enquérir du sort de la petite Mariassy ?
– En ce qui concerne la communauté juive de Budapest, je vous ai transmis le message que l'on voulait vous faire passer. En ce qui concerne votre petite compatriote, c'est vous-même qui avez évoqué une affaire maintenant vieille de cinq ans et qui n'a cessé de m'intriguer... D'après ce que j'ai entendu dire il s'est passé d'étranges choses ce jour-là, sur le plateau n° 3...
– Je n'y étais pas, hélas. Rien ne serait d'ailleurs arrivé si j'avais assisté aux essais, comme ce devait être le cas.

– Ah oui ? »

Cela lui avait échappé. Bognar braqua alors sur lui un regard incisif.

« Mais pourquoi vous intéressez-vous à elle ? Ne m'avez-vous pas annoncé que vous étiez envoyé par David Lipchitz ? Il doit pourtant le savoir, lui, où elle se trouve... »

Il y eut un silence. On entendait de l'eau ruisseler quelque part.

« C'était très étrange, cette personne dans votre chambre, reprit Vincent d'un ton lointain. Je n'aurais jamais imaginé cette personne-*là*. Elle doit maintenant avoir cessé sa fouille, surtout après mon... intervention, mais je trouve un peu dommage de penser que vous ne saurez jamais qui est venu... qui est entré si facilement dans cet hôtel où vous deviez vous sentir tellement... tellement *protégé*, ou est-ce que je me trompe ? dit-il en détachant ses mots.

– Écoutez-moi. J'ai en effet besoin de savoir qui me surveille, et comme j'imagine qu'avec vous c'est donnant-donnant, je vais donc tenter de me souvenir de ce que j'ai appris sur elle. »

D'un geste nerveux, il dénoua puis renoua le cordon de son peignoir.

« Vous me parliez de *L'homme est en mer*, reprit-il, ce tableau de Van Gogh qui appartenait à Errol Flynn. Eh bien... Elle avait fait justement la connaissance de l'acteur sur le plateau de *Four's a Crowd*, en 38, que mettait en scène mon ami d'origine hongroise, Michael Curtiz. Elle n'avait qu'un petit rôle qui, de plus, avait été coupé au montage. Mais cela a suffi à Errol Flynn pour la remarquer. Vous connaissez sa réputation ! Avant la fin du tournage il l'avait déjà emmenée à Mulholland Drive, puis cela a été sur son yacht... »

Vincent sentit comme une poigne lui broyer le cœur.

« Comment... s'appelait ce yacht ? demanda-t-il.

– *Sirocco,* je crois me souvenir, répondit-il sans deviner son trouble.

– C'était donc elle, sur le film ?

– Quel film ?

– Vous le savez parfaitement. On voyait à un moment le bastingage avec l'une des bouées de sauvetage. Et un dos nu.

– Et aussi quelques bateaux de guerre, j'imagine.

– Oui.

– Je n'ai jamais visionné cette bande, monsieur. Si je l'avais eue entre les mains, sachez que des choses auraient changé. Bien des choses ».

Il le fixa.

« Mais quoi, c'est donc vous qui l'aviez dérobée ? »

Vincent acquiesça.

« Pour la donner à David ?

– Non.

– Je vous crois, tant David a remué ciel et terre pour retrouver cette bobine. Mais alors à qui l'avez-vous transmise, grands dieux ? Je connaissais les rares personnes qu'elle aurait pu intéresser. »

Bognar paraissait soudain perdu dans ses songes.

« Oh, mon Dieu, poursuivit-il. Vous rendez-vous compte de la portée que votre action a eue sur ma vie ? S'ils en avaient disposé, de leur fameuse pièce à conviction, je serais encore là-bas...

– Là-bas, peut-être, mais en prison ! Oui, en prison, au lieu d'être ici l'idéologue des sinistres Croix-Fléchées... C'était un film d'espionnage, n'est-ce pas ? » reprit-il après un temps.

Bognar haussa les épaules.

« Pour Errol, ce n'était pas de l'espionnage : c'était un jeu. De l'aventure. Je savais qu'il aimait filmer les bases navales. Il en avait filmé, au cours de ses périples ! Or certains de mes amis avaient besoin de savoir ce qu'il y avait exactement à San Diego. La base de San Diego était la plus importante de la côte Pacifique, et les Japonais en particulier auraient donné cher pour connaître le nombre de bâtiments qu'elle abritait à l'époque, ainsi que leurs numéros d'identification. J'avais donc des clients pour cette bande, qui attendaient impatiemment la livraison... Mais vous? poursuivit-il après une brève pause. Pourquoi vous?

– Vous ne me croirez peut-être pas, mais je l'ai emmenée par erreur! La bobine était entreposée au même endroit que le fameux bout d'essai, et j'ai pris l'une pour l'autre. Vous voyez bien que Miss Mariassy n'était à l'origine d'aucune machination contre vous! conclut-il aussitôt.

– Si, répondit-il avec une sorte de rage froide. Elle ne m'a pas apporté le film. Elle devait le prendre chez Flynn et me l'apporter le jour des essais. En échange je devais user de toute mon influence pour la faire engager dans *le Prince de bois* – en dépit de son handicap, elle avait si envie d'avoir un vrai rôle dans un grand film! Mais elle ne m'a même pas prévenu que les essais avaient lieu ce jour-là. Qui plus est, la régie du studio m'a fourni une fausse date. Sans doute Margit était-elle déjà manipulée par David. Ou filée par lui à son insu...

– Je ne comprends pas. Dans ce cas, David avait tout intérêt à vous prendre tous les deux la main dans le sac...»

Bognar eut une moue.

«Peut-être n'a-t-il pas voulu compromettre Errol Flynn, l'une des stars du studio. Ou alors a-t-il voulu attendre, pour savoir à qui j'allais transmettre la bande. Quoi qu'il en soit, j'ai été bien satisfait d'apprendre que la petite avait des ennuis, dit-il avec cynisme.

– Vous faites allusion à ce qui s'est passé sur le plateau?»

Bognar le regarda à nouveau fixement.

«Mais comment savez-vous ce qui s'est passé? *Moi*, je n'ai jamais pu le savoir. Jamais vu une affaire étouffée comme cela.»

Vincent demeura un instant coi.

« Ah oui ? fit-il.

– Il y avait quelquefois un écho dans un journal, et c'était tout… On a même écrit dans je ne sais quelle revue que pour tout indice concernant sa disparition, on n'avait trouvé qu'une boîte de cire à épiler oubliée dans sa loge !

– Moi, à cette époque, j'étais déjà loin, vous savez… Mais qu'est-ce que c'est que cette histoire de handicap ? »

Pour la première fois Bognar ne put s'empêcher de réprimer un rire sarcastique.

« J'en viens à me demander si ce n'est pas à cause de cela que… »

Une porte s'ouvrit à la volée. Vincent fut bousculé, puis projeté contre le mur. À demi assommé il réalisa que l'on entraînait Bognar vers le bain de vapeur. Le vieil homme se débattait et dans ce mouvement de lutte le peignoir qu'il portait s'entrouvrit et Vincent vit un instant son sexe flétri apparaître entre ses cuisses maigres. Avec une brutalité inouïe, ils le traînèrent à l'intérieur du bain puis claquèrent la porte derrière lui avant de la fermer à double tour. L'un des hommes poussa alors à fond la manette qui commandait la tuyauterie et presque aussitôt un bruit de bouillonnement chuintant et lancinant se fit entendre. Bien qu'assourdies par le mur, des imprécations en hongrois ne tardèrent pas à le recouvrir, suivies de coups répétés contre la porte, si violents qu'ils finirent par le sortir de son hébétude. Sans se préoccuper de lui ni de ses réactions les trois hommes gardaient, comme fascinés, l'œil fixé sur le cadran. D'un seul coup il comprit. Épouvanté, il se redressa et bondit hors de la pièce.

Dans la galerie dallée ses pas résonnaient si fort qu'il avait le sentiment d'avoir, lancée à ses trousses, toute une escouade décidée à lui faire un mauvais sort. Affolé, il chercha le petit escalier de service qu'il avait emprunté auparavant. La porte qu'il ouvrit donnait sur une buanderie. À le voir ainsi surgir, les femmes qui y travaillaient se mirent à hurler de concert. Bousculant la première, il rebroussa chemin.

« Par ici », chuchota-t-on soudain en allemand.

Il se retourna. C'était le petit groom. Il se précipita derrière lui. D'un geste discret l'enfant lui montra une issue. Sans même le remercier il suivit son indication et se retrouva dans une salle de service qui ressemblait avec ses murs laqués de blanc à celle d'un hôpital. Il franchit une entrée vitrée et se retrouva dans une rue en pente. Derrière lui il perçut tout un vacarme.

« Arrêtez ! » hurlait-on dans son dos.

Il courut en descendant la rue jusqu'au coin de l'énorme édifice. La Hotchkiss était au rendez-vous. Les mains crispées sur le volant comme s'il allait prendre le départ d'une course, Franz attendait. Derrière, Haeggeli avait déjà entrouvert la portière.

« Foncez », cria Vincent hors d'haleine.

« Franz, ne rejoins pas la place Teleki par le pont Élisabeth. Suis plutôt les quais », ordonna le consul.

Affalé sur la banquette, Vincent avait du mal à reprendre son souffle. Il se retourna : personne ne les poursuivait. Il voyait au premier plan défiler le parapet de granit et, au-delà du fleuve, perdus dans la brume, les massifs monuments et les coupoles de Pest. Même la veille lorsqu'il était arrivé de la gare de l'Ouest, l'habitacle tapissé de peluche rouge de la lourde limousine ne lui avait pas semblé un refuge aussi bienvenu.

« Vous n'allez pas me croire, mais il est… il est mort, finit-il par articuler.

– Quoi ? s'exclama Haeggeli.

– À l'heure qu'il est, il est aussi mort que possible, répéta-t-il comme pour s'en convaincre. Aussi mort que s'il était tombé dans l'une de ces marmites de sorcière bouillantes avec lesquelles il voulait donner des cauchemars à tous les enfants de Californie... »

Haeggeli le considéra avec stupeur.

« Enfin, vous ne l'avez tout de même pas trucidé !

– Pas moi, bien sûr. Je... Laissez-moi me remettre. Les types qui l'ont tué, c'était... le genre qu'il y avait dans la Horch, hier soir. J'en viens d'ailleurs à me demander si ce n'étaient pas les mêmes, tellement ils étaient effrayants à voir... Une mort affreuse, ajouta-t-il. Ébouillanté... Ébouillanté dans un bain de vapeur. »

Il se passa la main sur les yeux.

« Mais pourquoi l'auraient-ils assassiné ? demanda Haeggeli. Il était une pièce essentielle dans leur dispositif !...

– J'ai eu le sentiment qu'il devait jouer double jeu, répondit-il avec effort. C'était une canaille, mais il y avait pire que lui, et ils le lui ont fait payer... Voilà la seule information que je vous rapporte ! Quand je pense que vous vous êtes donnés tant de mal pour moi...

– Parce que cet assassinat n'est peut-être pas une information considérable ? s'exclama le consul. Je vais d'ailleurs de ce pas prévenir la légation. Vous aviez eu le temps de lui parler auparavant ?

– Oui », fit-il brièvement.

Haeggeli s'aperçut alors qu'il tremblait comme une feuille.

« Remettez-vous, dit-il. Vous allez me raconter cela tranquillement.

– Excusez-moi. C'est le contrecoup de... » Il soupira. « Je ne sais pas comment je m'en sors vivant. En fait, la seule chose que j'aie pu faire, c'est lui parler, oui. Sans grand résultat pour ce qui est de ma mission.

– Cela n'a pas été trop difficile de l'approcher ?

– Oh, il m'a fallu utiliser une ficelle... Un petit stratagème, si vous voulez... Enfin, j'ai évoqué quelque chose qui lui rappelait Hollywood ! Je doute que sans cela, en dépit de mes faux papiers, j'aurais pu accéder à l'étage. »

Il reprenait peu à peu son calme.

« Comme je le craignais, il avait jadis trop détesté David pour accepter de lui devoir quelque chose – même s'il s'agissait de son propre destin lorsque la guerre serait achevée. De toute façon – cela, c'est mon sentiment – il n'aurait rien pu nous donner en échange. Je crois que vous vous êtes exagéré son influence sur Szalasi…

– La suite l'a bien montré, grommela Haeggeli.

– Où on va, patron ? interrompit Franz.

– À la légation, puis aux maisons protégées. Prends par le pont des Chaînes.

– Protégées, pour combien de temps encore…, s'interrogea tout haut Vincent. J'ai peur de ce qui risque d'arriver après la signature de l'armistice, si Horthy le signe… Vous croyez qu'il va le signer ?

– C'est certain, il n'a plus d'autre solution… Simplement, ce que Charles Lutz et moi espérons, c'est qu'il donne le temps aux troupes loyalistes qui le soutiennent, et qui sont actuellement sur le front, de regagner Budapest. En cas de coup d'État, ces troupes seront en effet les seules à le défendre… L'idéal serait de ne pas signer avant deux ou trois jours. Que vous a-t-il dit à ce sujet ?

– Que les Croix-Fléchées étaient décidées à prendre le pouvoir dès que possible.

– Ça, je le sais ! Mais pour ce qui est de la protection du quartier Pozsonyi ?

– Justement ! Il m'a déclaré que dès que ses amis seraient aux commandes, toute la communauté juive de la ville serait utilisée comme main-d'œuvre de l'autre côté de la frontière autrichienne. Il paraît que les industries de guerre réclament 50 000 hommes sur-le-champ. »

Haeggeli haussa les épaules.

« Ils n'ont plus les moyens de les acheminer… Ni les wagons, ni les camions. D'ailleurs les voies ferrées et les routes ont été bombardées par tronçons entiers.

– C'est ce que vous m'aviez dit, et je lui en ai fait la remarque.

– Eh bien ?

– Ils veulent les faire marcher. »

Haeggeli se tourna vers lui.

« Qu'est-ce que vous racontez ?

– Oui, marcher. C'est ce qu'il m'a affirmé. Il a ajouté : "Nous n'avons pas le choix."

– Avec les détours, cela fait près de deux cents kilomètres ! Et dans l'état où ils sont pour la plupart… Ce serait une folie, même de leur saloperie de point de vue !

– Si les nazis et les Croix-Fléchées sont capables d'agir avec une telle cruauté envers un de leurs ex-amis, vous imaginez, envers eux… Si vous aviez entendu Bognar manifester sa haine des Juifs… Pire que les Polonais que j'ai rencontrés au stalag ! C'est pourquoi je n'arrive pas à comprendre pourquoi ils l'ont tué. À l'entendre parler, il était comme eux. »

Haeggeli hocha la tête.

« Qui sait ? Peut-être l'ont-ils tué parce qu'il vous a reçu…

– Je crois que c'est autre chose. J'ai surpris quelqu'un en train de fouiller ses papiers. Or il ne se savait pas surveillé.

– Et il l'était, à votre avis ?

– Oui. Je vous raconterai. »

Pensif, Haeggeli regardait défiler les bords du fleuve.

« En tout cas, vous avez été très courageux de vous introduire ainsi dans la caverne de l'ours !

– D'autant que je m'en tire bien ! Si ces trois charmants gestapistes s'étaient occupés de moi…

– Écoutez, considérez que grâce à cette visite, vous êtes maintenant en liberté. Ça valait la peine, non ?

– D'autant que j'ai enfin pu reconstituer un peu le puzzle », murmura-t-il.

Haeggeli le fixa sans comprendre.

« Quel puzzle ? »

Vincent demeura un instant interdit, puis eut un geste évasif.

« Ça sent pas bon, patron, regardez ça », dit Franz en désignant l'extrémité du pont.

Sur l'autre rive une colonne de chars Tigre remontait en effet le Corso, et son grondement sourd semblait leur parvenir des deux rives à la fois, comme si les murailles de la citadelle en renvoyaient l'écho tout en l'amplifiant. À mesure que l'Hotchkiss avançait sur le pont, Vincent put les compter.

Il y en avait dix-neuf. Il n'avait plus vu de chars depuis les Churchill sur la plage de Dieppe, et un instant il se revit émergeant de la tourelle alors qu'il tentait de secourir le petit tankiste des Calgary, puis s'efforça d'effacer le tragique souvenir. Quelques rares véhicules étaient immobilisés à la sortie du pont par le passage de la colonne blindée. Haeggeli avisa un détachement de gendarmes hongrois qui observaient la scène et, baissant la vitre, héla l'officier. Celui-ci examina la plaque de la voiture puis s'approcha.

« Qu'est-ce que cela signifie, lieutenant ? demanda le consul.

– Cela, monsieur, c'est de l'intimidation et nous sommes un pays timide, répondit l'officier d'une mine impassible.

– C'est la première colonne que vous voyez ?

– La seconde. La première est passée il y a dix minutes. C'est la 24e Panzer, précisa-t-il. Ils bloquent toutes les entrées de Pest.

– Ils se dirigent vers le ministère de la Guerre, apparemment », constata Haeggeli.

Alors que l'officier s'éloignait, le consul traduisit leur conversation.

« La 24e ! s'exclama Vincent. Celle qui gardait la voie. Il ne manquerait plus que je retrouve les deux lascars qui m'ont interrogé !...

– La Hongrie est fichue, monsieur, et moi je partirais bien dans votre pays », dit quelqu'un tout à coup en excellent allemand.

Ils se retournèrent. C'était l'un des gendarmes qui, à l'insu sans doute de son chef, était demeuré près d'eux. Haeggeli hocha la tête d'un air approbateur – tout en se gardant toutefois de répondre. Lorsque l'homme se fut éloigné, il se pencha vers le chauffeur.

« Franz, on ne pourra jamais parvenir jusqu'à la légation. Fais demi-tour et retournons à la résidence pour téléphoner.

– Mais les écoutes, patron...

– Tant pis pour les écoutes, il me faut prévenir la place Teleki de la mort de Bognar et de l'arrivée des chars. Et puis je voudrais savoir s'ils ont entendu parler de cette histoire de marche qui me préoccupe. Ensuite par la rive droite nous gagnerons les maisons protégées ; je tiens à vérifier que le détachement de soldats est toujours en position, et à m'entretenir avec leur officier. Et maintenant, dit-il à Vincent en lui tapant amicalement sur les genoux, vous allez me raconter tout ce qui s'est passé. »

Lorsque Haeggeli réapparut dans la cour il était en compagnie de Lajos et paraissait satisfait. Coiffé d'un couvre-chef à bords roulés et vêtu d'un pardessus à parements de velours, il faisait plus diplomate que jamais.

« À la légation, ils n'attendent pas l'armistice avant quelques jours. Ils prétendent être certains de leurs informations. Tu as ta caméra chargée, Lajos ?

– Oui, répondit le jeune homme en clignant de l'œil vers Vincent. Et les chars ?

– Lakatos aurait obtenu qu'ils quittent la ville avant midi. Je croirai cela lorsque je l'aurai vu.

– Vous avez pu les prévenir, en ce qui concerne Bognar ? s'inquiéta Vincent.

– J'ai transmis tout ce que tu m'as rapporté... Wallenberg a aussi entendu parler de cette histoire de marche. Prends donc le quai côté Buda, Franz. On franchira le fleuve au pont Margit et, si c'est toujours bloqué, on continuera à pied.

– Parce qu'il y a un pont Margit ? » demanda vivement Vincent.

Lajos lui donna une bourrade discrète.

« Hé, il y a toujours une façon à Budapest de célébrer les jolies femmes ! lança-t-il.

– C'est pour moi tout le quartier de la rue Pozsonyi qui est dédié à la mémoire d'une bien jolie femme », ajouta Haeggeli d'une voix sourde.

Lajos hocha la tête et le silence se fit dans la voiture. De ce côté-là de la ville il y avait peu d'animation. Dans la brise d'automne les feuilles mortes voletaient sur les rails du tram qui brillaient dans le soleil. Ils tournèrent sur le pont qui lui sembla avec son gracieux développement en arc de cercle faire honneur à son nom. Les yeux rivés sur la rive opposée, Franz conduisait avec lenteur. Le temps s'était maintenant levé, et sur la droite l'enfilade des ponts et la ligne sinueuse des collines composaient un paysage d'une insurpassable harmonie au milieu duquel il parut impossible à Vincent qu'un drame pût s'ourdir. Il chercha à voir si l'on discernait d'ici l'hôtel Gellert, mais la balustre du pont l'empêchait de distinguer autre chose que le sommet des arbres qui le dominaient.

« Regardez, patron, il y a du mouvement autour du Parlement, on dirait. »

On devinait en effet des mouvements de troupes au pied de l'imposante façade, mais aucun char n'était visible.

« Roule, roule, si le Parlement est investi, c'est certes bien fâcheux, grogna Haeggeli impatienté, mais ce n'est pas du Parlement que j'ai la garde. »

La circulation n'était pas bloquée au bout du pont, et ils purent sans encombre tourner sur la gauche.

« Laisse-nous au coin de la rue Sziget », recommanda Haeggeli.

Abandonnant Franz au volant, ils descendirent de voiture. Devant eux l'étroite rue rectiligne était bordée d'immeubles d'habitation de belle apparence de quatre ou cinq étages. Au-dessus de chaque entrée était accrochée une étoile jaune elle-même surmontée d'un drapeau suisse flottant au vent.

« Les voilà, ces fameuses maisons, murmura Vincent.

– Nous les avons à disposition depuis la mi-août, qu'elles aient été louées, acquises ou prêtées. C'était le moment où après la rémission du début de l'été on a entendu dire que les déportations allaient reprendre. Il fallait réagir et c'est à ce moment-là qu'on a eu l'idée, le consul Wallenberg en premier, de ces passeports de protection. Lakatos a accepté que tous ceux qui étaient munis de ce document puissent se réfugier dans nos maisons. Mais qu'est-ce qui se passe ? » s'exclama-t-il soudain.

A l'angle de la rue Sziget s'était regroupée une petite troupe de jeunes portant chemise verte et brassard. Ils étaient une vingtaine – surtout des garçons, lui sembla-t-il.

Haeggeli accourut.

« Que faites-vous ici ? Vous n'avez pas à stationner ici ! Et d'abord, où sont les soldats ? Ils auraient dû vous en empêcher. »

Il y eut quelques rires goguenards.

« C'est des passoires, ces gars, lança l'un des garçons. Pas étonnant que les Russes soient à cent kilomètres de Budapest si c'est ces fantoches qui nous défendent !

– On leur a dit : “Partez, s’il vous plaît”, et déjà on ne les voyait plus que de dos, pouffa un autre.

– En tout cas vous n’avez pas à vous rassembler ici ! Ces maisons et leurs locataires sont sous la protection de la légation de Suisse, vous ne voyez donc pas les drapeaux ?

– Protégés ou pas, vous allez voir comment on va les faire déguerpir, ces youpins ! »

Haeggeli chercha des yeux celui qui venait de crier. Il ne devait pas avoir plus de seize ans et ressemblait à un jeune apprenti.

« En attendant c’est vous qui allez décamper, et rapidement ! rétorqua-t-il. Laissez-moi passer, que j’aille appeler la gendarmerie. »

Il se retourna vers ses deux compagnons et leur fit signe de le suivre. Au milieu des huées et des injures ils fendirent tous trois le groupe hostile. Dès qu’ils eurent franchi la grille de l’immeuble Vincent remarqua combien Lajos était pâle.

« Qu’est-ce qu’ils criaient ? » s’enquit-il.

Le jeune homme haussa les épaules.

« Toujours les mêmes saloperies... Bon, je vais tout de suite les filmer.

– Tu vas te faire repérer ! s’inquiéta Vincent.

– T’en fais pas.

– Kocsis ! » appela le consul.

Le concierge sortit aussitôt de sa loge. Vincent reconnut le vieil homme du train. Il s’avança.

« Merci, chuchota-t-il en lui prenant la main.

– J’ai deviné que vous n’aimiez pas le potiron chaud...

– Pourquoi ne m’avez-vous pas prévenu ? l’interrompit Haeggeli avec vivacité, en désignant à l’extérieur le groupe turbulent.

– Mais, monsieur le Consul, dès que cette racaille est arrivée, j’ai essayé ! Je me suis alors aperçu qu’on nous avait coupé le téléphone. Après je n’ai pas osé aller jusqu’à la cabine, j’avais peur qu’ils m’empêchent de regagner l'immeuble. C'est vers neuf heures ce matin que les camions sont arrivés pour chercher les soldats. Les jeunes ont déboulé tout de suite après…

– Il n'y a pas eu d'affrontement ?

– Non… Au contraire, on aurait dit que tout était combiné d'avance. Les gendarmes ne sont même pas sortis de leurs camions, et ils sont repartis aussitôt, comme s'ils étaient juste venus observer.

– Où est votre femme, Tomas ?

– Dans les étages… Elle essaie de les calmer. Ils sont fous d'angoisse. Pourtant les gars dehors n'ont pas encore vraiment fait du tapage, sauf au moment de leur arrivée. Comme s'ils attendaient des consignes… »

Haeggeli hocha la tête.

« Montrez-moi donc le registre. »

D'un tiroir de commode, le vieil homme sortit un gros carnet à la reliure grise.

« Quoi ! s'exclama le consul en feuilletant. Six cent neuf familles pour les seules rues Pannonia et Pozsonyi, mais c'est bien plus que lundi dernier !

– Cinquante-huit sont arrivées hier, précisa Kocsis. Il y a des rumeurs qui courent la ville comme il y en avait en août, alors ça a été la ruée…

– Tout le monde a bien son passeport ? »

Kocsis soupira.

« Le problème c'est qu'il y en a trop, monsieur le Consul. Oui, il y en a eu trop de distribués, à la légation comme à la résidence ; en plus je suis sûr qu'il y en a des faux, tellement le nôtre est facile à imiter quand on le compare à celui des Suédois. Conclusion, nous en sommes, rien que dans cet immeuble, à six personnes par pièce et il n'y a déjà plus de lait pour les bébés…

– Écoutez, au moins tout le monde est protégé. Ou en tout cas l'était jusqu'à ce matin… Cette coupure du téléphone me préoccupe plus encore que l'arrivée de ces brailleurs, ajouta-t-il. Je vais monter voir s'il a été aussi coupé dans les étages.

– À propos de téléphone, j'oubliais de vous dire qu'avant la coupure le professeur Szabo avait appelé, monsieur le Consul. Il demandait si une certaine Gitta Lublin était dans l'immeuble. Je vous avais entendu parler de lui, j'ai noté le nom de la femme. »

Haeggeli fronça les sourcils.

« Il a appelé ici ? Alors ça !

– J'ai consulté le registre. On n'a personne sous le nom de Gitta Lublin. C'est ce que je lui ai répondu, et il a raccroché.

– À quelle heure Bognar a-t-il téléphoné ? Je veux dire, Szabo ?...

– Vers neuf heures et demie... »

Haeggeli se retourna vers Vincent.

Vous l'aviez déjà rencontré, à ce moment-là ?

– Comme vous le savez, je l'ai vu deux fois à quelques minutes d'intervalle. Il a dû appeler entre les deux.

– De toute façon, d'après ce que vous m'avez raconté, il n'a pas pu téléphoner après votre deuxième visite, fit remarquer le consul.

– En tout cas, ça me déplairait qu'une Juive ait eu des relations, même téléphoniques, avec un homme comme ça, s'emporta Lajos avec une moue de répugnance.

– À moins de tomber sur elle, on ne saura jamais ce qu'il voulait lui raconter, grommela Haeggeli. Mais j'y pense, ajouta-t-il à l'intention de Vincent, vous m'avez dit que la fille du train semblait chercher des documents ? Peut-être avaient-ils à voir avec cette Gitta. Allez savoir s'il n'a pas été tué à cause d'elle. »

À mesure que Vincent réfléchissait, une pensée le taraudait de plus en plus : Et si c'était Margit sous une autre identité.

« Il n'y aurait pas moyen d'avoir une photo ? demanda-t-il brusquement. Je ne sais pas, moi, venant d'un fichier...

– Ça ne me semble pas être tout à fait le moment d'aller fouiner dans les archives de la police», s'exclama le consul avec agacement.

Il se retourna vers le concierge.

«Je vais essayer de joindre le colonel Ferenczi depuis l'un des appartements, Tomas. Montez me prévenir si vous voyez les jeunes Croix-Fléchées changer d'attitude. Maintenant, venez avec moi, les garçons», ordonna-t-il en allemand.

Sur le palier du premier étage s'ouvraient quelques portes de belle apparence. Haeggeli consulta un carnet puis sonna à la plus proche. On lui ouvrit aussitôt comme si son arrivée était attendue depuis longtemps. Ils se trouvèrent tous trois face à un groupe rassemblé dans un large vestibule. Dans la pénombre les visages paraissaient tendus et anxieux.

«C'est bien l'appartement de Mme Penczaros?» demanda Haeggeli.

Une vieille dame s'avança sans mot dire, amaigrie mais encore coquette dans sa robe de soie. Elle portait une broche ancienne à côté de son étoile, comme si elle voulait en atténuer l'humiliation.

«Vous êtes Mme Penczaros? s'enquit le diplomate.

– Je suis sa belle-sœur, monsieur le Consul. J'habitais avenue Andrassy, près du rond-point, et j'avais l'habitude de lui rendre visite. Mais elle est partie dans les maisons suédoises rue Pannonia. Là-bas ils sont moins nombreux par appartement et le téléphone marche encore…

– Oh, il a donc été coupé ici aussi…! s'exclama-t-il.

– Ce matin les soldats sont repartis dans des camions, dit une autre femme. Nous les avons regrettés car ils s'étaient montrés amicaux et ils nous permettaient d'aller et venir entre les immeubles. Et puis ces gosses sont arrivés en criant des injures et en jetant des cailloux… Qu'est-ce qui va se passer?…

– Et le ravitaillement! On n'a plus de réserves. On est à vingt-quatre là où Mme Penczaros vivait seule. Ça ne peut pas durer longtemps comme ça…

– Pour ce qui est de l'approvisionnement, je viens de m'en occuper à la légation, répondit Haeggeli d'un ton rassurant. Nous avons loué des camions et fait des achats de sucre, de lait et de farine. Pour ce qui est de la protection, je vais tenter d'obtenir du colonel Ferenczi qu'il place à l'entrée des rues Pozsonyi et Pannonia un détachement de gendarmerie pour vous défendre. Et puis les Russes font une grosse percée… Ils pensent être ici avant une semaine.»

La phrase tomba dans un grand silence.

«On aurait préféré être libérés par les Américains, souffla la belle-sœur de Mme Penczaros. Moi je viens d'Ukraine, monsieur le Consul, j'ai subi les pogroms des années 20 avant de me réfugier ici. J'ai peur que cela ne recommence.

– Vous n'avez rien à craindre. Les Russes sont nos alliés. C'est la VIIIe armée, et non pas les hordes des atamans du Dniepr…»

Elle hocha pensivement la tête. Haeggeli s'inclinait déjà pour prendre congé.

«Je vais poursuivre ma tournée, annonça-t-il.

– Le coup de téléphone de Bognar, rappela Vincent.

– Ah oui. Quelqu'un connaît-il dans l'immeuble une certaine Gitta Lublin?»

Personne ne répondit.

«Il y a tant de mouvement depuis quelques jours que même si on la connaissait…», fit remarquer quelqu'un.

Devant la porte voisine, Haeggeli ne put réprimer un soupir.

« Ici habitaient les Fellner, dit-il. Lui était l'un des directeurs des assurances Gresham, et Petra l'appréciait beaucoup. Le 24 avril, alors qu'il se reposait dans sa maison de Vacs, il a été emmené par cinq hommes et on ne l'a plus revu. C'est à ce moment, soupira-t-il en se tournant vers Lajos, que j'ai demandé à ta sœur de ne plus quitter Budapest. Hélas, elle ne m'a pas obéi. »

Il frappa. La porte n'était pas plus tôt ouverte – Vincent entrevit une grande pièce sombre – qu'une dame se précipitait sur Lajos et l'étreignit.

« Lajos ! J'étais si inquiète… »

Un peu gêné, le jeune homme jeta un regard de côté sur Haeggeli.

« C'est ma tante Martha, du côté de papa, souffla-t-il. Monsieur le Consul, je vous présente…

– Et tu ne portes pas ton étoile ! Si un milicien te reconnaît…

– Je l'ai pris sous ma responsabilité directe, intervint Haeggeli. Est-ce que Mme Fellner est là ? »

La femme leur fit signe de la suivre. Franchissant le vestibule, ils pénétrèrent tous trois dans ce qui avait été la salle à manger. On voyait encore au-dessus de la desserte une vaste soupière, comme si le bortsch brûlant venait d'être apporté pour le déjeuner. À même le sol étaient placés côte à côte des matelas, des sacs d'effets, des piles de couvertures ; plus encore que dans l'appartement voisin il régnait une atmosphère de bivouac et d'hôpital de campagne. L'air était confiné et les sombres rayures du papier peint augmentaient encore la sensation de réclusion et de promiscuité.

« Trente-cinq dans six pièces, monsieur le Consul, se plaignit la dame qui l'avait accueilli. On en est arrivés au point où, pour les toilettes, on…

– Je me doute bien, dit Haeggeli.

– Et ces petits nazillons nous font peur, ajouta un

homme entre deux âges. Si vous les aviez entendus à leur arrivée !

– Je ne pensais pas qu'on était détestés comme ça, ajouta sa voisine. Rue Munkacsy, je vivais en si bonne harmonie avec tout le monde !

– Oh, tout cela date d'il y a longtemps, quand on a commencé à prendre ce pays en main et…

– Est-ce que par miracle votre téléphone fonctionne ? l'interrompit le consul.

– Je crois, répondit l'homme. Il paraît qu'on est parmi les rares à l'avoir encore. »

Ils furent conduits dans ce qui avait sans doute été le bureau du disparu. Son portrait à l'huile – lorgnons, favoris – était accroché au mur dans un lourd cadre doré ; derrière le bureau les dossiers d'archives étaient empilés sur des étagères de chêne. On avait le sentiment qu'il allait entrer à tout moment pour traiter une affaire de routine.

« C'est dans cette pièce que j'ai vu Petra pour la dernière fois », murmura Haeggeli.

Sans prendre la peine de s'asseoir il composa un numéro qu'il semblait connaître par cœur.

« Pas libre », soupira-t-il.

S'efforçant de réfléchir, il s'approcha de la fenêtre et, derrière le rideau, observa la rue. La petite foule des chemises vertes s'était accrue et semblait plus agitée que tout à l'heure. Il revint alors vers la table et recomposa le numéro, puis posa le combiné avec lenteur. Une dizaine de personnes l'avaient rejoint et le regardaient sans mot dire.

« Le numéro du colonel Ferenczi n'est toujours pas libre.

– Si vous voulez mon avis, il risque de le rester un certain temps, lança quelqu'un.

– Monsieur le Consul ! » l'appelait-on.

Ils passèrent en hâte dans la pièce voisine. Un massif poste de TSF en acajou trônait sur une commode. Une voix nasillarde s'en échappait, brouillée par la friture comme si elle provenait d'une contrée reculée. Les visages des auditeurs étaient si graves que Vincent, sans comprendre la langue, ne fut pas long à deviner ce qui se tramait. Alors que l'hymne national clôturait la brève déclaration, tout le monde se retourna vers Haeggeli. Celui-ci avait la mine fermée. « C'est fou, fou », l'entendit-il murmurer.

« C'est l'armistice, n'est-ce pas ? C'est ce que vous craigniez ? demanda Vincent.

– Il aura voulu précipiter les choses afin de prendre de vitesse les nazis, mais ce sont ses propres partisans qu'il atteint par surprise ! Il ne leur laisse même pas le temps d'arriver et de s'organiser !

– Ceux qui se sont retirés ce matin devaient bien se douter de quelque chose... »

Lajos serra les poings.

« Il faudra se révolter s'ils cherchent à nous encercler, dit-il d'une voix sourde.

– Et on résistera avec quoi ? questionna la femme qui avait ouvert la porte. Tu ne seras donc jamais raisonnable, Lajos ?

– Si j'avais été raisonnable, je ne serais plus là pour vous parler ! cria-t-il soudain. Et si j'avais été moins raisonnable encore, peut-être aurais-je pu sauver Petra ! Il y en a marre de se résigner et de se laisser embarquer sans résistance ! À Varsovie ils se sont révoltés et...

– Du calme, Lajos ! » lui intima Haeggeli.

Pour la première fois depuis que Vincent le connaissait, le consul avait haussé le ton.

« En tout cas, les choses risquent d'évoluer très vite, poursuivit-il. Je rentre dare-dare à la légation, il faut que je sache quel jeu joue exactement Ferenczi, et s'il peut nous envoyer un détachement.

– Ne quittez pas l'immeuble, mon petit Paul, supplia

une vieille dame. Ils ne nous toucheront pas s'ils vous savent ici !

– Oh, madame Fellner, je n'avais pas eu le plaisir de vous revoir », dit le consul en lui baisant la main.

En réponse, elle lui serra nerveusement l'avant-bras.

« Si tout redevient comme avant, vous m'emmènerez boire un chocolat chez Gerbeaud...

– Je vous le promets, madame Fellner.

– Oui, ne partez pas, renchérirent les autres.

– Il le faut bien... Je reviendrai dès que je saurai à quoi m'en tenir. De toute façon, je passerai désormais toutes mes nuits ici. »

La vieille dame le regarda se diriger vers la sortie comme si elle voyait disparaître son ultime viatique. Dès qu'il eut quitté la pièce, Vincent s'approcha d'elle.

« Vous n'avez pas entendu parler d'une Gitta Lublin ? demanda-t-il timidement.

– Lublin... Cela me rappelle quelque chose, dit-elle après réflexion.

– Elle habiterait l'immeuble ? »

Elle secoua la tête.

« Cela, je ne le sais pas... Plus personne ne sait qui habite où...

– Essayez de vous souvenir, insista-t-il d'un ton suppliant. Elle était blonde ? Brune ? Brune, non ?

– Elle était mariée à un avocat, je crois.

– Oh, mariée... Alors, ce n'est pas celle que je cherche.

– À vrai dire, je n'en suis même pas sûre. Vous savez... on n'a plus sa tête à soi par les temps qui courent. »

Il bredouilla une phrase pour prendre congé, puis se hâta de rejoindre le consul dans le vestibule. Haeggeli avait la main en paravent derrière l'oreille. Du rez-de-chaussée montait un sourd vacarme, puis il y eut un bruit de bousculade dans l'escalier et, l'instant d'après, des coups violents furent frappés sur la porte. D'un geste énergique le diplomate enfonça son chapeau sur son crâne et ouvrit brusquement. Il se trouva face à un groupe agité et bruyant qui occupait le palier. Les jeunes Croix-Fléchées avaient entraîné comme un fétu de paille Kocsis dont le visage congestionné paraissait surnager à grand-peine de la marée des chemises vertes.

« Sortez les youpins ! Sortez les youpins ! » hurlaient-ils.

Vincent claqua prestement la porte derrière lui.

« C'est vous qui allez sortir d'ici tout de suite ! hurla Haeggeli. Vous êtes aveugles et sourds ? Vous n'avez pas vu les drapeaux ? Vous n'avez pas entendu ce que j'ai dit ? Même l'armée hongroise ne pénètre pas ici. Les habitants de cet immeuble et de ce quartier sont sous notre protection et sous la protection suédoise ! Maintenant, déguerpissez ! »

Des huées l'accueillirent, plus vociférantes encore que tout à l'heure.

« Ce fou de Horthy a capitulé, mais pas nous ! Sortez-les ! »

Haeggeli avisa soudain un homme d'une trentaine d'années qui criait plus fort que les autres. Il le prit au collet avec violence.

« Mais vous, je vous connais ! hurla-t-il tout en le secouant. Vous n'êtes pas le cordonnier du coin de la rue Vaci et de la rue Revay par hasard ? Vous me ressemeliez mes chaussures et mes bottes depuis deux ans, et je vous ai apporté la clientèle de toute la légation ! Eh bien, je vais vous faire une confidence : j'aurais mieux fait de marcher pieds nus ! Et maintenant, pour utiliser votre langue préférée : *Raus* ! »

Vincent se demanda si le diplomate n'allait pas passer de la parole au geste et le frapper. Abasourdis, les Croix-Fléchées refluèrent dans l'escalier.

« Vous avez entendu monsieur le Consul, s'égosillait

Kocsis de sa voix aiguë. Retournez d'où vous venez ! »

Lorsque les trois hommes rejoignirent le concierge, le vieil homme était livide.

« Ils m'ont dit : "On revient et on te fait la peau !" s'exclama-t-il la voix tremblante.

– Ne vous inquiétez pas, Tomas. Je ne serai jamais très loin.

– Paul, je veux rester avec eux, déclara tout à coup Lajos. Ma place est ici.

– Tu viens avec moi ! Je t'ai confié une mission ! Le courage n'est pas de rester, mais de m'aider... Surtout maintenant que ta caméra est devenue un instrument de poche !

– Je filmerai de l'intérieur...

– Je veux que tu filmes à leur insu ce qui se passe en ville, les mouvements de troupes, les affrontements s'il y a lieu. Je veux que ce soit accablant, tu comprends. C'est là ta place. »

Subjugué, Lajos opina du chef. Sous les quolibets, ils repoussèrent à quatre la grille et Kocsis ajouta une chaîne de sécurité. Puis Haeggeli sortit, fendant à grands gestes impérieux la petite foule hostile. Vincent avait placé Lajos devant lui. Franz vint à leur rencontre dès qu'il les aperçut.

« Ils ont jeté des pierres sur la voiture, dit-il d'un ton inquiet. Si je n'avais pas été là... Ça sent pas bon, monsieur le Consul.

– Arrête de répéter ça », fit Haeggeli impatienté.

Il fit un tour d'inspection de la limousine puis, le pied appuyé sur le pare-chocs, examina les lieux tout en réfléchissant.

« Vincent, finit-il par décider. Vous restez dans le coin en observation, en prenant garde de ne pas être remarqué. Voici des jetons ; si vous repérez quelque chose d'anormal, appelez-moi depuis cette cabine au 19 14 33, c'est le numéro de la légation. Votre nom d'emprunt servira de code. Toi, Lajos, tu vas monter chez les Horvath que tu connais et en qui j'ai toute confiance. Du premier étage, tu as une vue sur le carrefour et tu pourras filmer sans être vu s'il se passe quelque chose.

– J'essaierai tout de même de me rapprocher, dit le jeune homme.

– Encore une fois, tu fais ce que je te demande ! Tu n'es pas de la ville, mais quelqu'un peut toujours te reconnaître, regarde ta tante... Quant à moi, je serai de retour avant une heure d'ici avec Raoul Wallenberg et Charles Lutz. Et là, nous aviserons. »

Lajos regarda partir la limousine puis entraîna Vincent hors de la vue des jeunes Croix-Fléchées.

« Il ne se rend pas compte qu'il faut être au cœur de l'action, maugréa-t-il. J'ai vu un jour un film sur la guerre d'Espagne. Je ne sais plus de quel côté il était pris, mais ce dont je me souviens c'est que la caméra était aussi mobile que la main qui la tenait... À un moment on voyait un soldat venir vers l'objectif en brandissant une arme, puis le film tanguait, s'interrompait brusquement et on comprenait que l'opérateur était mort. Eh bien, cette subite interruption du film, c'était comme si mon propre cœur s'était arrêté... »

Vincent lui mit la main sur l'épaule.

« Écoute, je préfère ne pas avoir à lui annoncer une nouvelle de ce genre ! s'exclama-t-il. Tu l'as entendu, il attend de toi non pas d'être un martyr, mais un témoin, de lui fournir...

– Oui, il me l'a dit : des pièces à conviction. »

Vincent le regarda. *Pièce à conviction*. C'étaient les mots qu'avait utilisés Bognar tout à l'heure – et là encore il s'agissait de pellicule de film. Il se rendit compte alors qu'il n'avait pas encore eu le temps de repenser à ce qu'il avait appris lors de cette mémorable matinée ; et qu'il n'avait pas davantage – selon l'expression qui lui avait échappé dans la voiture – recomposé le puzzle. Le moment viendrait bien assez tôt.

« Pourquoi me regardes-tu comme ça ? demanda Lajos. Tu fais une drôle de tête.

– Mais non...

– Ne t'inquiète donc pas pour moi. Si je me suis évadé c'est pour être utile, pas pour me remettre dans la gueule du loup. »

Il se glissa le long du mur pour observer l'immeuble, puis revint dans leur refuge en faisant signe que rien n'avait changé. Ils s'accroupirent l'un contre l'autre.

« C'est quand même curieux, cette femme que Bognar a appelée, reprit Vincent après un silence.

– Qu'est-ce que ça peut te faire ? répliqua Lajos avec agacement. Tu ne penses tout de même pas que c'est celle que tu cherches !

– Bognar a téléphoné peu après que je lui aie parlé de Margit Mariassy. Peut-être est-ce juste une coïncidence... Mais il m'avait dit qu'il lui en voulait beaucoup et semblait décidé à se venger. Suppose qu'elle ait changé de nom et que Bognar, connaissant sa nouvelle identité, ait voulu savoir si elle habitait ou non cet immeuble...

– D'abord il est mort, fit remarquer Lajos. Sur ce plan de la vengeance, tu dois être un soulagé, non ?

– Bien sûr, mais en même temps cette femme qu'il recherchait peut être un indice pour retrouver la trace de Margit !

– Ça fait cinq ans que tu cherches des indices, me dis-tu !

– Je me rapproche... Je me retrouve maintenant dans sa ville... Elle est peut-être en ce moment à quelques dizaines, quelques centaines de mètres de moi... »

Lajos lui lança une bourrade.

« Tu ne crois pas qu'il y a suffisamment d'événements

graves qui risquent de nous tomber dessus pour que tu n'ailles pas te gâcher encore un peu plus la vie ? Tu ne peux donc pas cesser un instant de penser à elle ? Ne la laisse pas prendre une telle importance dans ta vie, enfin ! De toute façon, tu l'as à peine vue…

– Merci du renseignement, mais tu sais, le mal est fait, et depuis un certain temps déjà…

– Bon, fit Lajos. Eh bien, suppose que tu la voies, là, tout à coup, sortant de l'immeuble en face de nous… Comment réagis-tu ? »

Vincent mit sa main devant ses yeux comme s'il préférait ne pas y penser.

« Oh, tais-toi… J'ai tout fait depuis cinq ans pour que cette rencontre ait lieu, je suis sûr qu'elle va arriver, et en même temps c'est tout ce que je redoute…

– Donc, elle sort de cette maison, insista Lajos. Primo : Est-ce que tu la reconnais ?

– Oh oui, fit-il avec conviction. J'en suis certain. Je croirais d'abord à une hallucination, mais après je regarderais mieux et je la reconnaîtrais.

– Et ensuite ? Tu cours vers elle ? Tu lui déclares quoi ? "Tu es à moi parce que je t'ai tant attendue" ? »

Vincent se tourna vers lui.

« Ne te moque pas, je t'en supplie…

– Qu'est-ce que tu lui dis ? insista Lajos. Tu prétends que ça peut survenir à tout moment. Il faut quand même que tu prépares ta réplique, après tout c'est une actrice ! »

Vincent ne put s'empêcher de rire.

« Eh bien… peut-être je lui raconte Dieppe. Et qu'au pire moment de la bataille, alors que tous mes camarades tombaient autour de moi, j'ai trouvé le moyen d'éprouver un sentiment de joie inexprimable parce que je venais d'apprendre qu'elle était vivante… Partant de là, je lui raconte ce que j'ai fait, subi, tenté pour elle, je lui dis que je n'ai pas cessé depuis cinq ans de l'évoquer, de lui parler, de penser à elle, de…

– Et alors elle prend ses jambes à son cou ! Écoute, je n'ai pas beaucoup d'expérience, mais il me semble que les femmes détestent les gars comme toi avec des idées fixes, surtout si elles s'imaginent en être l'objet, non ?

– C'est bien ce que je te disais, avec la rencontre commencerait sans doute pour moi… » Il hésita. « Peut-être est-il préférable qu'elle n'ait jamais lieu. Tout cela s'est toujours passé sans témoin, tu comprends. Simplement une absence mal acceptée depuis le début… C'est cela, murmura-t-il, je ne pense pas à une personne, mais à une absence. Alors, si elle ne comprend pas ce qui s'est passé, si elle s'écarte de moi, si elle me prend pour un fou, je n'y survivrai pas, je me jetterai à l'eau. En dépit de tout ce que j'ai vécu, je mange peut-être mon pain blanc en la cherchant…

– Ne sois pas si désenchanté ! Songe qu'elle n'a peut-être en ce moment rien à manger… Qu'elle porte sans doute une étoile sur la poitrine, et que tu vas la sauver…

– Ce serait alors cette mystérieuse Gitta Lublin… Ça ne me facilite pas les chose », murmura Vincent.

Il se tourna vers Lajos.

« Figure-toi que dans mon esprit j'ai si souvent mis en scène nos retrouvailles ! J'avais eu la chance de la mettre en scène lors de notre unique rencontre, alors j'ai continué en imagination… Combien de fois en pensée l'ai-je arrachée aux Croix-Fléchées, chemises vertes et autres nazis ! Par stratagème, par force, par chance… »

Lajos n'écoutait pas.

« *Unique* rencontre ? Tu veux dire que tu ne l'as vue qu'une seule fois ? »

Vincent fit signe que oui. Le jeune homme esquissa une moue.

« Ce devait être une sacrée bonne femme, quand même, pour te laisser une telle impression… Dommage que t'aies pas été metteur en scène à l'époque, tu lui aurais bâti une grande carrière ! »

Vincent haussa les épaules.

« Si tu crois qu'à Hollywood les réalisateurs avaient le choix de la distribution ! Certains, comme Norman Webster ou Michael Curtiz, pouvaient donner leur avis, mais cela n'allait guère plus loin... C'étaient les huiles du studio qui décidaient de tout ! Non, ma seule tristesse de ne pas avoir été metteur en scène, c'est que si j'étais par la suite devenu célèbre, elle aurait pu avoir... je ne sais pas, quelque chose comme de l'admiration pour moi. »

Il pinça les lèvres pensivement.

« Encore une fois, ne prends pas cette tête ! s'exclama Lajos. Célèbre, tu le seras un jour : il suffirait que tu racontes tes propres aventures et que tu en fasses un film ! Toutes ces péripéties... Tu imagines l'histoire d'amour qu'on en tirerait ? Je vois déjà Errol Flynn dans ton rôle.

– Ah non, répliqua-t-il vivement. Qui tu veux, mais pas lui !

– Bon, on renonce à Errol Flynn, mais alors tu pourrais demander à ton producteur que je sois ton assistant. Pour la partie hongroise, cela peut servir. »

Vincent lui tapa sur l'épaule.

« Alors là, d'accord ! Mais pour ce qui est du film, je voudrais être sûr du *happy end*, dit-il sur un ton de plaisanterie. Et puis je me méfie de mes dons de scénariste, j'en avais écris un, personne n'en a voulu !

– Quand même, reprit le jeune homme. C'est plus simple d'être uniquement amoureux d'une actrice à l'écran comme je l'étais, au moins on n'attend rien de l'autre...

– Parce que tu crois que moi j'attends quelque chose ! Je ne suis pas si naïf, et... »

Lajos lui mit brusquement la main sur le bras.

« Écoute », souffla-t-il.

On entendait un bruit de moteur. Ils abandonnèrent leur refuge et, se glissant le long du mur, se placèrent en observation. Une camionnette s'était immobilisée au coin de la rue Katona. Une vingtaine de jeunes en descendirent, faisant de grands gestes comme s'ils voulaient orchestrer leurs mouvements. Puis d'autres apportèrent des tables comme pour tenter d'atteindre le niveau de l'entresol. Lajos filma la scène avant de se tourner vers Vincent d'un air inquiet.

« Je ne sais pas trop ce qu'ils fabriquent. Tu devrais aller téléphoner. »

Vincent acquiesça et d'un pas naturel se rendit à la cabine du boulevard, d'où il appela la légation. Un secrétaire répondit.

« Ici, Collombin. Est-ce que M. Haeggeli est arrivé ? demanda-t-il.

– Oui, mais il est reparti avec M. Lutz à la légation de Suède, rue Ulloï. Dois-je transmettre un message ? »

Il regarda à travers la vitre de la cabine. De là où il se trouvait, il pouvait observer à la fois le groupe des Croix-Fléchées et Lajos qui filmait depuis un renfoncement du carrefour.

« Voici le message. 14 heures, camionnette devant le 4, rue Pozsonyi avec vingt chemises vertes. Ils installent des tables comme pour grimper à l'entresol. Je rappellerai. »

Il raccrocha, puis découvrit devant lui l'annuaire de téléphone. Pris d'une impulsion, il le feuilleta.

« MARIASSY, *Magda, 16, rue Karolyi,* 24 44 01 », lut-il tout haut.

Il composa le numéro. Cela sonna dans le vide. C'était le bruit même qui l'avait toujours angoissé : la sonnerie du téléphone résonnant au loin dans une pièce inconnue. Personne ne saurait jamais qu'il avait appelé depuis cet endroit exposé, ce jour-là, et qu'il avait attendu si longtemps avant de raccrocher.

Le jeton fut restitué et il le replaça aussitôt. MARIASSY, *Agnès, 9, rue Csalogany,* 22 09 32. La sonnerie venait cette fois à peine de retentir que la vitre vola en éclats et qu'il fut expulsé brutalement de la cabine, puis avec violence projeté à terre. Il vit soudain une épaisse semelle à quelques centimètres de lui et dans un réflexe se protégea le visage tandis qu'une grêle de coups de pied s'abattait sur lui. Il entendit loin au-dessus de lui un vacarme de verre brisé et des imprécations, puis reçut à la tête un nouveau coup qui l'étourdit. Il avait un goût de sang dans la bouche, et de sa nuque irradiaient des ondes de douleur qui lui donnaient l'impression d'être un pantin aussi disloqué que celui du *Prince de bois*. Et puis ce fut comme s'il basculait en arrière, alors qu'il se savait pourtant déjà étendu à terre.

Perçant des brumes douloureuses, un bruit ténu et insistant le réveilla. Il se redressa avec peine. À côté de lui la cabine était saccagée et le combiné pendait le long de son fil – ce qu'il entendait, c'était la tonalité qui en provenait. Il demeura quelques instants appuyé contre le montant pour tenter de retrouver son équilibre. Ils avaient dû le suivre et penser à juste titre qu'il adressait par téléphone des informations à quelque ministère ou ambassade. D'un pas incertain, il se dirigea vers le renfoncement du boulevard où il avait laissé Lajos. Celui-ci n'y était plus.

« Lajos », appela-t-il en s'efforçant de ne pas hausser la voix.

Reprenant tout à fait ses esprits, il examina le sol à l'endroit où le jeune homme filmait – il y avait de cela quelques instants, lui sembla-t-il. Pas de traces de sang. Peut-être Lajos s'était-il rendu dans la maison dont Paul Haeggeli lui avait donné l'adresse. Vincent se massait la nuque en grimaçant, lorsqu'un bruit de moteur le fit se retourner. Au coin de la rue Katona, tous les jeunes remontaient dans les camions en braillant des slogans. *À bas Horthy* fut le seul qu'il comprit. Puis les camions démarrèrent, se dirigeant vers le quai et laissant derrière eux la rue déserte. L'inquiétude concernant Lajos le taraudait et il regretta amèrement de ne pas se souvenir du nom de la famille indiquée par Haeggeli. Il lui fallait en tout cas prévenir à nouveau la légation de ce qui venait de se passer. À la recherche d'une autre cabine, il remonta le large boulevard qui s'ouvrait devant lui. Parvenu devant la gare où il était arrivé la veille, il trouva ce qu'il cherchait. Ce fut alors seulement qu'il s'aperçut qu'on lui avait tout pris – son passeport suisse, son argent et jusqu'aux jetons de téléphone donnés par Paul.

Sur le boulevard régnait une ambiance pesante. La circulation était inexistante et les commerçants avaient baissé leurs rideaux de fer. Derrière l'un d'eux s'échappait parfois la voix grésillante d'un poste de TSF. Il vit soudain passer, fanion blanc et rouge au vent, d'autres camions chargés de jeunes agités et vociférants, et ce convoi était escorté – ce qui lui parut nouveau – par deux chars de la 24e Panzer. Il eut à cet instant l'envie de rebrousser chemin, de traverser le fleuve au plus vite et de regagner à pied la résidence. Son mal à la nuque empirait et communiquait à tout son corps une sensation d'épuisement. Une vitrine lui renvoya le reflet de sa silhouette aux vêtements salis et froissés par l'agression dont il avait été victime. Pour une fois que, déguisé en diplomate, il se trouvait si élégant ! L'estafilade qu'il avait à la joue le ramenait cinq ans en arrière au moment où, revenant sur le Strip lors du fameux orage, il avait en exhibant une blessure semblable (et une mise à peine moins désordonnée) effrayé un *cabman* ! C'était la première étape de ce qui allait être sa longue errance, à la poursuite de ce visage alors suspendu en face de lui sur son affiche trompeuse – si détrempé, si irréel qu'il ne devait jamais le rattraper...

Lajos avait paru surpris de la place que tenait dans sa vie la recherche d'un astre inaccessible. Pourtant cela lui avait fait du bien de parler avec lui de Hollywood. Peut-être après tout pourrait-il un jour l'emmener là-bas ; le jeune homme semblait avoir la vocation aussi chevillée au corps que lui-même l'avait eue dix ans auparavant. Mais était-il possible de repartir faire du cinéma s'il ne savait pas ce qu'elle était devenue ? Pouvait-il envisager de se retrouver sur des plateaux où elle n'apparaîtrait plus ? Et le fait d'avoir appris qu'elle avait eu une aventure avec Errol Flynn n'était-il pas une raison de plus de ne jamais revenir dans le cercle enchanté ?

Tout à ses pensées, il arriva sur le quai. Les flots du fleuve semblaient s'être assagis depuis la veille. C'était comme si un arrière-goût d'été venait soudain tenter d'adoucir cette journée anxieuse. Sur le Corso les feuilles des acacias pâlissaient en un or presque blanc, léger et lumineux. Devant lui le pont Margit où ils étaient passés tout à l'heure était ponctué de torchères trilobées qui lui semblèrent être la précieuse parure d'un chemin enchanté. Là-bas, la citadelle, les palais, les flèches, les remparts formaient à la limite du ciel de Buda le décor pimpant et dentelé d'une enluminure pour légende médiévale. Là-bas aussi, dans sa peau cloquée et crevassée, le corps ébouillanté de Bognar, mort comme l'un des personnages inquiétants et malfaisants dont il peuplait ses contes. Margit n'était plus en danger de ce côté-là – au moins y avait-il peut-être là une petite victoire à fêter, à la fois pour lui et pour elle, pensa-t-il avec une brusque envie de gambader de joie sur le quai désert. Puis il se demanda où pouvait être passé Lajos, et son élan en fut aussitôt stoppé.

Ce fut comme si une bande-son déréglée venait fracasser le silence qui régnait sur le quai. À moins de cinquante mètres de lui, trois camions emplis de Croix-Fléchées débouchèrent du large boulevard menant à la gare et s'arrêtèrent juste à l'entrée du pont. Contrairement à celui qu'il avait croisé auparavant, ce convoi n'était pas escorté de blindés. À en juger par la surexcitation des jeunes chemises vertes lorsqu'ils sautèrent à terre, il devait s'agir d'une sorte de commando. Sous les ordres d'un homme sensiblement plus âgé qu'eux, ils se déployèrent de façon à barrer la chaussée et, brandissant des gourdins et des armes à feu, commencèrent à la remonter en hurlant. C'étaient les mêmes slogans lui sembla-t-il que ceux qu'ils scandaient rue Pozsonyi, mais leur attitude plus arrogante et bruyante encore que tout à l'heure prouvait sans conteste qu'ils étaient désormais les maîtres de la ville. À côté de lui sur le trottoir une matrone élégamment habillée se mit néanmoins à les invectiver en hongrois, avant de s'adresser à lui comme pour le prendre à témoin. Il lui fit signe qu'il ne comprenait pas. Elle dut croire qu'il était allemand, car ses traits se figèrent et elle s'éloigna de lui comme d'un pestiféré. Un comble ! Hâtivement, il rechercha son passeport avant de se souvenir qu'il ne l'avait plus. Il la rejoignit en courant: «*Schweiz!*» cria-t-il. Un sourire vint adoucir les traits sans grâce de la femme.

«À vous alors je peux parler allemand ! Je suis chrétienne, monsieur. J'habite rue Hollan, près des maisons protégées, et je félicite votre pays de son action. Ce qui se passe avec les Juifs dans cette ville est honteux. Faites savoir que nous ne sommes pas tous derrière cette racaille. Cela fait des semaines que les SS leur montent la tête pour les transformer en bêtes féroces ! Regardez maintenant ce qui risque de se produire.

– Que crient-ils ? demanda Vincent.

– Ça m'écorche même les lèvres de vous traduire. "Vive Szalasi", "À mort Horthy", "Croix-Fléchées au pouvoir", et surtout "À mort les Juifs"… Ils utilisent un mot pire, monsieur. C'est d'ailleurs ce qu'ils crient en ce moment, vous entendez ça ? »

Ils avaient en effet redoublé de violence.

« Mais pourquoi ici ? Pourquoi sur ce pont désert ? »

Elle eut un geste en direction de l'autre rive.

« Vous ne voyez donc pas que… »

Le bruyant passage d'un tramway aussi bringuebalant que celui qu'il avait pris la veille l'interrompit. VIZIVAROS, indiquait sa destination. Dès que l'enfilade du pont fut à nouveau dégagée, Vincent comprit au détachement réduit de gendarmerie qui la précédait qu'une brigade de travail obligatoire s'approchait. La colonne était si longue que Vincent pensa que ce devait être en fait le rassemblement de plusieurs brigades qui regagnaient les maison protégées. Lorsque les premiers rangs aperçurent la horde déchaînée qui leur barrait le passage il y eut un flottement et les gendarmes parurent pris de court. Après un bref face à face comme pour hypnotiser leur proie, les Croix-Fléchées chargèrent avec une brutalité inouïe. Vociférant comme des bêtes fauves, ils abattirent leurs gourdins au hasard sur les malheureux qui tentaient de se protéger, et la chaussée fut aussitôt jonchée de corps à demi assommés. Les gendarmes étaient trop peu nombreux pour s'interposer, et dans une monstrueuse bousculade la colonne s'égailla dans toutes les directions pour essayer d'échapper à leur hystérie. Un peu plus haut le tramway s'était immobilisé, et certains des jeunes assaillants s'étaient emparés des plaques indicatrices pour en frapper les corps à terre. Vincent s'approchait du tram lorsqu'il entendit près de lui un long hurlement qui le glaça, suivi du bruit de la chute d'un corps dans l'eau. Il se rua vers la balustrade et se pencha : sous le tablier du pont une tête émergeait à peine des remous du fleuve. Un bras jaillit hors de l'eau, les cinq doigts de la main écartés dans une ultime imploration, puis l'homme disparut. « Monsieur Jakobi, monsieur Jakobi », appelait une femme en pleurant pendant que deux hommes en chemise verte ricanaient en la regardant.

« Vous êtes des fous, des assassins, les apostropha Vincent en tremblant de fureur, vous serez pendus, et moi je serai là au premier rang pour applaudir. »

Il avait crié en allemand et les deux hommes le regardèrent sans comprendre. Hors de lui, il fit à leur intention le geste de serrer le cou et de tirer la langue. Soudain furieux, les Croix-Fléchées se précipitèrent sur lui. Il se débattit, leur échappa, et il s'éloignait en courant lorsqu'il s'aperçut qu'à quelques pas de l'endroit où l'homme avait été projeté dans l'eau trois énergumènes essayaient de recommencer. Leur victime se cramponnait à la balustrade, laissant apparaître sous les lambeaux de sa chemise un torse livide et décharné. Ses lèvres étaient écarquillées en un rictus de supplication muette, comme s'il avait déjà abdiqué, et sous son visage tétanisé de terreur sa pomme d'Adam tressautait convulsivement. Sans même réfléchir, Vincent ramassa la pioche que l'homme venait de laisser tomber et avec le manche frappa de toutes ses forces sur le plus proche des trois forcenés. Ce dernier poussa un cri de douleur et allait se retourner contre lui lorsqu'un personnage massif arborant des favoris roux à la façon d'un postillon du temps des Habsbourg arriva en renfort, armé d'une lourde manivelle. Vincent vit à son insigne que c'était le conducteur du tramway. Unissant leurs efforts, tous deux parvinrent à arracher l'homme à ses agresseurs, puis l'aidèrent au milieu de la bousculade à gagner le tramway dans lequel ils le hissèrent à grand-peine. Le malheureux s'écroula sur un siège, haletant et murmurant des mots sans suite. « Je te fais grâce du ticket », lança le conducteur avec un grand rire soulagé.

Plusieurs membres de la colonne avaient déjà trouvé refuge à l'intérieur du tram – des femmes surtout qui, les yeux mi-clos, étaient réconfortées par les passagers.

« Il faudrait que je puisse repartir à plein pour Vizivaros, dit le conducteur. Il y a des gendarmes sur la place Palffy et un autre détachement à l'Institut de statistique, devant la colline des Roses. Là-bas, ils seraient moins farauds, ces nazillons. »

De la phrase prononcée par le conducteur Vincent ne retint qu'un seul mot.

« À propos de collines, demanda-t-il brusquement, vous ne connaîtriez pas... celle de l'Aigle ?

– Oh, je n'y vais pas, mais je sais que c'est là-bas sur les hauteurs de Buda, derrière Taban, répondit le gros homme en désignant la direction du château. Dites donc, vous voulez que je vous aide ? »

Comprenant que le tramway devenait un refuge, une horde de jeunes chemises vertes s'acharnait sur les tôles à grands coups de pied, si violents que tout l'habitacle en était secoué. D'autres crachaient sur les vitres et faisaient des gestes obscènes. À l'arrière, une petite Juive d'une quinzaine d'années était en proie à une crise de nerfs.

« C'est une bande de drogués, ne t'inquiète pas, lui disait une passagère penchée sur elle.

– Ils vont me le faire dérailler ! » hurla le conducteur.

Armé de l'extincteur du bord, il tenta une sortie mouvementée. C'est alors que Vincent essayait de le suivre que se firent entendre les premiers coups de feu. Dans la panique indescriptible qu'ils provoquèrent, il crut que c'étaient les gendarmes qui avaient tiré en l'air pour dégager le tramway, mais il vit plusieurs corps étendus sous les bogies dans une mare de sang. Alors qu'une nouvelle salve retentissait, une douleur fulgurante lui déchira la cuisse droite ; il glissa du marchepied et au terme de sa chute sentit le froid du rail contre sa joue. C'était comme jadis le contact des galets mouillés sur la plage de Dieppe. À quelques centimètres de lui il aperçut la roue, et la seule pensée que le tram puisse se remettre en marche et le tronçonner en deux lui donna l'énergie pour se redresser – mais cet effort fut le dernier dont il fut capable.

A côté de lui une femme avait les yeux révulsés. Un homme s'était penché sur elle jusqu'à l'enlacer et lui murmurait quelque chose. Il voyait toute proche l'oreille de la femme délicatement ourlée et l'entendait geindre faiblement. Loin au-dessus de lui le tintamarre continuait. « Reculez », hurlaient les gendarmes. Sa jambe droite semblait prise dans un étau et la douleur était bien pire que ce qu'il avait ressenti tout à l'heure après l'agression à la cabine téléphonique. Le dos étendu à même la chaussée, il discernait dans une sorte de brouillard les silhouettes de secouristes qui accouraient avec des civières. Puis il eut l'impression que le tablier du pont s'inclinait et qu'il tombait à son tour dans le fleuve – ou peut-être était-ce dans le puits noir et visqueux de la nausée.

« Mais que s'est-il passé, que s'est-il passé, je te cherchais partout », entendit-il.

Il ouvrit les yeux avec peine. Sur le ciel lumineux où elles se détachaient, les torchères du pont avaient la danse de Saint-Guy. Puis un visage s'inclina vers lui, qu'il reconnut en dépit du contre-jour.

« Lajos, murmura-t-il.

– Tu es blessé ! »

Le jeune homme s'était agenouillé, cherchant maladroitement à éponger son sang avec un mouchoir.

« Il y a au moins dix morts dans la brigade, dit-il d'une voix blanche. C'est un carnage.

– Avec moi ça fera onze, murmura Vincent. Depuis le temps que ça me pendait au nez.

– Mais qu'est-ce que tu racontes ! » s'exclama Lajos. Fébrilement il retira sa veste et la plaça en boule sous sa jambe, découvrant dans ce mouvement sa caméra en bandoulière.

« Ne t'occupe donc pas de moi, filme ! s'écria Vincent avec impatience. Filme, au lieu de me soigner. C'est ça qui compte !

– T'en fais pas, j'ai tout dans la boîte, et depuis le début. Je filmais caché derrière le tramway, c'est là où je t'ai vu... Je veux te prendre aussi », ajouta-t-il.

En s'efforçant de ne pas trembler, il tourna la manivelle.

« Tu n'auras pas besoin d'une autre prise, j'espère ! » murmura Vincent en grimaçant, comme si le soleil le faisait cligner des yeux. Puis il exhala une plainte sourde. Affolé, Lajos arrêta l'un des brancardiers qui l'aida à étendre le blessé sur la civière. Celui-ci était devenu très pâle.

« Vite », s'écria le secouriste après l'avoir examiné.

Vincent eut le sentiment d'être soulevé, puis emmené. Le balancement de la civière était plutôt agréable : c'était comme s'il prenait congé. Il se sentait très faible, mais ne s'évanouissait pas. Le jaune du tramway virait à une couleur blême et cireuse comme un ciel d'orage. Il voulut faire un signe d'amitié ou d'adieu au conducteur, mais ne le reconnut pas. Il n'y avait plus maintenant autour de lui que des gendarmes.

« Ça va ? demanda Lajos en se penchant anxieusement sur lui.

– Je n'irai pas jusqu'à la résidence, mon petit vieux. Je suis comme John Carradine à la fin de *la Chevauchée fantastique*.

– Mais si. J'ai repensé à ton idée, elle m'emballe. On fera un film ensemble. Bien sûr on la prendra, *elle,* pour le rôle principal. »

Il esquissa un sourire.

« Ç'aurait été bien.

– Ce *sera* bien. Je t'en supplie. »

C'était drôle que Lajos dise cela au moment où lui-même voyait le panneau MARGITHID se détacher sur le ciel clair. Le prénom adoré. Ces voyous avaient fait ça sur le pont qui portait son nom. Ils l'avaient profané.

Il sentit que Lajos lui pressait la main comme pour lui faire savoir qu'il était là.

« Tout à l'heure je t'ai cherché, chuchota-t-il d'une voix faible. Ils m'ont repéré dans la cabine téléphonique et ça a été le début de mes ennuis.

– Je n'ai pas vu... En fait, dès que les camions sont arrivés, j'ai quitté le renfoncement et je me suis approché sans qu'ils me repèrent. Après je les ai suivis jusqu'au ministère de la Guerre, puis jusqu'à la radio où j'ai appris que Wallenberg et Paul essayaient de s'exprimer à la TSF pour empêcher cette folie... Ils n'ont pas pu le faire, apparemment. »

Il se pencha.

« Tu m'entends ? »

Il s'aperçut que Vincent avait le front plein de sueur.

« Il y a un camion-hôpital ? Vous ne voyez pas qu'il est évanoui ! » cria-t-il au brancardier.

Celui-ci hâta le pas en direction d'un vieux Magirus garé au coin du quai, sur lequel une croix rouge avait été hâtivement peinte. Plusieurs blessés avaient déjà été embarqués.

« Filme, filme », voulut-il recommander à Lajos, mais il n'arrivait même plus à articuler.

Il se réveilla allongé sur son lit dans une petite chambre sombre. Haeggeli était à son chevet et un homme en blouse blanche lui faisait une piqûre.

« Ne vous inquiétez pas, dit le consul. Vous êtes dans les mains d'un médecin de la légation portugaise en qui j'ai toute confiance. Comme la balle est sortie et qu'il n'est pas nécessaire de l'extraire, j'ai préféré vous garder à la résidence.

– Blessure profonde perdu sang trois semaines repos, annonça le Portugais en allemand rudimentaire.

– Et la rue Pozsonyi ? s'inquiéta Vincent d'une voix faible.

– Pour l'instant ça s'est limité à des cris et des jets de pierres, répondit le consul. Pour parer à toute éventualité je vais dormir là-bas. L'incident le plus grave de la journée est hélas celui auquel vous avez été mêlé. »

Vincent s'efforça de lever la tête, mais tout tournait encore autour de lui.

« Et Jamie ? demanda-t-il. Comment va Jamie ? Il n'a pas été blessé, au moins…

– Qui ?

– Jamie. Il faut le soigner avant moi. Il a un don. C'est un voyant… Il sait où elle est. »

Haeggeli regarda le médecin.

« J'ai mal, murmura Vincent. Ça me lance…

– Après piqûre douleur bientôt partie. »

Il sentait que le médecin achevait de lui fixer son bandage. La bande avait une odeur qui lui rappelait son accident lorsque la voiture des Lipchitz les avait emboutis à Pasadena, et la tendresse de sa mère durant sa longue convalescence. C'est vrai qu'il se sentait mieux déjà, et que la douleur refluait peu à peu. Soudain, venant troubler son bien-être tout récent, une voix brève et saccadée provint de la pièce voisine. Franz passa la tête.

« Szalasi », dit-il.

Le consul se leva pesamment et alla écouter. Il ne ferma pas la porte derrière lui et Vincent put prêter l'oreille. Cette voix semblait un prolongement des hurlements de tout à l'heure. Une voix pour accompagner tous ces visages déformés par la haine et le bruit des corps tombant dans l'eau. Puis le bref discours s'arrêta et Haeggeli revint. Il avait noté des phrases sur un papier.

« Il annònce…, commença-t-il.

– J'ai vu, murmura Vincent d'une voix lasse.

– Moi, j'aimerais savoir…, dit le Portugais. Je peux être utile, non ?

– Je le crains, soupira Haeggeli. Szalasi annonce la mobilisation générale de la nation et le retour d'Eichmann qui devra travailler – c'est son terme – vite et efficacement. Cela signifie : avoir terminé la déportation avant l'arrivée des Russes. Il a invalidé les passeports décernés par les pays neutres. “*Leurs* gouvernements agiront selon *nos* ordres” – oui, c'est bien sa phrase, ajouta-t-il en consultant ses notes. Il n'admet aucun des laissez-passer ou des passeports étrangers que les Juifs hongrois auraient pu recevoir d'une façon ou d'une autre, et ne veut qu'aucune personne de cette race – encore son terme, et il faut écouter comment il le prononce – n'ait l'illusion qu'avec l'aide d'étrangers il lui serait possible de tourner les mesures légales prises par le gouvernement hongrois.

– C'est donc… coup d'État, soupira le Portugais. Les déportations reprendre, c'est sûr… »

Lajos entra sur ces entrefaites.

« Je ne veux plus que tu sortes d'ici désormais, lui ordonna Haeggeli. Le matériel que tu as ramené suffira à tous les faire pendre, mais maintenant ce serait de la folie de poursuivre !

– Comment te sens-tu ? demanda Lajos en se penchant vers Vincent.

– Assez bien pour visionner ce que tu as tourné sur le pont, répondit le blessé. Tu l'as développé ?

– Oui, mais ça risque de te fatiguer… »

Vincent secoua la tête.

« Mais non », souffla-t-il.

Lajos regarda vers Haeggeli qui se tourna vers le médecin. Ce dernier fit un signe d'assentiment. Le jeune homme installa alors devant son lit l'écran portable puis transporta le projecteur. Le bruit de défilement du 9, 5 emplit la petite pièce.

« Je vous laisse, je l'ai déjà vu, dit Paul. C'est terrible à regarder, et en même temps je suis content que cette bande existe. »

C'était exactement filmé comme il le fallait, pensa Vincent. Comme il s'imaginait le reportage sur la guerre d'Espagne que Lajos avait évoqué. On voyait avec précision la brigade juive arrivant de l'autre rive, puis la ruée des Croix-Fléchées hors des camions, la charge sauvage, les corps à terre, le malheureux précipité dans le fleuve. Les mouvements de la caméra donnaient l'impression de participer à l'action, puis Lajos parvenait à monter dans le tramway, et alors apparaissait, cette fois en vue générale, toute la brutalité des jeunes troupes d'assaut.

« Arrête ! cria soudain Vincent. Arrête le film. »

Lajos le regarda avec stupeur.

« Tu te crois à Hollywood ! Je n'ai pas d'arrêt sur image ! »

Le film se poursuivait avec l'arrivée des brancardiers civils qui venaient du quai. Vincent demeurait un peu hagard, la bouche entrouverte.

« Mais qu'est-ce qui se passe ? demanda Lajos.

– Je l'ai vue, dit-il. Je t'assure que c'était elle. J'en suis sûr. »

Sa voix tremblait.

« Écoute, il y a tant d'agitation sur l'écran qu'on ne peut reconnaître personne !

– Je t'assure que c'était elle, répéta-t-il. Redresse un peu mon oreiller, et repasse-le-moi. »

Lajos l'aida à se redresser, puis enroula la pellicule et recommença la projection.

« Voilà, indiqua Vincent lorsqu'ils arrivèrent à la

séquence qu'il attendait. Regarde les deux femmes à droite, serrées contre la balustrade. Tu les as repérées ?

– Il y en a une qui cache l'autre. La blonde porte l'étoile, la brune, on ne voit que son visage.

– C'était la brune. »

Lajos haussa les épaules.

« On ne peut pas vraiment voir qui elle est ! Tu as trop rêvé d'elle. C'est peut-être un effet de la piqûre...

– Tu as remarqué, elle avait un air épouvanté, souffla-t-il. Je le savais bien qu'elle était là. Je savais que je ne m'étais pas trompé. »

Il se laissa retomber sur l'oreiller, paraissant épuisé.

« Je savais bien, répéta-t-il. Que Jamie me guidait vers elle.

– Calme-toi, murmura doucement Lajos. Calme-toi. »

Il lui mit la main sur le front. Il était en sueur.

« Docteur, appela-t-il. Docteur ! Il délire. »

Le consul et le médecin revinrent aussitôt à son chevet.

« J'en étais sûr, s'exclama Haeggeli avec irritation. Il ne fallait pas lui passer le film. Joao, donne-lui un calmant. Lajos, toi ne bouge pas d'ici. Moi, il faut que je parte voir ce qui se passe dans nos maisons. »

Le médecin s'exécuta. Vincent eut un petit gémissement, puis s'endormit assez vite. Il avait le visage enfin détendu – presque le sourire aux lèvres. Lajos se dit qu'il devait penser à elle.

9

« Vous entendez ? » s'écria Mme Büber d'une voix inquiète.

La vieille dame venait de faire irruption dans le réduit

où, étendu tout habillé sur un matelas trop petit pour lui, il avait fini par sombrer dans un sommeil nauséeux après de longues heures d'insomnie. Elle n'avait pas dû non plus dormir beaucoup – il l'avait entendue se racler la gorge une partie de la nuit.

« Cette fois-ci c'est pour de bon ! reprit-elle d'une voix anxieuse. C'est des choses que je sens ; depuis les pogroms d'Ukraine, je le sens dans tout mon corps quand ça va se gâter. »

Il se leva brusquement et ne put s'empêcher de grimacer, tant sa blessure se rappelait encore à lui avec insistance.

« Et juste le jour où monsieur le Consul n'est pas là, ajouta-t-elle sur un ton de reproche, lorsqu'il l'eut rejointe dans le couloir.

– Je vous ai prévenue, madame Büber, M. Haeggeli est parti hier soir pour Györ car il tenait absolument à savoir si la gare de triage avait ou non été bombardée l'autre soir. Si elle a bien été touchée, cela signifie que les déportations ne peuvent…

– S'il n'y a plus de voie ferrée ils nous feront marcher, vous verrez ! C'est ce que tout le monde dit, d'ailleurs.

– Vous savez bien que c'est impossible, grommela Vincent sans conviction.

– Écoutez donc ça ! Ce n'est pas une réponse ? » lança-t-elle d'un ton apeuré.

À tous les étages les tambourinements se faisaient pressants, ponctués de cris et d'ordres qu'il ne pouvait comprendre. Il prit sa canne et, tâtonnant dans la pénombre, rejoignit l'antichambre. Tous les occupants de l'appartement étaient déjà rassemblés derrière la porte d'entrée en un groupe compact muré dans un silence angoissé.

« Ils ont commencé il y a quelques minutes par les étages du haut, expliqua Laszlo Szenes. Ils ont dû apprendre que le consul n'était pas là cette nuit. »

Les hurlement se rapprochaient. Ils devaient être maintenant descendus au troisième.

« Qu'est-ce qu'ils crient ? demanda-t-il.

– "Pas plus d'un manteau et d'une valise par personne", répondit Szenes.

– Ça fait trois semaines que la mienne est prête », marmotta quelqu'un.

Vincent essaya de réfléchir à ce que Paul ferait dans de telles circonstances. Au moins une chose était certaine : il s'enfoncerait son chapeau profondément sur le crâne. « Il ne s'agit pas qu'un milicien saoul puisse le faire rouler à dix mètres, c'en serait fait de mon autorité », lui avait-il expliqué un jour que Vincent s'en étonnait. Par une sorte d'exorcisme il fit de même.

« Je reviens », dit-il en ouvrant la porte, le feutre jusqu'aux yeux.

Il vit tout de suite que c'était grave. Il n'y avait pas que des Croix-Fléchées dans la cage d'escalier, mais aussi des gendarmes et des policiers. Les occupants des étages supérieurs étaient refoulés vers le palier à coups de crosse au milieu des cris et des bousculades. Ne pouvant que suivre le mouvement, ne voyant aucun responsable autour de lui, il descendit au rez-de-chaussée et, là, parvint à gagner la loge. Il frappa et, n'entendant aucune réponse, entra. Pâle et défaite, Mme Kocsis était assise dans son fauteuil. Elle avait un hématome à la joue. Il s'assit près d'elle.

« Qu'est-ce qui s'est passé, Anita ?

– Ils l'ont emmené. Ils ont emmené Tomas. Moi ils m'ont giflée, ils m'ont traitée de poule à Juifs. Tomas ne voulait pas partir avec eux, alors ils lui ont sorti : "Sur toi, on en sait assez pour que tu puisses dire adieu à ta putain de femme. " Ils ont aussi emporté le registre », ajouta-t-elle.

Elle racontait cela sans pleurer, d'une voix égale et lasse. Vincent sentait l'affolement le gagner. Laszlo

Szenes avait raison : ils avaient dû apprendre que Haeggeli ne coucherait pas sur place cette nuit. Pourtant, le consul n'avait décidé de prendre la route avec Charles Lutz que tard la veille au soir – dès qu'il avait appris la nouvelle du bombardement des voies ferrées.

« Je vais essayer de savoir où ils l'ont emmené », annonça Vincent à Mme Kocsis.

Elle ne répondit pas et ne leva même pas la tête lorsqu'il quitta la pièce et ferma doucement la porte. Devant la grille de l'immeuble, tous ceux qui venaient d'être expulsés demeuraient frileusement rassemblés, comme s'ils craignaient d'être séparés les uns des autres – et privés ainsi de leur dernière source de réconfort mutuel. À entendre les hurlements gutturaux qui s'échappaient des autres immeubles, les policiers avaient opéré de la même façon qu'au 4, rue Pozsonyi, et une foule hébétée emplissait déjà la chaussée dans la clarté grisâtre de l'aube. En dépit des injonctions débitées par les haut-parleurs, la plupart des expulsés traînaient des bagages trop lourds pour eux. D'autres au contraire n'avaient rien eu le temps d'emmener, et il vit sous la bruine froide des adolescentes aux yeux bouffis de sommeil grelotter dans leurs robes sur lesquelles elles n'avaient sans doute pas eu le temps d'enfiler un manteau. Il avisa soudain un officier de gendarmerie qui ordonnait à l'un de ses hommes de retirer le drapeau au-dessus de l'entrée.

« Lieutenant, s'écria-t-il en tapant coléreusement le sol avec sa canne. Je suis le représentant de la légation de Suisse qui est propriétaire des lieux ! Toute cette opération est illégale et je vous somme d'y mettre fin ! Ces immeubles nous appartiennent, et leurs habitants sont sous notre protection. Où sont vos chefs ? Je veux parler à un responsable. »

Un instant surpris par sa véhémence, le lieutenant de gendarmerie ne fut pas long à le toiser avec un rictus de mépris.

« Qu'est-ce qui vous prend de vous occuper de cette racaille ? Vous n'avez donc pas entendu le Premier ministre l'autre jour ?

– Lieutenant, vos hommes viennent de se conduire comme des brutes et je ne peux le tolérer ! Des accords ont été signés par les représentants de mon pays et le gouvernement hongrois ! Prenez tous avec vous vos passeports de protection, cria-t-il à la cantonade. Ce document sera votre sauvegarde !

– Ces documents n'ont aucune valeur ! rétorqua l'officier. Les accords, c'était avant ! Allez, foutez le camp ! Sans cela je vous emmène avec eux vite fait !

– Et où les emmenez-vous, justement ? Cela m'intéresserait beaucoup de le savoir. »

Sans répondre le gradé lui tourna le dos. Dès qu'il eut disparu Vincent regarda autour de lui avec un peu de déception : durant l'altercation la foule des expulsés était restée passive et comme indifférente. On aurait dit que son intervention ne les concernait pas. Il y avait peut-être quelques raisons à cela. Affolés par les ordres et contrordres qui se succédaient, ployant tels des portefaix sous des fardeaux les plus divers, ils ne songeaient qu'à se retrouver par familles ou par appartements au milieu des appels, des plaintes, des sanglots ravalés. Presque aussitôt, ils se rebellèrent pourtant : la police et la gendarmerie ayant achevé leur office en jetant tout le monde à la rue, les Croix-Fléchées fondirent avec rapacité sur les malheureux, cherchant à leur arracher les effets ou les bijoux qu'ils avaient pris la précaution d'emmener avec eux, et plusieurs ne l'entendirent pas de cette oreille. Il vit ainsi non loin de lui une jeune femme s'agripper à un manteau de bonne coupe que deux vauriens essayaient de lui arracher. Ils finirent par y parvenir mais, frissonnant dans sa robe, elle se mit à les apostropher.

« Ils ont dit qu'on pouvait emmener un manteau, j'ai le droit..., protesta-t-elle avec vivacité.

– Des droits, t'en as plus aucun ! T'as pas compris ça ?

– Si, t'as un droit, ricana l'autre, c'est celui de porter ton étoile ! Accroche-la, et plus vite que ça ! » ajouta-t-il tout en la détachant du manteau.

Comme elle ne bougeait pas il la bouscula.

« Alors tu veux que je le fasse moi-même ? »

Vincent fixait l'homme avec attention. « J'ai déjà vu ce type », pensa-t-il.

« Et toi, tu veux ma photo ? dit le Croix-Fléchée.

– Oh, mais c'est cela, je vous remets ! Vous ne seriez pas le cordonnier de la rue Revay, par hasard ? Oh, mais oui ! Cela tombe bien... J'ai le plaisir de vous annoncer que chez nous en haut lieu on s'est déjà occupé de vous et qu'on vous prépare un petit après-guerre très sympathique... Un bon petit dossier bien ficelé vous attend... Des témoins à charge pleins d'attention... Et après cela, une gentille petite prison bien froide, bien humide... Mmm... Je m'en réjouis d'avance.

– Eh, boiteux, rétorqua-t-il grossièrement, tu veux que je te coupe le gland, et que tu te retrouves comme eux ? »

La canne partit d'un coup sec et le poignet du cordonnier se brisa comme du verre. Poussant un hurlement de douleur il se plia en deux et laissa tomber le manteau que Vincent ramassa prestement avant de le rendre à la jeune femme.

« Éloignez-vous », lui souffla-t-il.

Il voulait qu'elle ne se trouve pas prise dans la rixe, mais ce fut inutile car un remous le sépara presque aussitôt des deux Croix-Fléchées. Derrière lui les cris redoublaient. Il comprit vite ce qui se passait : un double cordon de gendarmes tentait avec brutalité de canaliser la foule en une longue colonne.

« Mais qu'est-ce qu'on va faire de ça ? » entendit-il derrière lui.

Il se retourna. Une famille tout entière entourait un

coffre si volumineux qu'on se demandait comment il avait pu être descendu.

«Mais vous êtes fous! s'écria-t-il. C'est aussi lourd que l'Arche d'alliance. Vous n'allez jamais pouvoir transporter cela!

– C'est le trousseau de ma fille Henrietta, expliqua la femme la plus âgée en désignant une jeune fille assise sur un coin du coffre la mine défaite. Elle devait se marier ce mois-ci, la pauvre petite. Il y en a pour des centaines d'heures de brodeuses là-dedans, je ne vais quand même pas leur en faire cadeau!

– Remontez-le chez vous... Il est peut-être encore temps...

– L'immeuble est bouclé. De toute façon ils l'auraient pillé.

– Oh, alors, attendez.»

Une idée lui vint. Il fallait s'adresser à cette foule. Il fit signe de placer le coffre sur le chant.

«Aidez-moi, j'ai mal à la jambe», dit-il.

Avec leur concours il réussit à grimper dessus. De cette position dominante il pouvait voir que plusieurs milliers de personnes emplissaient la rue Pozsonyi depuis le boulevard jusqu'à la rue Sziget et que la foule était composée aux trois quarts de femmes de tous âges. Sans doute au retour du Travail obligatoire les brigades masculines avaient-elles été arrêtées à l'extérieur de la ville pour éviter une possible réaction ou même une révolte. Il plaça ses mains en porte-voix.

«Ici le représentant de la légation de Suisse, s'égosilla-t-il. N'oubliez pas d'emmener avec vous vos passeports de protection! Oui, vous êtes sous notre protection! Toute cette action est illégale, nous allons essayer d'agir! Toute cette action...»

Le coffre tremblait sous la poussée et il faillit perdre l'équilibre. Contrairement à sa première tentative, les gens autour de lui semblaient cette fois l'écouter, bien qu'il ait l'impression que, recouverte par les hurlements des miliciens, sa voix ne portait pas. C'était étrange d'être ainsi juché sur le trousseau d'une jeune fiancée juive pour leur faire savoir... leur faire savoir quoi ? Qu'ils étaient complètement abandonnés ? Il parvint à se redresser.

« D'autre part, continua-t-il, j'ai un message pour Gitta Lublin et pour Margit Mariassy. Je répète, Lublin, Mariassy, si quelqu'un les connaît, qu'il les prévienne et qu'elles tâchent de... me rejoindre. »

Il s'aperçut que sur le trottoir un officier le désignait du doigt et qu'un détachement se rapprochait de lui. Il se donna le temps de réitérer sa première annonce en allemand, ce qui eut pour conséquence d'exciter la colère de l'officier. Du haut de son socle précaire, Vincent le vit arracher le passeport de protection que tenait une femme et le déchirer rageusement avant d'en jeter les morceaux.

« Herr Sturmbannführer ! cria-t-il le bras tendu vers lui. J'ai observé votre comportement ! Je saurai m'en souvenir ! »

S'aidant des épaules de ses voisins, il descendit du coffre et, fendant la foule médusée, se dirigea vers lui. Sa blessure à la jambe lui donnait une démarche raide et compassée. Il se planta devant lui.

« C'est illégal ! répéta-t-il. Cette dame est en possession d'un document officiel que nous avons nous-mêmes délivré en vertu d'accords avec l'État hongrois, et vous avez le front de le déchirer ? »

Le commandant parut surpris de son emportement, d'autant que l'adrénaline que Vincent sécrétait toujours à la vision de l'insigne à tête de mort lui donnait une voix sifflante qui pouvait impressionner. Il haussa les épaules, marmotta quelque chose, puis rejoignit le détachement des gendarmes hongrois, comme s'il avait pour ordre d'éviter les incidents.

« Comment vous appelez-vous ? demanda Vincent à la femme.

– Judith Shaag, 12, rue Pozsonyi, auparavant 106, avenue Andrassy. Je ne vois pas comment vous allez pouvoir retrouver ces deux femmes, monsieur le Consul, dans une telle… »

Elle eut un geste vague pour désigner la foule accablée.

« C'est peut-être la même », dit-il.

Il avait sorti un passeport de protection de sa poche et inscrivit son nom.

« Née à ?

– Budapest, le 11 mars 1906. »

La bruine faisait tomber sur l'encre à peine sèche de petites mouchetures d'humidité. Il signa, puis le lui tendit.

« Essayez de le garder, cette fois…

– Vous vous donnez beaucoup de mal, monsieur le Consul, mais vous savez bien que ce document ne sert plus à rien par les temps qui courent… Enfin si, ajouta-t-elle, il a servi à nous donner un peu d'espoir, c'est déjà ça. »

Il demeura un instant interdit devant son expression de désenchantement, puis entreprit de la réconforter.

« Notre espoir réside aussi dans l'opinion publique des pays neutres qui sont solidaires de nous ! Nous bénéficions de nombreux appuis et…

– Ça, c'est bien du langage de diplomate ! le coupa-t-elle avec une subite agressivité. Des appuis fort distants, en tout cas ! Hein, où sont-ils, vos diplomates ? Ce ne sont pas eux qui vont marcher à nos côtés ! Vous, au moins, vous avez le mérite d'être là. Les autres… »

Il avait certes le sentiment d'avoir prononcé une phrase creuse, mais son agressivité l'agaça.

« Vous êtes injuste ! M. Haeggeli était là toutes ces dernières nuits ! M. Wallenberg et M. Lutz ne ménagent pas leurs efforts ! S'ils sont absents, c'est qu'ils voulaient s'assurer que les trains ne circuleraient pas. Ça, oui, ils n'imaginaient pas que la marche pouvait avoir lieu, et…

– Calme-toi, Judith, souffla sa voisine. Donnons alors aux pays neutres le temps d'agir… Essayons de retarder le départ… »

Vincent regarda celle qui venait de parler. Elle avait un beau profil régulier.

« Qui veux-tu qui apprennes ce qui se passe ici, Erzsébet ? s'écria Judith Shaag. Ils ont fait un barrage pour que rien ne filtre ! »

Elle indiquait la direction des boulevards. Vincent se haussa sur la pointe des pieds. Massif et lointain, le dôme de la basilique émergeait peu à peu du brouillard de l'aube. Au coin du boulevard, un cordon de SS barrait en effet la chaussée. Il se sentit aussi piégé que lorsque trois semaines auparavant il était arrivé gare de l'Ouest et qu'il les avait soudain découverts de part et d'autre du parvis, surveillant la sortie. Plus loin, encadrant la cabine téléphonique où il avait été agressé, deux chars Tigre avaient pris position. Était-ce l'irruption des blindés ou la brutalité des ordres hurlés par les SS ? Il eut le sentiment que la tension montait dans la foule, occasionnant remous et bousculades à mesure que les premiers rangs devaient pressentir l'imminence de l'heure du départ. « Les chars ont écrasé une femme », cria quelqu'un, faisant naître autour de lui un sursaut collectif proche de l'hystérie. Des gens se mettaient à gémir puis à sangloter. Il se retourna pour tenter de retrouver l'endroit où se trouvait le coffre de la fiancée afin de s'y jucher à nouveau et de lancer un appel au calme, mais il lui était désormais impossible de revenir en arrière. Il chercha la femme au beau profil : elle avait disparu. Il lui vint soudain l'idée que même si Margit s'était trouvée à quelques pas de lui il n'aurait pas pu la remarquer. Ce n'était pas tant le fait de la reconnaître – cela il était sûr de pouvoir le faire, d'ailleurs il l'avait reconnue sans hésitation dans le film – que celui de pouvoir l'approcher afin de la questionner. Parmi les visages qui l'entouraient, deux ou trois, en dépit des épreuves et des privations, auraient pu par la finesse de leurs traits correspondre au souvenir qu'il gardait d'elle, mais comment s'en assurer? Il ne pouvait même plus bouger. Dans quelques minutes l'interminable cohorte allait s'ébranler et il serait alors trop tard. La rue Pozsonyi tout entière allait se vider de son sang comme un corps épuisé, et il allait se retrouver au milieu de murailles mortes et de fenêtres aveugles avec son dépit et ses regrets. Margit allait s'engager dans cette épreuve et il ne serait pas à son côté, et il n'aurait même plus la possibilité de la chercher et de la retrouver. Et que faire maintenant, que faire... Du boulevard provenaient des ordres qu'il ne comprenait pas mais qui laissaient présager un départ imminent. Il lui sembla néanmoins que la foule s'était desserrée, comme si les miliciens et les SS avaient décidé de laisser à chacun un peu d'espace vital pour se déplacer.

« Mes lunettes ! entendit-il soudain à côté de lui. Mais rendez-moi mes lunettes, enfin ! »

Une vieille dame s'était mise à tempêter contre une robuste fille arborant insigne et brassard.

« Elles me vont ! Elles me vont ! criait la fille.

– Ce sont les miennes ! Je suis myope et je ne peux pas m'en passer !

– Vous n'avez pas besoin de lunettes là où vous allez. »

Une stupeur consternée accueillit ses paroles.

« Mais encore ? »

La fille se retourna. Vincent se tenait devant elle. D'un geste vif il lui agrippa le bras.

« D'abord on rend les lunettes, dit-il sans élever la voix. Sans cela je tords votre bras, et ça peut faire du vilain.

– Mais..., fit-elle suffoquée.

– On risque d'avoir le bras cassé. »

Il passa à l'action et esquissa une torsion. De rage elle laissa tomber les verres, mais d'un coup de talon dans le tibia il l'empêcha de les écraser. Déjà la vieille dame était parvenue à les ramasser.

« Alors, vous me relâchez ? glapit la fille.

– Pas avant que vous m'ayez expliqué ce que cela signifiait. Oui, cette phrase... »

Elle sentait la sueur et il la voyait haleter.

« Hein, où les emmenez-vous ?

– Faire un tour à la campagne, ricana-t-elle. On peut appeler ça comme ça. »

Il la secoua violemment.

« Ça signifie quoi ? répéta-t-il.

– Lâchez-moi !

– Pas avant que..., siffla-t-il.

– Je les déteste. Ils avaient de beaux appartements, et moi une soupente sans air ni lumière, et les corsages de Madame à tuyauter. Eh bien, c'en est fini pour eux des corsages, et c'est pas trop tôt. »

Déconcerté par son expression de haine assouvie, il relâcha son étreinte. Elle en profita pour se dégager et tenter de lui donner une gifle. Il l'évita mais elle parvint à envoyer rouler dans la foule son précieux couvre-chef, dont un Croix-Fléchée se saisit aussitôt pour le piétiner avec rage. Il eut soudain le sentiment d'avoir avec lui perdu sa respectabilité – et avec elle sa possibilité d'intervenir sur les événements. Alors, aller le récupérer ? Risquer de prendre un coup de plus pour retrouver un couvre-chef piétiné, un pauvre petit galurin de boutiquier sali et déformé, qui n'intimiderait plus personne ? C'était cela qui était grave : il avait perdu la capacité d'intimider. Comme si elle s'en rendait compte, la fille s'écarta brusquement, et, l'invective à la bouche, se perdit dans la foule.

« Que je ne te retrouve pas », lui lança-t-il.

Il la suivit des yeux et vit qu'elle avait rejoint un groupe de Croix-Fléchées qui, goguenards, regardaient la colonne patauger dans les flaques. Il pensa à nouveau que c'était le moment ou jamais de quitter le long cortège harassé et transi. Dans quelques instants il serait trop tard. La rage au cœur il s'apprêta à traverser le trottoir et à retrouver Mme Kocsis. Il se sentait dans le même état d'esprit que lorsque Rupert l'incitait à venir le rejoindre à bord du bateau de débarquement. Il n'y avait que quelques mètres de macadam luisant sous la pluie à franchir, mais ce petit intervalle allait creuser entre Margit et lui un autre gouffre infranchissable, et il ne pouvait s'y résigner. Elle se trouvait forcément dans cette colonne, puisqu'il l'avait *vue* sur la pellicule... Malgré les mines dubitatives de Lajos, ce ne pouvait être qu'elle. Elle allait partir *faire un tour à la campagne*, comme avait dit la fille – et lui resterait *à la ville* avec les indifférents, tous ceux qui ignoraient ce qui se passait. Quoi, tant de chemin pour en arriver là ? Pour prendre la tangente au moment du départ ? Dans la mesure où il déciderait de rester, il se demanda pourtant si les circonstances allaient le favoriser... La colonne allait certainement s'effilocher au cours des kilomètres ; peut-être aurait-il la possibilité de remonter les groupes et de mener son enquête au gré des haltes et des occasions qu'il ne manquerait pas de se créer. Mais sa jambe lui permettrait-elle de si épuisantes allées et venues ? Il se força à exercer quelques mouvements de flexion et grimaça. À peine cicatrisée, encore bandée, sa blessure le faisait souffrir – et il ressentait déjà les premières crampes d'être resté si longtemps debout. C'est une folie, pensa-t-il, et il y a sans doute d'autres moyens. Peut-être pourrais-je rejoindre la marche avec Paul dès que nous en connaîtrons l'itinéraire. Mais cela sera-t-il possible ? Les escortes de SS, de policiers, de gendarmes, de Croix-Fléchées nous laisseront-elles approcher ? Là, j'ai cet avantage insigne, je suis *dedans*.

« Il faut que vous accrochiez votre étoile, mon petit, murmura une voix douce à côté de lui. Il paraît qu'ils ont abattu hier quelqu'un qui ne la portait pas. »

Il se retourna. C'était la vieille dame aux lunettes. Il la dévisagea.

« C'est que je n'en ai pas, finit-il par expliquer. Je l'avais mal fixée et je l'ai perdue.

– J'ai bien celle de mon pauvre mari, soupira-t-elle. Il est mort en mai du typhus et il a refusé de l'emmener dans sa tombe. Vous semblez bon et courageux comme un vrai juste et vous méritez de porter la sienne.

– Eh bien, je l'accepte, dit-il fermement. J'espère pourtant vous la rendre lorsque ces canailles auront toutes été pendues !

– Oh, il ne faut pas parler comme cela, objecta-t-elle de sa voix grêle. Et pourtant vous savez, moi j'en ai tant vu que, comme il est écrit dans le livre de Samuel, mon visage ne sera jamais plus le même désormais. »

Il la regarda.

« Vous croyez que les visages changent à ce point dans les épreuves ? commença-t-il. Vous croyez qu'on ne peut plus reconnaître... »

Elle l'interrompit d'un petit geste.

« Vous savez, c'est comme pour tout... chacun a ses points faibles ; si on y touche, on s'écroule. Moi, c'étaient mes lunettes. Je veux toujours voir où je mets les pieds, même si c'est pour ma dernière promenade. »

Elle fouillait dans la poche de son manteau.

« Eh bien la voilà, dit-elle. Méfiez-vous, il y a une épingle, ne vous piquez pas, on a assez d'ennuis ce matin. »

Il l'accrocha au revers de sa veste et elle le regarda avec une sorte de tendresse pensive.

« Sur vous, elle fait presque élégant », lui chuchota-t-elle à l'oreille.

Dès qu'il eut arboré l'étoile, il s'efforça de rétrograder dans la colonne pour s'éloigner de ceux qui auraient pu l'avoir rencontré dans les immeubles où il s'était rendu le lendemain de son arrivée. Avec une lenteur et un désordre indescriptibles dus aux ordres et aux contrordres des SS et des Croix-Fléchées, les premiers rangs s'ébranlaient. Autour de lui tous ceux qui avaient cru jusqu'au dernier moment que la marche n'aurait pas lieu, qu'il y aurait une ultime volte-face et qu'on leur demanderait après ce simulacre de regagner leur appartement laissaient éclater leur désarroi et leur rancœur – quand ce n'était pas leur désespoir.

« Deux cents kilomètres, gémit à côté de lui une femme maigre aux épaules secouées de sanglots. Moi qui trouvais que c'était déjà long d'aller faire mes courses rue Vaci... »

Sans répondre il hocha la tête d'un air compatissant.

« On va marcher combien de temps ? Dix jours... Mais c'est fou !... Et on va trouver quoi, derrière la frontière ? » continua-t-elle.

Il préféra reculer encore de quelques rangs. Déjà la tête de colonne franchissait le carrefour où le cordon de SS marquait la frontière entre l'ancien quartier protégé et la ville, et il chercha de l'œil le petit renfoncement où il avait si longtemps parlé avec Lajos, la première fois qu'il était venu rue Pozsonyi. Là précisément se trouvait, recroquevillée, une petite silhouette qui ne semblait même plus regarder vers la colonne, comme si le spectacle lui en était par trop insupportable. Profitant de ce que le détachement des Croix-Fléchées s'était porté sur le boulevard pour indiquer le changement de direction et relâchait un peu sa surveillance, Vincent s'approcha le plus qu'il put et l'appela.

« Lajos ! Lajos ! »

Le jeune homme tressaillit, le chercha, et l'ayant repéré, s'avança.

« J'avais perdu tout espoir de te retrouver ! » cria-t-il.

L'instant d'après il demeura bouche bée en découvrant l'étoile accrochée au revers de sa veste.

« Préviens Györ au plus vite, souffla Vincent.

– C'est fait. Mais… mais pourquoi ? demanda-t-il en se touchant la poitrine.

– Pouvais pas faire autrement, dit-il très vite.

– Mais… mais tu n'as pas le droit !

– Je le prends.

– Tu ne pourras jamais marcher ! Tu étais encore allongé il y a deux jours !

– Et autour de moi, tu crois que… »

Instinctivement ils s'étaient rapprochés l'un de l'autre de part et d'autre du couloir miroitant de flaques qui le séparait du trottoir, sans penser qu'il s'agissait désormais d'une frontière infranchissable. Un hurlement glaçant le lui rappela aussitôt, ponctué d'une violente poussée dans le dos qui lui fit réintégrer sur-le-champ la colonne. Il se retourna pourtant vers Lajos. Voûté, les bras croisés devant lui, le jeune homme avait l'air éperdu. De la main il lui fit le geste de tourner une manivelle de caméra, mais ce n'était pas certain que le jeune homme ait compris.

À mesure que la longue file gagnait sur la droite le boulevard qu'il avait descendu en tram le jour de son arrivée, il constata avec une sorte de stupeur que la vie continuait. De chaque côté de la zone de plusieurs mètres de large où patrouillaient désormais les SS, certains les voyaient passer sans réaction, muets, comme sonnés – mais d'autres entraient dans les cafés et les magasins sans même leur adresser un regard. Tandis que l'interminable cohorte progressait sous la pluie fine dans la direction de la basilique, ceux qui la regardaient passer se faisaient toutefois plus nombreux, bien qu'ils soient toujours aussi statiques et silencieux. Au coin de la rue Bathory des marchands de potiron chaud avaient réapparu. Leur tournant le dos, des gens achetaient, puis partaient en mastiquant, leur nez dans ce papier dont trois semaines après il sentait encore l'odeur. C'était comme si les deux foules s'évitaient, la honte des uns répondant à la gêne des autres.

« Je pourrais croiser le regard de mon concierge, de mon chauffeur de taxi, de ma modiste, murmura sa voisine comme si elle avait perçu ce qu'il pensait. Ils étaient beaucoup à nous détester. »

Il se mit lui aussi à les haïr pour cette indifférence hébétée. Où était-elle donc, la grosse dame vitupérante de l'autre jour, ou le conducteur du tramway ? La ville était désormais tellement quadrillée qu'ils ne pouvaient sans doute plus se manifester... Sur de nouveaux hurlements et coups de sifflet, la colonne s'immobilisa. À ce rythme-là, se dit-il, ils seraient encore dans Budapest à la tombée de la nuit et le projet d'atteindre à pied la frontière lui en parut d'autant plus extravagant. Heureusement qu'il avait au moins pu établir un contact avec Lajos. Paul n'en reviendrait pas de sa décision et ne comprendrait sans doute jamais ce qui lui était passé par la tête... Déjà il lui en avait voulu de s'être fait blesser sur le pont ! Vincent aurait beau lui dire que son intention était de garder une antenne à l'intérieur même de la colonne pour témoigner par la suite de ce qui s'était passé, cela ne retirerait sans doute rien à son irritation.

C'était à présent le passage devant les cinémas chers à Lajos. Les titres des films sur les façades et l'annonce des heures de séances pour l'après-midi augmentaient encore cette impression d'irréalité devant la vie qui continuait, si proche et désormais inaccessible. HILDE KRAHL dans *LE MAÎTRE DE POSTE* indiquait le fronton du Korona. Le visage de la vedette surgissait du brouillard humide comme autrefois celui de cette actrice autrichienne dans la brume du Strip. Lajos avait raison : c'était vrai qu'elle avait un beau visage. Pas comme celui de Margit – mais bon, assez belle pour troubler un adolescent. Il ferma un instant les yeux en s'imaginant Margit dans ce long cortège accablé, son visage altéré, son corps amaigri. Mais non, ce n'était pas possible ! Son destin était de flamboyer au fronton des salles, d'attirer la foule pour la faire rêver, et non d'être entraînée dans ce flot fourbu et grelottant…

« Quand je pense à tout l'argent que j'ai laissé à ces fichus guichets, certains mois la moitié de mon salaire, et qu'ils nous jettent même pas un regard ! lança sa voisine.

– Ça, ils n'ont vraiment pas l'air de se rendre compte qu'on fait la queue pour tout autre chose, grommela-t-il.

– Ils ne sont pas près de me revoir ! ajouta-t-elle avec acrimonie. Jamais plus je n'y remettrai les pieds, dans ces salles. »

Elle avait un petit minois décidé d'adolescente grêlé de boutons.

« Vous faisiez quoi ? demanda-t-il.

– J'étais couturière. J'ai même pris ma trousse avec moi, ajouta-t-elle en lui montrant sa petite valise. Qui sait si ça ne peut pas servir sur la route. »

Au moment où ils s'approchaient du pont Erzsébet, ils furent accueillis sur le quai par un vent glacial qui chassa les spectateurs et rendit l'interminable cohorte à sa solitude. Les hauts pylônes de l'ouvrage paraissaient l'enserrer dans les rets d'une armature oppressante. Loin sur la droite, au-delà du pont des Chaînes, il chercha à discerner la longue structure du pont Margit. On le voyait en effet vaguement là-bas, effondré comme une épave en travers du flot gris du fleuve. Quelques jours auparavant, Lajos était venu lui annoncer que le pont avait été miné, et cela lui avait fait une étrange impression. Plusieurs dizaines de soldats allemands étaient morts dans l'affaire, et pourtant on ne savait pas qui avait opéré le sabotage. Paul avait craint que l'on ne mette cela sur le compte des groupes de résistance juifs et que ce ne soit le prétexte à une répression encore plus violente – et puis on n'avait plus entendu parler de rien. Longtemps, lui avait raconté Lajos, un tramway avait flotté à la surface avant de s'enfoncer. « Je crois bien que c'était le tien, lui avait-il dit avec sérieux. Cela me fait une belle jambe », avait-il répliqué tout en tapotant son pansement, mais Lajos n'avait pas compris la plaisanterie. Il regarda vers les lointains débris de l'ouvrage fracassé, pensant soudain au prénom englouti sur son panneau indicateur. Les six lettres adorées flottant un instant avant de disparaître avec le reste des ferrailles : il était presque surpris que l'idée lui soit si désagréable.

La tête de colonne avait déjà atteint le milieu du fleuve et lui-même n'avait pas encore quitté la rive lorsque retentirent les coups de feu. La colonne parut se contracter comme si elle avait été atteinte dans sa chair, puis s'immobilisa à nouveau. Cela semblait provenir de la berge en contrebas et c'était pourtant autour de la statue de Petöfi, sur la droite, qu'il entendait aboyer les ordres et voyait courir des soldats.

« Sans doute deux qui ont essayé de s'enfuir, supputa son voisin.

– Mais pourquoi ici ? C'est juste l'endroit où tout est dégagé et où l'on ne peut pas se cacher !

– Peut-être qu'ils ont sauté dans le fleuve », dit l'homme.

À cette nouvelle agression Vincent réagit par un brusque accès de découragement. Décidément ce fleuve charriait trop de cadavres, trop de sang, trop de détresse. Il était comme la petite couturière refusant de retourner dans les cinémas du boulevard. Lui ne reverrait jamais le Danube. Il eut soudain envie de suivre les fuyards et d'en finir. Mais alors, Paul... Sa réaction lorsqu'il l'apprendrait... Il ne pouvait pas lui faire ça...

Il se sentit un peu mieux dès qu'ils eurent atteint Buda. Était-ce le fait de ne plus être dans l'axe éventé du fleuve ou d'être protégé des rafales glacées par les hautes murailles de la citadelle, mais il faisait plus doux sur cette rive et il cessa de frissonner. Dès que la pente se fit plus raide ses crampes recommencèrent pourtant à le faire souffrir. Grimaçant, les mains crispées sur sa canne, il dut ralentir et laisser plusieurs groupes le dépasser. Aux brèves paroles qu'il entendait lorsqu'on le frôlait, il avait l'impression que les marcheurs s'étaient rassemblés en petits groupes organisés, soudés – par familles ou par appartements – pour s'entraider et s'encourager. Il était le seul à ne parler à quiconque. À qui se serait-il adressé ? Aucun des visages qu'il parvenait à découvrir derrière les voiles ruisselants et les chevelures défaites ne pouvait – même en tenant compte des stigmates des épreuves et des privations – être celui qu'il cherchait.

La route grimpait à présent entre les frondaisons de la citadelle et les rues étroites d'un vieux quartier. Sur la droite le petit clocher baroque qui se détachait sur les lointains sinistres de l'autre rive avait désormais disparu en contrebas. À quelques centaines de mètres de là, vers le château, se trouvait la résidence du consul où il avait passé sa convalescence à apprendre ce hongrois rugueux avec lequel il s'efforçait de communiquer. La veille à cette heure-ci il y dormait encore sous une coquette vue de l'Alpenzell, et ce souvenir lui parut aussi lointain et exotique que ceux qui concernaient des périodes éloignées de sa vie à Montréal ou Santa Monica.

Tout au long de la pente, la file s'étendait à présent sur près d'un kilomètre, et les Croix-Fléchées ne cessaient de donner de la voix comme des roquets mordant aux jarrets un troupeau fourbu. *« Gyorsabban ! »* criait-on comme un leitmotiv. Cela il ne l'avait pas appris dans son lit, mais il n'avait pas été long à en comprendre le sens : *plus vite*. Devant lui un vieillard se mit soudain à tituber puis, après avoir agité les bras dans le vide comme s'il cherchait à se raccrocher à quelque chose, tomba à genoux sur le bas-côté.

« Gyorsabban ! » entendit Vincent.

Déjà deux chemises vertes rappliquaient qui remirent brutalement le vieillard sur pied. Soutenu par les deux hommes il vacilla comme un pantin désarticulé et, dès qu'ils l'eurent relâché, s'effondra à nouveau en poussant un petit gémissement. Ils commencèrent alors à le bourrer de coups de pied en le pressant de se relever.

« Je m'occupe de lui, dit-il. Ne perdez pas de temps avec lui. Je m'en occupe. »

Les deux hommes hésitèrent, puis s'éloignèrent. Étendu sur le sol, le visage presque serein et à tout le moins indifférent à ce qui lui arrivait, il chantonnait une petite mélodie. Vincent se pencha sur lui.

« C'est bien joli de chanter, mais essayez plutôt de vous redresser, l'encouragea-t-il.

– Oh, c'est comme dans *la Symphonie des adieux*, fit-il. On va tous quitter l'orchestre les uns après les autres, et ils arriveront seuls à la frontière…

– La marche aura été interrompue bien avant ! Relevez-vous, vous vous appuierez à mon bras, je progresse lentement moi aussi. »

Le vieillard parvint à se remettre en route.

« La marche, chevrota-t-il. La marche hongroise. Pour moi, comprenez-vous, c'était celle de Berlioz, avec sa passion… son énergie… »

Tout le monde les dépassait désormais et Vincent se demanda ce qui allait arriver lorsqu'ils seraient les derniers.

« Il vaut mieux que vous me laissiez, finit par murmurer le vieil homme.

– Vous êtes musicien, je vois ! dit Vincent pour faire diversion.

– Je faisais partie de l'orchestre de l'Opéra de Budapest jusqu'en 36. J'étais hautbois solo, mais on se remplaçait souvent, et je pouvais faire tous les pupitres à la demande, sauf premier violon. »

Il devenait prolixe quand il parlait de musique, mais cela n'augmentait pas beaucoup son allure.

« Oh, on a eu de grands chefs, Kodaly est venu, Nikisch nous a dirigés, j'ai rencontré Bartók... À vrai dire on avait surtout des chefs allemands, mais quelle importance, hein, on communiait tous dans la musique... C'est pour ça que je suis si triste de voir ce que je vois ce matin... Tenez, quand l'obscurité sera là, si j'arrive jusque-là, eh bien je me chanterai *Une petite musique de nuit*, vous pouvez être sûr que ça m'aidera... Ou alors le menuet de la *Haffner*. Oh, celui-là... avec lui j'aurai l'impression de rentrer dans la mort à cloche-pied, hé... hé... »

Il essaya là aussi de chantonner le thème, mais son filet de voix ne suivit pas et se cassa net dans un étrange bruit de déglutition.

« Vous avez parlé de Bartók, dit soudain Vincent. Vous n'auriez pas joué son ballet *le Prince de bois*, par hasard ? »

Il parut tout heureux.

« Non seulement je l'ai joué, mais on l'avait même créé, monsieur ! Oui, créé ! En 1917, je crois. Egisto Tango était au pupitre. Je ne me souviens plus qui s'occupait de la chorégraphie. Oh, je perds la mémoire depuis ces horribles derniers mois. Je n'ai même pas pris mes partitions avec moi. D'habitude je ne m'en sépare jamais, mais cette fois... »

Il se cassa brusquement en deux. Vincent se retourna. Un garde venait de lui donner un grand coup de crosse dans les reins.

« *Gyorsabban!* hurla-t-il.

– Ça, cette fois… », murmura le vieil homme.

Il s'affaissa avec lenteur sur le bord du trottoir. Il tremblait. Déjà le Croix-Fléchée levait sa crosse.

« Il ne devrait jamais se trouver ici, s'exclama Vincent en s'interposant. Le professeur Bognar ne l'aurait jamais toléré !

– Qui ? hurla le garde.

– Le professeur Szabo. Cet homme a créé le ballet sur lequel le professeur travaillait jusqu'au moment de son départ pour la Hongrie.

– Qu'est-ce que tu racontes ?

– Téléphonez-lui, c'est une grave erreur, je vous assure…

– Il est mort, Szabo. Tu le sais peut-être pas ?

– Qu'est-ce qui se passe ? Mais qu'est-ce qui se passe ? vint demander un policier.

– C'est un protégé de M. Szabo que cet homme vient de frapper ! Qu'on appelle l'hôtel Gellert et vous verrez bien ! »

Le policier se pencha vers lui.

« Ça sert plus à rien, de toute façon », dit-il en le repoussant du pied.

Vincent s'inclina à son tour. Un peu de salive coulait de ses lèvres entrouvertes.

« Mais vous l'avez…, commença-t-il.

– Vous n'avez pas à avoir de canne ! aboya le milicien.

– Je ne peux pas marcher sans.

– Laisse, grogna le policier. Qu'est-ce qu'on fait du vieux ? »

Le Croix-Fléchée haussa les épaules.

« Y en aura d'autres », maugréa-t-il en s'éloignant.

D'un pas saccadé Vincent se remit en marche. Il se trouvait maintenant rejeté en queue de colonne au milieu d'autres vieillards qui en dépit des encouragements de leurs proches ne pouvaient plus continuer à monter la côte. Il se retourna. Aucun d'entre eux ne remarquait le cadavre au bord du trottoir – et c'était mieux ainsi. Quelque chose pourtant le tracassait. Pendant sa discussion avec les miliciens, il avait réellement cru que Bognar était encore vivant – et susceptible d'intervenir. Il imaginait vraiment pouvoir lui téléphoner. « Je commence à dérailler », se dit-il.

À la différence des artères animées de Pest, peu de monde regardait dans la banlieue de Buda passer la lente procession harassée et frigorifiée. Autour d'eux, quelques jolies villas s'étageaient dans la verdure comme dans un grand parc. Ce devait être un quartier où il faisait bon vivre. De loin en loin un groupe silencieux les suivait des yeux depuis le seuil d'une maison. Profitant de ce que le cordon des gardes s'était un peu distendu, une jeune fille sortit soudain de l'une d'elles et donna furtivement un petit sac en papier à une famille. Vincent vit que c'étaient des morceaux de sucre qui passèrent rapidement de main en main. Déjà la jeune fille avait disparu. Il se dit que c'était l'endroit rêvé pour une évasion – Lajos, lui, se serait évadé. Mais pour ce qui était des marcheurs, c'était sans doute comme si les coups de feu de tout à l'heure retentissaient encore et encore, et personne n'osait – ou n'avait la force – s'élancer sur le bas-côté. Presque aussitôt se firent entendre de nouvelles vociférations suivies de cris de douleur, et la tension remonta mais la route était sinueuse et il ne pouvait distinguer ce qui se passait en tête. Sur la gauche il remarqua tout à coup une petite route qui se perdait dans les arbres. Au carrefour était planté un poteau indicateur qui semblait installé là depuis des siècles – un peu incliné en avant comme une invite.

lut-il sur la plaque. Suivait une mention d'altitude qui était devenue presque illisible tant elle était écaillée. Le nez en l'air, il demeura un instant médusé. « La colline de l'Aigle », murmura-t-il. Devant lui surgissait, au bout de sa fatigue et de son désespoir, le Lieu. Il repensa au jour où Jamie baby comme en proie à une vision lui en avait parlé. Il était alors aussi fatigué qu'aujourd'hui – non, tout de même moins, et il avait des jambes valides.

Ils dépassèrent le carrefour. Malheureusement la colonne n'empruntait pas cette route. Elle se détournait de la colline. Se haussant sur la pointe des pieds, il regarda sur sa gauche. Les gardes étaient là, fusil en bandoulière, houspillant à tout moment et à tout propos les retardataires. Il ne ferait pas cinq mètres. Il serait abattu avant d'avoir atteint le poteau indicateur. Ce n'était pas *cela* qu'elle voulait. Et puis qui sait... Ce poteau indicateur. Peut-être après tout l'histoire n'était-elle pas achevée.

Il sentit brusquement ses forces renaître et, adoptant un rythme plus soutenu comme si sa jambe acceptait soudain l'épreuve, remonta quelques rangs. Le ciel était si bas qu'il avait l'impression que c'était déjà le crépuscule. La fatigue aidant, c'était comme si la longue cohorte se recroquevillait de peur et de désespoir dans la pénombre grandissante. On ne se parlait presque plus, et même les hurlements des gardes se faisaient plus rares.

« J'ai une envie de faire pipi incroyable, et je ne sais pas quoi faire », dit une voix à côté de lui. Surpris, il se tourna vers ses voisins. La confidence venait d'une femme entre deux âges qui paraissait plutôt mieux vêtue que les autres avec sa gabardine stricte et son chignon qui n'était pas défait. Il s'efforça de prendre une mine compatissante.

« Il va bien falloir qu'ils fassent une halte, non ? insista-t-elle de façon presque suppliante.

– Ils sont bien obligés ! Il y aura des évasions si nous devons marcher dans l'obscurité... C'est impossible qu'on ne s'arrête pas ! »

Elle le regardait à la dérobée.

« Je ne vous ai pas vu il y a quinze jours ? Oui, le jour du coup d'État... Ce n'était pas vous qui étiez venu avec le consul de Suisse chez Mme Penczaros ?

– Vous devez vous tromper...

– Mais si, c'était vous, chuchota-t-elle. Je suis une bonne physionomiste et je vous reconnais, même sans votre chapeau. Mais que faites-vous ici ? s'étonna-t-elle avec une sorte d'indignation qui lui fit battre les paupières. Vous n'avez pas à être ici ! »

Il répéta la réponse qu'il avait déjà faite à Lajos.

« J'ai mes raisons.

– En tout cas vous n'avez aucun droit de porter l'étoile !

– Je suis peut-être suisse, mais qui vous dit que je ne suis pas juif ? »

Elle haussa les épaules.

« Peu importe après tout. Mais je suis sûre que vous n'êtes pas des nôtres. Vous aviez la *possibilité* de ne pas être dans ce convoi de mort, et vous venez de votre plein gré ! Cela me dépasse. »

Il sut à qui elle lui faisait penser. Elle avait le côté péremptoire et sûre d'elle de Dolly. Son visage avait les mêmes pommettes volontaires et, avec ses talons plats, elle avait la même démarche élastique.

« Vous ne vous appelez pas Gitta Lublin, par hasard ? » risqua-t-il.

Elle eut un geste d'humeur.

« Parce que vous cherchez ici à faire des rencontres ? De mieux en mieux ! Peu importe comment je m'appelle. L'important c'est que jamais je n'aurais dû me trouver dans cette colonne, jamais, vous entendez, assura-t-elle en frappant vigoureusement le sol du talon. Je ne suis pas de ceux ou celles qui prétendent n'avoir pas vu les choses arriver. Au contraire, je les ai prévues et j'ai montré de la décision au moment où il le fallait... et maintenant j'enrage. Nous allons vers la mort et je n'ai aucun goût pour le martyre. Je ne suis pas de ceux qui pensent que les Juifs et la tragédie vont forcément de pair. Nous sommes doués pour le bonheur comme tout un chacun, ni plus ni moins – peut-être pas plus, mais sûrement pas moins ! Non, je ne devrais pas me trouver au milieu de ces malheureux. D'ailleurs je ne me sens pas abattue. Je me sens prête à repartir dès qu'on nous aura rendu tout ce qu'on nous a pris, et permis de m'arrêter dans un buisson ! Vous voyez, ce n'est pas une victime expiatoire qui marche à côté de vous...

– Ce n'est pas une raison pour marcher si vite !

– J'ai toujours marché d'un bon pas ! Si vous me trouvez si loin dans la colonne, c'est que j'ai accompagné pendant plusieurs kilomètres deux vieilles dames de mon appartement, mais elles n'arrêtaient pas de geindre et de se quereller, aussi ai-je repris ma liberté et mon rythme habituel. Qu'il pleuve ou qu'il neige, je faisais en effet tous les matins et sans lambiner mon tour au Bois de ville. Même vers l'échafaud je marcherais d'un bon pas...

– Oh, taisez-vous...

– J'imagine qu'on nous prépare quelque chose de ce genre... Oh, comme je m'en veux ! Au contraire de vous, j'avais toutes les raisons de ne pas participer à cette marche. Figurez-vous qu'en 39 je n'ai eu de cesse de partir pour Paris, car un ami du ministère des Affaires étrangères avait pu nous obtenir, à mes parents et à moi, des visas pour l'Argentine. Je les ai alors suppliés de venir me rejoindre, mais ils ne voulaient pas quitter Budapest, le cadre de toute leur vie, et moi je ne pouvais pas me faire à l'idée de me séparer d'eux à jamais. En dépit des sombres prédictions de mon ami français, j'ai donc laissé les visas… inutilisés. Je me revois sur le quai de la gare de l'Est, me récitant les célèbres vers d'Endre Ady… vous savez… attendez que je me souvienne…

Les Saintes Chansons chanteront longtemps
dans la soirée,
Cependant qu'emportant un mort vivant,
Le train, dans la nuit sombre,
Ira vers la Hongrie, pays des ombres…

… et cela avec l'impression que je commettais une immense erreur. Après tout mes parents avaient leur vie derrière eux, et moi je sacrifiais d'avance la mienne ! Ils devaient d'ailleurs mourir tous les deux en 40, à six mois de distance, peu avant les premières lois antijuives dont personne dans la communauté n'avait l'air de trop s'inquiéter. Moi, si. Maintenant qu'ils y étaient, au pays des ombres, j'ai alors voulu partir en Australie. Mais c'était trop tard : l'Australie venait de déclarer la guerre à la Hongrie ! Je me revois encore, arpentant l'avenue Andrassy en me disant : "C'est quand même bizarre d'être en guerre avec l'Australie. " J'ai alors acheté, oui, monsieur, *acheté*… un faux certificat de baptême. Vous voyez… J'en étais là… faisant tout pour échapper à ce qui allait arriver, et quelque part certaine que je n'y échapperais pas… »

Elle passa sa main devant ses yeux. Elle parlait presque à voix basse, à petites phrases précises qui rythmaient sa marche et l'entraînaient malgré lui.

« Puis ça a été l'année 42 où, avec l'arrivée du Premier ministre Kallay, la situation des Juifs s'est un peu améliorée. J'ai déménagé de l'appartement de l'avenue Andrassy devenu trop grand pour moi à la rue Pozsonyi, et dans l'affaire j'ai égaré mon certificat. Et ce n'est pas tout ! Lorsque les nazis sont arrivés en mars, par un autre ami, hongrois celui-là, directeur chez Tungstram, j'ai pu obtenir des papiers pour la Palestine, mais deux jours avant la date où je devais les chercher, le nouveau Premier ministre Sztojay nous interdisait tout visa. Je me suis alors rabattue – et encore il a fallu que je le défende bec et ongles contre un petit Croix-Fléchée ce matin – sur le passeport de protection suisse, ce qui me vaut maintenant la joie de marcher à côté d'un attaché de légation de ce beau pays !

– Quelle histoire, murmura Vincent. À la fois tant de malchance, et tant d'énergie. Vous auriez plu à Lajos.

– Lajos ?

– Un jeune ami juif, l'un des rares à s'être évadé. »

Elle soupira.

« Pour l'heure, moi, il ne s'agit même pas de m'évader, il s'agit de m'isoler derrière un arbre, répéta-t-elle.

– Cette nuit vous aurez tout le loisir…

– Ce qui me désole le plus, ajouta-t-elle, c'est qu'à quelques semaines près on s'en sortait. Quand je pense que, de toutes les communautés juives, nous sommes la dernière que les nazis se sont décidés à détruire alors même qu'ils se savaient battus. »

Elle prononça le mot *détruire* avec une intonation sourde, dont la sonorité semblait planer, menaçante, embusquée dans l'ombre comme un oiseau de mauvais augure qui s'envole à la tombée de la nuit. La colonne continuait à progresser dans une lumière exténuée, tel un exode venant de l'origine des temps. Déjà sous les fichus ruisselants on ne distinguait plus les visages, et il regretta de n'avoir pu en observer davantage. Avec la nuit le froid était tombé et il ressentait de plus en plus fréquente la morsure de la faim. Aussi, dès qu'il y eut un nouveau tassement, il pensa que c'était peut-être l'étape qui approchait – et avec elle le ravitaillement. Il n'entendait plus autour de lui que des plaintes à peine ordres glapis par les miliciens. Il se demanda quel trajet ils avaient pu parcourir : cinq ou six kilomètres, pas plus, et ils avaient dû mettre pour cela une demi-journée. Alors, cent quatre-vingts ! C'était absurde, et d'une certaine façon tellement absurde que cela le rassura. Une nouvelle bousculade se produisit, brève et violente, et il sentit ses voisins le presser à ce point qu'il en perdit la respiration. Quant à son énergique petite voisine, elle avait disparu. Il aurait pu être à côté de Margit qu'il ne l'aurait pas vue – c'était une pensée qui le taraudait sans cesse.

Brusquement ce fut l'arrêt. Et pourtant les gardes hurlaient d'avancer, et leurs cris se mêlaient maintenant à des aboiements de chiens. Après l'éclaircie la pluie avait recommencé à tomber, plus pénétrante encore et plus froide que tout à l'heure. Il vit vaguement se dresser devant lui de hauts murs blafards. Sous ses pieds le sol était en terre battue. « C'est une prison ? » risqua-t-il timidement. Personne ne lui répondit. Tout le monde stationnait désormais dans un silence qui n'était même plus troublé par les petits bruits qui scandaient la marche jusqu'alors. Soudain éclata un tumulte de cris et de nouveaux remous les jetèrent les uns contre les autres, ce qui lui fit penser que prenait corps un véritable mouvement de panique à l'idée d'entrer dans cet enclos. Le pinceau d'un projecteur raya l'obscurité et il vit alors s'élever au-dessus des murs les superstructures métalliques d'un vaste hangar, cependant que, le fusil à la main, un détachement de Croix-Fléchées faisaient entrer de force des rangs entiers de la colonne, assommant à coups de crosse tous ceux qui faisaient mine de résister ou de reculer. « N'entrez pas ! N'entrez pas ! hurlait quelqu'un. Ils nous massacrent à l'intérieur. » Le projecteur s'éteignit et la panique reprit, cette fois dans l'obscurité avec des cris étouffés et des corps projetés à terre. Alors que les soldats se montraient totalement dépassés, un haut-parleur se fit entendre, amplifiant une voix étonnamment calme et amène. « Vous pouvez rentrer sans crainte dans l'enclos de la briqueterie, déclarait-il. Vous trouverez un hangar pour vous abriter jusqu'à votre départ demain matin.

– À Auschwitz aussi il paraît qu'ils disaient ça », murmura quelqu'un.

C'était juste au moment où la lumière revenait. Un Croix-Fléchée repéra le jeune homme qui avait proféré cette remarque et l'assomma d'un coup de crosse. Un instant il vit son visage blême et ensanglanté se maintenir à la surface du magma humain, puis tituber avant d'être submergé par la poussée comme l'autre jour l'homme qui luttait dans les remous du fleuve – avant de disparaître, sans doute piétiné. La voix calme du haut-parleur remplissait pourtant son office et le flot s'écoulait maintenant avec régularité entre deux cordons de troupes. BRIQUETERIE DE BEKASMEGYER, lut-il sur une pancarte.

Surgies de la nuit comme d'étranges temples d'un culte barbare, des pyramides de briques en train de sécher encadraient le hangar. À peine eut-il franchi l'entrée et s'apprêtait-il à contourner la plus proche que s'éleva, quelques rangs devant lui, un tumulte de cris, de pleurs et d'imprécations plus déchirants encore que les précédents. Brusquement il fut entraîné en arrière et faillit tomber. Il sentit qu'il piétinait quelqu'un qui ne réagissait même plus, comme englué dans la boue, puis s'efforça de garder l'équilibre pour ne pas connaître le même sort.

« Mais… Mais qu'est-ce qui se passe ? murmura-t-il.

– Un puits, répondit une voix haletante tout contre lui. Quelqu'un est tombé dedans. »

Se frayant un passage à coups de crosse, des Croix-Fléchées le dépassèrent et il s'efforça de rester dans leur sillage. Il vit que des soldats étaient arc-boutés autour d'un orifice que rien ne permettait de discerner dans l'obscurité. Du fond provenaient des gémissements.

« Elle s'est cassé une jambe, la pauvre petite », dit quelqu'un.

En dépit des soldats qui interdisaient d'approcher, d'autres femmes s'étaient penchées pour lui parler, n'obtenant pour réponse que des cris affreux qui paraissaient plus inhumains encore de surgir des entrailles mêmes du sol. Soudain, sans un mot, sans même en référer aux autres, l'un des soldats prit son pistolet mitrailleur et décocha dans le trou une longue rafale. Le hurlement se mua en râle puis s'interrompit. Autour du puits s'éleva un long murmure incrédule qui se transforma vite en une houle de sanglots.

« Vous auriez pu la sortir avec des câbles au lieu de l'abattre », protesta Vincent.

Il crut que son crâne allait éclater et il tomba à terre au milieu d'une forêt de jambes. Il se passa ensuite une chose étrange : comme si ce coup avait libéré en lui par réaction une énergie qu'il ne soupçonnait plus, mû par un ressort il se retrouva droit sur ses jambes, et dans ce même élan assena avec sa canne un violent coup sur la nuque du soldat. Lorsqu'il y pensa plus tard, il se dit que ce n'était pas tant ce geste qui était le plus étrange (encore qu'il ne s'en serait jamais cru capable) que la lumière subite dans laquelle avait baigné toute la scène, dès l'instant où il avait été frappé. Et quelle lumière ! Trouant tout à coup les ténèbres en dévoilant crûment la scène – le soldat se tenant la tête au milieu de la foule apeurée –, elle était dure, métallique, quasi surnaturelle. Bousculant tout le monde sur son passage, il prit alors la fuite, et cette lumière l'accompagna comme s'il était suivi par le pinceau d'un projecteur – oui, si crue et irréelle qu'il avait l'impression de s'être métamorphosé en un archange étincelant et de brandir en lieu et place de sa canne un glaive flamboyant. Des cris se faisaient entendre derrière lui mais il se sentait invulnérable, n'éprouvant plus ni douleur ni crampes, allant comme le vent – puis tout à coup ce fut un rideau sombre et flottant qui lui barra la route. D'un geste impatient il en écarta les plis humides, et l'obscurité retomba alors sur lui comme une chape – et avec elle la glaçante sensation de retour à la réalité. Il se retrouvait dans la nuit venteuse plaqué contre la base d'un poteau métallique par des gens qui le pressaient et il dut s'y cramponner pour ne pas être entraîné dans un nouveau remous de foule. Pendant quelques instants il chercha à comprendre ce qui s'était passé. « J'ai dû être assommé, se dit-il. Peut-être que le nerf optique a été touché, oui, voilà la cause de cet éblouissement. » Il se demanda s'il avait vraiment frappé le soldat en retour, ou si c'était une réaction qu'il avait rêvée, une fois lui-même à terre. Ce qui était en revanche certain, c'est qu'à en juger par la position des tours de l'entrée il était maintenant fort loin de là où il se trouvait tout à l'heure. Il regarda qui se pressait contre lui jusqu'à lui faire rentrer l'arête du pilier dans les reins. À ce qu'il crut deviner dans la pénombre c'était un petit homme fluet et chauve.

« Est-ce que je suis là depuis longtemps à côté de vous ? » questionna-t-il.

L'homme parut interloqué.

« Comment ça, depuis longtemps ?

– J'ai été frappé par un soldat près de l'entrée, tenta-t-il d'expliquer. Une femme tombée dans le puits venait d'être abattue de sang-froid... J'ai dû manifester mon indignation... Après, je ne me souviens plus de rien.

– Alors vous n'avez pas perdu grand-chose ! On nous

a parqués ici dans une pagaille noire, sans rien nous donner à boire ni à manger, sans même qu'on ait la possibilité de s'asseoir... À vrai dire je ne sais pas si vous étiez à côté de moi. Je ne sais pas davantage si j'ai eu le plaisir de vous être présenté avant de me vautrer sur vous, ajouta-t-il avec une ironie un peu cérémonieuse. Arpad Schimmel, ancien directeur financier de la firme d'aluminium Aluerz.

– Enchanté, mais j'espère qu'on ne va pas passer la nuit comme cela, l'un contre l'autre ! »

Vincent avait eu un brusque sursaut d'inquiétude qui lui fit trembler la voix.

« C'est pourtant ce que je crains, répondit le petit directeur en faisant la grimace. Et encore avez-vous au moins la chance de pouvoir vous appuyer contre un pilier !

– Frank Capra prétendait que dans les plus mauvais films il y a toujours un plan à sauver, un petit miracle qu'il suffit d'attendre. Dans les pires journées il y a une petite joie... une chance minuscule... vous allez bien trouver un pilier aussi.

– Oh, je vois que vous aimez le cinéma... Moi aussi ! Peut-être pouvons-nous en parler... Par exemple du visage de nos actrices préférées... Une façon comme une autre de passer le temps...

– Je ne suis pas sûr que ce soit une bonne idée », rétorqua Vincent.

Ses yeux s'étant maintenant habitués à l'obscurité, il découvrit que ceux qui n'avaient pas pu trouver de place dans le hangar étaient condamnés à coucher sans abri sous la pluie glaciale. Il discernait vaguement des formes éparpillées comme des cadavres sur un champ de bataille. C'était bien le dilemme : ou passer la nuit debout, serré contre le petit directeur, mais au sec – ou pouvoir bouger et se coucher, mais dans la boue et sous la pluie. Son voisin essaya de changer de position. Le pilier était en forme de L et Vincent se recula le plus qu'il put dans le creux afin de lui ménager un peu de place pour se retourner. Autour de lui le silence était tissé de petits bruits ténus, harassés – sanglots étouffés, soupirs à peine exhalés, et par moments un prénom lancé au hasard qui surnageait à la surface de la foule comme un oiseau perdu dans la bourrasque – deux fois répété en général avant de s'éteindre d'épuisement. Tibor... Tibor... Anna... Imre... Anna...

«Margit, appela-t-il à son tour timidement. Margit Mariassy... On vous attend près du poteau le plus loin de l'entrée.»

Sans trop d'illusions il prêta l'oreille, puis pour passer le temps repensa à l'état dans lequel il s'était trouvé quelques instants plus tôt. Il demeurait en quelque sorte hypnotisé par cette zone de lumière intense qu'il avait traversée. Peut-être était-ce la lumière dans laquelle Jamie avec son œil blanc voyait au-delà de l'apparence des choses, au-delà du cours normal du temps, une autre réalité... Il tressaillit. Quelqu'un s'agrippait à sa jambe blessée.

«Pardon, monsieur, chuchota une voix qui montait vers lui, je ne suis pas celle que vous appeliez, et je suis désolée d'être obligée de...»

Le reste se perdit dans un soupir contraint. Vincent chercha d'où cela venait puis, l'ayant vu, releva vivement la tête. Une femme était accroupie à ses pieds. Évitant son regard, elle se redressa en rajustant sa jupe. Ses cheveux ressemblaient à de l'étoupe détrempée.

«Comme ils ne nous donnent rien à manger ni à boire, ça va résoudre au moins ce problème-là», dit le petit directeur.

Elle se retourna et Vincent discerna le trou d'ombre de ses orbites.

«Peut-être que ce sont eux qui ont raison, murmura-t-elle d'une voix sourde. Peut-être que les Juifs ne sont en effet plus que des bêtes. Il n'est pas possible que nous soyons humains pour qu'on nous traite ainsi. »

L'autre ne répondit pas. Autour de lui c'était tout le hangar qui s'enfonçait dans une sorte de léthargie titubante parcourue d'odeurs fétides. Personne ne dormait, lui semblait-t-il. Peut-être ses voisins avaient-ils comme lui des périodes d'absence. Il eut ainsi l'impression en s'appuyant contre le pilier de se trouver au sommet d'un gratte-ciel. Cette foule qu'il sentait encore l'instant auparavant stoïque, morne, désespérée, il la dominait maintenant de plus de cent pieds, et de cette position il pouvait voir s'élever dans le ciel une sorte de lueur – un bleu d'aube satiné de parfums comme il y en avait quelquefois au-dessus de Santa Monica. Puis la vision du vaste ciel du Pacifique s'obscurcissait, il glissait le long du pilier en s'écorchant au métal rugueux et revenait au niveau de la foule – et alors la silhouette de Margit tentait de s'approcher de lui, pâle, amaigrie, ombre parmi les ombres, mais elle ne parvenait pas jusqu'à lui, tant les bousculades l'interdisaient, tant elle était faible, tant elle…

Une crampe le tira de son assoupissement. Il lui aurait fallu changer de position et surtout s'asseoir, mais c'était impossible. S'asseoir était devenu une hantise. Jamais il ne tiendrait jusqu'au bout. Il allait s'évanouir, s'écrouler lentement et périr asphyxié. De temps à autre il essayait de penser à quelque chose d'agréable à quoi il se raccrochait – les parterres de fleurs sur Pershing Square au printemps, le cri des goélands sur la promenade de Long Beach un soir d'été, le roadster qu'il avait essayé un jour dans le Kent avec Laurendeau. Cela faisait toujours passer quelques instants, et puis un gémissement tout proche, un sanglot, une bousculade le ramenaient à la réalité, et il avait alors l'impression de se retrouver aux lisières de l'épuisement, de l'hallucination et même de la folie.

Vers minuit de lointaines sirènes précédèrent de peu les sourds impacts des bombes. De grandes lueurs vinrent illuminer la nuit sans qu'il sache trop dans quelle direction cela se passait. Il n'avait pas entendu d'avions depuis Dieppe, mais ceux-là volaient si haut que leur grondement semblait une vibration sourde et inaccessible, tel un essaim d'abeilles. Il imagina ses camarades dans l'obscurité de leur cockpit, scrutant le brouillard saturé d'eau de la nuit hongroise. « Rupert, s'exclama-t-il soudain en serrant le bras de son voisin. Rupert, vous vous rappelez les Hurricane ?

– Pardon ? fit le petit directeur.

– Oh, Rupert, vous n'auriez pas dû m'annoncer ce jour-là qu'elle était repartie en Hongrie. Si vous n'aviez pas dit cela, je serais revenu avec vous sur ce bateau...

– Il a parlé anglais », s'exclama une femme plus loin.

Vincent grogna. De nouveau on entendait les avions – plus bas que tout à l'heure semblait-il.

« Qu'ils nous bombardent nous aussi et qu'on en finisse, gémit sa voisine.

– Oh non, répliqua le directeur. Je ne veux pas finir ma vie dans des odeurs d'excréments. »

La foule exhalait sous elle sa peur et son angoisse, et la puanteur qui régnait devenait en effet de plus en plus insupportable. À cause de la pluie, il hésitait pourtant à sortir du hangar pour pouvoir occuper un peu plus d'espace et échapper à ces miasmes fétides, car il savait qu'il ne retrouverait plus sa place près du pilier. Mais une nouvelle crampe le mit en alerte et pour tenter cette fois de l'éviter il se glissa dehors.

« On ne bouge pas ou je tire », cria au loin un garde, sans qu'il sût trop si cela le concernait. Tâtonnant avec sa canne de crainte de voir s'ouvrir sous ses pieds un autre orifice, il avança avec prudence entre les groupes qu'il discernait à peine, recroquevillés dans l'ombre. Enfin il se laissa tomber à terre, but une rasade à même une flaque puis se massa la jambe avec frénésie. L'eau lui ruisselait dans le cou et il frissonnait. Peu après la pluie s'arrêta et il put s'assoupir un court instant.

La faim le sortit de sa léthargie. Elle lui tordait l'estomac et il demeura quelques instants hébété sans trop savoir s'il était dans la réalité ou dans un cauchemar – il avait l'impression que cela faisait si longtemps qu'il se déplaçait entre les deux et que c'était peut-être cela, sa marche à lui. Il avait horriblement mal à la tête, là où le soldat lui avait assené son coup. La vague clarté de l'aube permettait de voir que sous le hangar la masse compacte de la foule s'était affaissée par endroits en tas informes de corps enchevêtrés, et qu'elle avait aussi essaimé au-dehors par groupes entiers dormant à même le sol entre les ornières emplies d'eau. Et cette lueur livide, à l'image d'un suaire étendu sur eux, était-ce celle de l'aube ? Il crut voir soudain se découper à quelque distance sur le fond des hautes murailles la silhouette d'un cavalier, et le suivit des yeux. Celui-ci se dirigeait vers ce qui lui parut d'abord être un mirador – à la réflexion c'était plutôt la charpente d'un treuil, contre lequel une forme humaine, féminine lui sembla-t-il, était appuyée. Le cavalier s'avança, dépassa la femme puis disparut, la laissant derrière lui, gisant à terre. Il se redressa alors avec le sentiment d'avoir déjà assisté à une scène de ce genre. Profitant de la relative obscurité qui régnait encore, il s'approcha du treuil, mais lorsqu'il arriva sur les lieux la femme n'était plus là. Il n'avait pourtant pas rêvé: bien visibles dans la terre, il découvrit des empreintes de paturons. Un cheval était passé à cet endroit, et le sol en était tout piétiné. Il se retourna. Faisant émerger le bâti de bois de l'ombre comme un grand signal menaçant, le pinceau d'un projecteur qui fouillait la zone passa au-dessus de lui.

« D'accord pour la lumière, s'écria Vincent, mais on la refait. Peter, tu entends ! On la refait. Faites entrer le cavalier. La dernière prise sera bonne, je le sais. Da Costa ? La brume ! Action. »

Le faisceau revint en arrière, puis fouilla à nouveau la zone comme s'il ne parvenait pas à le retrouver.

« Le 30 dans l'axe, Peter. Qu'attends-tu ? Alors, le cavalier ? Où est le cavalier, bon Dieu ? Fais entrer Miss Mariassy, et que le gars ne se prenne pas cette fois pour un cow-boy. »

Il entendit que quelqu'un lançait des ordres qui répondaient aux siens. Soudain le projecteur l'encercla. Il mit ses mains devant ses yeux.

« Trop puissant ! hurla-t-il. Cela va l'éblouir, elle ne va rien voir ! Elle va tomber dans le puits ! Peter, fais attention que le puits ne se trouve pas sur le trajet du travelling ! On a eu assez d'ennuis comme ça... Allez, on s'active un peu ! »

Brusquement le faisceau du projecteur cessa de l'aveugler, au moment même où du côté de l'entrée survenait le ronflement d'un moteur. Le projecteur s'y fixa aussitôt et Vincent put observer ce qui se passait. Des portières claquèrent, suivies de cris, de discussions et de menaces, alors que des silhouettes couraient en tous sens. Délaissé par le faisceau, il en profita pour examiner tout à son aise les empreintes qui s'emplissaient lentement d'eau.

« Personne ? appela-t-il à mi-voix. Il n'y a personne ? Enfin, je n'avais pas rêvé, j'avais vu quelqu'un... Margit ? »

Là-bas, à la grille, les protestations des gardes étaient maintenant relayées par les aboiements des chiens. Cela avait au moins l'avantage de desserrer la surveillance de son côté. Longeant le mur de clôture, il s'approcha et découvrit, tous phares allumés et pavillon flottant au capot, la grande Packard du consul de Suède suivie de la Hotchkiss d'Haeggeli. En dépit des troupes qui voulaient l'empêcher d'entrer, le bref cortège parvint à accéder à l'esplanade boueuse devant le hangar. Trois hommes en descendirent, aussitôt entourés par un groupe vociférant de SS et de Croix-Fléchées. De celui qui marchait au centre vêtu d'un imperméable et coiffé d'un chapeau à bords roulés émanait une telle autorité que le cordon de troupes finit par laisser s'approcher le trio. Sans l'avoir jamais rencontré, il reconnut Raoul Wallenberg dont Haeggeli lui avait tant parlé. Plus massif que le Suédois, le consul de Suisse Charles Lutz ne le quittait pas. Paul quant à lui fermait la marche, regardant tout autour de lui, remarqua Vincent. Alors qu'ils parvenaient à quelques mètres du hangar bondé, Wallenberg s'avança seul.

« Nous n'avons pas eu auparavant la possibilité de savoir où vous faisiez étape, s'écria-t-il d'une voix forte. Nous essayons, Charles Lutz, Paul Haeggeli et moi-même, de vous procurer de l'eau potable et des vivres, et surtout de faire en sorte que l'on vous traite de façon humaine. Ce que nous découvrons ici nous atterre et nous scandalise, mais en dépit de tous nos efforts il ne nous a pas été possible de faire stopper cette marche honteuse, illégale et contraire à toutes les conventions. Cependant, ne perdez pas espoir, nous allons revenir tout à l'heure avec des infirmières, des médecins, des médicaments que nous sommes en train d'acheter, et aussi des camions, car nous sommes décidés à ramener avec nous tous ceux qui ont sur eux leur passeport de protection. À tout à l'heure. »

Un long soupir de soulagement l'accueillit, suivi de quelques acclamations recouvertes par les hurlements des gardes. Haeggeli venait à son tour de s'avancer. Il semblait anxieux.

« Nous cherchons le jeune attaché auprès de la

légation de Suisse, André Collombin, lança-t-il sans préambule aucun. André, êtes-vous ici ? »

Vincent se rapprocha du dernier rang et se dissimula derrière un poteau.

« André Collombin, répétait Haeggeli. Nous savons qu'il a quitté la rue Pozsonyi avec la colonne.

– Oui, je l'ai vu », entendit-il crier assez loin de lui une voix féminine.

Cela devait être sa promeneuse du Bois de ville.

« Personne ne répond ! hurla l'officier SS. Personne ne répond, ou il est abattu ! »

Puis il se retourna vers les diplomates.

« La marche ira jusqu'à son terme, tels sont les ordres, déclara-t-il sèchement.

– Herr Sturmbannführer ! Sans eau ni vivres ? C'est indigne ! C'est inimaginable ! Vous vous mettez au ban de l'humanité ! s'exclama Charles Lutz.

– Ils recevront du bouillon au moment du départ.

– Du bouillon ! On sait ce que c'est, votre bouillon ! »

Vincent observait Paul à la dérobée. Il paraissait inquiet et nerveux et ne cessait de scruter la foule.

« Maintenant, cela suffit, repartez, ordonna l'officier. Et ne revenez pas, ce ne pourrait être qu'au détriment de cette main-d'œuvre ! Vous savez bien que nous les emmenons parce que nous en avons besoin ! Je le répète, la marche ira jusqu'au bout. Des gardes à cheval sont d'ailleurs arrivés pour escorter l'étape suivante. »

Wallenberg et Lutz tournèrent les talons sans répondre. Haeggeli demeura en arrière.

« André ! André Collombin ! » appela-t-il une dernière fois, d'un ton presque suppliant.

« Quand je pense que je pourrais être dans un bain chaud avant une heure, se dit Vincent. S'il avait seulement l'idée de demander si Margit Mariassy est là. » Mais cela, seul Lajos aurait pu le lui souffler.

« Allez, venez, Paul », lui enjoignit Charles Lutz.

Le trio se dirigea vers les deux voitures. Dissimulé derrière le poteau dont il sentait contre lui le métal humide et grumeleux, Vincent suivit du regard les feux rouges qui s'éloignaient. De la foule s'échappaient des sanglots et des soupirs dont il ne savait trop s'ils étaient d'espoir ou de déception. Dans un coin une famille chantait de concert une sorte de mélopée qui s'éteignit très vite.

« À votre avis, ils vont revenir pour de vrai ? demanda à côté de lui une femme à laquelle la fatigue donnait les traits accusés d'une statue médiévale.

– Sûrement, dit Vincent avec conviction.

– Je me sens à nouveau... oui, un être humain, murmura-t-elle avec une sorte de ferveur.

– Moi, ce que je veux, c'est qu'elle ait le rôle, déclara-t-il en la regardant fixement. Elle l'a assez attendu, non ? Assez mérité !

– Comment ? » fit la femme d'un ton effaré.

Vincent eut une sorte de moue, puis tourna brusquement les talons. De l'aube livide surgissaient les bâtiments gris et bas de la briqueterie. Sur les injonctions des gendarmes des files s'étaient formées et il vit qu'à moins d'une centaine de mètres du hangar une longue feuillée avait été creusée. Pour la première fois les gardes n'avaient pas la crosse en l'air ni l'insulte à la bouche, et Vincent pensa qu'il fallait peut-être y voir un résultat de la visite des consuls. Il allait à son tour prendre place dans la file lorsqu'il s'entendit appeler.

« Hé, vous », criait-on.

Il se retourna. Un Croix-Fléchée le désignait.

« Moi ?

– Vous. Approchez. »

L'homme indiquait la direction du treuil près duquel il avait vu passer le cavalier. Maintenant qu'il faisait jour, son appareillage de bois prenait des proportions moins impressionnantes. Vincent comprit qu'on lui demandait d'aller chercher dans un appentis voisin une pelle pour aller recouvrir les déjections. Il s'éloigna de la file, gagna la petite bâtisse et entra. Une forme allongée tressauta dans l'ombre dès qu'il s'encadra dans l'embrasure.

« Il y a quelqu'un ? » s'inquiéta-t-il.

Personne ne répondit. Il s'approcha. Une femme le regardait, si maigre, le visage si tendu, le regard si écarquillé d'angoisse qu'il ne put s'empêcher de repenser au chat sauvage qui s'était immobilisé devant lui à Spotted Horse des années auparavant. Elle avait des cheveux noirs qui, plaqués contre ses tempes, lui faisaient comme un voile de deuil. Lorsqu'il s'approcha, elle se mit à trembler convulsivement.

« Ne vous inquiétez pas, lui chuchota-t-il à l'oreille. Je viens juste chercher un outil.

– Je me suis réfugiée ici cette nuit, expliqua-t-elle. J'étais dehors sous la pluie, un garde à cheval m'a bousculée en m'ordonnant de retourner dans le hangar. Mais j'ai eu peur de tomber dans le puits où était tombée Dora.

– Vous la connaissiez ?

– Oh, oui…

– Restez ici. Vous êtes toujours mieux que là-bas. Moi il faut que j'y aille. Je reviens. »

Il emporta l'une des pelles et pendant près d'une demi-heure, presque satisfait de faire quelque chose, recouvrit les latrines de terre sous le regard méprisant d'un garde. Au loin il entendait que l'on distribuait du bouillon, et sa seule pensée pour l'heure était qu'on lui en laisse un peu. Lorsqu'il ramena l'outil il constata que la femme n'avait pas bougé.

« Je crois bien que personne ne vous a vue, lui murmura-t-il. Vous devriez essayer de vous évader. »

Elle eut un geste las.

« Plus le courage, ni la force…

– Il y a une sorte de clapier, derrière. Glissez-vous là.

Ici vous risquez que l'on vienne rechercher des outils et qu'on vous trouve.

– Je m'en moque bien, qu'on me trouve !

– Écoutez, je ne peux pas rester, dit-il avec calme. Le garde va revenir voir ce que je fabrique, et je crains de vous faire découvrir. Essayez de ne pas partir avec nous... Sans vous en rendre compte, vous leur avez peut-être échappé... Ce serait trop bête de ne pas en profiter. »

Elle secoua la tête.

« Ils nous ont si souvent dit que nous méritions de mourir que je suis finalement d'accord avec eux, souffla-t-elle d'une voix éteinte. De toute façon, je ne peux plus me tenir debout. Ce que je voulais, c'était juste avoir un moment de repos entre ma vie et ma mort. C'est pour ça que je me suis traînée ici.

– Je vous avais vue cette nuit, au moment où le cavalier... »

Un appel guttural l'interrompit. Vincent sortit hâtivement et vit que le garde se dirigeait vers lui.

« Qu'est-ce que tu fous ? hurla l'homme.

– J'en profitais pour ranger les outils. Si vous voyiez le désordre là-dedans !

– Bonne idée, t'as qu'à ranger », fit-il en revenant sur ses pas.

Vincent revint vers l'appentis.

« Un Croix-Fléchée, expliqua-t-il à la femme en baissant la voix. Un SS, lui, serait venu vérifier ! »

Elle eut une mimique énigmatique.

« Je connaissais leur chef, souffla-t-elle.

– Quoi, le chef des Croix-Fléchées ?

– Le professeur Karoly Szabo. Il était en correspondance avec moi ! C'est incroyable, non... Il m'aurait aussi bien sauvée, tant il avait besoin de moi... »

Il la regarda.

« Vous êtes Gitta Lublin, n'est-ce pas ? » dit-il brusquement.

Elle le dévisagea avec surprise.

« Comment savez-vous ?

– Il vous avait appelée le jour même de sa mort. Il pensait que vous étiez rue Pozsonyi…

– Je n'y étais plus. Je savais qu'il me cherchait. J'étais retournée chez les Suédois…

– Vous savez qu'il est mort ? demanda-t-il.

– Oui, et il paraît que c'est à cause de moi, dit-elle. Parce qu'ils ont trouvé mes réponses à ses lettres. Si cela pouvait être vrai ! Je me sentirais un peu vengée de…

– Pourquoi vous écrivait-il ?

– Je possède un recueil manuscrit de vieilles légendes hébraïques en yiddish. Nous étions de Chelm, en Prusse-Orientale, qui avait toujours été une ville de conteurs… Ma mère, inquiète de voir disparaître toutes ces histoires de veillées qui n'étaient transmises qu'oralement, avait tout noté sur un grand cahier. J'ai eu le malheur de le lui raconter… Je travaillais dans un atelier de dessins animés… Oh, j'ai oublié de vous raconter que le professeur Szabo avait été jadis un scénariste réputé à Hollywood… sous le nom de Lothar Bognar.

– Je sais, murmura-t-il.

– Il a tout tenté pour s'approprier ce recueil. Jusqu'à ordonner une fouille chez moi, mais j'avais placé le cahier hors d'atteinte ! Il prétendait qu'il y avait là une mine pour des scénarios et des films futurs, et que ce type de légendes aurait un succès fou à Hollywood après la guerre. Il voyait cela dans la lumière et les coloris chamarrés d'or de Rembrandt, me disait-il ! Je me souviens d'un conte qu'il aimait particulièrement, *le Vieux Shem*, une légende de la ville de Kotzk. Eh bien, il m'avait même montré le visage de l'actrice hongroise qui la jouerait.

– Brune ?

– Oui…

– Vous ne vous souvenez pas de son nom ? »

Elle secoua la tête. Elle avait de grands cernes sous les yeux.

« Margit Mariassy, ce n'est pas cela ?

– Peu importe, de toute façon. Lui, tripatouiller nos légendes ! Dans la dernière lettre, je lui écrivais : bas les pattes, je vous dénie le droit d'y toucher, ça me dégoûte ; c'est comme si un satyre touchait à ma fille. »

Elle avait le visage tourné vers la porte lorsque son regard s'agrandit.

« La mort sur un cheval pâle, dit-elle avec une étrange expression. L'une des histoires s'appelait comme cela et... »

La pelle à la main, Vincent bondit dehors. Un garde à cheval venait droit vers l'appentis.

« Qui est là ? fit le cavalier. Que faites-vous là ? »

Il s'avançait avec une telle force massive et hostile que Vincent comprit ce qu'avait dû ressentir Margit lorsque le cascadeur avait fait irruption sur le plateau.

« Je range les outils sur ordre des Croix-Fléchées », expliqua-t-il en s'efforçant de ne pas montrer son trouble.

« Margit, entendit-il derrière lui. C'était peut-être cela. »

Il se retourna. Elle était apparue sur le seuil, défaite et flageolante. Le garde tira dès qu'il la vit. Elle glissa en arrière. Sous le coup de la détonation, le cheval piaffa nerveusement. Vincent regarda la femme avec stupeur. Elle avait mis sa main sur le cœur comme pour cacher sa blessure.

« Dora », murmura-t-elle.

Il se tourna vers le garde.

« Imbécile ! cria-t-il. Je vous avais recommandé de ne pas la bousculer ! Et maintenant, regardez ce que vous avez fait. »

Il se pencha sur elle. Ses yeux fixes étaient grands ouverts. Sans émotion pour ce qu'il venait d'accomplir, le garde le mit à son tour en joue. D'un réflexe Vincent s'écarta et frappa avec sa canne dans le fusil qui tomba à terre entre les sabots du cheval. Il se précipita pour le ramasser.

« Je vous avais expliqué la scène, pourtant, répéta-t-il en brandissant l'arme. À cause de vous on est obligé de la refaire. Peter, Da Costa. Lumière, tout le bazar. »

Devant le garde interdit, il s'était mis à hurler. De partout les projecteurs le cernaient. Il s'approcha de la femme.

« Redressez-vous ! Vous jouez pour le rôle de votre vie ! J'ai dit : Lumière, Peter, mais pas dans l'œil, s'il vous plaît ! Bon, vous, ordonna-t-il au cavalier, reculez, puis revenez doucement vers moi. »

Brusquement ce dernier chercha à reprendre son arme. Vincent s'agrippa à la crosse, et dans la brève lutte qui suivit appuya sur la détente. Le tumulte fut effrayant. Le cavalier bascula sur le côté et s'affaissa au pied de sa monture qui fit un écart, laissant traîner sa bride jusqu'à terre.

« Qu'est-ce que c'est que ce mormon ? Peter ! En plus il ne tient pas à cheval ! Je vais vous montrer, expliqua-t-il à l'homme étendu. Triste à dire, mais plus personne ne sait monter à cheval dans cette maison. »

Il mit un pied dans l'étrier, et à peine se fut-il péniblement hissé qu'il entendit de toutes parts des ordres, des hurlements – et, tout de suite après, des coups de feu. Était-ce le tintamarre ou le fait de sentir sur lui un cavalier inexpérimenté, mais le cheval pointa aussitôt les oreilles et se mit au galop. Un instant après, le hululement d'une sirène contribua encore à l'affoler et il partit droit devant lui. Le nez dans la crinière, enserrant convulsivement l'encolure, Vincent ne distinguait plus rien. Mais ce qu'il entendait le rendait fort heureux de ne pas traîner en chemin. La fusillade redoublait en effet et c'était comme si tout autour de lui l'air se raréfiait. Accroché à sa monture tel le jeune chevalier

Metzengerstein emballé dans la forêt hongroise – Bognar, pensa-t-il brusquement, lui avait parlé l'autre fois de cette légende dont il voulait faire un film, décidément c'était un homme qui avait encore de la ressource –, il ne savait plus trop dans quel monde halluciné il se trouvait. En un autre éclair – le temps n'était plus qu'une succession de moments affolés – il vit son destrier à lui foncer sur une grille grande ouverte (pas celle de l'arrivée) où, en dépit des commandements qui lui provenaient par bribes, un cordon de soldats n'osait pas trop se mettre en travers. Il eut pourtant l'impression que l'on tirait à nouveau, et avec davantage de précision car les balles sifflaient non loin sans qu'il soit pourtant atteint – il pensait cela juste au moment où sa monture s'effondra sous lui. Dans la cabriole qui suivit il fut projeté à terre et se retrouva suffoquant dans la boue contre le ventre haletant de l'animal. Par réflexe il se releva et prit le temps de ramasser son arme. Des hommes accouraient vers lui. Il n'avait pas vu de soldats allemands en face de lui depuis Dieppe – il se serait donc battu deux fois, oh, Laurendeau, mieux que toi ! Il tira sur le groupe au hasard, en vit s'effondrer un, puis se mit à courir et, derrière le coin d'un bâtiment, tomba sur une camionnette stationnée là, avec au volant un gars portant ce fichu brassard.

« Démarre », ordonna-t-il.

Sous la menace de l'arme, celui-ci s'exécuta.

« *Gyorsabban !* » hurla Vincent.

Le milicien prenait de la vitesse au moment où les poursuivants atteignirent l'angle du mur. Se retournant Vincent sentit qu'ils hésitaient à tirer sur leur compagnon. La petite route s'éloignait de la briqueterie dans un paysage paisible. Au premier carrefour il vit une grand-route avec un panneau indiquant BUDAPEST 5.

« Arrête », dit-il en brandissant son arme.

L'autre freina, puis s'immobilisa.

« Dégage, lui intima-t-il. T'as de la chance que j'aie envie de garder les mains à peu près propres. »

Sans demander son reste, l'autre s'enfuit en courant, franchit la clôture d'une prairie et disparut. Vincent s'installa calmement au volant, plaça l'arme sur le siège du passager et partit droit devant lui. « Et maintenant, aller où ? » s'exclama-t-il tout haut. Au moins conduisait-il cette fois une monture familière. Il appuya sur l'accélérateur comme lorsqu'il devait jadis franchir une côte avec la petite Ford. Quel carnage ! Il avait bien l'impression d'en avoir eu deux – le cavalier à l'appentis, l'autre à la grille. Cette fois je t'ai vraiment vengé, Martin : le cadavre du Regina ne comptait pas, il avait été l'affaire de Rupert. Tout autour de la route la campagne sortait frileusement de la brume. Mais lui avait l'impression d'être à nouveau lucide – lucide autant qu'affamé. *To much meat and no potatoes*, entonnait-il d'un air guilleret, lorsqu'un coup d'œil dans le rétroviseur étrangla la chanson. Bon sang, ça rappliquait déjà. Il y avait du monde, là-bas, lancé à ses trousses. Et avec le renfort des sirènes qu'il entendait en dépit du bruit du moteur. Immunité diplomatique, immunité diplomatique, ça sera difficile à plaider avec les deux gars étendus raides. Et puis, jamais je ne parviendrai à la résidence. Atteindre au moins les faubourgs, ce sera plus difficile pour eux de me canarder. Il regarda à nouveau en arrière. Deux automitrailleuses. Bon Dieu, c'est la 24e Panzer que j'ai aux fesses. Elles vont sans doute tirer dès que je serai dans l'alignement. Encore une chance que la route soit sinueuse. Arriver en ville... Les sirènes se rapprochaient. Crispé sur le volant, il se demandait s'il n'était pas préférable d'abandonner le véhicule lorsqu'après un virage qui le dissimula à la vue de ses poursuivants il revit l'écriteau incliné vers la petite route. En un éclair il changea de direction – peut-être l'avait-il toujours décidé. Alors qu'il abordait les premiers lacets de la pente, il s'aperçut avec soulagement que derrière lui ils avaient pris tout droit, plongeant vers Buda. Seul. La petite route zigzaguait entre les vignes au milieu de rares maisons. Il sentait son cœur battre la chamade. Bientôt la route s'élargit en une sorte de rond-point détrempé entouré d'herbe rousse et boueuse. Elle n'allait pas plus loin et il dut freiner brusquement. Il gara la camionnette sur le bas-côté, arrêta le moteur et descendit. Après tant de plaintes, de cris, d'ordres vitupérés, après tant de coups de feu et le vacarme même de la poursuite, le silence qui régnait apparaissait presque inconcevable. Il descendit, faillit trébucher de faiblesse puis, s'appuyant contre le montant du pare-brise, fit quelques pas vacillants pour reprendre son calme. Il finit par s'asseoir sur le marchepied et, là, inspira longuement. Une odeur de feu de bois émanait d'une forêt sans doute toute proche mais qu'il ne pouvait découvrir à cause de la brume. Les premiers rayons du matin se bornaient à éclairer devant lui les premiers pieds de vigne dans une pente qui se perdait aussitôt. Ce silence bienheureux. Il avait eu un peu la même impression lorsque cinq ans auparavant il était arrivé avec le petit cabriolet dans Spotted Horse déserté – peu avant que Jamie ne lui apparaisse tel un feu follet pour marquer durablement la première étape de sa longue errance. « C'est toi qui m'as dit de venir ici, Jamie baby, murmura-t-il tout haut. Guide-moi une dernière fois vers elle avec ton œil blanc. Fais-le, je t'en prie, fais-le. »

Il s'éloigna de quelques pas en regardant son visage se refléter dans les flaques. Dans l'affaire il avait perdu l'étoile. Quelle nuit, bon sang, quelle nuit. Par quelles étranges hallucinations était-il passé – cela vaudrait le coup d'y réfléchir si on lui en donnait le temps. Il se retourna. La camionnette militaire paraissait incongrue dans ce décor tranquille. Cette petite éminence paisible, c'était donc cela ce lieu dont il avait prononcé si souvent le nom en imaginant pour lui tous les environnements possibles, du plus sévère au plus romantique – mais certes pas ce terre-plein sans caractère, raviné par les flaques et les ornières des tombereaux. Il songea alors qu'il avait laissé son arme sur le siège avant et retourna la chercher. C'est alors qu'il vit s'avancer la fine silhouette à contre-jour de la femme. Elle venait à sa rencontre.

« J'ai entendu un bruit de moteur, expliqua-t-elle. Aucune voiture ne passe jamais ici, c'est un cul-de-sac. Si vous voulez revenir vers Buda il vous faut redescendre. »

Elle s'aperçut alors qu'il était armé et eut un geste de recul.

« Vous êtes supplétif ? » l'interrogea-t-elle, sans doute parce qu'il ne portait pas d'uniforme.

Il fit signe que non. C'était une petite femme entre deux âges avec un beau visage régulier sous ses cheveux blonds.

« De toute façon, n'ayez pas peur, la rassura-t-il dans son mauvais hongrois. Je ne me suis pas trompé de chemin, j'attends quelqu'un.

– Ce n'est pas pour tirer dessus, au moins ! C'est une époque si…

– Non, ne craignez rien », répéta-t-il.

Il semblait épuisé et la dévisageait avec une expression intense – et pourtant lointaine, comme s'il fixait quelqu'un qui se trouvait derrière elle.

« Et… vous n'auriez pas rencontré par hasard… une jeune femme brune que je cherche », demanda-t-il d'un ton hésitant.

Elle secoua la tête.

« Vous savez, il ne passe pas beaucoup de monde, par ici. Quelquefois, oui, il y a une femme qui se promène avec deux enfants…

– Deux enfants ? Non, ce ne peut être ça, dit-il vivement.

– Il y avait aussi... enfin pendant les vendanges, il y a quelques semaines, une jeune femme qui venait faire de l'aquarelle. J'avais l'impression que c'était surtout pour les vendangeurs, mais elle est pourtant revenue plusieurs fois avec son matériel après qu'ils soient partis. Elle venait le matin à cause de la lumière... Cela fait plusieurs jours que je ne l'ai pas revue.

– Comment était... son visage ? s'enquit-il avec timidité.

– Oh, c'était une jolie femme, brune justement. Les vignerons l'appréciaient, ça se voyait. Ce qui ne signifie pas que...

– Bien sûr », fit-il avec une moue pensive.

Un bruit de moteur encore lointain montait de la petite route. Il se tourna dans la direction d'où cela provenait, puis regarda à nouveau la femme. « Je ne saurai jamais... », l'entendit-elle murmurer, et le reste de la phrase se perdit dans le grondement qui augmentait.

« Vous devriez rentrer chez vous, dit-il d'une voix sans timbre.

– Et vous, peut-être attendre un peu, répondit-elle d'un ton encourageant. C'était à peu près son heure, et qui sait... »

Il eut un sourire mélancolique.

« Elle m'a toujours fait attendre », soupira-t-il.

La petite place fut alors envahie par un vacarme comme les vignes n'en avaient sans doute jamais entendu. Au QG de la 24e Panzer, encore choquée, la petite femme blonde raconta qu'elle se souviendrait à jamais du bref instant au cours duquel, tout de suite après leur rencontre, il avait scruté intensément son visage : jamais elle n'avait été dévisagée comme cela. Tout de suite après il avait eu l'air profondément déçu. Déçu comme un gosse, répétait-elle, déçu comme un gosse, qu'est-ce que je peux vous dire de mieux. Ça vous frappe de rendre comme ça malheureux, sans qu'on sache pourquoi, quelqu'un qu'on ne connaissait pas.

ÉPILOGUE

« Il a les traits si émaciés ! » s'exclama David.

Ils se rapprochèrent de l'écran.

« Il venait d'être blessé et c'était juste avant qu'il ne s'évanouisse, expliqua Lajos. Regardez, on voit le tram sur la gauche. Il a été touché alors qu'il en sortait. Il a eu la jambe labourée, ajouta-t-il. Il est resté quinze jours immobilisé à la résidence. »

Le bruit de défilement du 9, 5 emplissait la pièce.

« Et voilà celle qu'il prenait pour vous, Mrs. Lipchitz. »

Les sourcils froncés, elle se pencha à son tour vers l'image.

« On la voit à peine. Elle est à moitié cachée par l'autre fille, dit David.

– Ça lui a suffi en tout cas pour avoir la certitude que vous participiez à cette marche, dit Lajos. À partir de ce moment, en dépit de sa blessure, rien au monde n'aurait pu l'empêcher d'y prendre part. Je l'ai bien senti lorsque j'ai pu le voir au moment du départ ! »

La bobine s'interrompit sur un claquement sec.

« Paul Haeggeli n'a jamais compris qu'il ne réponde pas à ses appels répétés lorsque Wallenberg et lui sont arrivés à la briqueterie. Mais moi, cela ne m'a pas surpris. Après l'avoir entendu parler de vous, Mrs. Lipchitz, je savais bien qu'il ne répondrait pas tant qu'il ne vous aurait pas retrouvée ; et qu'il voulait pour cela se donner tout le temps nécessaire, celui peut-être d'interroger chaque membre de la colonne ! Et il aura fallu sans doute qu'il arrive quelque chose de bien extraordinaire pour qu'il abandonne la marche. »

Le téléphone sonna. Un valet de chambre entra dans le salon.

« C'est Mr. Rupert Wylie qui veut parler à Monsieur, annonça-t-il cérémonieusement.

– Je le prends dans mon bureau », dit David.

Il sembla à Lajos que la jeune femme voyait avec ennui son mari quitter la pièce. Sans un regard pour le jeune homme, elle se leva à son tour, franchit la porte-fenêtre et, traversant la terrasse, s'accouda à la balustrade. Hésitant à la rejoindre il demeura seul dans le salon. Il ne s'était jamais trouvé dans une pièce aussi luxueuse – même à la légation de Suisse, même chez le directeur des assurances Gresham. Les lambris de chêne mettaient en valeur les tableaux dont il devinait aux cartouches sur les cadres et aux rampes qui les éclairaient que c'étaient des toiles de maîtres. Il s'approcha de la fenêtre. Une pelouse entourée de palmiers descendait en pente douce vers une route sinueuse en macadam rose où passait de temps en temps dans un souffle une voiture décapotable ; entre les arbres une échappée permettait de découvrir au loin l'immense ville – et il avait peine à imaginer que du haut de ces collines ce n'était pas Budapest qu'il voyait mais la ville de tous ses rêves de cinéphile : Los Angeles. *Movieland*. Appuyée à la balustrade, les cheveux relevés en chignon, habillée d'un corsage et d'une jupe mi-longue de couleur grège, la jeune femme demeurait immobile, comme pétrifiée. Soudain elle se retourna et fit quelques pas vers lui. Il sortit alors timidement sur la terrasse et alla à sa rencontre. Elle avait le visage si fermé qu'il se demanda s'il avait bien fait.

« Je sais qu'à la suite de ce que lui a écrit Paul Haeggeli,

David vous tient déjà en haute estime», dit-elle en s'asseyant sur le bras d'un vaste fauteuil de jardin.

Elle avait parlé en hongrois, d'une voix rauque et presque avec effort. Il se sentait lui-même tellement troublé de se trouver à côté d'elle qu'il ne sut que répondre.

«Je sais par quelles épreuves vous êtes passé, reprit-elle. Je sais aussi que David vous a fait venir ici pour vous permettre d'aborder dans les meilleures conditions possibles cette... cette nouvelle époque de votre vie. Mais justement. Dans le cas où nous serions amenés à nous revoir en tant que compatriotes, je ne veux pas que vous fassiez irruption dans ma vie à moi pour me donner des occasions de remords, ou, pire encore, de mauvaise conscience.»

Lajos demeura cette fois interloqué.

«Mais? je n'ai jamais voulu..., bafouilla-t-il. Il n'a jamais été question de...»

D'un geste vif elle l'interrompit.

«Il faut que vous compreniez combien toute cette histoire concernant Vincent Villeneuve m'est désagréable, Lajos. Je ne veux pas que le souvenir de ce garçon demeure entre nous comme un spectre blafard et ensanglanté. Je ne savais pas que vous alliez nous montrer ce film.

– Mais c'est Mr. Lipchitz qui m'a demandé de l'apporter. Il avait visionné mes autres bandes au studio et...

– Alors vous auriez pu attendre que je ne sois pas là pour le projeter. Je ne tenais pas à revoir ces lieux. Sur ce pont qui porte – ou portait – mon prénom, je suis peut-être passée mille fois; ce tramway, je l'ai pris durant toute mon adolescence... Si j'ai fui ma ville natale, si je suis venue ici, vous ne pensez pas que j'ai peut-être pour cela quelques raisons?»

Lajos regarda furtivement vers la porte qui donnait sur la terrasse. Si David pouvait revenir.

«Et de plus, qui apparaît à la fin du film dans ce décor

qui m'est si familier ? Un blessé – juste celui que je ne voulais pas voir ! Pour moi, je vous le dis sans irritation, c'était l'image de trop.

– Mais je croyais que Mr. Lipchitz s'était jadis beaucoup occupé de lui, qu'il l'avait aidé à s'évader d'Allemagne, que...

– Peut-être, mais ce que David et moi ignorions, bien que David ait eu à l'époque des soupçons après ce qui s'était passé lors de l'incident sur le plateau, c'est que j'avais... » Elle chercha son mot en passant nerveusement sa main dans ses cheveux... « en quelque sorte ensorcelé ce garçon. Nous l'avons appris en partie grâce à vous : à mon insu j'étais entrée dans sa vie et dans son cœur. Le récit que Rupert Wylie – le journaliste qui téléphone en ce moment à David – lui avait fait de sa rencontre avec Vincent pendant l'attaque de Dieppe lui avait déjà mis la puce à l'oreille : Vincent paraissait si *anxieux* de savoir ce qui m'était arrivé. Et voilà qu'en ce mois de juin 45, près de six ans après notre unique rencontre, vous venez compléter une histoire qui m'est, je ne vous le cache pas, fort désagréable. Je découvre qu'il m'a cherchée là où je n'étais pas, jusqu'à devenir une sorte de martyr – après ce plan de votre film, comment utiliser un autre mot ? –, jusqu'au bout de ce qu'il faut bien appeler sa folie. Car là aussi, c'est le mot qui convient, non ? »

Lajos secoua la tête.

« Ce n'est tout de même pas un signe de folie que de rechercher une personne que l'on aime parce qu'on la croit en danger ! Car il vous croyait menacée !

– D'abord, comment pouvait-il me croire menacée ? Je n'étais pas à Budapest !

– Mais cette rumeur dont lui avait parlé Rupert...

– Je sais... la rumeur courait Hollywood que j'étais retournée en Hongrie en compagnie de Bognar. Le studio avait demandé à David de ne pas la démentir, car cela évitait ainsi que la presse ne me cherche et ne m'interroge sur les voyages d'Errol, les relations de Lothar, toutes ces histoires. Cela arrangeait bien David aussi, qui en a profité pour m'envoyer à la campagne près de Sacramento, m'épouser secrètement et me faire deux enfants en deux ans ! Oh, cela me fait du bien de parler ma langue », ajouta-t-elle.

A mesure qu'elle devenait en effet plus volubile, elle semblait se détendre quelque peu.

« Vous parliez de Bognar, reprit Lajos. C'est justement à la suite de l'entrevue que Vincent avait eue avec lui à Budapest – cette entrevue dont tout le monde attendait tant – que son sentiment d'inquiétude à votre sujet a commencé à le tourmenter. J'imagine qu'ils ont dû se souvenir des circonstances de leur première rencontre et en sont venus ainsi à parler de vous. Bognar a dû montrer alors beaucoup d'hostilité à votre égard, et Vincent en a déduit que pour être haïe de la sorte par le chef des Croix-Fléchées dont il connaissait l'antisémitisme, vous ne pouviez qu'être juive...

– Ce que je ne suis pas, murmura Margit.

– Il l'ignorait. Il a donc acquis la certitude, non seulement que vous étiez bien à Budapest comme il le pensait, mais qu'en plus vous y étiez menacée, tant Bognar semblait (m'avait raconté Vincent) avoir une revanche personnelle à prendre sur vous. »

Elle eut une moue fugitive.

« Pas étonnant alors que Vincent m'ait reconnue dans le film !

– Écoutez, avouez que le visage qu'il prenait pour le vôtre vous ressemblait quand même un peu... Toujours est-il que, revenu après sa convalescence dans le quartier des maisons protégées, lorsqu'il a vu que la marche voulue par les SS se mettait en route, il a été persuadé que vous y participiez. Encore une fois, c'est l'impression que j'ai eue lorsque j'ai pu échanger quelques mots avec lui au moment du départ. »

Margit soupira. Pour la première fois il osa la dévisager. C'était vrai qu'avec son étrange regard un peu fixe elle était d'une beauté envoûtante – plus étrange encore et plus mystérieuse que celle de Hilde Krahl.

« En fait, c'est dès le début, c'est-à-dire dès les événements survenus sur le plateau du *Prince de bois*, qu'il vous a crue en danger, répéta-t-il. Après tout, vous aviez disparu ! Il aura pensé que vous étiez séquestrée, blessée, peut-être morte… Cette passion s'est sans doute nourrie de ce danger auquel il voulait vous arracher.

– Vous parlez de passion, mais il n'y avait aucune raison que Vincent éprouve rien de tel vis-à-vis de moi ! Je vous rappelle que je ne l'ai rencontré qu'une seule fois ! Une seule fois, Lajos. Vous, je vous ai déjà rencontré deux fois à Beverly Drive. Le pire pour moi, c'est que je n'ai aucun réel souvenir de lui ; je l'ai d'ailleurs à peine reconnu sur le film. Je n'ai rien fait, je vous assure, pour lui donner, même fugitivement, l'impression que je prêtais quelque attention à lui. Je n'ai donc pas tout à fait tort, vous me l'accorderez, quand je parle d'idée fixe, d'obsession ou même de folie… »

Elle se leva et fit à nouveau quelques pas sur la terrasse ensoleillée. Un souffle de brise venait du large, agitant la cime des palmiers et amenant une fraîcheur hors de saison qui surprit Lajos. En Hongrie, il avait toujours imaginé la Californie sous une éternelle canicule. Se détachant sur le ciel saturé de lumière, la silhouette de Margit attirait si irrésistiblement son regard qu'il comprit ce que Vincent avait dû ressentir durant toutes ces années. Comme s'il avait transgressé quelque interdit, il baissa les yeux.

« Je me souviens un peu de notre brève conversation, ce fameux matin du bout d'essai, reprit-elle sans se rendre compte de son trouble. Après que David m'ait expliqué le jeu de scène, Vincent m'a rejointe pour me faire à son tour des recommandations concernant le plan que je devais tourner et je les ai écoutées avec attention. Rien qui ait pu le séduire, je vous promets ! J'imagine au contraire que je devais être contractée et tendue vers le but qui comptait pour moi plus que tout : obtenir ce rôle. J'y tenais tellement, et je savais que je n'étais pas la seule ! J'avais tout prévu, ajouta-t-elle avec un petit rire qui détendit un peu ses traits. Jusqu'à emmener avec moi, figurez-vous, une boîte de cire à épiler que la petite bonne de ma logeuse avait été acheter en ville, au cas où il aurait fallu danser ou montrer mes jambes comme dans le *Varsity Show*. Après tout, je ne savais pas trop ce qui m'attendait, et si c'était un *musical* ou non... Quand je pense à la façon dont tout cela allait se passer ! »

Elle secoua la tête comme si elle était encore émue par ce lointain souvenir.

« Mes amies comédiennes me racontent souvent qu'elles sont poursuivies parfois pendant des années par les assiduités d'admirateurs qu'elles ont juste entrevus une fois, et qui s'imaginent Dieu sait quoi parce qu'elles leur ont souri. Eh bien, moi, j'ai la même impression. Et je ne lui avais même pas souri », ajouta-t-elle comme pour elle-même.

Lajos se leva avec brusquerie.

« Mrs. Lipchitz, vous ne pouvez pas parler comme cela, vous ne pouvez pas ! s'exclama-t-il avec une soudaine véhémence. Moi je l'ai entendu parler de vous. Il était si conscient de ce que... de ce que vous venez de dire qu'il redoutait cette rencontre autant qu'il la réclamait de tous ses vœux ! Il avait si peur que vous ne compreniez pas ce que vous aviez représenté pour lui pendant tout ce temps ! Mais jamais, jamais, cela j'en suis certain, il n'aurait pesé sur votre vie, ni ne vous aurait importunée si vous lui aviez demandé de passer son chemin. Il en aurait été brisé pour toujours, mais vous n'en auriez rien su. Il se faisait une trop haute idée de vous... Mais c'est vrai qu'il ressentait votre absence comme une blessure ! Que vous le vouliez ou non, cette rencontre avec vous, que vous jugez si banale et professionnelle, l'a marqué, lui, de façon indélébile. Sans doute a-t-il été également touché par votre désarroi à la suite de l'incident sur le plateau... En tout cas je trouve que vous devriez vous sentir grandie et même exaltée d'avoir suscité une passion si hors du commun !

– Eh bien non, Lajos, désolée. J'ai plutôt le sentiment désagréable d'avoir été entraînée à mon insu dans une histoire qui n'était pas la mienne, comme si on avait mélangé deux films au montage. Je suis mariée avec un homme que j'aime et...

– Je suis sûr que cela aurait tout arrêté de son côté, Mrs. Lipchitz, s'il l'avait appris. Mais peut-être est-ce mieux qu'il ne l'ait pas su..., murmura-t-il.

– Est-ce bien certain ? Car à cause de moi, ou plutôt de mon absurde présence dans sa vie, il s'est imposé des souffrances si... si inutiles. Cela me trouble et me révulse rien que d'y penser... et puis cessez de m'appelez Mrs. Lipchitz, ajouta-t-elle. Vous pouvez m'appeler Margit. »

Il secoua la tête.

« Je ne m'en sens pas le droit. Lui a tant rêvé de vous appeler ainsi, de prononcer votre nom devant vous... C'est une joie qui ne lui aura pas été accordée, et je trouve que...

– Ah non, l'interrompit-elle, vous n'allez pas recommencer !

– Disons que c'est mon sentiment du moment, voilà. »

Il se sentait si mal à l'aise que ses mots s'étranglèrent. Elle le regarda à la dérobée.

« Voilà ce que c'est d'idéaliser une femme, soupira-t-elle d'un ton presque irrité. Je sens que vous allez quitter cette maison en étant convaincu qu'il s'est gâché l'existence pour bien peu de chose, n'est-ce pas ?

– Jamais de la vie, répliqua-t-il avec élan. Vous êtes

aussi belle qu'il me l'avait laissé prévoir. »

Elle esquissa un petit sourire.

« Oh, mais j'entends qu'on parle hongrois ! s'exclama David apparaissant à la porte-fenêtre.

– C'était à se demander si j'en serais encore capable ! répondit Margit. Comment allait ce bon Rupert ? »

David vint à leur rencontre.

« Il a été repris par ses vieux démons, c'est-à-dire qu'après la démission de Bud Pettigrew il est revenu au *Hollywood Reporter* – ce dont je l'ai d'ailleurs félicité. Il voulait que je lui parle de notre programme de production pour la fin 45, et il m'a ensuite demandé ce que j'attendais pour te lancer !... "Quand on a dans sa vie la nouvelle Hedy Lamarr, on la partage un peu, *old sport*", dit-il en l'imitant. Je lui ai rétorqué que tu ne montrais pas à cette idée un enthousiasme délirant.

– Bien répondu, murmura Margit.

– Je lui ai aussi parlé de vos films, Lajos : il viendra d'ailleurs les visionner. Je lui ai assuré qu'ils étaient très impressionnants. Le siège de la ville, les combats, les destructions, la façon dont vous avez utilisé jusqu'à votre dernier pied de pellicule en vous aventurant au milieu des chars russes ; je lui ai raconté comment après la mort de Paul vous avez retrouvé la Pathé-Baby intacte dans les ruines de la résidence...

– Ah, çà, quel hiver ! soupira Lajos. Je n'arrive toujours pas à croire que nous sommes vraiment ici, la Pathé-Baby et moi... Je sais que c'est grâce à Rupert Wylie que vous avez pu retrouver la trace de Vincent et savoir qu'il avait été fait prisonnier, reprit-il après un silence.

– Oui, et cela m'a permis d'essayer de le situer et d'apprendre par un agent autrichien qu'il avait été transféré à Babelsberg.

– Markus Rahn, n'est-ce pas ?

– Oui. Je l'avais connu du temps des tractations avec la Tobis, et c'était lui qui me renseignait sur Bognar.

Markus nous a bien aidés pour organiser l'évasion de Vincent.

– J'ai entendu Paul parler de lui au moment où ils s'en occupaient tous les deux. Pauvre Haeggeli, il ne croyait pas trop que cela puisse réussir, et pourtant cela a été le cas… C'est fou ce que vous êtes parvenu à faire pour nous, Mr. Lipchitz, ajouta-t-il avec élan, surtout par l'entremise du War Refugee Board. Je sais que Mr. Wallenberg en particulier vous était profondément reconnaissant. »

David eut une moue désenchantée.

« Nous n'avons pas pu faire grand-chose… pas pu empêcher en premier lieu que ces marches révoltantes aient lieu avant que Szalasi devant le nombre des pertes ne les fasse interrompre, pas pu empêcher des dizaines de milliers de déportations… Combien de survivants dans la communauté juive de Budapest ? Quand je voyais tout à l'heure sur votre film le départ de cette… »

Il se tut, la gorge serrée par l'émotion.

« Mon pauvre petit Lajos. C'est à se demander si vous n'êtes pas un des rares qui pourront raconter un jour ce qui s'est passé, murmura-t-il. Oh, Bognar est peut-être mort d'une façon affreuse, mais moi si j'avais pu pour tous ses forfaits l'égorger de mes mains, comme je l'aurais…

– Calme-toi, mon chéri, dit Margit inquiète de sa nervosité soudaine. N'oublie pas, ajouta-t-elle d'un air indéchiffrable, qu'en dépit de toute sa malveillance – et Dieu sait si j'en ai été la victime – c'est lui qui nous a rapprochés ! »

David se tourna vers sa femme.

« C'est vrai, lorsque j'ai été mis au courant par les Feds de cette histoire de bande filmée au large de la base secrète de San Diego, nous avons pris ensemble la décision de vous piéger, Bognar et toi. Les policiers avaient appris l'existence de cette bobine en pratiquant des écoutes téléphoniques chez Lothar ainsi que chez les agents japonais qui étaient en liaison avec lui par l'intermédiaire du German-Amercain Bund... Après vous avoir écoutés, ils savaient en particulier que tu devais transmettre le document à Lothar dans ta loge, le jour du test... Pourtant, lorsque nous avons décidé de passer à l'action ce même jour, j'ai très vite acquis la conviction qu'en l'occurrence tu étais la victime non pas d'Errol, mais de Bognar ! Toute cette affaire sentait si fort le chantage qu'après t'avoir rencontrée – lorsque tu étais venue postuler pour le rôle en compagnie de Bognar – je m'en étais ouvert auprès d'Andrew Lloyd. J'avais en effet eu le sentiment que, lorsque tu t'adressais à Bognar, tu te montrais craintive, effarouchée, apeurée en un mot. Oui, je t'assure, telle était mon impression... Aussi avais-je pu convaincre les Feds que tu n'étais dans ces circonstances précises qu'une exécutante soumise à une pression intolérable, que j'en apporterais la preuve, mais que pour cela il ne fallait pas t'inculper en même temps que lui. Comme c'était une affaire dont ils désiraient connaître toutes les ramifications et qu'ils se donnaient pour cela le temps nécessaire, ils avaient accepté.

– À votre grand contentement, je suppose, car vous... vous étiez déjà tombé sous le charme de Mrs. Lipchitz, non ? dit Lajos.

– J'avais remarqué sa beauté, bien sûr ! Mais... le sentiment... Je ne crois pas, du moins pas encore, car si cela avait été le cas, je n'aurais pas agi comme je l'ai fait le matin suivant... », murmura-t-il.

Les traits de Margit se figèrent et David se leva pour faire le tour de la pièce, un peu voûté, les mains derrière le dos. Lajos sentit confusément que c'était une histoire dont ils avaient souvent parlé tous les deux, une pomme de discorde entre eux, et que le mieux était de garder un silence prudent.

« Il faut que vous sachiez, Lajos, commença soudain David, que sous le couvert de cette amicale, Bognar s'efforçait dès cette époque de recruter des espions à la solde de Berlin et que, non content d'encourager l'isolationnisme prôné par des groupes comme l'America First Committee, il profitait aussi de l'influence qu'il pouvait avoir pour tenter de promouvoir ses idées à l'intérieur même du studio. Je m'étais une première fois violemment opposé à lui lors de la sortie de *Confessions d'un espion nazi* que j'avais produit avec Bob Lord et dont j'avais confié la réalisation à Anatole Litvak. Je l'avais donc dans mon collimateur, et lorsque les agents fédéraux m'ont proposé de le piéger, vous devinez si j'étais partant. Mon objectif était qu'il aille en prison, mais comme je vous l'ai dit je ne souhaitais pas que Margit l'y accompagne car pour moi elle avait été manipulée. En dépit de cela – était-ce la volonté de montrer à Margit que le maître du jeu n'était pas Bognar, ou le désir de voir sa réaction ? – j'ai voulu, vraiment voulu ce matin-là, lui donner une leçon. Et c'est là que j'ai imaginé cette stupide mise en scène.

– Vincent avait eu le temps pendant sa convalescence de me raconter la scène, dit Lajos. Il sera mort sans savoir ce que le cavalier vous avait montré, Mrs Lipchitz.

– Bon, soupira David, raconte toi-même à Lajos ce qui s'est passé, ma chérie, sans quoi tu prétendras encore que je raconte les choses comme ça m'arrange. »

Margit hocha pensivement la tête.

« J'ai donc vu arriver sur moi ce cavalier en armure, commença la jeune femme. Je m'apprêtais à faire mon jeu de scène quand tout à coup j'ai découvert dans sa main...

– Il faut d'abord vous expliquer que je n'étais pas remonté à cheval depuis que Tom Mix m'avait initié dans les années 20, l'interrompit David. Alors vous pensez, en armure... »

Lajos le regarda avec stupeur.

« Parce que c'était vous, le cavalier ?

– Oui, répondit David en plissant le front. Peut-être était-ce bien pour moi d'avoir une carapace ce jour-là afin de me protéger de ce que j'allais ressentir, ajouta-t-il en se retournant vers Margit. Car, pour ce qui était de ta réaction, j'allais être servi ! »

Les yeux fixant le tapis il fit à nouveau le tour de la pièce.

« Cette armure provenait des stocks de *Robin Hood*, tout comme les cascadeurs – des hommes à moi que j'avais sortis du ruisseau ! – qui m'aidèrent à l'enfiler, à me hisser à cheval, puis à redescendre et à la retirer. Tout cela se passait sur le 6, voisin des 2 et 3 où se passait le test, car je l'avais bloqué pour la matinée sous prétexte de travaux. Quant à l'armure, elle était heureusement d'un modèle simplifié pour figurants, mais je n'étais tout de même pas très à l'aise et je me souviens avoir voulu m'exercer au préalable pendant les deux prises de Priscilla Dane afin de savoir conduire ma monture avec précision lors du passage de Margit. Cela ne s'était d'ailleurs pas trop mal passé lors de la première prise de Priscilla, mais elle avait éternué à cause de la brume. Lors de la seconde en revanche, mon cheval avait glissé, dérapé et je l'avais bousculée. Le temps de me retirer dans mon refuge, de descendre de cheval avec l'aide de mes acolytes, de retirer l'armure et de regagner en hâte mon bureau... et j'avais devant moi Vincent pestant contre le “cowboy” qui n'avait pas su maîtriser sa monture ! Puis ce fut ton tour, chérie, et...

– Rappelle-moi déjà pourquoi tu étais venu me revoir avant ma prise ? demanda Margit. Tu aurais pu laisser Vincent m'expliquer le plan à tourner...

– Comme je t'ai dit, lorsque tu étais venue postuler pour le rôle, j'avais eu le sentiment que tu étais sous l'emprise de Bognar et, pire, que tu le craignais. Ma certitude s'est affermie lorsque je t'ai revue avant l'essai : tu semblais si consternée qu'il n'y assiste pas ! C'est à ce moment que j'ai décidé, avant même d'avoir mesuré l'ampleur de ta réaction, de t'enlever en quelque sorte tout de suite après la prise pour te soustraire à lui.

– Pardonnez-moi, Mrs. Lipchitz... Mais votre réaction à *quoi* ? »

Elle ferma les yeux comme si elle revoyait avec précision la scène.

« Je l'ai vu s'approcher, et il m'a montré quelque chose de rond et de brillant. Oui, rond et brillant, répéta-t-elle comme pour elle-même. J'ai d'abord cru que c'était le fameux gobelet d'argent contenant l'eau de la fontaine d'orage dont David venait de me parler. Soudain j'ai vu que cet objet métallique était... la bobine elle-même, oui, la bobine que je venais de dérober à Errol et que j'avais dissimulée dans ma loge, avant de la transmettre à Lothar comme il était convenu. Alors j'ai...

– Alors elle a eu cette crise de nerfs qui indiquait un tel état de désespoir, poursuivit David, et qui semblait si disproportionnée avec ma pauvre petite mise en scène que je... oui, je l'avoue, j'ai été remué, et même bouleversé. Je l'ai immédiatement – je veux dire, avant qu'elle ait atteint sa loge – fait emmener dans une clinique de Pasadena où l'on a dû lui administrer des calmants. J'ai utilisé pour cela la camionnette de travaux que j'avais prévue pour rapporter l'armure au magasin...

– Et c'était la... présentation de la bobine qui vous avait mise dans un tel état ? demanda Lajos incrédule. Vous ne saviez pourtant pas qui se cachait dans l'armure ! »

Elle eut un geste las.

« Je ne savais certes pas que c'était David qui était ainsi masqué, mais je savais en revanche que *moi* j'étais démasquée, que je ne pourrais pas obtenir le rôle, que j'irais sans doute en prison et que je perdais donc toute possibilité de faire un jour du cinéma, même dans d'autres studios...

– Ce que Margit ignorait aussi, c'est que j'avais déjà tout fait pour éviter que Bognar n'ait des contacts avec elle ou qu'il cherche à se venger sur elle de n'avoir pu obtenir la bobine. Bien entendu on lui avait donné une fausse date pour le test, et afin d'empêcher qu'il n'entre en contact avec Margit au sujet de ce changement de date, il y avait des gens à moi aux deux extrémités de sa rue, son téléphone avait été court-circuité et son courrier surveillé. Après avoir retiré Margit de ses griffes en la "séquestrant" (ce qui m'a donné en effet, chérie, tout le loisir de tomber amoureux de toi), je comptais d'ailleurs bien avec l'aide du FBI le convoquer au studio dès le lendemain pour un pseudo-test et avec l'aide des policiers le prendre la main dans le sac – c'est-à-dire en train d'empocher la bobine qui aurait été placée à son intention dans la loge. En attendant, moi je l'avais dissimulés dans l'armoire ignifugée où j'entreposais d'ordinaire les bouts d'essai – quant à celui de Margit que je voulais revoir pour bien des raisons, je l'avais gardé dans mon propre coffre. »

Les bras croisés, il marchait de long en large.

« Toujours est-il qu'entre-temps le tournage du *Prince de bois* commence enfin, mais dès le premier jour – ce devait être le 30 août – Vincent provoque un esclandre avec Kay Bradley qu'il trouvait par trop inférieure à Margit !

– Ce n'était pas vous qui alliez lui donner tort !

– N'empêche que je tenais à Bradley qui nous permettait de commencer le film, et que j'ai très mal pris ce nouvel incident. De plus je me suis aperçu au même moment que Vincent avait commencé sa propre enquête ! En fait, c'était le début de sa fixation pour Margit qui – nous venons maintenant de l'apprendre – n'allait plus jamais cesser... »

Il y eut un silence pendant lequel Lajos crut entendre au loin des cris d'enfants.

« Comment avez-vous su qu'il avait commencé une enquête ? reprit-il.

– C'est au détour d'une discussion quelque peu orageuse avec lui que j'ai découvert qu'il était de son propre chef allé voir Bognar ! Celui-ci ne s'était heureusement pas rendu compte – cela, je m'en suis aperçu dès le lendemain lorsque Bognar lui-même est venu me dire qu'un jeune homme fort charmant l'avait aidé à mettre ses livres à l'abri – du but réel de sa visite. Qui plus est, Vincent m'annonce le même jour qu'il a aussi rencontré le cavalier qui était prévu à l'origine et me révèle (à moi !) que ce cascadeur avait vendu son "rôle" à quelqu'un ! Furieux, je l'ai illico mis à la porte du studio. C'est pourtant à ce moment qu'il m'a demandé (comme une ultime faveur) de visionner à nouveau le bout d'essai – qu'il avait déjà vu une fois. J'ai refusé tout net et nous en sommes venus aux mains. Quand je pense que j'ai roulé avec lui sur le trottoir devant le Biltmore et que Jack Warner lui-même aurait pu tomber sur nous ! Mais ce n'est pas tout : le lendemain – L. A. bruissait des rumeurs d'une possible déclaration de guerre –, la police me sollicite afin de se faire projeter la bobine d'Errol que je devais conserver sur place puisque nous avions prévu de tendre ce piège à Bognar dans l'enceinte même du studio ; je vais la chercher… et alors là… envolée ! Plus de pièce à conviction ! Plus de possibilité de piéger Bognar qui demeurait dès lors libre – libre en particulier de se venger de Margit dès qu'il apprendrait ce qui était arrivé ! C'était la catastrophe. D'où mes efforts pour récupérer au plus vite cette sacrée bobine ! Je me doutais bien de ce qui s'était passé et de l'endroit où je pourrais la récupérer : Vincent filait en effet vers le Canada où il fuyait la conscription française. Coup de fil à la police : jamais une frontière n'avait été aussi surveillée; même la *blockade* en Californie était une plaisanterie à côté! Mais les incendies de forêt ont perturbé tout le dispositif, bloqué tous les détachements de police et de rangers, et je crois que la seule mesure qu'ils ont prise pour l'arrêter au passage a été d'afficher sa photo aux différents postes frontières! Toujours est-il que Vincent devait s'évanouir pendant trois ans dans la nature jusqu'à ce que Rupert m'apprenne qu'il s'était engagé chez les Canadiens – lui qui était si pacifiste... sans doute n'avait-il pas eu le choix! – et qu'il avait été fait prisonnier sur la plage de Dieppe.»

Il demeura un instant silencieux.

«Je vais vous dire ce qui a changé entièrement le cours des choses dans cette affaire, remarqua-t-il soudain. Ce que, justement, je n'avais pas prévu. C'est que toi, Margit, tu te révèles à ce point dans le test. Si tu n'avais pas été aussi bonne, aussi touchante, tu n'aurais pas autant fasciné Vincent, il n'aurait pas dérobé ce qu'il croyait être le bout d'essai, et tout se serait passé comme je l'avais imaginé.»

Il soupira

«J'ai senti dès le début quelle impression tu lui avais faite. À ce moment il ne pensait d'ailleurs pas à ses propres sentiments, mais au film! Je me souviens que lors de la projection du test, il avait fait à Andrew Lloyd une déclaration enflammée à ton sujet, s'exclamant que lorsqu'on tenait une actrice comme cela, on n'hésitait pas à faire un grand film autour d'elle! Et il avait recommencé quelques jours après devant Kay Bradley!»

Lajos hocha pensivement la tête.

«Pas étonnant qu'il ait voulu emmener avec lui le bout d'essai, murmura-t-il.

– Dire que j'ignore même s'il a pu se projeter cette bande et donc s'apercevoir de la substitution! Et qu'en a-t-il fait, de cette fameuse bobine que se disputaient tous les services secrets? Je n'ai jamais su.

– Je sais en tout cas qu'elle comportait un plan de moi

à bord du yacht d'Errol, le *Sirocco*, fit remarquer Margit. Un plan où je suis de dos.

– De dos ou pas, j'imagine que cela lui aura suffi pour avoir envie de l'emmener avec lui jusqu'à la colline de l'Aigle ! » s'exclama Lajos.

Margit pâlit.

« Mais… mais pourquoi parlez-vous de… de cet endroit ? » demanda-t-elle.

Elle avait presque crié. Surpris, Lajos la regarda. Elle paraissait éperdue. Il eut le vague sentiment d'avoir commis un impair et jeta un coup d'œil inquiet à David qui contemplait le bout de ses souliers.

« C'est une des collines derrière Buda, expliqua-t-il d'une voix mal assurée.

– Je sais, souffla-t-elle.

– C'est là qu'il est mort », dit encore Lajos.

Elle secoua la tête.

« S'il est allé mourir là, ça dépasse l'entendement », murmura-t-elle.

Il y eut un silence. Puis une longue Duesenberg passa sans bruit en contrebas. C'était le genre de voiture qu'il voyait jadis dans les revues de cinéma de son père. Il la suivit un instant des yeux jusqu'à ce qu'elle ait disparu derrière un massif de bougainvillées.

« Cette colline était-elle sur l'itinéraire de la marche ? questionna David.

– Non, et c'est pourtant là qu'on l'a trouvé. À l'aube du deuxième jour il a volé une camionnette militaire et s'y est rendu. Il a été poursuivi par des automitrailleuses et… »

Il eut un geste.

« J'oubliais une chose que Paul m'a racontée, reprit-il. Juste avant que les blindés ne fassent irruption là-haut, Vincent avait croisé une femme qui passait par là et avec qui il avait échangé quelques paroles. Dans son enquête sur la mort de Vincent, Paul avait pu interroger cette femme… Deux semaines après elle n'était pas encore remise, tellement cela avait été, selon son propre terme, une boucherie. Manifestement ils le cherchaient, avait-elle dit, et dès qu'ils l'avaient vu, ils avaient tous tiré ensemble. Elle avait aussi dit à Paul que lorsqu'elle l'avait rencontré il paraissait épuisé – presque dans un état second. De plus, sur un point précis cette femme a été très affirmative : il se trouvait dans ce lieu écarté parce qu'il allait à un rendez-vous. “Avec une femme belle et brune”, lui avait-il précisé. Cela ne m'avait d'ailleurs pas surpris : vous retrouver était son obsession, et il n'était parti avec cette colonne que dans ce but.

– Mais, encore une fois, pourquoi a-t-il quitté la marche pour venir *là* ? Comment a-t-il pu apprendre… »

Elle mit à nouveau son visage dans ses mains.

« … Que c'était là… que c'était là que ça m'était arrivé », répéta-t-elle dans un souffle.

David sortit de son silence.

« C'est bien facile, hélas. Tu sais depuis le début que Bognar était le seul à être au courant, et tu sais aussi l'usage qu'il en a fait : ce chantage à tes dépens, si atroce, si…

– Je suis formel sur un point précis, Mr. Lipchitz, le coupa Lajos. Vincent a vu Bognar un matin d'octobre, mais je me souviens parfaitement que c'est le soir précédent – c'est-à-dire le soir même de son arrivée à Budapest – qu'il m'a demandé où se trouvait la colline de l'Aigle.

– Vous en êtes certain ? » insista Margit.

Le jeune homme hocha la tête.

« Le soir de l'arrivée de Vincent à la résidence me semble vraiment dater d'hier, et la moindre de ses paroles me demeure gravée dans la tête… Il avait toujours l'air si intense, vous comprenez. Mais que s'est-il donc passé sur ce *Sas-Hegy* qui a l'air de tant vous troubler ? » reprit-il.

Elle baissa la tête. David se pencha et lui mit la main sur l'épaule.

« Chérie… Rien, ni personne ne t'oblige…

– Alors je retire ma question, je sens qu'elle est indiscrète, regretta Lajos. Je pensais simplement que le chantage de Bognar, tout autant que votre violente réaction sur le plateau, avaient… oui, un rapport avec cet endroit. »

Elle prit un air énigmatique et il se remémora soudain la remarque que lui avait faite Vincent sur l'envoûtante fixité de son regard.

« Je crains d'avoir été maladroit, Mrs. Lipchitz, pardonnez-moi. »

Margit demeurait absente, comme étrangère à ce qu'il disait.

« Vous habitiez sans doute par là-bas, reprit-il pour se donner une contenance. Pourtant il n'y a pas beaucoup de maisons sur cette colline… J'y suis moi-même allé…

– Oh, vous aussi…

– Il y a surtout des vignes…

– Je le sais, moi, cela s'est passé dans les vignes, dit-elle d'une voix sans intonation.

– Quoi ? Un vigneron vous a… si je puis me permettre… violentée ? »

Elle eut cette fois un petit rire qui s'éteignit aussitôt.

« Un chasseur m'a tiré dessus par erreur. Un seul plomb m'a atteinte, mais là où il ne fallait pas. J'y ai laissé un œil. »

Lajos demeura interloqué.

« Oui, reprit-elle. Je suis borgne.

– Pas ce mot, chérie ! s'exclama David.

– Ça… Ça ne se voit pas du tout, bredouilla Lajos.

– Cela a été admirablement… comment dire… réparé par le professeur Gulyas, de Budapest. Un véritable artiste. Mais enfin voilà… Ça ne change rien à la réalité. C'est un œil de verre. »

Il y eut un silence.

« J'avais dix-huit ans, reprit Margit. À la suite de ce... cet accident, j'ai commencé à avoir chaque nuit d'affreux cauchemars. Toujours le même, en fait : j'étais perdue dans une forêt en feu, guidée par un enfant un peu étrange, une sorte de farfadet, vous savez, un petit esprit de l'air comme dans *la Tempête*. Tous les deux hors d'haleine, on courait, on courait et on arrivait enfin sur le sommet d'une haute colline – et là sur la crête une ligne de chasseurs armés tiraient tous ensemble sur moi... je dis bien : sur moi, car à ce moment, dans le rêve, l'enfant disparaissait toujours. Alors je me réveillais en pleurs, avec l'impression que de mes yeux du sang coulait sur mes joues, dans mon cou, sur mon corsage... je courais me regarder dans la glace et une fois sur deux je m'évanouissais... J'ai perdu comme cela dix kilos en un mois. Mon père m'a alors fait suivre par l'un de ses amis, psychiatre réputé, le docteur Ferenczi. C'est lui qui m'a suggéré d'investir – oui, c'était son mot – investir dans mon visage, mes expressions, mon *regard*... Faire du mal un bien, en quelque sorte... masquer cette fêlure sous une apparente assurance... Il m'a ainsi convaincue de devenir comédienne... Mais à Budapest trop de monde était au courant de ce qui m'était arrivé. J'ai donc décidé d'aller à Hollywood, où plusieurs compatriotes m'avaient déjà précédée... De tout recommencer à zéro, en cachant bien sûr farouchement mon... enfin ce qui était mon secret. Mais il n'était pas assez bien gardé, sans doute : Bognar, qui m'avait introduite dès 37 auprès de Bill Keighley pour le *Varsity Show*, a appris ce qui s'était passé. Et lorsqu'il s'est agi de subtiliser la bande d'Errol Flynn, sachant que j'avais mes entrées à Mulholland, il m'a mis le marché en main... Ou bien je coopérais... ou bien il dévoilait tout, et c'en était bien entendu fini de tous mes rêves de carrière au cinéma... Que vouliez-vous que je fasse... »

Atterré, Lajos resta silencieux.

« Quand j'ai vu le cavalier me narguer avec la bobine, ce n'était pas tant le fait qu'elle ait été dérobée dans ma loge qui m'a plongée dans le désespoir, reprit-elle, mais de me rendre compte que Bognar ne l'aurait pas, qu'il allait donc se venger en divulguant mon secret, et que tout le monde allait... *savoir*... Alors comprenez que... j'aie pu m'effondrer... »

Elle en tremblait encore.

« Calme-toi, ma chérie, la supplia David. Je ne t'ai pas narguée. Je te l'ai simplement *montrée*. Et je m'en veux encore.

– Il reste que votre désarroi à cet instant a marqué à jamais deux hommes, constata Lajos.

– Et changé trois vies, poursuivit David. Celle de Vincent, la tienne... Et la mienne, ce qui n'est pas rien.

– Ce que je ne comprendrai jamais, soupira Margit, c'est comment il a su ce qui s'était passé *là*. »

Lajos secoua la tête.

« Si vous me permettez de vous donner mon sentiment... Il a sans doute appris que quelque chose vous était arrivé dans cet endroit... Il a sans doute même espéré vous y retrouver... Mais avait-il alors toutes ses facultés ? Je n'en suis pas certain... La femme qu'avait rencontrée Paul l'avait trouvé étrange... Il est allé là comme on va au bout du chemin... Ce dont je suis sûr en revanche, c'est qu'il ne s'est jamais douté de ce que vous venez de me dire.

– Eh bien, tant mieux, souffla Margit comme si cela lui avait échappé.

– Après tout, pourquoi le lutin de ton rêve ne l'aurait-il pas visité, supposa David. Dans *le Songe d'une nuit d'été* qu'avait mis en scène Max Reinhardt pour nous, il y avait aussi un de ces lutins sans pesanteur par qui tout peut arriver...

– Ça ne m'étonnerait pas, dit Lajos d'un air entendu. Il paraissait lui-même si étrange par moments...

– De toute façon on ne saura jamais », conclut Margit d'un air songeur.

Il y eut soudain un bruit de moteur qui se mêlait à un air entraînant de fox-trot.

« Je ne sais pas ce que Vincent vous aura raconté sur moi, Lajos, ajouta David. Mais je peux vous assurer que moi je l'aimais beaucoup, avant toutes ces histoires. »

Il semblait ne pas croire à ce qu'il disait et Lajos s'abstint de répondre. L'instant d'après on frappa.

« Entrez, Dolly, cria David. C'est vous qui faites tout ce boucan, ma chère ?

– J'ai fait mettre la TSF dans ma voiture. C'est tout nouveau. Avec ça j'enchaîne les virages depuis Sunset comme si j'étais sur le tapis d'Aladin. »

Dolly portait un tailleur immaculé dont la veste était si cintrée et la jupe si serrée à mi-mollet qu'elle ne pouvait marcher qu'à petites enjambées. L'étroitesse de ses pas était pourtant compensée par la hauteur de son chapeau qui la grandissait d'au moins trois pouces.

« Pshh ! C'est vous que Lubitsch aurait dû choisir pour jouer *Angel* au lieu de Marlene, Dolly !

– Vous me la faisiez déjà il y a un bon bout de temps, David. Comme on dit au Canada, le plus riche des carrés n'a que quatre côtés.

– Oui, je sais, il faudrait songer à renouveler le stock de plaisanteries, soupira David. Le stock de films aussi, d'ailleurs. Envisager l'après-guerre, quoi... »

Un lourd parfum de tubéreuse avait envahi la pièce.

« Bien, Dolly, on va s'y mettre, déclara-t-il en se levant.

– Et moi je vais vous demander de m'autoriser à me retirer, dit Lajos.

– C'est merveilleux, remarqua David : ce jeune homme parle justement comme dans les films de Lubitsch... Je vous fais reconduire, mon cher. Où et quand débute-t-il, Dolly ?

– Demain sur le tournage de *Christmas in Connecticut*, en tant que photographe de plateau, répondit-elle avec entrain. Une comédie est une bonne façon de vous imprégner de la manière dont nous travaillons. Lajos, vous aurez le droit de tout photographier, même Miss Stanwyck ! Je vous retrouverai au moment de la pause pour savoir si tout s'est bien passé », ajouta-t-elle.

David fit à Dolly un clin d'œil dont Lajos ne vit rien.

« Vous avez bien de la chance d'être dans d'aussi bonnes mains, Lajos. Dolly a fait la carrière de tous ceux qui comptent au studio, depuis – je ne dirai pas quand, je n'étais pas né.

– Oh, David, ne vous faites pas plus jeune que vous n'êtes ! s'exclama-t-elle d'un air mutin. Quant à vous, Lajos, puisque vous étiez un ami de Vincent, nous irons déjeuner à la cantine à la table que nous occupions souvent, lui et moi, avant la guerre. Je me souviens lorsqu'il est arrivé sur le plateau de *Bordertown*. C'était en 34, je crois, il devait être à peine plus âgé que vous… J'ai tant pleuré quand j'ai appris la nouvelle de sa mort que j'avais du mascara jusqu'aux genoux. Depuis je ne cesse de penser à lui. »

Sans trop savoir que répondre, Lajos inclina gauchement la tête.

« Dolly a toujours eu un faible pour les Canadiens, et pour Vincent plus que pour tous les autres, lui expliqua David.

– Au fond, pourquoi est-ce qu'on ne ferait pas un film sur son aventure ? suggéra Dolly. Après tout il ne vivait que par et pour le cinéma. Ce serait la plus belle façon de le faire revivre…

– L'interprète féminine ne serait peut-être pas facile à trouver », murmura Margit.

Dolly parut ne pas comprendre.

« Mais il n'y avait pas de femmes au cours de sa captivité, ni sur la plage de Dieppe, Mrs. Lipchitz ! Ce qu'ont fait d'ailleurs les Canadiens à Dieppe ce matin-là était si héroïque ! Il faudrait qu'on en parle plus et je verrais bien Errol Flynn dans le rôle du commandant des fusiliers. Il paraît que c'était un héros. »

Margit en eut un haut-le-corps.

« Ne me parlez pas d'Errol, s'exclama David. D'abord, je vous rappelle, Dolly, qu'il n'est pas canadien, mais australien de sang irlandais. Ensuite, à force de trousser des tendrons, et Dieu sait si je ne vise personne en racontant cela, il passe désormais plus de temps dans les prétoires que sur les plateaux.

– Pour moi Errol demeure Robin des Bois à jamais, plaida Dolly d'un air attendri, et c'était Robin des Bois qui ce matin-là voulait reconquérir l'Europe ! Mais qui veut noyer son chien prétend qu'il a la rage, n'est-ce pas ?

– Si vous pouviez ne pas utiliser à tout moment proverbes et maximes, Dolly. C'est nouveau, cela !

– Vous ne l'avez jamais aimé, David, dit Dolly sur un ton de reproche. C'est cette vieille histoire qui... »

Jetant un coup d'œil inquiet à Margit figée dans la pénombre, David coupa Dolly d'un geste tranchant.

« Je n'ai surtout pas très envie de revenir sur ces années noires, Dolly. Les gens ont désormais besoin de divertissements, de choses légères. Les producteurs aussi. Qu'en pensez-vous, ma chère ? Mais ouvrez donc la fenêtre, vous avez déversé sur vous tout le flacon d'Houbigant que je vous ai offert pour Noël, et moi je vais encore sentir *Demi-jour* jusqu'à demain. »

Dolly haussa les épaules d'un air narquois.

« Demi-jour... Demi-jour... Et demain est un autre jour », dit-elle soudain songeuse, comme si elle récitait une comptine.

Table

Dans Le Livre de Poche

Extraits du catalogue

Documents, témoignages

Christine Arnothy
J'ai 15 ans et je ne veux pas mourir
Erwan Bergot
Sud lointain 1 : Le Courrier de Saïgon
Sud lointain 2 : La Rivière des Parfums
Sud Lointain 3 : Le Maître de Bao Tan
Roger Borniche
Le Coréen
Alphonse Boudard
Les Grands Criminels
Iossif Brodski (*dossier sur*)
Le Procès d'un poète
John le Carré
Une paix insoutenable
Varlam Chalamov
Récits de Kolyma 1 : La Nuit
Récits de Kolyma 2 : Quai de l'enfer
Bernard Chevallier interroge :
L'Abbé Pierre. Emmaüs ou venger l'homme
Daniel Cordier
Jean Moulin
Anne Frank
Journal
André Frossard
Le Crime contre l'humanité
Philippe Husser
Un instituteur alsacien
Joseph Joffo
Un sac de billes
Dominique Lapierre
Plus grands que l'amour
D. Lapierre, L. Collins
Paris brûle-t-il ?
... Où tu porteras mon deuil
Ô Jérusalem
Cette nuit la liberté
Claude B. Levenson
Ainsi parle le Dalaï-Lama
B.-H. Lévy (*collectif sous la direction de*)
Archives d'un procès : Klaus Barbie
Pierre Lunel
L'Abbé Pierre, l'insurgé de Dieu
R. Michael Marrus, Robert O. Paxton
Vichy et les Juifs
Pierre Ottavioli
Echec au crime – 30 ans Quai des Orfèvres
Gilles Perrault
L'Orchestre rouge
Le Pull-over rouge
Cornelius Ryan
Le Jour le plus long
Dominique Veillon
La Collaboration
Günter Wallraff
Tête de Turc
Thierry Wolton
Le K.G.B. en France
Alexandre Zinoviev
Katastroïka

Le Livre de Poche Biblio

Extrait du catalogue

Sherwood ANDERSON
Pauvre Blanc

Guillaume APOLLINAIRE
L'Hérésiarque et Cie

Miguel Angel ASTURIAS
Le Pape vert

Djuna BARNES
La Passion

Adolfo BIOY CASARES
Journal de la guerre au cochon

Karen BLIXEN
Sept contes gothiques

Mikhail BOULGAKOV
La Garde blanche
Le Maître et Marguerite
J'ai tué
Les Œufs fatidiques

Ivan BOUNINE
Les Allées sombres

André BRETON
Anthologie de l'humour noir
Arcane 17

Erskine CALDWELL
Les Braves Gens du Tennessee

Italo CALVINO
Le Vicomte pourfendu

Elias CANETTI
Histoire d'une jeunesse (1905-1921) - *La langue sauvée*
Histoire d'une vie (1921-1931) - *Le flambeau dans l'oreille*
Histoire d'une vie (1931-1937) - *Jeux de regard*
Les Voix de Marrakech

Raymond CARVER
Les Vitamines du bonheur
Parlez-moi d'amour
Tais-toi, je t'en prie

Camillo José CELA
Le Joli Crime du carabinier

Blaise CENDRARS
Rhum

Varlam CHALAMOV
La Nuit
Quai de l'enfer

Jacques CHARDONNE
Les Destinées sentimentales
L'Amour c'est beaucoup plus que l'amour

Jerome CHARYN
Frog

Bruce CHATWIN
Le Chant des pistes

Hugo CLAUS
Honte

Carlo COCCIOLI
Le Ciel et la Terre
Le Caillou blanc

Jean COCTEAU
La Difficulté d'être

Cyril CONNOLLY
Le Tombeau de Palinure

Joseph CONRAD
A Set of Six

Joseph CONRAD et Ford MADOX FORD
L'Aventure

René CREVEL
La Mort difficile
Mon corps et moi

Alfred DÖBLIN
Le Tigre bleu
L'Empoisonnement

Lawrence DURRELL
Cefalù
Vénus et la mer
L'Ile de Prospero
Citrons acides

Friedrich DÜRRENMATT
La Panne
La Visite de la vieille dame
La Mission

J.G. FARRELL
Le Siège de Krishnapur

Paula FOX
Pauvre Georges!
Personnages désespérés

Jean GIONO
Mort d'un personnage
Le Serpent d'étoiles
Triomphe de la vie
Les Vraies Richesses

Jean GIRAUDOUX
Combat avec l'ange
Choix des élues

Vassili GROSSMAN
Tout passe

Lars GUSTAFSSON
La Mort d'un apiculteur

Knut HAMSUN
La Faim
Esclaves de l'amour
Mystères
Victoria
Sous l'étoile d'automne

Hermann HESSE
Rosshalde
L'Enfance d'un magicien
Le Dernier Été de Klingsor
Peter Camenzind
Le Poète chinois
Souvenirs d'un Européen
Le Voyage d'Orient
La Conversion de Casanova

Bohumil HRABAL
Moi qui ai servi le roi d'Angleterre
Les Palabreurs
Tendre Barbare

Yasushi INOUÉ
Le Fusil de chasse
Le Faussaire

Henry JAMES
Roderick Hudson
La Coupe d'or
Le Tour d'écrou

Ernst JÜNGER
Orages d'acier
Jardins et routes
(Journal I, 1939-1940)
Premier journal parisien
(Journal II, 1941-1943)
Second journal parisien
(Journal III, 1943-1945)
La Cabane dans la vigne
(Journal IV, 1945-1948)
Héliopolis
Abeilles de verre

Ismail KADARÉ
Avril brisé
Qui a ramené Doruntine ?
Le Général de l'armée morte
Invitation à un concert officiel
La Niche de la honte
L'Année noire
Le Palais des rêves

Franz KAFKA
Journal

Yasunari KAWABATA
Les Belles Endormies
Pays de neige
La Danseuse d'Izu
Le Lac
Kyôto
Le Grondement de la montagne
Le Maître ou le tournoi de go
Chronique d'Asakusa
Les Servantes d'auberge

Abé KÔBÔ
La Femme des sables
Le Plan déchiqueté

Andrzeij KUSNIEWICZ
L'État d'apesanteur

Pär LAGERKVIST
Barabbas

LAO SHE
Le Pousse-pousse
Un fils tombé du ciel

D.H. LAWRENCE
Le Serpent à plumes

Primo LEVI
Lilith
Le Fabricant de miroirs

Sinclair LEWIS
Babbitt

LUXUN
Histoire d'AQ : Véridique biographie

Carson McCULLERS
Le cœur est un chasseur solitaire
Reflets dans un œil d'or
La Ballade du café triste
L'Horloge sans aiguilles
Frankie Addams
Le Cœur hypothéqué

Naguib MAHFOUZ
Impasse des deux palais
Le Palais du désir
Le Jardin du passé

Thomas MANN
Le Docteur Faustus
Les Buddenbrook

Katherine MANSFIELD
La Journée de Mr. Reginald Peacock

Henry MILLER
Un diable au paradis
Le Colosse de Maroussi
Max et les phagocytes

Paul MORAND
La Route des Indes
Bains de mer
East India and Company

Vladimir NABOKOV
Ada ou l'ardeur

Anaïs NIN
Journal 1 - *1931-1934*
Journal 2 - *1934-1939*
Journal 3 - *1939-1944*
Journal 4 - *1944-1947*